LOCUS

LOCUS

LOCUS

LOCUS

to

fiction

to 090

新身分新命運

Storia del nuovo cognome

作者：艾琳娜．斐蘭德（Elena Ferrante）

譯者：李靜宜

責任編輯：翁淑靜　封面設計：林育鋒

內頁排版：洪素貞　校對：陳錦輝

出版者：大塊文化出版股份有限公司

台北市105022南京東路四段25號11樓

www.locuspublishing.com

讀者服務專線：0800-006689

TEL：(02)87123898　FAX：(02)87123897

郵撥帳號：18955675　戶名：大塊文化出版股份有限公司

法律顧問：董安丹律師、顧慕堯律師

總經銷：大和書報圖書股份有限公司

地址：新北市新莊區五工五路2號

TEL：(02) 89902588　FAX：(02) 22901658

初版一刷：2017年5月

初版三刷：2023年9月

定價：新台幣400元

Printed in Taiwan

Storia del nuovo cognome

新身分新命運

艾琳娜·斐蘭德（Elena Ferrante）著
李靜宜　譯

登場人物表與第一集情節摘要

瑟魯羅家族（鞋匠家）

費南多・瑟魯羅：鞋匠，莉拉之父。

倫吉雅・瑟魯羅：莉拉之母。和女兒很親，但無力支持她對抗父親。

拉菲葉拉・瑟魯羅：又稱「莉娜」或「莉拉」。出生於一九四四年八月，六十六歲時從那不勒斯消失，沒留下一絲線索。她是聰慧的學生，十歲時寫了一篇名為《藍仙子》的小說。小學畢業後即未升學，練習當鞋匠。

黎諾・瑟魯羅：莉拉的哥哥，也是鞋匠。借助莉拉的能力和斯岱方諾・卡拉西的財力，他與父親費南多創設瑟魯羅鞋廠。他與斯岱方諾的妹妹琵露希雅訂婚。莉拉的兒子也以他的名字命名。

其他子女。

格瑞柯家族（門房家）

艾琳娜・格瑞柯：也叫「琳諾希亞」或「小琳」。一九四四年八月出生，是我們目前所讀的這本長篇故事的作者。她在得知童年好友莉拉（別人都叫她莉娜）失蹤之後開始動筆。小學畢業後，艾琳娜繼續升學，越來越有成就。她從童年時期就偷偷愛著尼諾・薩拉托爾。

派普、紀亞尼和艾莉莎：艾琳娜的弟弟妹妹。
父親是市政廳的門房。
母親是家庭主婦。

卡拉西家族（阿基里閣下家）

阿基里・卡拉西閣下：童話故事裡的食人魔，從事黑市買賣，是高利貸鯊魚。被謀殺身亡。
瑪麗亞・卡拉西：阿基里閣下之妻。斯岱方諾、琵露希雅、埃爾范索之母。在家裡經營的雜貨店工作。
斯岱方諾・卡拉西：阿基里閣下的長子，莉拉之夫。掌理父親攢下的產業，與母親和弟弟妹妹一起經營生意興隆的雜貨店。
琵露希雅・卡拉西：阿基里閣下女兒。在雜貨店工作，與莉拉的哥哥黎諾訂婚。
埃爾范索・卡拉西：阿基里閣下的次子，是艾琳娜的同學，也是瑪麗莎・薩拉托爾的男朋友。

佩盧索家族（木匠家）

艾佛瑞多・佩盧索：木匠，共產黨員，被控謀殺阿基里閣下，判刑入獄。
姬塞琵娜・佩盧索：艾佛瑞多之妻，以前在香菸工廠工作，盡心盡力照顧兒女與服刑的丈夫。

帕斯蓋・佩盧索：艾佛瑞多與姬塞琵娜的長子，建築工人，主戰派共產黨員。他是第一個驚豔於莉拉之美，對她表達愛意的人。他厭恨梭拉朗兄弟，和艾達・卡普西歐訂婚。

卡梅拉・佩盧索：也叫「卡門」，帕斯蓋的妹妹，在雜貨店當店員。與恩佐・斯坎納訂婚。

其他子女。

卡普西歐家族（瘋寡婦家）

玫利娜・卡普西歐：莉拉媽媽的親戚，發瘋的寡婦。在舊街坊公寓清洗樓梯維生，曾是唐納托・薩拉托爾，也就是尼諾父親的情婦。薩拉托爾家因為這段婚外情而搬離街坊，玫利娜因此發瘋。

玫利娜的丈夫：果菜市場的搬運工，死亡的原因神祕難解。

艾達・卡普西歐：玫利娜的女兒。幫忙母親清洗樓梯，在莉拉協助下，受雇卡拉西雜貨店。她與帕斯蓋・佩盧索訂婚。

安東尼奧・卡普西歐：艾達的哥哥，技工。他是艾琳娜的男朋友，非常嫉妒尼諾・薩拉托爾。

其他子女。

薩拉托爾家族（鐵路局員工詩人家）

唐納托．薩拉托爾：火車服務員，詩人，記者。愛捻花惹草，是玫利娜．卡普西歐的情人。艾琳娜到伊斯基亞島度假時，因為他的性騷擾而不得不匆匆逃離。
麗狄亞．薩拉托爾：唐納托之妻。
尼諾．薩拉托爾：唐納托與麗狄亞五名子女中的長子。他痛恨父親，也是位出色的學生。
瑪麗莎．薩拉托爾：唐納托與麗狄亞的女兒，唸職業學校準備當祕書。
皮諾、克蕾莉亞、希洛：唐納托與麗狄亞的另三名子女。

史坎諾家族（蔬果販子家）

尼寇拉．史坎諾：蔬果販子。
阿珊塔．史坎諾：尼寇拉之妻。
恩佐．史坎諾：尼寇拉與阿珊塔之子，也是蔬果販子。莉拉從小就對他有好感，因為恩佐在小學班級競賽時展現了數學天分。他與卡門．佩魯索訂婚。
其他子女。

梭拉朗家族（梭拉朗酒館糕點店老闆家）

席威歐．梭拉朗：酒館與糕點店老闆，黑幫老大，掌控街坊的非法交易。他反對瑟魯羅鞋廠。
曼紐拉．梭拉朗：席威歐之妻，放高利貸，街坊都怕她的紅色帳本。

馬歇羅與米凱爾：席威歐與曼紐拉之子。自誇自大，但街坊的女生卻都愛他們，除了莉拉之外。馬歇羅愛上莉拉，但她不要他。弟弟米凱爾比較冷酷，也比較聰明，比較暴力。他和糕餅師傅的女兒姬俐歐拉訂婚。

斯帕努羅家族（糕點師傅家）

斯帕努羅先生：梭拉朗酒館糕點店的糕點師傅。
蘿莎・斯帕努羅：糕點師傅之妻。
姬俐歐拉・斯帕努羅：糕點師傅之女，與米凱爾・梭拉朗訂婚。
其他子女。

艾羅塔家族：

艾羅塔先生：希臘文學教授。
璦黛兒・艾羅塔：艾羅塔的妻子。
梅麗雅羅莎・艾羅塔：長女，米蘭的藝術史教授。
彼耶特洛・艾羅塔：學生。

老師

費拉洛老師：小學老師，也是管理圖書館。

奧麗維洛老師：是第一位察覺莉拉與艾琳娜潛力的老師。莉拉寫出《藍仙子》之後，非常喜歡的艾琳娜拿去給老師看。但老師很生氣，因為莉拉父母不肯讓女兒上中學，所以對這篇小說不置一詞。事實上，她不再關心莉拉，只把注意力集中在督促艾琳娜追求成就。

澤拉西教授：高中老師。

嘉利亞妮教授：高中老師。她很有教養，也是個共產黨員。艾琳娜的聰慧立即吸引她。她借書給艾琳娜，在艾琳娜與宗教老師發生衝突時，也出面保護。

其他角色：

季諾：藥師之子。

妮拉．因卡多：奧麗維洛老師的表妹，住在伊斯基亞島，艾琳娜有年夏天住在她海邊的家。

亞曼多：醫學院學生，嘉利亞妮老師之子。

娜笛雅：學生，嘉利亞妮老師之女。

布魯諾．蘇卡佛：尼諾．薩拉托爾的朋友，是特杜西歐的聖吉瓦尼的富商之子。

法蘭柯．馬利：學生。

1

一九六六年春天，激動不安的莉拉把裝著八本筆記本的鐵盒子交給我。她說她不能再把這東西擺在家裡，怕丈夫可能會看到。我接下盒子，沒說什麼，只對她慎重其事綁上一大堆繩子略加挖苦幾句。當時我倆的關係有點糟，不過好像只有我單方面這樣認為。我們很少見面，但每次見面，她總也不尷尬，只顯得親暱；不懷好意的話語從未脫口而出。

她要我發誓絕對不打開盒子，我就乖乖發誓。但一搭上火車，我就解開繩子，拿出筆記本，開始讀。這不是日記，但鉅細彌遺記載了她從小學畢業開始的生活種種。看起來像是頑強自律投入寫作的證據。筆記裡充滿細節的描述：樹木的枝椏，水塘，石頭，有白色葉脈的樹葉，廚房裡的鍋子，咖啡機的零件，火盆，煤炭與煤渣，極其詳盡的院落地圖，通衢大街的寬闊馬路，水塘另一頭鏽蝕的建築鐵架，花園與教堂，鐵軌旁邊的菜園，新社區建築，她爸媽家，她爸爸和哥哥修鞋的工具，他們工作時的姿態。還有顏色，特別是顏色，在一天的不同時間裡，每一個物體所呈現出來的不同顏色。但不只是描述景物而已，還有一些各自獨立的文字出現，方言和義大利文都有，有時還圈起來，沒有任何註解。間或出現拉丁文與希臘文的翻譯練習。有一大段一大段的英文，描寫街坊的商店和貨品，以及恩佐．史坎諾每天拉著驢車穿過大街小巷兜售的蔬菜水果。她對自己看過的書，在教堂集會廳看過的電影，寫了很多心得。也有她和帕斯蓋討論、和我聊天時所提出的許多想法。當然，筆記的敘事並不連貫，但是莉拉動筆寫下來的東西看起來都很重要，就算是十一歲或十二歲時寫的，也沒有任何一行顯得幼稚。

字句通常非常精確，標點符號一絲不苟，筆跡工整，就像奧麗維洛老師教我們的那樣。但是有時候，彷彿注射了什麼藥似的，莉拉無法控制自己一貫堅持的條理。這時文句就會緊湊得喘不過氣來似的，節奏過於激昂，標點符號也不見了。但一般來說，沒過多久，她就會恢復平靜清晰的步調。但有時候她也會突然不寫了，在空白處畫上一些小圖：扭曲的樹木，雲霧繚繞隆起的山巒，猙獰的臉。筆記裡的條理有序和失序都非常吸引我，但是越讀，就越有一種上當的感覺。我在伊斯基亞島的那個夏天，她寄給我的那封信背後累積了多少次的練習，所以才能寫得那麼精采。我把全部的東西擺回盒子裡，暗自發誓絕對不再好奇探詢。

但是我很快就屈服了。這些筆記本散發出莉拉從小就有的那種魅惑力量。她對街坊鄰居，對她家，對梭拉朗兄弟、斯岱方諾和每一個人、每一件事的描述都深刻精確到冷酷無情的地步。而對我，她則無所不寫，我說的話，我想的事情，我愛的人，我的一舉一動。她讓時間定格在對她舉足輕重的那一刻，渾然不在意其他人或其他事。這一段生動描述她十歲時寫了小說《藍仙子》時的喜悅。下一段同樣生動描述的是她的傷心，因為我們的奧麗維洛老師對這篇小說不置一詞，事實上是完全不加理會。這一段寫的是她的痛苦和忿怒，因為我去唸中學，忽略她，拋棄她。接著是她學會修鞋時的興奮，渴望證明自己而去設計新鞋的努力，和哥哥黎諾做出第一雙鞋時的開心。還有她爸爸費南多說鞋子做得不好時，她的傷心難過。筆記裡什麼都有，特別是對梭拉朗兄弟的痛恨，她堅決拒絕接受老大馬歇羅的求愛，以及她下定決心嫁給雜貨店老闆斯岱方諾．卡拉西，只因為他出於愛意買下她做的第一雙鞋子，誓言要永遠保存。啊，那是多麼美好的時刻啊，十五歲的她挽著未婚夫的臂彎，覺得自己是富裕優雅的淑女。他因為愛她，投資許多錢給她父親和哥哥開設瑟魯羅鞋店。她覺得多麼滿足啊：她想像出來的鞋子大部分都真正製造出來了，她在新社區擁有一幢房子，十六歲就結婚。婚禮多麼豪華盛大，她多麼幸福啊。然後，馬歇羅．梭拉朗帶著弟弟米凱爾出現在婚宴上，腳上穿的是她丈夫曾說對他而言非常寶貴的那雙鞋。她的丈夫。她到底嫁給哪一種男人了？如今，一切結束之後，假面具撕掉之後，會不會露出底下恐怖的真面目？諸多疑問，以及我們貧困生活的事實，都不加潤飾地呈現。我沉浸在這些文字裡，一天又一天，一週又一週。我認真研究。最後把我喜歡的段落——那些吸引我，讓我迷醉，讓我羞愧的篇章——都熟記於心。在這渾然天成的文字背後，必定有刻意雕琢的功夫，只是我找不出來。

最後，十一月的一個晚上，我氣急敗壞地帶著這個盒子出門。我再也受不了這種感覺，儘管如今我已重視自己，已在那不勒斯以外的地方有了自己的人生，卻還是覺得莉拉在操縱我，捉弄我。我停在索菲里諾橋上看著燈光穿透冰冷霧氣。我把盒子擺在橋欄上，緩緩往前推，一次一點點，直到盒子掉下河去，彷彿莉拉這個人筆直掉進河裡，帶著她的思緒，她的話語，她回擊每一個人的惡意，她對我的霸道作風，以及觸動她心緒的任何人事物與想法：書和鞋子，甜蜜和暴力，婚姻與新婚之夜，以拉葉菲拉．卡拉西夫人的新身分重返街坊的種種，一起沉入河裡。

2

我不敢相信這麼親切體貼，這麼沉醉愛河的斯岱方諾竟然會把莉拉童年僅存的遺跡——她親手設計鞋子的證據——拱手讓給馬歇羅・梭拉朗。

我忘了喜宴桌上眼睛發亮談笑的埃爾范索和瑪麗莎。我沒注意我媽醉酒的笑聲。音樂淡去，歌手的吟唱，跳舞的儷影，還有嫉妒欲狂衝出玻璃門眺望大海的安東尼奧，全都淡去了。甚至像未報喜訊的天使長那樣離開房間的尼諾身影都變得模糊了。我眼中只有莉拉，看她激動地在斯岱方諾的耳邊講話，身穿結婚禮服的她臉色慘白。而他臉上沒有笑容，一抹蒼白的不安劃過紅潤的臉，從額頭到眼睛，宛如嘉年華的面具。到底發生什麼事了？還有什麼事等著發生？我這位朋友雙手扯著丈夫的手臂。她卯足力氣，對她知之甚深的我明白，若是有可能，她恨不能把他的手臂從身上扯掉，高舉著穿過宴會廳，任由滴下的鮮血在背後拖成一道長長的血痕，然後用這條手臂當成棍棒或驢子的頜骨，朝著馬歇羅的臉狠狠揮去。是啊，她很可能會這麼做，一想到這裡，我的心不禁怦怦狂跳，喉嚨發乾。她接下來可能會挖掉那兩個男人的眼睛，可能會撕扯下他們臉上的皮肉，把他們生吞活剝下肚。是啊，是啊，我發現這是我所期待的，我很希望她會這麼做。愛走到了盡頭，婚禮不再值得慶祝，當然也不會有阿瑪菲蜜月套房的擁抱。街坊的每一個人、每一件事都在瞬間粉碎成灰，莉拉和我遠走高飛，在遠方展開生活，心情雀躍地走下羞辱的臺階，在陌生的城市相依為命。我覺得這會是那天最能彰顯正義的結局。既然一切都無法拯救我們，金錢不能，男人不能，連讀書都不能，那我們也可以立即摧毀一切。她的忿怒在我胸臆膨脹，一股是我也不是我的強大力量讓我沉浸在忘我的喜悅裡。我渴望這股力量可以如洪水般漫溢氾濫。但我也知道自己對此心懷恐懼。我後來才明白，倘若如此，我也可能不高興，因為我沒辦法以暴制暴，我會害怕，寧可靜靜地、很文明地把怨懟埋在心裡。莉拉就不同了。她毅然決然站起來離開座位，動作之大，讓桌子都為之震動，桌上的餐具也隨之搖晃，一只玻璃杯傾倒。斯岱方諾自動反應似地擱下即將流向梭拉朗夫人禮服的葡萄酒。莉拉快步走出側門，用力拉扯被門卡住的衣服。

我想要追出去，抓住她的手，輕聲告訴她走吧，我們離開這裡吧。但是我沒動，反倒是斯岱方諾行動了，一晌遲疑之後，他穿過跳舞的人群，追上她。

我環顧四周。大家都知道有事情惹新娘不開心了。但馬歇羅繼續和黎諾密談，彷彿穿著腳上這雙鞋是再正常不過的事情了。鐵貨商的敬酒詞越來越不堪入耳。那些自覺敬陪末座的客人繼續努力對餐餚裝出毫不在乎的樣子。換句話說，除了我之外，沒有人知道這樁我們正在慶祝的婚姻——很可能會持續到新人老死，經歷許多子女和孫輩的出生，體驗許多喜悅哀傷，慶祝過金婚銀婚紀念日的婚姻——對莉拉來說，不管丈夫多麼努力爭取她的寬恕，這樁婚姻都已結束了。

3

最初事情的發展讓我失望。我坐在埃爾范索和瑪麗莎旁邊，但完全沒注意他們在講什麼。我在等待事態爆發的徵兆，但什麼都沒有。想知道莉拉腦袋裡在想什麼，一如既往，是很困難的。我沒聽到她嘶喊，沒聽到她出言威脅。斯岱方諾半個鐘頭之後再次現身，非常客氣親切。他已經換了衣服，額頭和眼睛周圍的白斑都消失了。他周旋於親戚朋友之間，等待新娘到來。莉拉再次出現在宴會廳，穿的已經不是新娘禮服，而是旅行裝束，一身綴有白色釦子的粉藍套裝，戴藍色帽子，他立即走到她身邊。她分杏仁糖給小孩，用銀湯匙從水晶缽裡舀出來；然後逐桌分送回禮，先給她的親戚，再給斯岱方諾的親戚。她把梭拉朗一家當空氣，連對她哥哥黎諾也是。黎諾臉上掛著要笑不笑的焦急表情問：你不再愛我了嗎？她沒回答，只把回禮送給琵露希雅。她眼神茫然，顴骨比平常更突出。來到我身邊時，她心不在焉的，臉上沒有一絲串謀的笑容，遞給我一只裹著米白色薄紗，裝滿杏仁糖的小陶籃。

她的失禮讓梭拉朗兄弟很生氣，但是斯岱方諾加以彌補，一一擁抱他們，帶著愉快安撫的態度低聲說：「她累了，請包涵。」

斯岱方諾也親吻黎諾雙頰，但他這個大舅子卻臭著一張臉，我聽見黎諾說：「她才不是累了呢。她這人天生個性歪七扭八，我真同情你。」

斯岱方諾正色回答：「再歪七扭八的東西也能拉得直啊。」

之後我看見他匆匆跟在妻子後面，朝門走去。樂隊還在嘩啦啦奏出醉醺醺的音樂，賓客擠在一起道別。

於是，他倆沒有絕裂，我們也不能一起遠走高飛，在世界的大街小巷穿梭。我想像這對漂亮優雅的新婚夫婦坐進敞篷車裡。他們很快就會到阿瑪菲海岸的豪華飯店，不會有讓人氣到血液凝結的辱罵，只有鬧鬧情緒，輕輕鬆鬆就可以擺平。沒有再三思考，莉拉斷然棄我而去，我突然感覺到我倆之間的距離遠比我想像中來得大。她不只結婚了，她對婚配習俗的屈從也不僅僅是每天晚上睡在某個男人身邊而已。有些事情我搞不懂——在當時看來似乎很明顯的事情。對於丈夫和馬歐羅拿她少女時期的努力成果來達成某些商業協議，莉拉俯首接受，等於承認自己很在意丈夫，遠比對其他人、其他事更在意。如果她已經讓步，已經吞下羞辱，她和斯岱方諾之間的關係必定非常緊密。她愛他，她愛他就像少女愛寫真小說[1]那樣。終此一生，她會將自己所有的才華、心力全部奉獻給他，而他甚至不會察覺到她的犧牲，他會永遠沉浸在她豐沛的情感、智慧與想像力之中，但卻不知道要如何運用，最後只會摧毀得蕩然無存。我想，我是沒辦法像這樣去愛任何人的，就連尼諾也不例外，我只知道如何和書本相處。剎時，我覺得自己像是我妹艾莉莎用來餵流浪貓的那只凹痕累累的缽。貓後來不見了，缽就一直空著，丟在樓梯平臺積灰塵。這時，痛苦的情緒猛然湧現，我發現自己貿然走得太遠了。我應該要回頭的，我告訴自己。我應該像卡梅拉、艾達、姬俐歐拉和莉拉一樣，接受這個街坊，甩開驕傲，唾棄自以為是，不再羞辱愛我的人。埃爾范索和瑪麗莎一起離開去見尼諾，我繞了好大一段路避開我媽，去露臺上找我的男朋友。

我的洋裝太單薄，太陽已經下山，天開始冷了。安東尼奧一看見我，就點亮一根菸，假裝繼續看著大海。

「我們走吧。」我說。

「你自己走吧，去找薩拉托爾的兒子。」

---

1 寫真小說（Photonovel），有別於漫畫以圖像來說故事，寫真小說以照片畫面來敘事，在義大利盛行於一九四〇到一九五〇年代。

「我要和你一起走。」

「你是個大騙子。」

「為什麼？」

「因為如果他要你，你就會把我一個人丟在這裡，連再見都懶得說。」

這是真的，但他這樣不加修飾大剌剌說出來，讓我很火大。我反擊說：「你難道不知道，我為你擔了多大的風險，因為我媽隨時都可能會冒出來揍我，如果你不懂，那就表示你只想到自己，我對你來說一點都不重要。」

他沒聽見我講方言，但注意到這長長的句子，這複雜的假設語法，於是發起脾氣來。他丟下香菸，以幾乎無法克制的力量抓住我的手腕，哭喊——哭聲鎖在他喉嚨裡——他是為我而來的，只為我一個，是我和他一起出席教堂婚禮，一起出席婚宴，是的，是我，你逼我發誓，他喘著氣說，發誓，你說，你說，你絕對不會離開我，所以我才會去做了西裝，我才會欠了梭拉朗夫人一大筆債，就為了讓你開心，為了你要我做的事。我甚至沒花一分鐘陪我媽、我妹、我弟。而我得到什麼了，我得到的就是你把我當狗屎，你從頭到尾只和那個詩人的兒子講話，在我的朋友面前讓我丟臉，你讓我看起來活像大白癡，因為在你眼裡我什麼都不是，因為你受這麼好的教育，而我沒有，因為我聽不懂你說的話，沒錯，我是不瞭解你沒錯，但是見鬼了，小琳，看著我，看著我的臉：你以為可以隨便指揮我，你以為我沒辦法說受夠了，那你就錯了，你什麼都知道，但你不知道如果你現在和我走出這個門，如果我告訴你說好吧，我們一起走吧，然後我發現你在學校還是什麼天知道的地方見那個窩囊廢尼諾．薩拉托爾，我會宰了你，小琳，所以好好想一想吧，現在就離開我，他絕望地說。離開我，因為這樣對你比較好。但他的眼睛還看著我，睜得大大的，紅紅的，嘴巴張得很大，一字一句用力喊出來，但卻沒真的大聲嚷出來，黑黑的鼻孔張開，臉上的表情極其痛苦，讓我不禁想：他說不定得了內傷，因為他的話堵在喉嚨裡，胸膛裡，沒爆發出來，就像一片片尖銳的鐵片刺穿他的肺，他的喉。

對於他的挑釁，我的感覺很矛盾。手腕被掐得很痛，擔心他揍我，以及他連串咒罵之後還安撫我，這一切至少都證明他很珍惜我。

「你弄痛我了。」我喃喃說。

他緩緩放鬆抓力，但還是張著嘴巴瞪我。我手腕的皮膚變成紫色，讓他有了力量與權威，把我拉近跟前。

「你怎麼選？」他問。

「我想和你在一起。」我說，但鬱鬱不樂。

他閉上嘴巴，熱淚盈眶，望著大海，讓自己有些時間平復情緒。

沒過多久，我們就一起走在馬路上了。他沒等帕斯蓋、恩佐和其他女生，我們沒向任何人道別。最重要的，就是別讓我媽看見，所以偷偷溜出去。天色已暗，有一會兒我們併肩走在一起，但避免肢體接觸。然後安東尼奧有點遲疑地伸手攬住我的肩膀。他要我明白他希望我原諒他，彷彿該被怪罪的人是他。就因為他愛我，他才會出現幻覺，想像我和尼諾在一起，想像我們相互勾引的情景在他眼前上演。

「我把你弄得瘀青了嗎？」他問，想拉起我的手腕。

我沒回答。他的大手抓住我的肩膀，我一個不耐的動作，他就放開手。他等著，我等著。他再試著放出投降的信號，我伸出手臂攬住他的腰。

4

我們不停親吻，在樹後，在門裡，在暗巷。我們搭上一部公車，又換一部，直到火車站。我們一路走向水塘，沿著鐵軌旁邊幾近荒涼無人的街道不停親吻。

我渾身發熱，儘管衣服單薄，寒涼夜色穿透我的皮膚，讓我陡然顫抖。在暗處，安東尼奧不時貼著我，用緊到發痛的狂熱擁抱我。他嘴唇發燙，而那雙唇的熱度燃起我的思緒與想像。我告訴自己，說不定莉拉和斯岱方諾已經到飯店了。說不定他們正在吃晚餐。說不定他們已準備好迎接這一夜。噢，睡在男人身邊，不再覺得冷。我感覺到安東尼奧的舌頭在我嘴裡蠕動，一面隔著衣服撫摸我的胸部，我則伸進他的褲袋裡，撫摸他的性器。

黑色的天空有點點蒼白的星光。水塘的苔蘚臭味與泥土的腐敗氣味都被春天的甜味給取代了。草地濕濕的，水塘突然打個嗝，彷彿有顆橡實落進水裡，或是石子，或是青蛙。我們挑了一條熟知的小徑，通往一片樹幹纖瘦、枝椏斷損的枯林。再遠一些是舊罐頭工廠，屋頂凹陷，到處是裸露的鐵梁與殘缺的金屬片。我迫切想要得到歡愉，彷彿有條光滑的絲絨把我從裡往外拉。我渴望擁有猛烈的滿足，足以粉碎這一整天的滿足感。我感覺到這強烈的渴望在胃底揉搓、撫摸、戳刺。這感覺前所未有的強烈。安東尼奧用方言傾訴愛意，在我嘴邊，在我脖子，一直不斷不斷地說。我沉默不語，在這樣的情況裡我向來沉默不語，只輕輕嘆息。

「告訴我你愛我。」他哀求。

「好。」

「告訴我。」

「好。」

我什麼都沒再說。我擁抱他，用盡力氣緊緊摟著他。我想要全身的每一吋肌膚都被撫摸，被親吻，我渴望被揉搓，被揍被打，我想要讓自己再也無法呼吸。他把我稍稍推開，一面吻我，一面把手伸進我的胸罩裡。但這對我來說還不夠，對這一夜來說太微不足道。我們迄至此刻為止的肢體接觸，他這一向對我的謹慎小心，與我這一向同樣謹慎小心的接受，在此時此刻讓我覺得不恰當，不舒服，太匆促了。然而我不知道如何告訴他我還要更多，我找不出話來表達。我們每一次的祕密約會都遵循著祕密的儀式，一個步驟接著一個步驟。他撫摸我的胸部，掀開我的裙子，觸摸我的兩腿之間，這時他緊貼著我，宛如信號似的，那柔軟的肌肉、軟骨、血管和血液在他褲子裡跳動。但這天晚上，我遲遲不掏出他的性器，我知道只要我一這麼做，他就會馬上忘了我的存在，他就不再撫摸我。胸，臀，陰部都不再吸引他，他唯一關注的就只有我的手，事實上他還會緊緊握住我的手，讓我以正確的節奏持續搓動。接著他會掏出手帕準備迎接那一刻的來臨：他嘴巴發出微微的聲響，而他的老二噴出那危險的液體。最後他退開，微微暈眩，或許有些難為情，然後我們就回家。我們每次都是這樣結束的，但這天晚上我卻很莫名地想要改變：我不在乎未婚懷孕，我不在乎犯下罪孽，我不在乎在天上監看的上帝，也不在乎聖靈或祂的任何替身，安東尼奧也感覺到了，不知所措。他吻我，吻得越來越激動，一再嘗試要把我的手往下拉，但我推開他的手，把自己的恥骨抵在他指間，我用力往前推，一次又一次，不停發出嘆息。這時他縮回手，想解開他褲子的鈕扣。

「等等。」我說。

我帶他到罐頭工廠的遺址。那裡更暗，更隱密，但我聽得見老鼠四竄的聲音。我的心開始狂跳，我很怕這個地方，很怕我自己，很怕這難以遏止的渴望會讓我幾個鐘頭之前感覺到的怪異感受消失無蹤，從我的儀態，我的聲音裡消失。幾個鐘頭之前，我還想要回到從前，融入街坊，變回原來的我。我想要丟開學校，丟開寫滿練習題的筆記本。說到底，究竟是練習什麼呢。擺脫莉拉的陰影，對我來說已經沒有意義。我要拿什麼去和一身結婚禮服，搭敞篷車，或者戴藍色帽子、穿粉藍套裝的她相比呢？偷偷在這裡和安東尼奧約會的我，在這個老鼠奔竄的廢墟，撩起裙子，褪下內褲，滿是渴望、苦惱、愧疚的我，和裸體躺在海景飯店亞麻床單上，鬆弛癱軟，任由斯岱方諾蹂躪她，進入她，播下他的種子，可以合法懷孕一無所懼的她相比，我又算得上什麼呢？讓安東尼奧手忙腳亂解開褲子，把他龐大的男性器官放進我雙腿之間，抵著我赤裸的性器，抓住我的屁股不停前後摩擦大口喘氣的我，算是什麼呢？我不知道。我只知道這個我不是我此時此刻想要的。光是摩擦我，對他來說是不夠的。我想要被戳穿，我想要在莉拉回來時告訴她：我也不是處女了，你做的事，我也做了，你贏不過我。所以我緊緊摟住安東尼奧的脖子，親吻他，我踮腳站起來，用我的性器尋找他的性器，無言地尋覓，開始嘗試錯誤。他意會過來，伸出手來幫我，我感覺到他稍微進入，渾身因新奇與恐懼而顫抖。但我也感覺到他的努力停歇了，醞釀了一整個下午的強烈力量不再用力前推了，那火已然靜息了。他就要停下來了，我發現，我貼著他，要他繼續。

但是安東尼奧深吸一口氣，把我推開，用方言說：「不行，小琳，我要做就要和妻子做，而不是現在這樣。」

他抓起我的右手，貼近他的性器，隱隱有著壓抑的哭聲。我屈服了，替他手淫。事後，我們離開水塘的時候，他很不安地說他尊重我，不想讓我做以後會懊悔的事，不要在這個地方，這個骯髒隨便的地方。他一副做得太過火的人是他似的，或許他自己也這麼相信。一路上，我什麼話都沒說，道了再見，如釋重負。敲門之後，我媽來開門，不顧我弟弟妹妹的攔阻，沒說一句責備的話，沒發出一聲叫嚷，就開始打我。我的眼鏡掉到地上，我帶著痛苦的喜悅大聲嘶喊，講的並不是方言：「看看你幹了什麼好事！你打壞我的眼鏡，就因為你，我不能讀書了，我再也不去學校了。」

我媽僵住了，原本要打我的手也停在半空中不動了，宛如斧頭上的刀刃。

我妹妹艾莉莎撿起眼鏡，輕聲說：「拿去，小琳，眼鏡沒破。」

5

我筋疲力竭，渾身乏力，無論怎麼休息，都無法恢復。我生平第一次逃學。我大概兩個星期沒去上課吧，我想。甚至對安東尼奧，我也無法說我再也受不了，我想結束。我在平常出門上課的時間離開家門，整個早上在市區遊蕩。這段期間，我對那不勒斯有了很多認識。我在阿爾巴門的攤子翻找舊書，勉強瀏覽書名和作者名字，然後繼續往托雷多和海邊去。或者沿著薩爾瓦多羅薩路爬坡走上佛莫洛區，到聖馬第諾，再下坡到佩特里歐。再不然就是在鐸加內拉到處晃，跑進墓園，在寂靜的小徑漫走，一一探看死者的名字。有時候會有無所事事的年輕人，呆頭呆腦的老人，甚至看起來體面的中年人對我提出下流的要求。我加快腳步，垂下目光，察覺到危險，迅速逃走。但我的漫遊並沒有因此而停止。事實上，越是逃學，打從六歲以來就像網子一樣緊緊纏在我身上的學習義務，就被這些個早晨到處遊逛的漫長時光戳出越來越大的洞。我在該回家的時間回家，沒有人發現我——對，就是我——沒去上學。下午的時間我都在看小說，然後趕到水塘去和安東尼奧見面。我隨時有空，讓他很開心。他很想問我有沒有見薩拉托爾的兒子，我在他眼裡讀到這個疑問，但他不敢問，他很怕和我吵架，他很怕我會生氣，拒絕再給他幾分鐘的歡愉。他擁抱我，感覺我順服地貼在他身上，所有的疑慮都煙消雲散。在這樣的時刻裡，他甩開疑心，不再想著我可能會和其他人約會，會讓他丟臉。

他錯了：事實上，我儘管心懷歉疚，但心裡想的卻始終只有尼諾一個人。我想見他，想和他講話，但另一方面，我也很怕這麼做。我很怕他會用他的優越感來羞辱我。我很怕他又會舊話重提，談起我那篇和宗教老師論戰的文章之所以無法刊登的原因。我很怕他會把編輯冷酷的結論告訴我。我一定會受不了。在城裡遊蕩，或是夜裡躺在床上睡不著覺，清清楚楚知道自己能力不足的時候，我會寧可相信他們拒絕刊登我的文章，純粹只是因為篇幅不足。就這樣不再理會，不再想起吧。但是很難。我不像尼諾那麼聰明出色，所以我不能和他在一起，不能聽他說話，不能將我的想法告訴他。說到底，我又有什麼想法呢？我什麼想法也沒有。最好是讓我自己消失無蹤吧——不再唸書，不再拚成績，爭取獎勵。我希望慢慢忘掉一切：忘掉充塞我腦袋的種種想法，忘掉活的和死的語言，現在就連和我弟弟妹妹講話，義大利文也會不自覺地從我唇邊流洩。這是莉拉的錯，我想，如果我開始踏上這條路，一定也要忘了她。莉拉總是知道她要什麼，也總是得到了；而我什麼都不想要，我這個人也什麼都不是。我希望有天早上醒來，什麼欲望都沒有。一旦我清空自己——我想像——安東尼奧對我的鍾愛，以及我對他的喜愛就已足夠。

然後有一天，在回家的路上，我遇見斯岱方諾的妹妹琵露希雅。她說莉拉已經度完蜜月回來，舉辦了一場盛大餐會慶祝她哥哥與小姑訂婚。

「你和黎諾訂婚？」我假裝意外地問。

「是啊。」她容光煥發地說，給我看黎諾送她的戒指。

我還記得琵露希雅告訴我這件事時，我心中只有一個古怪的想法：莉拉在她的新家舉行餐會，竟然沒邀我參加。但是這樣最好，我很高興，不必再和她一較長短，不必再見她。等琵露希雅講完訂婚餐會的所有細節之後，我才有點遲疑地問起我的朋友。琵露希雅露出要笑不笑的奸詐表情，用方言給了個標準答案：她還在學。我沒問學什麼。回到家之後，我睡了一整個下午。

隔天早上，我像平常一樣七點出門上學，準確來說是假裝出門上學。剛跨過通衢大街，就看見莉拉從敞篷車下來，進到我們的院落，連一聲再見都沒對開車的斯岱方諾說。她精心打扮，戴著大大的太陽眼鏡，儘管這時並沒有太陽。讓我意外的是她脖子上繫的那條藍色薄紗絲巾，竟然掩住了嘴巴。我忿忿心想，這八成是她的最新風格——不再走賈桂林．甘迺迪風，而是我們打從小時候就想要當的神祕女郎風。我沒喊她，繼續往前走。

然而，走了幾步之後，我轉身，不太明白自己打算幹嘛，只因為不由自主。我的心怦怦跳，情緒很混亂。也許我是想要她當面告訴我，我們的友誼已經結束了。也許我想對她大聲說，我也決定不再唸書，決定結婚——搬進安東尼奧家，和她媽媽、弟弟妹妹住在一起，像瘋婆子玫利娜那樣洗樓梯。我快步越過院子，我看見她走進她婆家那棟公寓的入口。我爬上樓梯，也就是當年和她一起向阿基里閣下要回娃娃的那個樓梯。我叫她，她回頭。

「你回來了。」我說。

「是啊。」

「你為什麼沒告訴我？」

「我不想要你看見我。」

「其他人可以看你，而我不行？」

「我不在乎其他人，我只在乎你。」

我有點猶疑地看著她，有什麼是我不該看見的？我爬上樓梯，輕輕揭開她的絲巾，拿開太陽眼鏡。

6

如今我藉著想像重新述說她蜜月的故事，不只是她那天在樓梯上告訴我的，也包括我後來在她筆記本裡讀到的。我當時對她的態度很不應該。因為尼諾離開婚宴，我覺得飽受羞辱，所以我恨不得相信她輕易屈服，好讓她承受像我一樣的羞辱；我恨不得貶低她，好讓自己感受不到她的失落。婚宴結束之後，她坐進敞篷車裡，戴著藍色帽子，身穿粉藍套裝。她眼中怒火熾烈，車子一開動，就用我們孩提時代最不堪的髒話咒罵斯岱方諾。

他像平常那樣默默忍受辱罵，臉上浮現淺淡的微笑，沒說半句話，最後她終於沉默下來。但是沉默沒持續太久。莉拉又開始了，語氣平靜，但有點喘。她告訴他，她沒辦法在車裡多待一分鐘，吸到他呼出的空氣讓她噁心，她要立刻下車。斯岱方諾看見她臉上憎惡的表情，但繼續開車，一句話也沒說，所以她拔高嗓音，叫他停車。他是停車了，但莉拉打開車門時，他緊緊拉住她的手腕。

他輕聲說：「聽我說，這是有正經理由的，並不是開玩笑。」

他用平靜的語氣對她解釋事情經過。為了不讓製鞋廠在還沒開門營業之前就關門大吉，他覺得有必要找梭拉朗父子入股，因為席威歐．梭拉朗不只可以保證讓鞋子在城裡最好的鞋店銷售，而且秋季更將在馬提尼廣場開設獨家專售瑟魯羅鞋子的店鋪。

「你的必要和我有什麼相干？」莉拉打斷他，聳肩想甩開他。

「我的必要就是你的必要，你是我老婆啊。」

「我？我對你一點都不重要，你對我也是一樣。放開我的手。」

斯岱方諾放開她的手。

「你爸爸和哥哥也不重要？」

「談到他們的時候嘴巴放乾淨一點，你不配提到他們的名字。」

但斯岱方諾還是提到他們的名字。他說是費南多本人希望和席威歐・梭拉朗達成協議的。他說最大的阻礙是馬歇羅。馬歇羅非常氣莉拉，氣瑟魯羅全家，更氣帕斯蓋、安東尼奧和恩佐，因為他們砸爛了他的車，還揍了他一頓。他說是黎諾安撫了他，用了很多耐性，所以後來馬歇羅說他要莉拉做的那雙鞋，黎諾就說好吧，拿去。

太慘了，莉拉覺得胸口宛如挨了一刀。但她還是放聲大喊：「那你，你又做了什麼？」

斯岱方諾一晌尷尬。

「我能怎麼做？和你哥哥吵架，毀了你們家，和你的朋友開戰，讓我投資的錢放水流？」

對莉拉來說，他說的一字一句，不管是語氣或內容，都是偽善的認罪。她甚至不讓他把話說完，又開始用拳頭打他的肩膀，嚷著：「所以你就說好，你就拿了那雙鞋給他？」

斯岱方諾隨便她打罵，但她又想開門下車的時候，他冷冷地叫她冷靜一點。莉拉突然轉頭：在他把問題怪在她父親和哥哥頭上，在他們三個把她當擦地板的破抹布那樣糟蹋之後，還敢叫她冷靜下來。我才不要冷靜，她大叫，你這個窩囊廢，馬上送我回家，當著另外那兩個窩囊男人的面把這些話再說一遍。用方言講出窩囊廢這個詞的當口，莉拉馬上發現自己打破了丈夫那穩重平靜語氣的界線了。一秒鐘之後，斯岱方諾的手強勁有力地打了她的臉，這個火辣辣的耳光彷彿一個真相爆開來。她皺起臉，被臉頰的灼熱疼痛嚇得心頭一驚。她看著他，不敢置信，而他啟動車子，用打從追求她以來未曾有過的語氣，對此時不是冷靜而是顫抖的她說：「看看你逼我做了什麼？看看你有多過分？」

「我們徹頭徹尾錯了。」她喃喃低語。

但是斯岱方諾斷然不予理會，他連思考這個可能性都不肯，開始滔滔不絕，有威脅，有說教，也有哀嘆。

他說的大概是：「我們什麼都沒錯，莉娜。我們只是必須把幾件事情搞清楚。你已經不再姓瑟魯羅了。你現在是卡拉西太太，你一定要乖乖聽我的話。我知道，你不切實際，你不知道生意是怎麼回事，你以為我的錢是在路上撿到的。但事情並不是這樣的。錢是我每天辛苦賺來的，我得要想辦法把錢放在可以賺出更多錢的地方。你設計鞋子，你父親和哥哥是優秀的鞋匠，但是你們三個沒辦法讓錢滾錢。可是梭拉朗家可以，請聽清楚了，你喜不喜歡那些人，我一點都不在乎。我也很討厭馬歇羅，他看你的那個德性，就算只用眼角一瞥，也會讓我想到他是怎麼講你的，感覺像有把刀戳進我肚子裡。可是如果他可以幫忙賺錢，他就是我最好的朋友了。你知道為什麼嗎？因為如果我不賺錢，就不會有這輛車，就不能幫你買這身衣服，我們就會失去房子和房子裡的所有東西，到最後你也不能當高貴夫人，我們的孩子會像乞丐那樣長大。所以你只要把剛剛說的話再說一遍，我就撕爛你的漂亮臉蛋，讓你再也不能出門。聽明白了嗎？回答我。」

莉拉眼睛瞇成一條縫，臉頰變成紫色，除此之外，一臉慘白。她沒回答他。

7

他們傍晚時分抵達阿瑪菲。兩人都沒住過飯店，顯得很尷尬，不自在。櫃臺接待員微帶嘲諷的語氣尤其讓斯岱方諾心有畏懼，進而很沒必要地表現出卑躬屈膝的態度。他一發現之後，就用唐突的態度來掩飾自己的狼狽，被要求出示證件時，他連耳朵都紅了。這時門房出現了，是個年約五十歲、留小鬍子的中年人，但是斯岱方諾拒絕他的協助，彷彿他是個小偷似的，但想想不對，又很高傲地給他一大筆小費，儘管他根本沒用到這人提供的服務。他自己提著行李箱上樓，莉拉跟在他後面。據她告訴我，這是她第一次感覺到自己已經失去早上嫁的那個年輕人，此時走在她身邊的是個陌生人。斯岱方諾真的這麼胖，腿這麼短這麼肥，手臂這麼長，指關節這麼白？她誓言一生一世不離不棄的就是這樣的一個人？她旅途中的怒不可遏，這時已經變成了焦慮。

一進到房間，他就又努力變得親暱可人。他累了，同時也為他攪她的那個耳光覺得不安。他裝出很不自然的語氣，讚美這個房間。這裡很寬敞，有落地窗通向陽臺。他對她說，來吧，來聞這芳香的氣息，看看這大海的閃閃發亮。但她在找辦法逃脫陷阱，心不在焉，搖頭說不，她很冷。斯岱方諾馬上關上窗戶，說如果他們要出去散步吃飯，最好穿得暖一些，說：給我拿件背心吧，彷彿他們已經住在一起許多年，所以她知道怎麼在行李箱裡找出東西，在幫自己拿毛衣的同時，也能幫他拿出背心來。莉拉一副同意的樣子，其實卻沒打開行李箱，沒拿毛衣也沒拿背心。她馬上走到外面的走廊，連一分鐘都不想再待在房間裡。他跟著她出去，嘴裡叨唸著：我這樣是沒問題，但我擔心你，你會感冒的。

他們在阿瑪菲海岸漫步，走到教堂，爬上臺階，再折回來，走到噴泉。斯岱方諾想要取悅她，但是幽默逗趣向來就不是他的強項，感性的語氣比較適合他，或者是那種知道自己要什麼的成熟男人說教語氣。莉拉幾乎沒有任何反應，最後她丈夫就只指著這個，指著那個，喊著說：看。但是平常連塊石頭都喜滋滋欣賞的她，對這美麗的窄小街道，花香芬郁的花園，或阿瑪菲海岸的藝術與歷史一點興趣都沒有，而她最不感興趣的，是她丈夫的聲音，不停說著「很漂亮，對吧？」的聲音。

沒過多久，莉拉就開始發抖，但不是因為她特別冷，而是因為緊張。他察覺了，提議回到飯店裡，甚至還試探地說什麼：那我們就可以摟在一起取暖了。但她想繼續走，一直走一直走，走到疲憊無力為止，雖然並不餓，但她問也沒問地就走進一家餐廳。斯岱方諾耐住性子隨她進去。

他們點了各式各樣的東西，卻幾乎什麼都沒吃，只喝了一點葡萄酒。後來，他忍不住了，問她是不是還生氣。莉拉搖搖頭說不，這是真的。對於這個問題，她自己很不解的是，她一點也不怨恨梭拉朗，不怨恨她父親和哥哥，甚至也不怨恨斯岱方諾。她心裡的一切，飛快變化。突然之間，她再也不在乎鞋子了。事實上，她不明白自己為什麼看見鞋穿在馬歇羅腳上會那麼忿怒。如今讓她驚恐苦惱的，反而是在手指上閃閃發亮的結婚戒指。她難以置信地回顧這一天：教堂，儀式，宴會。我做了什麼，因為喝了酒而微醺的她想，這枚金環，這枚套在我手指上亮晶晶的圈圈到底是什麼。斯岱方諾也有一個，在黑色的汗毛裡亮閃，在長滿汗毛的手指，就像書裡說的那樣。她回想起他穿泳衣的模樣，也就是她在海灘看見的他。寬闊的胸膛，大大的膝蓋骨，像兩個倒扣的鍋子。回想起來，沒有任何一絲最小的細節讓她覺得有魅力。如今在她看來，他是個無法和她分享任何東西的人，然而他就在眼前，穿西裝打領帶，蠕動厚嘴唇，摸著厚厚的耳垂，叉子不停戳起她盤裡的東西來吃。眼前的這個人和吸引她的那個賣醃肉、有企圖心、有自信又有禮貌的年輕人，和早上教堂裡的那個新郎幾乎完全不一樣。他張開白白的下巴，黑色的嘴洞裡有條紅色的舌頭——他身體裡面和周圍有什麼東西粉碎了。在這張餐桌上，在來來去去的服務生之間，引領她來到阿瑪菲海岸的一切似乎都缺乏邏輯的一貫性，但卻又真實到令人難以忍受的地步。因此，眼前這張認不出是誰的臉露出微笑，以為已經雨過天晴，以為她瞭解他的理由，以為她接受了，以為他終於可以和她談他的大計畫時，她卻突然心生一念，很想拿起桌上的餐刀，在他回到房裡奪去她貞操時，一刀戳進他的喉嚨裡。

最後她並沒有這樣做。因為在那間餐廳，坐在那張餐桌，喝酒喝得心茫茫的她覺得整個婚姻，從結婚禮服到結婚戒指，變得一點道理都沒有。而且她也覺得，斯岱方諾若有任何性愛的需求，在他來說也是完全沒道理的。所以起初她暗暗籌謀如何拿到刀子（她拿起腿上的餐巾，蓋在餐刀上，連布帶刀一起擺在腿上，準備把刀子偷偷丟進皮包裡，但最後卻還是又擺回桌上），後來放棄了。把她身為人妻的新身分和這間餐廳、和阿瑪菲拴在一起的螺絲，在她看來完全沒拴緊，所以到晚餐快吃完時，她不再聽見斯岱方諾的聲音，她耳裡只有器物、人、想法的哐噹聲，模糊難辨。

在街上，他又開始談起梭拉朗家好的一面。他告訴她，他們認識市政府的大人物，他們和政黨、帝制主義者、法西斯黨都有關係。他喜歡講得一副自己對梭拉朗家的勾當很瞭解似的，他用那種熟知內情的語氣，講得渾然忘我：政治很骯髒，但是對賺錢來說很重要。莉拉想起她以前和帕斯蓋的討論，甚至和斯岱方諾在訂婚期間的討論，想過著和他們父母完全不同的生活，想徹底擺脫過往的羞辱、偽善與殘酷。他當時說好，她想，他說他同意，但其實根本沒在聽。我到底是對誰講啊？我不認識這個人，我不知道他到底是誰。

然而在他拉起她的手，輕聲說他愛她的時候，她並沒有甩開。或許她是打算讓他以為一切都就緒，以為他倆真的是在度蜜月的新郎新娘。說不定為了傷他更重，深感噁心的她還對他說：和飯店門房或和你上床——兩個人的手指都被香菸燻得焦黃——都同樣讓我想吐。說不定——我覺得這個可能性比較高——她太害怕，拚命想拖延每一個反應。

一回到飯店房間，他就想吻她，她退縮開來。她緩緩打開行李箱，拿出自己的睡衣，也把斯岱方諾的睡衣給他。她的細心讓他開心微笑，再度想要摟她。但她把自己關進浴室裡。

獨處的她洗臉洗了很久，想洗掉酒帶來的麻木感覺，洗掉對這個失去輪廓的世界的印象。但並沒有成功，她每一個姿態與動作都難以協調的程度越益加重。我能怎麼辦呢，她想。就鎖在這裡一整夜。永遠不要出去。

沒帶回那把餐刀，她覺得很懊悔：有那麼一會兒，她相信自己帶了，但接著又不得不承認，她並沒有。她坐在浴缸邊緣打量著，和她新房子裡的浴缸相較，覺得她家的比較好。她的毛巾也比較高級。她的？說起來，那裡的毛巾、浴缸——所有的東西——到底是屬於誰的？一想到這些高級的新東西是因為她冠上某個特定的姓氏——在房裡等她的那個人的姓氏——而來，她就很不安。這些都屬於卡拉西。連她也都屬於卡拉西。斯岱方諾敲敲門。

「你在幹嘛？你還好嗎？」

她沒回答。

她丈夫等了一下，又再次敲門。什麼動靜都沒有，他緊張地扭動門把，裝出開玩笑的語氣說：「要我破門而入嗎？」

莉拉一點也不懷疑，他可以破門而入——在門外等她的這個男人無所不能。我也無所不能，她想。她脫下衣服，洗澡，穿上睡衣，很瞧不起自己幾個月前竟花時間精挑細選這套睡衣。斯岱方諾——這個名字和幾個鐘頭之前自己習慣與鍾愛的那個人不再有任何關係——穿著睡衣坐在床沿，一看見她就跳了起來。

「你好慢啊。」

「需要時間。」

「你好美。」

「我好累。我想要睡覺。」

「晚一點再睡。」

「我現在就要睡。你睡那邊，我睡這邊。」

「好啊，過來。」

「我是說真的。」

「我也是。」

斯岱方諾笑了幾聲，想拉她的手。她抽身，他臉色沉了下來。

「你怎麼回事？」

莉拉遲疑。她想辦法擠出適當的表情，輕聲說：「我不想要你。」

斯岱方諾不太有把握地搖搖頭，彷彿她說的是外國話似的。他喃喃說他等這一刻已經等了很久，日日夜夜地等。拜託，他用哀求的語氣說，臉上的表情近乎沮喪。他指著酒紅色的睡褲，露出扭曲的微笑咕咕噥噥說：你看看，我只要一看見你，就會這樣。她很不情願地看了一眼，噁心地轉開視線。

這時，斯岱方諾發現她又打算把自己鎖在浴室裡，所以像野獸似地往前一跳，攬住她的腰，把她抓起來，丟到床上。事情就這樣發生了。他顯然並不想理解。他以為他們在餐廳裡已經達成和解了，這時他很納悶：為什麼莉拉有這樣的反應，她年紀太輕了。事實上，壓在她身上的他在笑，想要安撫她。

他說：「這是很棒的事，你不要怕。我好愛你，比對我媽、我妹還要愛。」

可是沒用，她已經坐起來，離開他身體底下。這女孩真是太難以捉摸了：她嘴巴說好，意思卻是不好；她說不好，結果卻是好。斯岱方諾喃喃說：別再哀哀叫了。他再次攔下她，跨坐在她身上，把她的手腕壓在床上。

他說：「你說我們應該要等，所以我們就等。雖然在你身邊卻不能碰你，讓我很痛苦。如今我們結婚了——你可以隨心所欲，不必擔心。」

他傾身吻她的嘴，但她躲開他，頭拚命左右轉動，不停掙扎，扭動，一再重複地說：「放開我。我不想要你，我不想要你。我不想要你。」

這時，斯岱方諾幾乎克制不了自己地拔高聲調：「你真的惹火我了，莉娜。」

他重複講了兩三遍，一次比一次大聲，彷彿完全服從某個來自遠方的命令，非常遙遠，或許遠在他出生之前。這命令是：展現男人本色，斯岱方諾。現在就征服她，否則你就永遠征服不了她。你老婆現在就得知道她是個女人，你是個男人，所以她必須服從。莉拉聽見他說的話——你惹火我了，你惹火我了，你惹火我了——看著他，這個肥胖沉重的傢伙，跨坐在她窄窄骨盆的上方，老二豎起，撐起睡衣布料像帳篷支柱似的，回想起多年之前，他曾想用手指抓出她的舌頭，戳進釘子，只因為她膽敢在課堂競賽裡羞辱埃爾范索。他從來就不是斯岱方諾，她彷彿突然明白，他始終就只是阿基里閣下的大兒子。這個念頭立即讓她丈夫年輕的臉宛如復活一般，現出在此之前一直謹慎躲藏在血液裡的真面目，這才是真正的他，始終等待此刻才露出真面目的他。沒錯，為了取悅街坊鄰居，取悅她，斯岱方諾向來努力變成另一個人，用彬彬有禮來讓容貌溫和，讓目光溫馴可人，語氣和善安撫。他的手指，他的雙手，他的全身都學會克制自己的力量。但是他壓抑甚久的界線在此刻即將突破，童稚的驚恐陡然攫住莉拉，她比當年走下地窖去找我們的娃娃時更害怕。阿基里閣下從街坊的爛泥裡復起，以兒子的生命物質維生。父親迸裂他的皮膚，改變他的眼神，讓他的整個身體爆裂開來。看看他，他撕碎她的睡衣前襟，露出她的胸部，猛力夾住她，低頭咬她的乳頭。而她以慣常的能耐壓抑自己的驚恐，抓著他的頭髮想把他拉開，張開嘴巴咬得他流血時，他往後退開，攫住她的雙臂，用彎起的巨大雙腿壓住，輕蔑地對她說：你在幹嘛，給我閉嘴，你瘦得像根小樹枝，我如果真的想打斷你，你想逃也逃不了。但是莉拉沒安靜下來，她大口喘氣，拱起身體想甩開他。徒勞無功。他舉起雙手，俯身用指尖輕打她耳光，一直對她講話，逼問她：看見這東西有多大了吧，說啊，說是，說你看見了。最後他脫掉睡衣，那粗粗一截的性器伸在她身體上方，像個沒手沒腳的人偶，因無聲的萌動而充血膨脹，拚命想要從另一個粗聲粗氣講話的大人偶身上突出來：我要你好好感覺一下，莉拉，看看這有多棒，沒有人能有這樣的享受。因為莉拉還在用力扭動，所以他打了她兩記，第一次用掌心，第二次用手背，因為非常用力，所以莉拉知道，要是她繼續抵抗，他肯定會殺了她——至少阿基里閣下會：整個街坊的人都怕他，因為知道他一使勁就能把你擲向牆壁或樹幹。莉拉不再抗拒，發出無聲的驚恐，任由他身體往後一仰，扯掉她的睡衣，低聲在她耳邊說：你不明白我有多愛你，但是你會知道的，明天你就會求我再像今天這樣愛你，更愛你，事實上你會跪下來哀求我，我會說好，但你必須乖乖聽話，而你也會乖乖聽話。

經過幾次笨拙的嘗試之後，他以狂熱殘酷的動作撕裂她，但這時莉拉整個魂已經不見了。這個晚上，這個房間，這張床，他的吻，他貼在她身上的手，每一個感官觸動都只有一個感覺：她恨斯岱方諾．卡拉西，她恨他的蠻力，她恨他壓在她身上的重量，她恨他的名，他的姓。

8

他們四天之後回到街坊。就在那天晚上，斯岱方諾邀請岳父母和大舅子到新家來。他用比平常更謙遜的態度請費南多告訴莉拉，他們和席威歐．梭拉朗之間的事情。費南多用斷斷續續、很不開心的語氣，印證了斯岱方諾的說法。費南多一講完，斯岱方諾就要黎諾告訴妹妹，為什麼他們最後會做出痛苦的決定，把馬歇羅堅持要的那雙鞋給他。黎諾用那種熟知內情的語氣，自命不凡地說：有些情況呢，你就是不得不做某些決定。然後開始細數從帕斯蓋、安東尼奧和恩佐揍了梭拉朗兄弟和砸爛他們的車以來惹出的一連串麻煩。

「你知道誰的風險最高嗎？」他挨近妹妹，拉高嗓音。「他們，你的那些朋友。穿著閃亮盔甲的騎士。馬歇羅認得他們，也相信是你派他們去的。斯岱方諾和我——我們該怎麼做？你希望這三個白癡被揍得比梭拉朗兄弟慘嗎？你希望害他們被毀了嗎？何況，這又有什麼呢？就為了一雙四十三號的鞋子？一雙尺碼太小你老公穿不下、碰到下雨還會進水的鞋子？我們求和，既然這雙鞋對馬歇羅來說這麼重要，我們給他就是了。」

話隨你怎麼說都行，對於話語力量的掌握，莉拉向來很在行，但是這一次，她卻出乎大家意料的，連嘴巴都沒有張開。黎諾如釋重負，滿懷怨忿地提醒她，是她，打從他們還小的時候，就是她逼著他，不停告訴他說他們以後一定要賺大錢才行。這時，她笑著說，我們是要賺錢沒錯，但不能把我們的生活搞得太複雜，因為我們的生活已經太複雜了。

這時——讓這屋子的女主人很吃驚，但其他人當然是一點都不意外——門鈴響了，琵露希雅、埃爾范索和他們的媽媽瑪麗亞出現了，手上端著梭拉朗家糕餅主廚斯帕努羅新鮮現做的點心。

起初他們看似來慶祝新婚夫婦蜜月歸來，因為斯岱方諾把剛從攝影師那裡拿回來的照片（他說影片要花比較長的時間才能好）傳給大家看。但情況很快就明朗了，斯岱方諾和莉拉的婚禮已經是舊聞，甜點是為了慶祝另一樁新喜訊：黎諾和琵露希雅的訂婚。所有的緊張氣氛都被拋開，黎諾幾分鐘之前的暴戾語氣已經變成溫和的方言，不斷強調他的愛意，以及在妹妹美麗的新家舉行訂婚派對有多麼棒。他用誇張的動作從口袋掏出一個袋子，打開來之後是一個暗色的圓盒，裡面是一枚鑽戒。

莉拉發現這枚戒指和她自己手上結婚戒旁邊的那枚鑽戒沒什麼差別，很納悶哥哥從哪裡來的錢。接著是擁抱和親吻。滔滔不絕談起未來，討論秋天梭拉朗在馬提尼廣場開了瑟魯羅鞋店之後要由誰來管理。黎諾認為應該由琵露希雅來掌理，也許由她自己獨力經營，也許和姬俐歐拉・斯帕努羅一起，因為姬俐歐拉已經和米凱爾訂婚，所以有此權利。家族團聚變得氣氛熱烈，充滿希望。

莉拉大部分時間都站著，因為一坐下來就痛。似乎沒有任何一個人，包括她整個晚上沉默不語的媽媽在內，注意到她右眼的浮腫黑紫，下唇的傷口，以及雙臂的瘀青。

9

站在通往婆家的樓梯上時，她還是這副模樣。我摘掉她的太陽眼鏡，解開她的絲巾。她眼睛周圍的皮膚黃黃的，下唇有一條條紅色傷痕，發紫腫脹。

她對親戚朋友說她是從阿瑪菲海岸的岩石上摔了下來，因為那個晴朗的早晨，她和丈夫搭船到一堵黃牆腳下的沙灘。在為哥哥和琵露希雅舉行的訂婚餐會上，她用嘲諷的語氣扯了這個謊言，而他們也都嘲諷似地相信了她，特別是女人家，因為她們都知道宣稱愛她們的男人痛揍她們一頓之後，她們該說什麼。況且，街坊的每一個人，特別是女人，很久以前就覺得她應該被好好教訓一番了。所以挨揍並沒有引起公憤，反而讓大家同情和尊敬斯岱方諾——總算有人知道如何展現男人本色了。

但是看見她被揍得這麼慘，我的心猛地跳到喉嚨。我擁抱她。聽她說她不來找我，是怕我看見她這個樣子，我的眼睛就湧出淚水。她蜜月的故事就像寫真小說描述的那樣，雖然已經簡化，已經過去，但還是讓我生氣，讓我心痛。然而我也不得不承認，我心中有小小的喜悅。發現莉拉現在需要幫助，或許還需要保護，讓我有小小的滿足，而她不向鄰居而是向我表現心中的脆弱，也讓我感動。我覺得我們之間的距離出乎意料地再次縮小了，而且我很想馬上告訴她，我決定要休學了，想告訴她上學沒有用，我沒有夠格的資質。我覺得這個消息應該可以安慰她。

但是她婆婆探出頂樓欄杆叫她。莉拉草草幾句結束她的故事，說斯岱方諾要她，他和他爸爸一模一樣。

「你還記得當年阿基里閣下沒把娃娃還給我們，只給我們錢嗎？」她問。

「記得。」

「我們不應該拿的。」

「我們拿去買了《小婦人》。」

「我們錯了，從那一刻開始，我就一步錯，步步錯了。」

她並不失望，她是傷心。她戴上太陽眼鏡，重新繫好絲巾。我很高興聽她說我們（我們不應該拿的，我們錯了），但是接著突然變成我，讓我很惱：我就一步錯，步步錯了。是我們，我很想糾正她，始終都是我們。但是我沒說。我覺得她好像很努力想釐清自己的新處境，她迫切需要知道該掌握什麼，好去加以面對。繼續爬上樓梯之前，她問：「你願不願意到我家來唸書？」

「什麼時候？」

「今天下午，明天，每天。」

「斯岱方諾會不高興的。」

「如果他是主人，那我就是主人的太太。」

「我不知道，莉拉。」

「我會給你一個房間，我會把你關在裡面。」

「這樣幹嘛？」

她聳聳肩。

「這樣就知道你在那裡。」

我沒說好，也沒說不好，而是像平常那樣在市區遊蕩。莉拉一心相信我不會逃學，她給我的角色就是戴眼鏡、有酒窩的朋友，永遠埋頭唸書，在學校聰明出色，她怎麼也想不到我會改變。可是我不想再要那個角色了。感謝那篇沒被刊登出來的稿子，我似乎徹底了解自己的不適格。儘管尼諾和我與莉拉一樣，生長在悲慘的邊陲社區，但他有能力靠著聰明才智求學，而我卻不行。所以別再縱容自己，別再拚命努力。接受你的命運，就像卡梅拉，就像艾達，就像姬俐歐拉那樣，甚至連莉拉都早就以自己的方式這樣做了。那天下午，以及接下來幾天的下午，我都沒到她家去。我繼續逃學，繼續折磨我自己。

有天早上，我在離學校不遠的地方遊蕩，在植物園後面，沿著維塔利納里亞路走。我想到近日和安東尼奧的對話：他希望以家有寡母、自己獨力支撐家計為由逃避兵役；他希望在店裡爭取升職，也希望存錢頂下通衢大街那家加油站；我們可以結婚，然後我在加油站幫忙。選擇單純的生活，我媽會同意的。我不能永遠取悅莉拉，我對自己說。但是要把學校激發的企圖心從心頭抹去，有多麼困難啊。學校放學的時候，我不知不覺地走到學校附近，在那裡繞來繞去。我很怕被老師看見，但我心裡也明白，我其實是很想要他們看見我的。我暗暗希望，要嘛就被貼上無可藥救的標籤，不再當個模範生；要嘛就重新被學校的生活節奏所吸引，臣服於責任，乖乖回去上學。

第一批學生出現了，我聽到有人叫我，是埃爾范索。他在等瑪麗莎，可是她遲到了。

「你們在一起？」我帶著嘲諷的語氣問。

「沒有，是她一廂情願。」

「騙人。」

「你才騙人，跟我說你病了，結果看你明明沒事。嘉利亞妮老師一直問起你，我告訴她你發高燒。」

「我是真的病了啊。」

「最好是。」

他的書用橡皮圈綁起來，夾在腋下，因為學校的緊張壓力而表情緊繃。埃爾范索外表這麼斯文，難道胸膛間也藏著他父親阿基里閣下嗎？有沒有可能我們的父母永遠不死，每個孩子都偷偷把父母親藏在身上？我媽是不是會真的從我體內冒出來，讓我註定像她一樣瘸了腿？

我問他：「你看見你哥哥對莉拉做了什麼？」

埃爾范索有點難堪，「看見了。」

「你什麼都沒對他說？」

「你得看看莉拉是怎麼對他的。」

「你也會這麼對瑪麗莎？」

他有點羞怯地笑起來，「不會。」

「你確定？」

「確定。」

「為什麼？」

「因為我了解你，因為我們聊天，因為我們一起上學。」

那一瞬間我不理解：「因為我了解你」是什麼意思？「我們聊天」和「我們一起上學」又是什麼意思？我看見瑪麗莎因為遲到了，從街尾跑過來。

「你女朋友來了。」我說。

他沒轉身，只聳聳肩，低聲說：「回來上學，拜託。」

「我病了。」我又說一遍，轉身離開。

我不想和尼諾的妹妹打招呼，任何會聯想起他的事情都讓我心煩意亂。可是埃爾范索語焉不詳的話讓我覺得好過一些，我一面走一面反覆思索。他說因為他了解我，因為我們彼此交談，我們坐在同一張課桌，他不會用拳打腳踢來對未來的老婆展現權威。他坦率真誠地自我表白，也不擔心我會有能力影響他，雖然用的不知道是什麼方式，但他不怕我會改變他的男人本色。我很感激他給我這個纏結不清的訊息，這安慰了我，也讓我開始和自己妥協。已然脆弱的決心花不了多少功夫就粉碎了。隔天我偽造我媽的簽名，回到學校。那天傍晚在水塘邊，我摟著安東尼奧取暖，向他承諾：我唸完這一學年，就和他結婚。

10

但是要彌補這段時間失去的基礎卻讓我很辛苦，特別是數理科目，我想辦法減少和安東尼奧約會的次數，好專心唸書。因為必須唸書而錯過約會時，他會沉著臉，用警覺的語氣問我：「出什麼問題了嗎？」

「我有好多功課要做。」

「你怎麼會突然多了這麼多功課？」

「我功課向來很多。」

「你以前沒這麼多。」

「那只是巧合而已。」

「你瞞了我什麼，小琳？」

「沒有。」

「你還愛我嗎？」

我要他放心，但時間過得如此之快，我回家的時候很氣自己，因為我還有這麼多書要唸。安東尼奧不放過的始終是同一個目標：薩拉托爾的兒子。他怕我會和尼諾講話，甚至會去見尼諾。理所當然的，為了不傷害他，我沒告訴他說我每天都會碰到尼諾，上學的時候，放學的時候，在校內走廊的時候。沒發生什麼特別的事，我們頂多就是打聲招呼，然後各走各的——我大可以這樣對我的男朋友說，但前提是他必須是個講道理的人。安東尼奧不是講道理的人，我也不是。雖然尼諾沒給我任何鼓勵，但是他單單瞄我一眼，就足以讓我整堂課魂不守舍。他和我僅僅幾間教室之隔——真實，活生生的，比老師還有學問，同時還勇敢且不服從的他，讓老師的授課，讓課本的文字，讓結婚的計畫，讓通衢大街上的那家加油站都失去了意義。

就算在家我也沒辦法唸書。我的思緒一團混亂，對安東尼奧，對尼諾，對未來都不知所措，再加上我媽的暴躁易怒，不停吼著叫我做這做那，然後還有我的弟弟妹妹，一個接一個來找我幫他們看功課。這接連不斷的混亂情況並不新鮮，我向來都是在這麼混亂的環境裡唸書。但是以前支撐我在這樣的環境裡也要在學校名列前茅的決心似乎用罄了，我不能也不願再因為任何人的需要而和學校妥協。所以我會一整個下午幫我媽做家事，改弟弟妹妹的作業，自己只唸一點點書，甚至一點都不唸。以前我會為了唸書而犧牲睡眠，如今因為我還是筋疲力竭，所以睡覺似乎變成我可以暫時歇息的緩刑，夜裡我拋開功課上床睡覺。

就這樣，我不只在上課時心不在焉，對功課也一點準備都沒有，隨時都擔心老師會叫到我。但這樣的情況很快就碰上了。有一回，就在同一天，我的化學、藝術史和哲學都考得很差，因為精神緊繃到極限，最後一科的爛成績公布之後，我竟然當著全班的面哭了。那真是恐怖的一刻：我感覺到情緒失控的驚恐與喜悅，行為脫軌的恐懼與驕傲。

放學的時候，埃爾范索對我說，他嫂嫂叫他告訴我，要我去見她。去吧，他很焦急地催我，你在那裡肯定比在家還能專心唸書。所以那天下午我下定決心，走到那個新社區。但我到莉拉家去，並不是想解決我在學校的問題，我一心認為我們會一直聊天，我這個前模範生的處境肯定會變得更慘。然而我對自己說：寧可跳脫常軌去找莉拉聊天，也好過聽我媽的鬼吼鬼叫，面對我弟弟妹妹的無理要求，應付我對尼諾的渴望和安東尼奧的自責。最起碼我可以對婚姻生活略知一二，因為那很快也就會是我自己的生活。此時的我如此相信。

莉拉用掩不住的愉快態度迎接我。她眼睛已經消腫，嘴唇的傷口也開始癒合，穿著打扮非常用心，頭髮梳得整整齊齊，抹上唇膏，然而她在家中走動的神態，彷彿這裡是個陌生的地方，而她只是個訪客。結婚賀禮還堆在地板上，屋裡有灰泥和油漆的味道，混合著淡淡的酒精味，是餐廳裡的新家具飄散出來的。那裡有一張餐桌，邊櫃附有一面鑲木雕花葉的鏡子，銀器櫃裡裝滿銀器、餐盤、玻璃杯和一瓶瓶五顏六色的酒。

莉拉煮咖啡。能和她一起坐在寬敞的廚房裡扮演淑女，就像我們小時候坐在地窖通風口的時候那樣，真的很開心。這裡氣氛好輕鬆，我想，實在應該早點來的。我這位和我同齡的朋友擁有自己的房子，以及一屋子豪華有序的東西。這位整天無所事事的朋友，似乎很高興有我作伴。雖然我們都已有改變，而且還在繼續改變，但是我倆之間的溫暖熱絡感覺仍像以前一樣。那麼何不接受呢？從她舉行婚禮的那天以來，我第一次覺得輕鬆自在。

「你和斯岱方諾處得還好嗎？」我問。

「很好。」

「你們把事情都搞定了？」

她露出微笑，好像覺得很好玩。

「是的，都搞定了。」

「那麼情況如何？」

「噁心。」

「像在阿瑪菲那樣？」

「是的。」

「他有沒有再打你？」

「沒有，那已經過去了。」

她摸摸自己的臉。

「所以？」

「那很丟臉。」

「那你呢？」

「我做他要我做的。」

我想了想，試探地問她：「最起碼你們睡在一起的時候還不錯吧？」

她露出局促不安的怪表情，變得嚴肅起來，用莫可奈何的厭惡語氣談起丈夫。那不是敵意，不是對關係的需求，甚至不是厭惡，而是平靜的鄙視，把斯岱方諾整個人當成像地上一灘污水那樣的輕蔑鄙視。

我聽她說，我瞭解，卻也不瞭解。很久以前，她用鞋匠刀威脅馬歇羅，僅僅因為他抓住我的手腕，弄斷我的手鍊。從那時起，我就相信馬歇羅若是膽敢碰她一下，她肯定會宰了他。但是如今對斯岱方諾，她卻沒表現出明確的侵略性。當然，理由很簡單：我們打從小時候就看著我們的爸爸揍媽媽。我們從小到大都認為，陌生人不可以碰我們一下，但是我們的爸爸，我們的男朋友，我們的丈夫想動手就可以隨時動手揍我們，他們這麼做是為了愛我們，教育我們，再教育我們。如是之故，斯岱方諾不同於馬歇羅，他是她宣稱自己愛上的年輕人，是她所嫁、也決定永遠共同生活的人，所以她必須對自己的選擇負起全部的責任。然而這樣還是說不通。在我眼裡，莉拉就是莉拉，不是我們街坊的普通女孩。我們的媽媽被丈夫揍了之後，臉上不會出現平靜的輕蔑表情。她們會絕望，會哭泣，會沉著臉面對她們的男人，在背後批評他們，但都還是或多或少繼續尊敬他們（比方我媽，她就很讚賞我爸的那些旁門左道勾當）。但是莉拉表現出來的默從卻不帶任何敬意。

我說：「和安東尼奧在一起的時候我覺得很舒服，雖然我並不愛他。」

我希望她會按我們過往的習慣那樣，從我這句話裡抓出一連串隱而未顯的問題。雖然我愛尼諾——我不必明說——但只要一想到安東尼奧，想到我們的親吻，我們在水塘邊的相互擁抱與撫摸，我就覺得歡悅興奮。就我來說，愛不是歡愉的必要條件，尊敬也不是。因此，這樣的憎惡、羞辱有沒有可能是在事後才出現的，在某個男人純粹為了自己的快樂而征服你、蹂躪你，只因為你屬於他，而不管愛不愛，或尊不尊敬？躺在床上被男人壓垮是什麼滋味？她已經體驗過，而我很希望她講給我聽。但她卻不肯講，只挖苦地說：你覺得舒服就好。她帶我到一個房間，窗外是火車鐵軌，裡面空蕩蕩的，只有一張書桌，一張小床，牆面光禿禿的。

「喜歡這裡嗎？」

「喜歡。」

「那就唸書吧。」

她走出房間，關上門。

房間裡的濕灰泥氣味比屋裡其他地方都濃烈。我望著窗外，很希望可以繼續聊天。但情況很明顯，埃爾范索一定告訴她說我沒去上學，甚至還提了我的爛成績，所以她想要我找回她向來認為我擁有的智慧，即使要強加在我身上也在所不惜。最好是這樣。我聽見她在屋裡走動，打電話。我詫異的是，她沒說：「哈囉，我是莉娜。」或者，我也不知道該說什麼，比方：「我是莉娜·瑟魯羅。」而只是：「喂，我是卡拉西太太。」我坐在書桌旁，翻開歷史課本，強迫自己唸書。

11

這個學年結束得並不順利。高中所在的那幢樓搖搖欲墜，教室漏雨，一場猛烈的暴風雨過後，附近有條街竟然塌陷了。接下來一段時間，我們隔日才上學，功課比平常還多，老師給的作業多到讓我們難以負荷。我不顧我媽的抗議，養成放學直接到莉拉家的習慣。

我下午兩點到，書隨處亂丟。她用帕瑪火腿、乳酪和香腸做三明治給我吃——我喜歡的餡料她都加。這樣的豐足我們家從來沒有過：新鮮麵包的味道多麼香，餡料吃起來多麼棒，尤其是帕瑪火腿，亮紅色的火腿邊緣一圈白。我貪婪大吃，莉拉幫我煮咖啡。我們聊一會兒之後，她就把我關在小房間裡，很少探頭，除非是送點心進來，才陪我一起吃東西喝飲料。斯岱方諾通常都是晚上八點左右從雜貨店回來，因為不想碰見他，所以我總是在七點離開。

我開始熟悉這幢公寓，熟悉這裡的光線，以及火車鐵軌傳來的聲音。每一個空間，每一樣東西都顯得乾淨新穎，但浴室尤其是，有洗臉槽、淨身盆和浴缸。有天下午我覺得特別發懶，於是問莉拉我可不可以泡個澡。我到這時都還只是用水龍頭或銅盆洗澡。她說我想做什麼都可以，還幫我拿了毛巾。水從水龍頭流出來，熱熱的水，我任它流，脫下衣服，整個人泡進水裡，只露出頭來。

那溫熱的暖意帶來超乎預期的愉悅感受。一會兒之後，我試用擺在浴缸角落裡的無數個小瓶子：冒著蒸汽的泡沫湧起，幾乎要溢出浴缸。噢，莉拉擁有這麼多不可思議的好東西。這不僅僅是清潔身體而已，這是遊戲，是放縱。我發現唇膏，化妝品，一面鏡中影像不會變形的大鏡子，還有吹風機。沐浴之後，我的皮膚變得非常光滑，我從來沒感覺到這麼光滑過；我的頭髮豐盈有光澤，比平常更金亮。說不定我們童年夢想的財富就是這個，我想：不是裝滿鑽石和金幣的寶盒，而是一個浴缸，讓你可以每天像這樣泡澡，讓你可以吃麵包、薩拉米香腸、帕瑪火腿，連浴室都可以有很大空間，有電話，有裝滿食物的食品儲藏室與冰箱，邊櫃有你穿著結婚禮服的照片裝在銀相框裡——擁有這樣一整層公寓，有廚房，有臥房，有餐廳，有兩個陽臺，有我在唸書的小房間，還有雖然莉拉沒說，但我們都知道等時間一到就會有小寶寶睡在裡面的嬰兒房。

那天傍晚我匆匆趕到水塘，等不及要安東尼奧愛撫我，嗅聞我，讚嘆且享受讓我越發美麗的豪奢潔淨。這是我想要送給他的禮物。但是他有自己的煩惱：他說，我永遠沒辦法給你這些東西。我回答說，誰說我想要這些東西。他說，莉拉怎麼做，你也總是想怎麼做。我被惹惱了，所以我們就吵了一架。我是獨立的。我只做我想做的事，我做他和莉拉都不能也不做的事：我去上學，我用功讀書，唸書唸到眼睛快瞎掉。我哭著說他不瞭解我，說他只會詆毀我，辱罵我，我轉身跑走。

但是安東尼奧太瞭解我了。莉拉家對我的吸引力一天強過一天。那裡變成一個魔幻的地方，我可以擁有一切，可以遠離我們生長的陰暗老房子、薄牆板、破屋門，以及永遠都是髒污破損的物品。莉拉小心翼翼地不打擾我，我會喊她：我渴了，我有點餓了，我們開電視吧，我可以看這個，我可以看那個嗎。我唸書唸煩了，我拚命掙扎。有時候我會要她聽我大聲唸課文複習。她坐在小床上，我坐在書桌前。我讓她看我正在複習的課本，我背誦，莉拉一行行對課文。

就在這樣的時候，我發現她和書本的關係有了極大的變化。現在她很怕書。她不再想要以她自己的節奏來指揮我，彷彿她只要透過短短幾個句子就足以瞭解全貌，足以精通內涵，可以告訴我：這個概念很重要，就從這裡開始。但是如今比對課文聽我背誦，她雖然會糾正我的錯誤，卻迭聲道歉，說什麼：也許是我不了解，也許你應該查對一下。她似乎不明白自己還是擁有不費吹灰之力就能學會的能力。但是我知道，也看見，譬如，對我來說無聊透頂的化學卻能讓她瞇起眼睛，幾句話就趕走我的漠然，挑起我的興趣。我看見她唸完半頁哲學課本之後，就找出阿那克薩哥拉[2]以智力控制混沌所產生的秩序與門得列夫週期表之間的關係。但是我更常感覺到她認為自己的方法不恰當，自己的言論太天真，於是刻意限制自己。她一發現自己介入太深，就會像面對陷阱那樣立刻退開，喃喃自語說：你真幸運，可以瞭解這些，我根本聽不懂你在說什麼。

有一次，她突然闔上課本，忿忿說：「夠了。」

「為什麼？」

「因為我已經瞭解了，說來說去都一模一樣。在某個小東西裡有更小的東西想要跳出來，而大的東西外面有更大的東西想把這個東西關起來。我要去煮飯了。」

但我根本還沒讀到顯然和這所謂的「小與大」有關的東西。她自己的學習能力把她給激怒，或者是嚇壞了，她離開房間。

去哪裡？

去煮晚飯，去打掃房子，去看電視，調低音量不吵到我，再不然就是去看著火車鐵軌，看著火車經過，看著維蘇威火山若隱若現的輪廓，望著新社區的街道。那沒有樹也沒有商鋪，少有車輛經過的街道，有女人家挽著購物籃，小小孩拉著她們的裙角。偶爾，在斯岱方諾的命令之下，或者是他要求她陪他去的情況下，她出門到準備要開新雜貨店的地方——距她家不到五十公尺，我陪她去過一次。她用木匠的測量捲尺尺寸，準備釘架子、擺家具。

除此之外，她無所事事。我不久就發現，她結婚之後比以前更孤單。我有時候和卡梅拉出去，有時候是艾達，甚至姬俐歐拉。在學校裡，我和同班或不同班的女生交上朋友，所以有時候會和她們去佛利亞街吃冰淇淋。可是她只和小姑琵露希雅見面。至於男生，在她訂婚期間，他們還會停下腳步和她講幾句話，但如今，在她結婚之後，他們在街上遇到的時候，頂多點頭致意。她還是很漂亮，穿著打扮像她買了一大堆的那些女性雜誌上的照片。但是身為妻子，讓她像被關在某種玻璃容器裡，一艘展開風帆的帆船禁錮在沒有大海，無法觸及的地方。帕斯蓋、恩佐和安東尼奧絕對不會主動踏進新社區沒有樹蔭的白色街道，走進大門，到她的公寓，聊天或邀她去散步。就連電話，掛在廚房牆上的黑色電話，好像也是無用的裝飾品。我在她家裡唸書的時間裡，電話很少響，偶爾響了，通常是斯岱方諾打來的。他在雜貨店裡也裝了一部電話，接受顧客訂貨。就新婚夫婦來說，他們的對話算是非常簡短，她向來都只是無精打采地回答是或不是。

她這部電話主要是用來購物。那段時間她很少出門，想等挨揍的痕跡從臉上完全消失，但購物還是照常進行的。例如在我泡完愉快的澡，真心讚嘆我的頭髮變得多漂亮之後，我就聽到她訂購一支新的吹風機，貨送到之後，她就想送給我。她唸出一句魔咒（喂，我是卡拉西太太），然後開始討價還價，商量，放棄，買下。她不付錢，店老闆都是街坊的人，他們和斯岱方諾很熟。

2 阿那克薩哥拉（Anaxagoras, 500~428B.C.），希臘哲學家。

她只需要簽上「莉娜．卡拉西」這幾個字，就像奧麗維洛老師教我們的那樣，名字加上姓。而她下筆一副像寫作業的模樣，凝神專注，要笑不笑的，但從來不檢查商品，彷彿寫在紙上的字比送來的東西更重要。

她也買了幾本大相簿，綠色封面，飾有花卉圖案，用來擺婚禮照片。她幫我洗了不知多少張照片，有我、我爸媽、我弟弟妹妹，甚至有安東尼奧的，全都洗。洗照片也是她打電話吩咐的。我找到一張可以看見尼諾的，照片上有埃爾范索，有瑪麗莎，而尼諾在右邊被切掉一大半，只看得見他的頭髮、鼻子和嘴巴。

「我可以要這張嗎？」我淡淡地問。

「裡面又沒有你。」

「有我，在後面。」

「好吧，你想要我就洗給你。」

「不用了，算了吧。」

「真的，拿去吧。」

「不用。」

但是最讓我讚佩的是放映機。婚禮的影片終於沖好，攝影師有天晚上來放給新婚夫婦和親人看。莉拉查出這機器的價錢，送了一部到家裡，邀我來看影片。她把放映機擺在餐桌上，摘下牆上那幅暴風狂雨的海景圖畫，很熟練地操作放映機，拉下窗簾，影像開始在白牆浮現。太不可思議了：電影是彩色的，長度只有幾分鐘。我看得目瞪口呆。我再次看見她挽著費南多的臂彎步入教堂，和斯岱方諾一起走出教堂廣場，幸福快樂地穿過林曼布蘭薩公園，最後是一個長長的吻，接著踏入餐廳，舞會開始，親戚們吃喝跳舞，切蛋糕，送出婚禮回禮，對著鏡頭說再見，斯岱方諾笑容滿面，她神色憂鬱，兩人都穿一身旅行裝束。

第一次看的時候，最讓我吃驚的是影片裡的自己。我出現兩次。第一次是在教堂廣場，站在安東尼奧身旁。我眼睛直視前方，很緊張，臉被眼鏡遮住了。第二次，我和尼諾一起坐在餐桌旁，幾乎認不出來：我在笑，手和臂膀輕鬆優雅地揮動，摸摸頭髮，把玩我媽的手鍊——我覺得自己看來優雅而美麗。

莉拉大聲嚷起來：「看看你有多漂亮。」

「才沒有。」我昧著真心說。

「你看起來就是你開心時候的模樣。」

看第二次的時候（我告訴她說，再放一遍吧。其實我不要求她，她也會再放一遍），讓我吃驚的是梭拉朗進到餐廳裡的畫面。攝影師逮到讓我印象最深刻的那一瞬間：也就是尼諾離開，而馬歇羅和米凱爾闖進來的那一刻。他們兩兄弟肩併肩，穿著宴會服進來，高大精壯，一身在健身房舉重練出來的肌肉；低頭快步溜出去的尼諾正好撞上馬歇羅的臂膀，馬歇羅突然轉身，用卑鄙霸道的目光瞄他，但他卻毫不在乎地消失無蹤，連頭都沒回。

這對比非常強烈。不是因為尼諾身上的衣服寒酸，而梭拉朗服飾華麗，脖子、手腕和手指上都金光閃閃。也不是因為尼諾身材的單薄，雖然他因為高而顯得更瘦（梭拉朗兄弟雖然也很高，但尼諾起碼比他們高個七、八公分），而且在馬歇羅和米凱爾得意揚揚展現的雄性威猛對照之下，益發脆弱單薄。形成強烈對比的是他的漠然。梭拉朗的自大可以被看成正常，但尼諾撞上馬歇羅還繼續往前走的傲慢不在乎，就一點都不正常了。就連討厭梭拉朗的人，例如帕斯蓋、恩佐或安東尼奧，只要碰見了，無論如何也都會和他們打聲招呼。但是尼諾不只沒道歉，連看都不看馬歇羅一眼。

這個畫面是個活生生的證據，印證了我在真實情境裡所體驗到的直覺。在那幾個連續的鏡頭裡，薩拉托爾的兒子——和我們一起在這個老舊社區的破房子裡長大，在學校競賽裡擊敗埃爾范索時顯得如此驚懼的男生——如今卻完全置身於以梭拉朗家為首的價值體系之外。他對這個階級體系完全不感興趣，或許也已不再理解。

看著他，我整個人被迷住了。在我眼中，他似乎是個刻苦自勵的王子，光靠著不看馬歇羅和米凱爾一眼的眼神就能嚇退他們。而在這一瞬間，我心中盼望，他可以在這個影像裡做他在現實中沒做的事：帶我遠走高飛。

莉拉到這時才注意到尼諾，好奇地說：「這是那天和你，還有埃爾范索坐在一起的那個人嗎？」

「是啊，你不認得他了嗎？他是尼諾，薩拉托爾家的老大。」

「就是在伊斯基亞島吻你的那個？」

「那沒什麼啦。」

「也不過爾爾。」

「為什麼也不過爾爾？」

「他是個自以為了不起的傢伙。」

彷彿為了改變她的印象似的，我說：「他今年要畢業了，他是全校最頂尖的學生。」

「你是因為這樣才喜歡他？」

「不是。」

「忘了他吧，小琳。安東尼奧比較好。」

「你這麼想？」

「是啊。他太瘦了，而且醜，最重要的是，他太自大了。」

我聽見這三個羞辱也似的形容詞，恨不能開口說：才不是這樣，他很帥，目光明亮，你看不出來真是遺憾，因為像這樣的男生不存在於電影、電視、甚至小說裡，我很高興我從小時候就愛他，儘管我無法接近他，儘管我就要嫁給安東尼奧，一輩子賣汽油，但我還是會愛他，比愛我自己還愛，我會永遠愛他。

但是沒有，我心情低落地說：「我以前很喜歡他，唸小學的時候。可是我現在不喜歡了。」

12

接下來的幾個月接連發生許多小風波，讓我飽受折磨，即便到了今天，我都很難把這些事情講清楚。儘管我外表看起來充滿自信，嚴守紀律，但是卻不斷忍受痛苦的快感，陷入一波波湧來的憂鬱裡。所有的事情好像都和我作對。在學校裡，我沒能拿到過去的好成績，雖然我已經重新開始用功讀書了。每一天的每一刻，我都了無生氣。通往學校，通往莉拉家，通往水塘的路都變成一片慘淡灰白。我緊張，挫折，後來竟不自覺地把自己的麻煩怪在安東尼奧身上。

他也很沮喪。他不時想要見我，有時候甚至丟下工作，局促不安地站在學校大門對面的人行道上等我。他很擔心媽媽玫利娜的瘋狂舉止，也擔心自己可能無法免除兵役。他向徵兵處提出一次又一次的申請，陳述父親已經過世，母親健康不佳，而他身為家中唯一的經濟支柱，但是軍方似乎被文書作業壓得喘不過氣來，決定不理會他。他得知恩佐．史坎諾秋天就要入伍，很怕就快要輪到他了。「我不能丟下我媽和艾達，以及其他的孩子，他們沒有錢，沒有人保護。」他絕望地說。

有一天他上氣不接下氣地跑到學校：他聽說憲兵已經來調他的資料了。

他憂心忡忡地說：「去找莉娜，問她看看斯岱方諾為什麼可以免除兵役，是因為母親守寡，還是有其他原因。」

我安撫他，想要分散他的注意力。我為他在披薩屋辦了聚餐，找來帕斯蓋和恩佐，以及他們的女朋友艾達和卡梅拉。我希望他和朋友在一起可以冷靜下來，結果並沒有。恩佐一如既往，沒對自己的即將離去表露出絲毫情緒。他唯一擔心的是，入伍之後，他父親就必須推著車回到街頭巷尾，而父親健康情況不太好。至於帕斯蓋，他有點哀怨地透露，他被軍方打回票了，因為感染結核病。可是他說他很懊惱，男人應該要當兵的，雖然並不是為了報效國家。像我們這樣的人，他抱怨說，有義務要學會使用武器，因為讓該付出代價的人付出代價的那一天很快就會來到。就這樣，我們開始聊起政治，或者更精確來說，是帕斯蓋在聊，用讓人非常難以忍受的方式。他說法西斯黨想借天主教民主黨的力量重掌政權。他說警方和軍方都站在他們那邊。他說我們必須準備好，他特別是對恩佐講，而恩佐贊同地點頭，雖然不太說話，這時卻輕笑著說別擔心，等我回來，我會教你們怎麼開槍。

艾達和卡梅拉很佩服他們的對話，以身為英勇男子的女朋友為榮。我很想開口，但是我對法西斯黨、天主教民主黨和警方的結盟一無所知，我腦袋裡甚至連一點想法都沒有。我不時看看安東尼奧，希望這個話題能讓他興奮起來，但沒有，他只是不斷回頭提他心頭的折磨。他一直問軍隊裡是什麼情況，自己也沒當過兵的帕斯蓋回答說：是不折不扣的大糞坑，要是你不服從，他們就打斷你的骨頭。恩佐默不作聲，彷彿這個問題和他無關；而安東尼奧卻不肯吃東西，戳著盤子裡的披薩，不停說著什麼：他們不知道自己對付的是誰，就讓他們來試試看，我會打斷他們的狗腿。

我們單獨在一起的時候，他突然用壓抑的語氣對我說：「我知道我如果離開了，你不會等我的。你會和其他人走。」

我頓時明白了。問題不在玫利娜，不在艾達，不在沒有經濟支柱的其他弟弟妹妹，甚至也不在軍旅生活的艱苦。問題在我。他不想離開我，連一分鐘都不想，無論我怎麼說，怎麼做，似乎都無法讓他安心，他不相信我。我決定採取攻勢。我叫他學學恩佐：他很有自信，我低聲說，既然非去不可，他也就去，不會哀哀叫，雖然他才剛和卡梅拉訂婚。你的怨聲載道一點理由都沒有，是的，沒有理由，安東尼奧，特別是你又沒要入伍，因為如果斯岱方諾・卡拉西因為家有寡母而免除兵役，你當然也不用當兵啊。

這有點威脅又有點安撫的語氣讓他放心。但是在道再見之前，他又略顯尷尬地說：「去問問你朋友。」

「她也是你的朋友。」

「是啊，可是你去問。」

第二天我對莉拉提到這件事，可是她對丈夫當兵的事一無所知，很不情願地答應去打聽。她沒如我希望馬上去打聽。她和斯岱方諾與婆家的關係一直很緊張。瑪麗亞告訴兒子，他老婆錢花太凶。琵露希雅給新雜貨店惹麻煩，她說她不要管，要管也是她嫂子去管。斯岱方諾叫媽媽和妹妹不要再說了，但最後他自己也還是責備妻子花了太多錢，同時也問她，如果有必要，她願不願意到新雜貨店去工作。

這個時期的莉拉，即使是在我眼裡，也是格外難以捉摸。她說她會少花一點錢，也一口答應在新雜貨店工作，但同時錢又花得比以前更凶，而以前她或許出於好奇、或許出於義務而到新店址去，如今也都不去了。她臉上的瘀青已經消失了，心中迫切想要出門，尤其是上午，我在學校的時候。

她會和琵露希雅一起去散步，兩人互別苗頭，看誰穿得比較漂亮，誰有能耐買更多無用的東西。贏的通常是小琵。主要的原因是長得一臉可愛稚氣的她總是想法子讓黎諾拿出更多錢來，因為黎諾覺得他有義務證明自己比妹夫更慷慨。

這位未婚妻對她的未婚夫說：「我工作了一整天，好歹讓我開心一下嘛。」

然後他就故作瀟灑，當著父親和工人的面，從褲袋裡掏出一把皺巴巴的鈔票，交給小琵，之後馬上擺出嘲弄的姿態，也給妹妹一點。

他的行為讓莉拉很生氣，就像一陣風吹得門砰一聲關上，或吹得物品從架上砰砰掉下來一樣。但她也看得出來，製鞋工廠終於起步了，而她最開心的是，瑟魯羅的鞋子如今在城裡的很多商店展示，春季款賣得很好，追加的訂單不斷增加。於是，斯岱方諾接管了工廠的地下室，改裝成倉庫和工坊，而費南多與黎諾則匆匆多雇了一名助手，有時候甚至工作到晚上。

衝突當然也是有的。梭拉朗家開在馬提尼廣場的鞋店要斯岱方諾出錢裝潢，而斯岱方諾警覺到他們從未簽下書面合約，所以和馬歐羅、米凱爾吵了好幾次架。但是他們現在好像已經私下達成協議，白紙黑字寫出卡拉西打算投資在裝潢上的金額（稍微灌水）。黎諾對結果很滿意。錢是他妹夫出的，而他則表現得像老闆，活像這一切都是他自己掙來似的。

「如果事情繼續順利發展，我們明年就結婚。」他向未婚妻保證。有天早上小琵決定去找為莉拉做衣服的那位裁縫，就只是去看看。

裁縫親切歡迎她們，因為她非常喜歡莉拉，所以要莉拉詳盡描述婚禮的點點滴滴，堅持要有一張她穿結婚禮服的大照片。莉拉洗了一張，和小琵一起送去給她。

她們走在拉提菲羅路上，莉拉問小姑，斯岱方諾為什麼沒當兵。是憲兵來查核證明他家有寡母？他的免除兵役是徵兵處透過郵件通知，或是他必須自己去探知結果？

琵露希雅一臉諷刺的表情看她。

「家有寡母？」

「是啊，安東尼奧說如果你家有這樣的情況，他們就不會要你去當兵。」

「就我所知，想不去當兵，唯一可靠的方法是給錢。」

「給誰錢？」

「徵兵處的人。」

「斯岱方諾給了錢？」

「是啊，可是你不能告訴別人。」

「他給了多少錢？」

「我不知道。是梭拉朗家搞定的。」

莉拉整個人僵住了。

「什麼意思？」

「你知道的呀，不是嗎，馬歇羅和米凱爾都沒當兵，他們胸廓發育不良。」

「他們？怎麼可能？」

「有關係嘍。」

「那斯岱方諾呢？」

「他找的是馬歇羅和米凱爾的那個關係。你給錢，他們就給你一個人情。」

這天下午，我朋友把打探到的消息告訴我，但她彷彿不瞭解這個消息對安東尼奧來說有多悲慘。她非常震驚，因為發現她丈夫和梭拉朗家的關係並不是因為生意往來才開始的，而是在更早之前，遠在他們還沒訂婚之前就已開始了。

「他打從開始就騙我。」她一遍又一遍地說，略有點得意，彷彿當兵這件事是終極的證據，證明斯岱方諾真正的本性，所以她感覺到自由了。過了好一會兒我才有辦法問她：「如果徵兵處不肯讓安東尼奧免除兵役，你想梭拉朗家會不會願意幫他？」

她狠狠瞥我一眼，沒讓我說完，彷彿我說了什麼不入耳的話。「安東尼奧絕對不會去找梭拉朗兄弟幫忙的。」

13

我們的這段對話，我一個字都沒向我男友報告。我躲著不見他，說我有太多功課要做，而且馬上就有很多隨堂口頭考試要應付。

這不是藉口，學校的情況真的很悲慘。本地政府壓迫校長，校長壓迫老師，老師壓迫學生，學生則彼此折磨。我們有很多人受不了這麼大的課業負擔，很慶幸隔日才需要上課。然而，也有少數人對校舍的破敗與上課時數的減少很生氣，希望立即回復正常狀態。這一派領頭的是尼諾·薩拉托爾，而這也讓我的生活更形複雜。

我看見他在走廊和嘉利亞妮老師竊竊私語，我經過時希望老師會喊我過去。但她沒有。然後我希望他會和我講話，結果也沒有。我覺得很沒面子。我心想，是因為我成績沒以前好，所以我也失去了別人以前對我的一點點尊敬。另一方面，我很痛苦地想，我究竟在期待什麼呢？要是嘉利亞妮老師問我對於空教室和功課過多的看法，我要說什麼？我沒有看法，其實，我明白這一點，是因為有天早上尼諾突然帶著一張打字紙出現在我面前，問：「你可以看一下嗎？」

我心跳得好厲害，只說得出一句話：「現在？」

「不是，放學的時候還給我。」

我情緒洶湧得難以自持。我跑到洗手間，興奮地看起來。這張紙上滿滿的數字，討論的是我一無所知的事情：城市計畫、校舍建設、義大利憲法、某些基本條文。我看得懂的就只是早已經知道的事實：尼諾希望學校儘快恢復正常日程。

回到教室裡，我拿給埃爾范索看。

他看都不看就建議我，「別理會，現在已經是學期末，我們要考期末考了，這會害你惹上麻煩的。」

但我就像發瘋似的，太陽穴怦怦跳，喉嚨發緊。學校裡沒有任何人像尼諾這樣挺身而出，不怕老師，不怕校長。不只因為他每一科的成績都頂尖，更因為他懂得學校裡沒教的東西，其他學生，即使是好學生，也都不懂的東西。他有個性。他很英俊。我捱過一個小時又一個小時，一分鐘又一分鐘，一秒鐘又一秒鐘。我急著想把這張紙還給他，讚賞他的論點，告訴他我每一點都同意，說我願意協助他。

臺階上沒有他的身影，學生群裡、馬路上都沒有。我找不到他。他是最後一批走出校門的學生，臉上的表情比平常還陰鬱。我迎向前去，愉快地揮著手上的紙，連珠砲似地倒出一大堆誇張的話。他皺著眉頭聽我說，然後看看那張紙，生氣地揉成一團，丟掉。

「嘉利亞妮說不好。」他嘟囔著說。

我很困惑。

「哪裡不好？」

他很不開心地蹙著眉頭，做了個「忘掉吧」的手勢，這不值得討論。

「反正，謝謝你。」他用有點不得已的態度說，突然傾身親吻我的臉頰。

自從在伊斯基亞島親吻之後，我們再無任何肢體接觸，連握手都沒有，而這個異乎尋常的道別方式讓我整個人不知所措，一動也不能動。他沒邀我一起走一段路，也沒說再見，一切到此為止。我沒了活力，沒了聲音，只能眼睜睜看著他走遠。

這時有兩件可怕的事情接連發生。首先，有個女孩從一條窄街出來，一個肯定比我年紀還輕的女孩，頂多十五歲，漂亮得驚人：她五官精緻，烏亮的黑髮垂在背後，一舉手一投足都散發優雅氣息，全身上下的春裝都帶著刻意低調的感覺。她走向尼諾，他伸出手臂攬著她的肩，她仰起臉，嘴唇迎向他，兩人接吻——和他給我的那個吻完全不同。在這之後，我才發現安東尼奧站在街角。他這個時間應該是在工作的，但他卻跑來找我。天曉得他在那裡站了多久。

14

很難說服他相信他眼前所見的這一幕不是他長久以來所想像的事情，而只是個友好的動作，沒有其他目的。我說：「他已經有女朋友了。你自己也看見了。」但他一定在我的話裡察覺到一絲痛苦，所以他恐嚇我，下唇和雙手都顫抖。這時我喃喃說，我厭倦這一切，我想要離開他。他讓步，我們重修舊好。但從這一刻起，他對我更加不信任，不再擔心入伍當兵，而是擔心把我拱手讓給尼諾。他越來越常丟下工作趕來，只為了及時見到我，他說。其實，他真正的目的是為了要當場逮著我，向自己證明我的不貞。但真逮著了要怎麼辦，連他自己都不知道。

有天下午，他妹妹艾達看見我經過雜貨店，跑出來找我。她在這裡工作，斯岱方諾很滿意，她也是。身穿長過膝蓋、油膩膩的白色罩袍，她看起來還是很漂亮，從她的口紅、眼妝、髮簪可以判斷得出來，罩袍底下穿的是像參加宴會的漂亮衣裳。她說她有話要和我說，我們約好晚飯前在院子裡碰面。她上氣不接下氣地從雜貨店趕來，是帕斯蓋去接她來的。

他倆一起和我談，一個講完尷尬的話，另一個就接口講另一句尷尬的話。我知道他們擔心什麼：安東尼奧常無緣無故發脾氣，對玫利娜再也沒有耐心，也經常沒有事先通知就曠職。就連他的老闆葛雷西歐都很擔心，因為他看著安東尼奧從小長大，沒見過他像這個樣子。

「他很怕去當兵。」我說。

「如果兵單來了，他當然非去不可。否則就會變成逃兵。」帕斯蓋說。

「可是只要你在，他就不會這樣。」艾達說。

「我時間不太多。」我說。

「人比學校重要得多。」帕斯蓋說。

「少花點時間和莉娜在一起，你就會找到時間的，不然你試試看。」艾達說。

「我儘量。」我不太高興。

「他現在很脆弱。」帕斯蓋說。

艾達突然下了結論，「我從小就在照顧一個瘋子——兩個對我來說真的太多了，小琳。」

我很惱，也很害怕。心裡揣著罪惡感，我繼續常常去見安東尼奧，儘管我並不想，儘管我必須唸書。但這並不夠。有天晚上在水塘邊，他開始哭，他給我看一張卡片。他沒獲得免役，他要和恩佐一起去入伍，就在秋天。後來，他做了讓人極度不安的事情：倒在地上，發狂似地挖土塞進嘴巴裡。我不得不緊緊抓住他，說我愛他，用手指從他嘴裡挖出土來。

我害自己惹上什麼麻煩了啊，我事後想。我躺在床上睡不著，突然發現離開學校的渴望——接受原本的自己，嫁給他，和他的弟弟妹妹一起住在他媽媽家，開加油站——已經淡去。我決定要做點什麼來幫他，等他復原之後就結束我們的關係。

隔天我去莉拉家，心裡非常害怕。卻發現她有點過分興奮。那段期間，我們兩個都騷動不安。我把安東尼奧的情況告訴她，還有入伍通知的事，我告訴她我作了決定：我要瞞著他，因為他絕對不會答應我這麼做的；我打算去找馬歇羅，甚至米凱爾，問他們能不能幫他擺脫困境。

我誇大自己的決定。事實上我不知道該怎麼做：一方面覺得我應該去試試，因為讓安東尼奧痛苦的人是我，但另一方面又去請教莉拉的意見，是因為我認為她理所當然會叫我別去。可是我一心只耽溺在自己混亂的情緒裡，卻沒考慮到她的情緒。

她的反應模稜兩可。她先是取笑我，說我是個騙子，說我一定是很愛我的男朋友，才會願意親自去向梭拉朗兄弟卑躬屈膝，儘管基於過去發生的事情，我心知肚明他們才不會為他動一根手指的。然而，她馬上就開始心煩意亂地東拉西扯，哈哈大笑，忽而嚴肅起來，接著又開始笑。最後她說：好吧，你去，看看會怎麼樣。然後又補上一句：

「說到底，小琳啊，我哥哥和馬歇羅，甚至斯岱方諾和馬歇羅又有什麼不一樣呢？」

「什麼意思？」

「意思是，說不定我當初應該嫁給馬歇羅。」

「我不懂你的意思。」

「最起碼馬歇羅不靠任何人，他愛做什麼就做什麼。」

「你是說真的？」

她馬上就笑著說她是認真的，但我並不相信。她不可能重新考慮馬歇羅的，我想：她的笑不是真心的，只是心情惡劣，飽受折磨，因為她和丈夫的生活並不如意。

我馬上就有了證據。她若有所思，眼睛瞇成一條線，說：「我和你一起去。」

「去哪裡？」

「去找梭拉朗兄弟。」

「做什麼？」

「去看他們要不要幫安東尼奧啊。」

「不要。」

「為什麼？」

「你會惹斯岱方諾生氣。」

「誰理他。他可以去和他們好，我也可以。我是他老婆耶。」

15

我沒辦法制止她。有個星期天——斯岱方諾星期天都睡到中午才起床——我們約好要一起出門散步，她催我去梭拉朗酒館。她出現在新社區還很潔白的灰石街道上時，我嚇了一跳。她盛裝打扮，還化了妝：她不再是以前那個窮女孩莉拉，也不是精美雜誌上的賈桂林·甘迺迪，而是我們所喜歡的電影裡的角色，也許是《太陽浴血記》裡的珍妮佛·瓊斯，也許是《妾似朝陽又照君》裡的愛娃嘉娜。

走在她身邊，我覺得很難為情，還有一點危險的感覺。在我看來，她不只可能被人拿來嚼舌根，也可能被人嘲笑，而這些都會反射在我身上，因為我像個蒼白且忠心的傀儡陪在她身邊。她身上的一切——頭髮，耳環，緊身上衣，合身窄裙，以及她走路的姿態——和我們這個街坊灰撲撲的街道格格不入。一看見她，男人的眼神霎時一驚，彷彿被冒犯了。而女人，特別是年紀大的女人，一點都不遮掩自己的不解：有些就站在人行道邊緣看著她，露出既想笑又不安的表情，就像看見玫利娜在街頭有什麼奇怪舉動似的。

梭拉朗酒館擠滿來買週日糕點的男人。我們踏進店裡，迎面而來的只有尊敬的注目，禮貌的點頭致意，站在櫃臺後面的姬俐歐拉·斯帕努羅真心讚賞的眼神，以及管理收銀臺的米凱爾點頭招呼——他誇張的「哈囉」像是一聲喜悅歡呼。接下來的談話都以方言進行，緊張的氣氛彷彿撐起一張網，過濾掉任何的義大利文發音、字彙和語法。

「你要什麼？」

「十二個糕餅。」

米凱爾朝著姬俐歐拉大聲嚷，但這次語帶挖苦：「卡拉西夫人要十二個糕餅！」聽見這個名字，隔開糕餅鋪的簾子掀開，馬歇羅探出頭來。一看見莉拉在他的酒館兼糕餅鋪，他剎時臉色蒼白，縮回簾後。但幾秒鐘之後，他再次現身歡迎她。他對著我的朋友低聲喃喃地說：「聽到有人喊卡拉西夫人，我嚇了一跳。」

「我也是。」莉拉說，她那意味盎然的要笑不笑，以及毫不帶刺的態度，不只讓我意外，也讓那兩兄弟很驚訝。

米凱爾仔細打量她，歪著頭彷彿欣賞一幅畫似的。

「我們看見你了。」他對著姬俐歐拉說：「對不對，姬俐歐拉，我們昨天下午看見她了？」姬俐歐拉點點頭，淡淡地說是啊。馬歇羅也說是啊——是啊，是啊——但沒有米凱爾那種挖苦的口吻，感覺像是在魔術表演上被催眠的人。

「昨天下午？」莉拉問。

「昨天下午，在拉提菲羅路。」米凱爾證實。

這時馬歇羅受不了弟弟的語氣，有點生氣，「你在裁縫鋪的櫥窗裡。那裡有一張你穿結婚禮服的照片。」

他們聊了一會兒那張照片，馬歇羅真心誠意，而米爾爾諷刺挖苦，兩人用不同的方式形容莉拉穿著結婚禮服有多美。她似乎有點惱，但也半開玩笑地說：裁縫師沒說要把她的照片放在櫥窗，否則她絕對不會給的。

「我倒很希望我的照片擺在櫥窗裡。」姬俐歐拉在櫃臺後面說，口氣活像耍脾氣的孩子。

「如果有人肯娶你的話。」米凱爾說。

「你要娶我啊。」她臉色沉了下來，直到莉拉一本正經地說：

「琳諾希亞也要結婚了。」

梭拉朗兄弟很不情願地把注意力轉到我身上，在這之前我都像個隱形人，一句話也沒說。

「才沒有。」我臉紅了。

「幹嘛不結婚，就算你有四隻眼睛，我也願意娶你。」米凱爾說，惹得姬俐歐拉又狠狠瞪他一眼。

「來不及啦，她已經訂婚了。」莉拉說。她慢慢地把兩兄弟的注意力帶到安東尼奧身上，談起他的家庭狀況，生動鮮明地描述要是他去當兵，家裡的情況會有多慘。讓我吃驚的不只是她的講話技巧，因為這我早就已經領會了。讓我吃驚的是她講話的口吻有別於以往，巧妙地把傲慢與安撫的語氣融而為一。她就在眼前，嘴唇擦著紅豔豔的胭脂。她讓馬歇羅相信她已經把前塵往事永遠封存，讓米凱爾相信他的狡黠傲慢逗樂了她。最讓我驚奇的是，她對待這兩個男人的手腕，像是個深刻瞭解男人本性的女人，不只沒有必要學習、甚至有許多可以傳授給其他女人。而且她並不是在扮演一個角色，像我們小時候模仿小說裡家道中落的淑女那樣。她對男人的認識顯然是真的，而且她也不覺得難為情。這時她突然又變得冷漠起來，發出拒絕的訊號：我知道你想要我，但是我不想要你。於是她抽身後退，讓他們栽個觔斗，馬歇羅有點尷尬，米凱爾臉色陰沉，舉棋不定，凌厲的眼神彷彿在說：看著好了，管你是不是卡拉西夫人，我都要賞你一個耳光，你這個臭婊子。然而，她的語氣卻又變了，再一次把他們拉近身旁，想逗樂他們，也讓他們逗樂她。結果呢？米凱爾沒屈服，但馬歇羅說：「安東尼奧不值得我們這麼做，但是琳諾希亞是個好女孩，為了她的幸福，我可以去問問朋友，看有沒有辦法可想。」

我覺得很滿意，謝謝他。

莉拉挑了糕點，很親切地問候姬俐歐拉和她父親——這位糕餅師傅從烘焙坊探頭說：替我向斯岱方諾問好。她要付錢的時候，馬歇羅做了個明確拒絕的手勢，他弟弟雖沒那麼堅決，但也贊同他的立場。我們就要離開的時候，米凱爾用那種他一心想要什麼東西且不容反對的低沉語調，很認真地對她說：

「那張照片裡的你看起來很漂亮。」

「謝謝你。」

「那雙鞋很出色。」

「我不記得了。」

「我記得，而且我想問你一件事。」

「你也想要我的照片，想放在酒館裡？」

米凱爾搖搖頭，發出冷淡的笑聲。

「不是，可是你知道我們就要在馬提尼廣場開店了吧？」

「你們的事情我什麼都不知道。」

「噢，你應該要知道的，因為我們的事情很重要，而且我們都知道你不笨。我想，如果你的照片可以擺在裁縫師那裡宣傳結婚禮服，用來宣傳瑟魯羅鞋子一定會更好。」

莉拉噗嗤笑出來，她說：「你想把那張照片擺在馬提尼廣場店裡的櫥窗？」

「不，我要一張放得更大的照片，擺在店裡。」

她想了想，然後滿不在乎地擺擺手說：「別問我，去問斯岱方諾。他才是拿主意的人。」

我看見那兩兄弟很不解地互看一眼，我明白他們早就討論過這個點子，覺得莉拉不會同意，所以她沒生氣，沒立即回絕，毫不抗拒地把決定權讓給丈夫，令他們不敢相信。他們認不得她了，而且，這時連我也不知道她到底是誰了。

馬歇羅送我們到門口。在酒館外，他嚴肅地說：「我們已經很長一段時間沒講話了，莉娜，這很讓人不安。你和我不能在一起，沒關係，天底下的事情就是這樣。可是我不希望我們之間的關係一直不清不楚。特別是我不希望不該怪我的事情怪到我頭上來。我知道你老公到處說我要走那雙鞋是一種侮辱。但是我可以當著琳諾希亞的面前對你發誓：是他和你哥哥把那雙鞋給我，象徵我們之間再也沒有嫌隙。這事情和我一點關係都沒有。」

莉拉靜靜聽，沒有插嘴，臉上浮現同情的表情。他一講完，她就又恢復原來的神態。她輕蔑地說：「你們像小孩一樣，互相指責。」

「你不相信我？」

「不，馬歇羅，我相信你。但你說什麼，他們說什麼，我再也不在乎了。」

16

我拖著莉拉到我們住的院落，等不及要讓安東尼奧知道我為他做了什麼。我興奮得渾身發抖，對她透露：只要他稍微鎮靜下來，我就離開他，但她不置一詞，似乎心不在焉。

我出聲喊。安東尼奧探頭出來，一臉嚴肅地下樓。他和莉拉打招呼，顯然沒注意到她穿什麼衣服，化了什麼妝，事實上還盡可能不看她，或許是怕我在他臉上看見屬於男性的興奮。我告訴他說我不能久留，我只有一點點時間來告訴他好消息。他靜靜聽，但我一面講的時候，就發現他開始後退，彷彿面對著刀尖似的。他答應要幫你，我還是渾然忘我地說，還要莉拉幫我作證。

「馬歇羅這麼說的，對不對？」

莉拉只說對。但安東尼奧臉色慘白，垂下眼睛，含糊不清地說：

「我沒要你去找梭拉朗兄弟。」

莉拉馬上騙他說：「是我的主意。」

安東尼奧看也沒看她一眼，說：「謝謝你，但不需要。」

他對她說再見——是對她，而不是對我——轉過身去，消失在門裡。

我覺得腸胃翻攪欲吐。我到底是哪裡錯了，他要這麼生氣？我在街上情緒失控，告訴莉拉說安東尼奧比他媽媽玫利娜更瘋，流著同樣情緒不穩的血液，我再也受不了了。她靜靜聽我說，同時希望我和她一起回家。我們到了她家門口，她要我進去。

「斯岱方諾在家。」我反駁說，但這不是原因。安東尼奧的反應讓我很沮喪，我想一個人靜靜，搞清楚我是哪裡犯錯了。

「五分鐘就好，然後你就可以走了。」

我上樓。斯岱方諾穿著睡衣，頭髮凌亂，沒刮鬍子。他很禮貌地和我打招呼，瞥一眼他的妻子，和那盒糕點。

「你去梭拉朗酒館？」

「是啊。」

「穿成這樣？」

「我這樣不漂亮嗎？」

斯岱方諾很不高興地搖搖頭，打開糕點盒。

「想來一塊嗎，小琳？」

「不了，謝謝你。我得回去吃飯了。」

他咬一口糕餅，轉頭對妻子說：「你在酒館裡見到誰了？」

「你的朋友。」莉拉說：「他們大大讚美我。對不對啊，小琳？」

她把梭拉朗兄弟對她說的話從頭到尾複述一遍，除了安東尼奧的那件事之外，雖然那才是我們去酒館的真正原因，我想那也是她陪我去的原因。然後她用刻意裝出來的滿意語氣總結說：

「米凱爾想擺一張放大的照片在馬提尼廣場的店裡。」

「那你告訴他可以？」

「我告訴他，他得找你談。」

斯岱方諾一口吃掉糕餅，舔著手指。他一副這才是讓他最煩心的事情，說：「看看你逼得我非去做什麼不可？因為你，明天我得浪費時間去找拉提菲羅路的那個裁縫。」他嘆口氣，轉頭對我說：「小琳，你是個受人敬重的女孩，想辦法勸勸你這個朋友吧，我得在街坊工作，她不該讓我變成笑話。祝你週日愉快，替我向你爸媽問好。」

他走進浴室。

莉拉在他背後做個嘲笑的鬼臉，然後陪我走到門口。

「如果需要，我可以留下來。」我說。

「他是個王八蛋，別擔心。」

她裝出低沉的男聲，學他說：想辦法勸勸你這個朋友吧，她不該讓我變成笑話。這誇張的模仿讓她眼睛有了光彩。

「要是他打你呢？」

「打我又能怎麼樣呢？只要過個幾天，我就變得比以前更好。」

站在樓梯平臺上，她又用男聲說了一遍：小琳，我得在街坊工作。然後我覺得自己也有義務模仿安東尼奧，所以低聲說：謝謝你，但不需要。剎時，我們兩個好像從外面看著自己，兩人都惹毛了自己的男人，站在門口，好像一對女性表演會的演員，我們開始大笑。我說：我們怎麼做都不對，誰搞得懂男人啊，他們真是太麻煩了。我熱情擁抱她，轉身離開。但還沒走到一樓，就聽見斯岱方諾在咆哮咒罵。如今他有了食人魔的嗓音，就像他父親一樣。

17

才走在回家的路上，我已經開始擔心她和我自己了。要是斯岱方諾殺了她可怎麼辦？要是安東尼奧殺了我呢？我擔心得不得了，接近午餐時分的週日街道人開始變少了，我在塵土漫天的熱氣裡踽踽獨行。要找到自己的方向有多麼困難，要不違反男人那些枝枝節節細到不可思議的規範有多麼困難啊。莉拉或許是基於自己的某些心機算計，或許只是出於惡意想羞辱老公，所以在眾人面前——她，卡拉西夫人——和以前的追求者馬歇羅・梭拉朗打情罵俏。我一心相信自己做的是好事，並不是有意去找多年前羞辱了安東尼奧妹妹，揍了安東尼奧，也被安東尼奧揍的人討論他的事情。走進院子的時候，我聽見有人喊我，吃了一驚。是他，他在窗口等我回來。

他下樓來，我很害怕。我想：他手上一定有刀。但沒有，他雙手從頭到尾都像被關起來似地插在口袋裡，神情平靜，眼神遙遠。他說我在天底下他最看不起的人面前羞辱了他，他說我讓他活像送自己女人上門去求討恩惠的人。他說他絕對不會為了不當兵而向任何人下跪，他寧可入伍一百遍，不，他寧可死在軍隊裡也不會去親馬歇羅・梭拉朗的手。要是被帕斯蓋和恩佐發現了，他們一定會對著他的臉吐口水。他說他要離開我，因為他終於握有證據：我一點都不在乎他，也不在乎他的感受。他說隨便我要去和梭拉朗家的兒子說什麼、做什麼，他都不要再見到我了。

我無法回答。他手突然伸出口袋，把我拉到門口，吻我，嘴唇用力壓著我的唇，舌頭拚命探索我的嘴巴。然後放開我，轉身離開。

我困惑不解地爬上樓梯。我覺得我比莉拉幸運，因為安東尼奧不像斯岱方諾那樣。他絕對不會傷害我，他唯一會傷害的就是他自己。

18

我隔天沒見到莉拉，但意外的是，我卻被迫去見她丈夫。

那天早上我上學的時候心情很不好，天氣很熱，我沒唸書，也幾乎一夜未眠。我在校門外面找尼諾，想和他講幾句話，但沒看見他，說不定他和女朋友正在城裡遊蕩，也許在某個播放早場電影的漆黑電影院裡吻女朋友，也許在卡波迪蒙特的樹林裡讓她做我這幾個月來對安東尼奧做的事。第一堂課我被叫起來回答化學問題，我給了模稜兩可、文不對題的答案。天曉得我能拿到幾分，而且沒機會補救，很可能九月必須回來補考。我在走廊碰到嘉利亞妮老師，她好聲好氣教訓我一番，大意是：你是怎麼回事，格瑞柯，你為什麼再也不用功了？我什麼都答不出來，只能說：老師，我有唸書，我一直在唸，我發誓。她靜靜聽我說，然後就轉身走向老師休息室。我在洗手間哭了好久，我自怨自艾，覺得我的人生怎麼如此悲慘。我失去了一切：學校的好成績；安東尼奧，雖然我一直想甩開他，但最後卻是他甩掉我，而我竟然已經開始想他了；還有莉拉，從成為卡西拉太太之後，就一天比一天和我更疏遠。我頭痛欲裂，走回家的路上想著她，想到她是怎麼利用我——沒錯，利用——來挑逗梭拉朗兄弟，報復她丈夫，讓我看見他男性自尊受損的痛苦，讓我一整天都在思忖：人真的可能變得像這樣嗎？她如今已經和瑟魯羅家的其他人沒有兩樣了。

但回到家裡，情況卻出乎我意料。平常我晚回家的時候，我媽都會懷疑我是去見安東尼奧，或因為我有一大堆的家事沒做而罵我。但今天沒有，她只微微有些煩惱地說：「斯岱方諾問我，今天下午能不能讓你陪他去拉提菲羅路的裁縫鋪走一趟。」

我疲累不堪，心情不好，所以頭昏腦脹，一點都不懂她在說什麼。斯岱方諾？斯岱方諾．卡拉西？他要我陪他去拉提菲羅路？

「他幹嘛不叫他老婆陪他去？」我爸在另一個房間笑著說。形式上來說呢，他今天是請病假，但其實是為了盯著他那旁人難以理解的勾當。「他們兩個怎麼打發時間？打牌嗎？」

我媽做了個別鬧的手勢。她說也許莉拉沒時間，說我們應該對卡拉西家好一點，說有些人對什麼事都不滿意。其實我父親滿意得很：和雜貨店老闆保持好關係，意味著可以賒帳買食品，無限期延後付款。可是他喜歡故作風趣。最近以來，只要有機會，他就喜歡拿斯岱方諾不盡力房事的事情來說笑。吃飯的時候他常問：卡拉西在幹嘛？他只愛看電視嗎？然後兀自哈哈大笑，他問這個問題是什麼意思不猜也知道：他們兩個怎麼還沒懷上孩子？斯岱方諾的性能力有問題嗎？我媽立刻就明白他的意思，嚴肅回答他：還早，別煩他們，你還期待什麼？可是我爸的弦外之音其實也讓她很樂：雜貨店老闆卡拉西雖然這麼有錢，卻不能讓老婆懷孕。

餐具已經擺好，他們在等我。我爸繼續開玩笑，半帶著詭祕的表情，對我媽說：「我有沒有對你說過，對不起，我累了，今天晚上我們玩牌好了？」

「沒有，因為你不是個莊重的人。」

「你希望我變成莊重的人？」

「有一點，但是別太誇張。」

「那就從今天晚上開始，我就當個莊重的人，像斯岱方諾那樣。」

「我說別太誇張。」

我真討厭他們這樣一搭一唱。他們一副我弟弟、妹妹和我都聽不懂他們在說什麼似的；又或者他們知道我們當然聽得懂，但覺得這是教導我們怎麼做男人、做女人的正確方式。我因為自己的問題而筋疲力竭，很想放聲尖叫——丟盤子，衝出門，永遠不再見我的家人，永遠不要再看見天花板潮濕發霉的牆角、薄牆板、發臭的食物，這一切的一切。安東尼奧：我怎麼這麼蠢，竟然失去他，我真的很難過，很希望他能原諒我。如果學校要我九月去補考，我對自己說，我不會去，我要被當，我要馬上嫁給他。這時我想到莉拉，想到她的穿著打扮，想到她對梭拉朗兄弟講話的語氣，想到她心裡的盤算，是有多大的羞辱和痛苦才逼得她這樣做。一整個下午，我的心思都這樣漫遊，全是不連貫的思緒。在新房子浴缸裡的泡澡，擔心斯岱方諾提出的請求，不知道要如何告訴我的朋友，她丈夫有求於我。還有化學。還有恩培多克勒[3]。還有學校。以及退學。最後是冰冷的悲傷。我無路可逃。沒辦法，莉拉和我怎麼也無法像等待尼諾放學的那個女孩一樣。

我們都缺乏她身上那種難以捉摸、卻又不可或缺的氣質，你只要遠遠看她一眼就能清楚察覺到的那種氣質，你要嘛有，要嘛就沒有，因為這樣的東西不是你學拉丁文或希臘文，不是你靠賣雜貨或鞋子賺來的錢就掙得來的。

斯岱方諾在院子裡喊我。我匆匆下樓，看見他一臉絕望。他要我陪他去找裁縫，討回那張未獲許可就掛在櫥窗裡的照片。我願意幫他這個忙嗎，他用感傷的語氣低聲說。接著，不置一詞地打開敞篷車車門，我們上路，留下車後一道熱氣騰騰的煙塵。

我們一開出街坊，斯岱方諾就開始講話，一路滔滔不絕講到抵達裁縫店。他用的是言詞溫和的方言，沒有髒話也沒有取笑。他一開口就說要我務必幫他一個忙，可是沒馬上說到底要幫什麼忙。他只吞吞吐吐地說，我如果幫他，就等於幫我的朋友。接著他開始談起莉拉，說她有多聰明，多漂亮。可是她天生反骨，你如果不照她說的話去做，她就會好好修理你。小琳，你不知道我有多痛苦，也或許你知道，可是你知道的都是她告訴你的。現在聽我說。莉娜心有成見，以為我眼裡只有錢。這或許不假，但是我這麼做是為了我的家人，為了她哥哥，她爸爸，她所有的親戚。我錯了嗎？你唸過很多書，如果我這樣做錯了，請告訴我。她到底希望我怎樣呢——像她出身的那種貧寒嗎？只有梭拉朗家可以賺錢？我們要把整個街坊交到他們手裡？要是你說我這樣錯了，我也不會和你爭辯，我會立刻承認我錯了。可是如果是她，無論我想不想，都得和她吵。她

3恩培多克勒（Empedocles, 490-430B.C.），希臘哲學家。他認為萬物皆由水、土、火、氣所構成，再由「愛」與「衝突」加以組合或分隔。

不想要我，她告訴我的，不只一遍。讓她知道我是她的丈夫，簡直像打一場仗，自從結婚之後，生活就變得難以忍受。早晨看見她，晚上看見她，夜裡睡在她身邊，卻沒辦法用我擁有的力量告訴她說我有多愛她，這是多麼可怕的事啊。

我看著他那雙握著方向盤的大手，他的臉。他眼裡盈滿淚水，承認在新婚之夜打了她，他是逼不得已啊，而每天早上、每天晚上，她都要逼他動手打她，她是故意要羞辱他，逼他做出他永遠不想做的事。他用幾近驚恐的語氣說：我不得不再次動手打她，因為她不該穿成那樣到梭拉朗的店裡。可是她內心有一股我無法征服的力量。那是邪惡的力量，讓善良、讓一切都變得毫無用處。那是毒藥。你知道她為什麼沒懷孕？過了一個月又一個月，什麼動靜都沒有。親戚、朋友、顧客都問，你可以看見他們臉上嘲弄的表情：有消息嗎？而我必須說，什麼消息？假裝聽不懂。因為我如果聽得懂，就必須回答。可是我要怎麼回答？你知道有些事情是不該說的。她用她心裡的那個力量殺了肚子裡的孩子啊，小琳，她是故意的，要讓大家以為我不知道該怎麼當個男人，讓我在大家面前出醜。你是怎麼想的？我太誇大其詞？你不知道，你聽我說就已經幫了我一個大忙。

我不知道該怎麼說。我嚇呆了，我從沒聽過男人這樣傾訴心事。他從頭到尾都用方言，但即使在講到自己的暴行時，也都是充滿感情，毫不設防，彷彿歌曲的歌詞那樣。我還是不知道他為什麼這樣做。當然，之後他說了他想要怎樣。他想要我為了莉拉好，和他同一陣線。他說她需要有人幫她瞭解如何當個妻子，而不是敵人。他要我幫忙勸她到第二家雜貨店工作，管理帳務。可是如果是為了這樣，他大可不必這樣對我掏心掏肺啊。他八成以為莉拉什麼事都對我說，所以他得把他的版本說給我聽。又或者他並不是要對妻子的閨蜜坦露心聲，而只是一時情緒作祟。還是他以為，如果他能打動我，一五一十向莉拉報告的我也就能打動她。聽他這麼說，我當然是越來越同情他。我很高興聽到他真情流露的表白，但更重要的是，我必須承認，是他賦予我的重要性。透過他一字一句的清晰陳述，證實了我自己長久以來的懷疑，也就是莉拉心裡有一股力量，無所不能的力量，甚至能讓她的身體懷不上孩子。看來他是認為我有良善的力量，可以勝過莉拉的邪惡力量，這讓我覺得很受用。我們下車到裁縫鋪。知道他的想法讓我很安慰，我甚至用義大利文說為了他們的幸福，我願意竭盡所能。

但一站在裁縫鋪的櫥窗前面，我就又緊張起來。我們一起看著擺在七彩繽紛布料裡的那張莉拉的放大照片。她坐著，雙腿交疊，結婚禮服微微拉起露出腳踝和鞋子。她一手手掌托著下巴，目光凝重專注，無畏地盯著鏡頭，頭上是一頂橘色的花冠。攝影師運氣很好。我覺得他逮住了斯岱方諾所提到的那股力量。這股力量──我好像也感受到了──連莉拉自己都壓制不了。我轉頭想要告訴他，既是讚賞也是沮喪地告訴他說，這就是我們說的那個力量。但他推開門，讓我先進去。

他剛才對我講話的那個口吻已經消失無蹤了，他對裁縫師疾言厲色。他說他是莉拉的丈夫，一字一字非常清晰地講。他說他自己也做生意，但從來沒想到要用這種方式宣傳。他繼續說：你是個好女人，要是你老公說看見你的照片擺在帕瑪乳酪和薩拉米香腸中間怎麼辦？他反問裁縫。

裁縫不知所措，她想替自己辯護，最後放棄了。可是她非常不高興，為了證明她的創意有效，也為了表達她的遺憾，她提到三、四個故事，多年之後成為街坊小傳奇的故事。在那段時間有很多人停下腳步來問照片裡的年輕新娘是誰，包括知名歌手克魯索[4]、一位埃及王子、導演維多里奧・狄西嘉[5]，還有一名《羅馬人報》的記者想採訪莉拉，派了攝影記者來，想讓她穿上像選美比賽那樣的泳裝拍照。裁縫師發誓說她沒透露莉拉的地址給任何人，雖然像克魯索和狄西嘉那樣的大人物，她拒絕他們的要求實在很無禮。

我注意到，裁縫師越講，斯岱方諾的態度就越軟化。他開始變得親切，要裁縫師多告訴他一些故事細節。我們帶著那張照片離開，回程裡，他喃喃自語的語氣已經不像先前那樣焦慮了。斯岱方諾很開心，開始像擁有奇珍異寶的人那樣談起莉拉，為自己有幸擁有而自豪。當然，他再次請求我協助。放我下車之前，他讓我一再發誓，一定要讓莉拉瞭解什麼是正確的道路，什麼是錯的。然而從他的話裡聽起來，莉拉彷彿不再是個無法控制的人，而是收納在容器裡、屬於他、珍貴的瓊漿玉露。接下來幾天，斯岱方諾見到人就談起克魯索和狄西嘉的事，連在雜貨店裡也一樣，莉拉的媽媽倫吉雅也聽說了，於是她終此一生逢人就說她女兒原本有機會可以成為歌星或演員，出現在《義大利式婚姻》[6]電影裡，上電視，甚至成為埃及王妃，要是拉提菲羅的那個裁縫師不那麼守口如瓶，要是命運沒讓她女兒在十六歲那年嫁給斯岱方諾・卡拉西的話。

19

化學老師對我很寬宏大量（說不定是嘉利亞妮老師不厭其煩去讓她寬宏大量），讓我過關。

我的文科達到平均分數，理科低空飛過，宗教課勉強及格，而有史以來第一次，操行成績沒拿滿分，這證明神父和大部分的老師都還沒原諒我。我覺得很遺憾。我覺得上次和宗教老師為了聖靈的問題爭辯不休實在是太放肆了。我很後悔沒聽埃爾范索的話，當時他一直想要制止我。我當然沒拿到獎學金，我媽很生氣，說都是因為我浪費時間和安東尼奧鬼混。她的話惹得我大發脾氣，我說我不想再去上學了。她舉起手來打我耳光，又擔心我的眼鏡，所以急匆匆去拿地毯撢子。總而言之，那段時間真是可怕，而且還越來越慘。唯一看來有點正面意義的，是去學校看成績的那天早上，工友突然跑來，交給我一個包裹，是嘉利亞妮老師要給我的。是書，但不是小說：充滿各種論點的書，很微妙的表達方式，表示她對我的信任，但還不足以讓我得到解脫。

我太擔心了，無論怎麼做，都覺得自己做得不對。我到前男友家裡、工作的地方找他，但他總是避不見面。我探頭到雜貨店裡找艾達幫忙。她對我很冷淡，說她哥哥不想再見到我，自此而後，只要一看見我，她就把頭轉開。如今沒學可上，早晨因為創痛而驚醒，腦袋裡有種像要炸裂的疼痛。起初我努力想讀嘉利亞妮老師給的書，但我覺得很厭煩，幾乎都看不懂。我開始去巡迴圖書館借小說，一本接一本地讀。但長期來說，讀這些小說也無濟於事。書裡展現的是豐富的人生，大量的對話，以及比我的真實生活更為吸引人的虛幻生活。於是，為了想去證明自己真實存

4 克魯索（Renato Carosone, 1920~2001），義大利二十世紀前半期最知名的樂壇人物之一，擅長那不勒斯傳統民謠。

5 維多里奧・狄西嘉（Vittorio De Sica, 1902~1974），義大利知名演員與導演，曾四度獲奧斯卡獎。

6《義大利式婚姻》（Marriage Italian Style），狄西嘉導演的電影，在那不勒斯拍攝。

在，我有時候還大老遠跑到學校，希望能見到要去考畢業考的尼諾。考希臘文筆試的那天，我耐心等了好幾個鐘頭。但是第一批準畢業生腋下夾著字典開始走出校門的時候，我上次看見的那個極為漂亮、獻上嘴唇的女孩也出現了。她在離我不遠的地方等待，有那麼一瞬間，我想像我們兩個——像型錄裡的兩個模特兒——在走出校門的薩拉托爾家兒子的眼中會是什麼模樣。我自覺醜陋，寒酸，於是離開了。

我到莉拉家尋求安慰。但是我知道自己也對不起莉拉。我做了蠢事：我沒將我和斯岱方諾一起去拿回照片的事告訴她。我為什麼沒說？因為我很樂於扮演她丈夫賦予我的和平使者身分，而且覺得如果不提去拉提菲羅路的事，可以把這個角色扮演得更好？我是因為怕背叛了斯岱方諾的信任，結果卻背叛了她而不自知？我不知道。當然，這算不上是我的選擇：這其實是一種不篤定，先是假裝成不在意，後來又確信沒馬上說出事情經過讓亡羊補牢變得複雜，甚至枉然。一步錯，步步錯。我拚命想著可以讓她信服的理由，但我連自己都說服不了。我覺得自己的出發點就錯了，所以什麼都沒說。

另一方面，她也沒表現出知道這件事的樣子。她總是親切歡迎我，讓我在浴缸裡泡澡，用她的化妝品。對我講給她聽的小說情節，也少有評論，寧可轉述在雜誌上讀到的演員和歌星的生活瑣事。她也不再告訴我她的想法和祕密計畫。如果我看見瘀傷，如果我開始要她解釋斯岱方諾動粗的理由，或是告訴她斯岱方諾打她是因為他想要她幫他，想要她支持他度過難關，她就會用諷刺的眼神看我，聳聳肩，顧左右而言他。沒過多久我就明白，雖然她不想和我斷絕關係，但她也下定決心不再對我推心置腹。她是真的知道實情，不再認為我是值得信任的朋友？我甚至減少去她家的頻率，希望她會感覺到我的減少出現，追問原因，那我們就可以向彼此敞開心胸說清楚。但她似乎不以為意。後來我受不了，又開始常常去她家，可是這好像沒讓她開心，也沒惹她不開心。

七月一個炎熱的日子，到她家的時候我格外沮喪，但我還是沒提尼諾，沒提尼諾的女朋友，因為不想提——事情就是這樣——最後我幾乎什麼心事都沒對她說。她像往常那樣歡迎我。她做了杏仁糖漿，我窩在餐廳的沙發上喝，哐噹哐噹的火車，汗水，一切的一切都讓我心煩氣躁。

我靜靜地看著她在屋裡走動。她竟然可以這樣穿過最沉鬱壓抑的迷宮，隱忍著她的戰爭宣言而不動聲色。我想起她丈夫告訴我的事情，說莉拉擁有的力量宛如某種危險機關的彈簧。我看著她的肚子，想像裡面到底是什麼，每一天每一夜，她都展開奮戰，摧毀斯岱方諾想藉蠻力植入她體內的生命。她能抗拒多久，我心想，可是我不敢問這些問題，我知道她會不高興。

一會兒之後，琵露希雅來了，是來看她嫂嫂的。但是十分鐘之後，黎諾也來了，他和小琵開始親吻，就當著我們的面，誇張得讓莉拉和我忍不住互看一眼。小琵說她想要看看風景，黎諾跟著她走進房間裡，兩人關在裡面半個多小時。

這是常有的事。莉拉的口氣半生氣半挖苦，我很嫉妒他們的輕鬆自在，沒有恐懼，沒有折磨，從房裡出來的時候，一副比之前更心滿意足的模樣。黎諾到廚房去拿東西吃，回來之後，和妹妹談起鞋子，說一切進行順利，想要妹妹給點建議，讓他可以在梭拉朗兄弟面前掙點面子。

「你知道馬歇羅和米凱爾想把你的照片擺在馬提尼廣場的店裡嗎？」他突然用懇求的語氣問。

「那樣不太得體。」琵露希雅立刻插嘴說。

「為什麼？」黎諾問，

「這是什麼問題？如果莉娜願意，可以把照片擺在新雜貨店裡，因為她要去那裡看店，不是嗎？如果馬提尼廣場的店是由我打理，難道你不讓我決定裡面要擺什麼東西嗎？」

她講得一副是在捍衛莉拉的權利，不讓黎諾占妹妹便宜。事實上，我們都知道她捍衛的是她和她自己的未來。她不想再凡事仰賴斯岱方諾，她想離開雜貨店，想到可以在市中心管理一家店，她就很開心。所以黎諾和米凱爾之間將會有一場小戰爭，標的是鞋店的經營權，而戰火是因為兩人的未婚妻而點燃的：黎諾堅持要由琵露希雅來管理，而米凱爾則堅持給姬俐歐拉。可是琵露希雅比較強悍好鬥，無疑也將占上風，她知道她除了未婚夫的支持之外，還可以把哥哥拉進來。所以她只要逮到機會就擺架子，就像已經鯉躍龍門的人，離開了舊街坊，如今可以決定哪些對市中心的上流客人來說合適，哪些東西不合適。

我發現黎諾很怕妹妹會反擊，但是莉拉一副滿不在乎的樣子。黎諾看看手錶，讓我們知道他很忙，用那種很有見識的語氣說：「在我看來，那張照片很有商業價值。」然後親吻小琵，但小琵立刻後退，黎諾露出不以為然的表情，離開了。

我們女生留下來。琵露希雅希望借用我的權威來搞定這件事。她沉著臉問我：「小琳，你的想法呢？你覺得莉娜的照片應該要擺在馬提尼廣場嗎？」

我用義大利文說：「這應該由斯岱方諾來決定。既然他刻意到裁縫鋪取回櫥窗裡的照片，我覺得他應該不會答應。」

琵露希雅很滿意，差點就要興奮大叫：「我的天哪，你怎麼這麼聰明啊，小琳。」
我等莉拉開口。她沉默許久，才對我說：「你要賭多少？斯岱方諾會同意的。」
「不會。」
「會。」
「你要賭多少？」
「要是你輸了，你以後每一科的成績就都必須拿到最高分。」
我很難為情地看著她。我們沒談過我的困境，我甚至以為她不知道，可是她消息靈通，還來責備我。你不夠用功，她的意思是，你成績一落千丈。她恨不得能替我去唸書。她真心希望我能扮演好一輩子與書為伍的角色，而她自己有錢、有漂亮衣服、有房子、有電視、有汽車，擁有一切，授與一切。
「那要是你輸了呢？」我有點尖酸地問。
她的目光立即從眯成一條線的眼睛裡射出來。
「我就到私立學校註冊，重新開始唸書，我保證和你一起拿到畢業證書，而且成績比你還好。」
和你一起，比你還好。這就是她一直以來的想法嗎？在這個恐怖的時刻，我覺得身體裡面所有的東西都攪成一團——安東尼奧、尼諾、我人生的虛無與不幸——都被大大的一聲歎息給吸納了。
「你當真？」

「打賭什麼時候變成玩笑了？」

琵露希雅凶巴巴地打斷我們的話。

「莉娜，別再像以前那樣瘋瘋癲癲了。你有一間新雜貨店，斯岱方諾一個人忙不來。」但她突然克制自己，裝出甜蜜的語氣：「況且，我也很想知道你和斯岱方諾什麼時候才要讓我當姑姑。」

她用的是甜美的聲音，但那語氣聽在我耳裡卻充滿怨懟，而怨懟的理由不只是她的，也夾雜著我的。琵露希雅的意思是：你結婚了，我哥哥什麼都給了你，你還想幹什麼。要是你關上所有的門，封鎖你自己，阻撓一切，把有毒的怒火嚴嚴護在肚子裡，那成為卡西拉夫人又有什麼意思呢？你非得隨時造成傷害不可嗎，莉拉？你什麼時候才要罷手？你的精力會有消褪的一天嗎？你會放鬆注意力，會終於崩潰，像個沉睡的哨兵那樣嗎？你什麼時候才會變胖，坐在新社區的收銀機後面，肚子越來越大，讓琵露希雅當姑姑，讓我，讓我終於自由？

「誰知道。」莉拉回答，眼睛再次變得大而深邃。

「我會先當媽媽嗎？」她小姑笑著說。

「要是你整天像這樣黏著黎諾，是有可能喔。」

她們開始鬥嘴，我沒留下來聽。

20

為了讓我媽息怒，我必須找一份暑期工作。理所當然的，我先到文具店去。老闆娘像歡迎老師和醫生那樣地歡迎我，喊在店鋪後面玩的女兒出來，她們擁抱我，親吻我，要我和她們一起玩。我提到要找份工作時，她說她準備馬上送女兒到海洋花園去，不等到八月，這樣她們才能待在像我這麼聰明的好女孩身邊。

「馬上是什麼時候？」我問。

「下個星期？」

「太好了。」

「我給你的待遇會比去年好一點。」

終於有個好消息了。我滿意地回家，就連我媽像過去一樣說我運氣真好，游泳曬太陽哪算什麼工作的時候，我的心情也還是很好。

有了精神，我第二天去看奧麗維洛老師。我很遺憾今年沒辦法告訴她我在學校名列前茅，但我必須見她，我必須很有技巧地提醒她幫我找到下個學期要用的課本。我也覺得她應該會很高興知道莉拉婚後生活很好，有很多空閒時間，說不定會重拾書本。看見她眼神裡的反應，應該會撫平我心中的不安。

我敲了一次又一次的門，老師沒來開門。我問鄰居，走出社區，一個鐘頭之後再回來，但她還是沒應門。沒有人看見她外出，我也沒在街上或店裡碰見她。因為她獨居，年紀大，而且身體不好，所以我又去找鄰居。住在隔壁的婦人決定找她兒子幫忙。那年輕人從媽媽家陽臺爬進老師家的窗戶。他看見她身穿睡衣倒在廚房地上——她昏過去了。我們叫了醫生來，他認為她必須立即住院。他們送她下樓，我看見她被抬出門口，衣衫凌亂，臉孔浮腫。她向來都是打理得光鮮整潔到學校的。她眼神驚恐，我對她點點頭，她垂下目光。他們送她上車，一路響著警笛送醫。

這一年的高溫想必讓身體虛弱的人更受不了。那天下午，院子裡的人聽見玫利娜的孩子用越來越擔心的聲音叫喚媽媽。那哭叫聲始終沒停，我去看看到底怎麼回事，結果碰到艾達。她眼睛閃著淚光，憂心忡忡地說，玫利娜不見了。之後安東尼奧也回來了，氣喘噓噓，一臉慘白。他看都沒看我一眼就匆匆走開。沒過多久，半個街坊的人都在找玫利娜，就連斯岱方諾也穿著工作罩袍開著敞篷車，載艾達慢慢沿著大街小巷找。我跟著安東尼奧東轉西轉，一句話都沒說。最後到了水塘附近，穿過高長的草叢，叫喚他媽媽的名字。他臉頰凹陷，眼睛周圍一圈黑。我拉著他的手，想要安慰他，但他甩開我，用憎惡的話說：別理我，你不是個女人。我感覺胸口一陣疼痛，但就在這時，我們看見玫利娜了。她坐在水裡，想讓自己涼快。她的臉和脖子從綠綠的水面冒出來，頭髮濕了，眼睛紅紅的，嘴唇上有葉子和泥巴。她沉默不語：過去十年以來，她瘋狂的時候不是咆哮就是唱歌。

我們帶她回家。安東尼奧扶她一邊，我扶另一邊。大家好像都鬆了一口氣，叫著她，她虛弱地揮揮手。我看見莉拉在大門旁邊，被隔絕在新社區的公寓裡，她想必很晚才聽到消息，沒辦法參與搜尋。我知道她對玫利娜很有感情，但是讓我吃驚的是，每個人都表現出同情，艾達叫著媽媽往前衝，後面跟著斯岱方諾——他把車丟在通衢大街上，車門開開的，臉上是心裡做最壞打算卻發現一切安好的開心表情——而莉拉卻一個人站在那裡，臉上有著難以形容的表情。這個可憐的寡婦似乎觸動了她：渾身髒兮兮，臉上掛著淡淡微笑，單薄的衣服濕透，滿是泥污，布料底下的削瘦身材清晰可見，她無力地對著朋友與熟人揮手。可是莉拉好像也因此受傷，驚懼了，彷彿在自己內心感受到相同的崩潰不安。我對她點點頭，但她沒反應。我把玫利娜交給她女兒，想去找莉拉，我想告訴她奧麗維洛老師的事，想告訴她安東尼奧罵我的話。但我找不到她。她走了。

21

再次見到莉拉的時候，我發現她不好過，也想讓我不好過。我們一整個早上都在她家裡，感覺像是在開玩笑。但她用越來越有惡意的態度，堅持要我試穿她所有的衣服，儘管根本不合身。這個遊戲變成一種折磨。她比較高，也比較瘦。她的衣服穿在我身上看起來都很可笑。但她不承認，她說你只需要調整這裡和那裡就行了，她看著我的時候情緒更加惡劣，彷彿我的外表觸怒了她。

後來她大喊夠了，一副見了鬼的模樣。然後她重新打起精神，裝出無關緊要的語氣告訴我，幾天前的一個晚上，她和帕斯蓋、艾達一起去吃冰淇淋。

我穿著襯裙，正幫她把衣服掛回衣架上。

「帕斯蓋和艾達？」

「是啊。」

「斯岱方諾也去？」

「只有我。」

「他們邀你的？」

「不是，是我邀他們的。」

彷彿要讓我吃驚似的，她又告訴我她不只這樣短暫造訪了少女時代的舊世界，隔天她又和恩佐與卡梅拉去吃披薩。

「你自己一個？」

「是啊。」

「斯岱方諾怎麼說？」

她做了個漠不在乎的鬼臉，「結婚又不表示要過老太太的生活。如果他想一起去，沒問題，如果他晚上太累，那我就自己去。」

「結果怎樣？」

「我很開心。」

我希望她沒看出我臉上的失望。我們經常碰面，她大可以說：今天晚上我要和艾達、帕斯蓋、恩佐、卡梅拉出去，你要不要來？結果她什麼都沒說，她自己安排了這些外出聚會，偷偷的，彷彿他們不是我永遠的朋友，而只是她的。如今她詳詳細細告訴我，帶著滿足的意味，告訴我他們所聊的每一件事：艾達很擔心玫利娜幾乎什麼都不吃，吃了也都吐出來；帕斯蓋擔心他媽媽姬塞琵娜，她睡不著，雙腿沉重，心悸，每次去監獄看他爸爸回來就哭得沒人勸得住。我靜靜聽她說。我發現她講這些事情的時候比平常更入神。她感情豐沛地遣詞用字，描述玫利娜．卡普西歐和姬塞琵娜．佩盧索的言行舉止，彷彿她們的身體攫住她，讓她表現出相同的壓抑或誇張，相同的惡劣感覺。她講話的時候摸著自己的臉、胸、腹、臀，彷彿這些都不再是她自己身體的一部分，彷彿她知道這兩個女人的所有事情，連最微小的細節都知道，為了證明沒有人告訴我任何事情、卻告訴她所有的事情，或者更惡劣的，是為了讓我覺得自己像躲在雲霧裡，看不見周遭人們的痛苦。她談起姬塞琵娜，一副和她時有來往的樣子，雖然經歷了她訂婚和結婚的風波。談起玫利娜，彷彿安東尼奧和艾達的母親始終在她心裡，她對這女人的瘋狂行徑瞭若指掌。她又一一列舉街坊的許多人，許多我幾乎不認識、她卻對他們的身世背景知之甚詳的人。好像她隔著遠遠的距離參與了他們的生活似的。最後她宣布：

「我也和安東尼奧吃了冰淇淋。」

這名字讓我的肚子活像挨了一拳。

「他還好嗎？」

「很好。」

「他有沒有提到我？」

「沒有，什麼都沒提。」

「他什麼時候走？」

「九月。」

「馬歇羅沒幫他。」

「早就料到了。」

料到了？如果早就料到梭拉朗兄弟什麼忙也不幫，我想，你為什麼要帶我到那裡去？而你，已經結婚的你，如今為什麼還要像這樣單獨去見你的朋友？為什麼你去和安東尼奧吃冰淇淋，卻不告訴我？明明知道他是我的前男友，而且再也不願見我。我會想去見他？你是不是在報復我，因為你丈夫開車載我出去，而我回來又不把我們說的話告訴你？我緊張地穿上衣服，喃喃說我還有事，必須走了。

「我還有一件事要告訴你。」

她用嚴肅的語氣說，黎諾、馬歇羅和米凱爾要斯岱方諾到馬提尼廣場去看店鋪裝潢的進度有多順利，然後他們三個站在一袋袋水泥和一罐罐油漆、刷子中間，指著入口對面的牆，說他們打算把莉拉穿結婚禮服的放大照片掛在那裡。斯岱方諾聽完之後說，這對鞋子肯定是很好的宣傳，但是他覺得不太合適。他們三個很堅持，但他對馬歇羅說不，對米凱爾說不，對黎諾也說不。換句話說，我打賭贏了：她丈夫不肯對梭拉朗兄弟讓步。

我儘量打起精神說：「看吧？你總是批評可憐的斯岱方諾。可是我贏了。現在你得開始唸書了。」

「等等。」

「等什麼？打賭就是打賭，而你輸了。」

「等等。」她又講了一遍。

我的情緒更加惡劣。她不知道她要什麼，我想。因為錯看自己的丈夫，所以她很不開心。或者是我不知道，或許是我太過誇張了，說不定她很欣賞斯岱方諾的拒絕，可是她期待有更多男人拜倒在她照片的石榴裙下，所以她很失望，因為梭拉朗兄弟不夠堅持。我看見她一手懶洋洋地拂過臀部、大腿，宛如道別的愛撫，有那麼一剎那，眼睛裡出現了融合痛苦、恐懼與厭惡的神色，是玫利娜失蹤的那天，我在她臉上看見的表情。我想：她是不是偷偷希望自己的放大照片陳設在市中心，米凱爾沒能強迫斯岱方諾接受，讓她很難過？當然有可能，她什麼都想爭第一，也都做到了：她最漂亮，最優雅，最有錢。我對自己說：更重要的是，她最聰明。一想到莉拉可能真的開始唸書，我就覺得沮喪懊悔。她當然會把沒上學的這幾年彌補回來。我當然會發現她在我身邊，肩併肩，一起參加高中畢業考。我發現這個畫面很難以忍受。但更難忍受的是發現我心裡竟然會有這樣的感覺。我很愧疚，馬上開始告訴她，我們再次一起唸書有多棒，而且要她一定找出該怎麼進行的方法。她聳聳肩，所以我說：「我真的得走了。」

這一次她沒攔我。

22

一如既往，才剛走下樓梯我就開始同情她，她這個樣子是有原因的，至少在我看來是如此：她自己一個人在這個新社區，關在這幢時髦的新房子裡，被斯岱方諾揍，和自己的身體展開某種祕密搏鬥，以免懷孕，然後又嫉妒我在學校的優異表現，甚至和我打起狂賭，說她要回學校唸書。除此之外，她很可能覺得我比她更自由。和安東尼奧分手，學校裡的麻煩，和她的問題比起來簡直微不足道。不知不覺的，我慢慢認同她的立場，最後甚至再度感到欽佩。沒錯，要是她能重新上學唸書該有多好。回到小學時光，她永遠第一、我第二的年代。回來讀書是有意義的，因為她知道如何賦予意義。我可以留在她的陰影裡，覺得堅強而安全。是的，是的，重新開始。

後來，在回家的路上，我又想起她那混合著痛苦、恐懼與厭惡的表情。為什麼？我想起老師的衣衫凌亂，以及玫利娜的不受控制。我不明所以地開始仔細打量通衢大街上的女人。我突然意識到，我的生活視野多麼狹隘：彷彿我的焦點只集中在我們女孩身上，艾達、姬俐歐拉、卡梅拉、瑪麗莎、琵露希雅、莉拉、我、我的同學，我從沒真正注意過玫利娜的身體，姬塞琵娜．佩盧索、倫吉雅．瑟魯羅，或者瑪麗亞．卡拉西的身體。我唯一仔細看過，也懷著越來越嚴重擔憂的，是我媽那瘸腿的身體。她的身影讓我備受壓力，飽受威脅，擔心我有一天會突然變成那個樣子。但是那天我清清楚楚看見老街坊的媽媽們。她們緊張，她們逆來順受。她們沉默不語，嘴唇緊閉，肩膀聳起，再不然就是對著折磨她們的孩子們叫罵。非常之瘦，眼睛與臉頰凹陷，再不然就是臀部肥厚，腳踝腫脹，胸部沉重，扛著購物袋，小小孩拉著裙襬吵著抱抱。而且，老天爺啊，她們不過比我大十歲，頂多二十歲。但她們彷彿已經失去對我們年輕女孩來說非常重要，重要到必須以衣飾、化妝來強調的女性特質。她們被丈夫、父親和兄弟壓榨殆盡，到最後更因為勞力付出、或年歲、或疾病而變得極為相像。這個變身的過程是從什麼時候開始的？是因為家務？因為懷孕？因為挨揍？莉拉會像倫吉雅那樣變形嗎？費南多的長相會從她臉上消失？她優雅的步伐會變得像黎諾那樣，雙腿大張，手臂從胸口往外伸？而我自己的身體會不會有一天也變了形，不只像我媽，也像我爸那樣？我在學校所學的一切會不會煙消雲散，讓街坊的舊習再次占上風，講話的節奏，行為的儀態，全都陷入黑色泥淖，阿那克西曼德[7]與我父親，佛戈瑞與阿基里閣下，床幔與水塘，希臘文法，赫西俄德[8]，以及梭拉朗兄弟粗俗無禮的下流髒話，如同幾千年來一樣，盤據在這個渾沌低劣的城市本身？

不知為何，我突然非常確信，我攔截了莉拉的感覺，並置入我自己的感覺裡。她為什麼會有那樣的表情，心情那麼壞？她撫摸自己的腿，自己的臀，代表著某種道別嗎？她摸著自己的身體講話，彷彿感覺到身體的邊緣被玫利娜，被姬塞琵娜給吞噬了，所以驚恐，所以憎惡？她是因為覺得必須有所反應，所以才去找我們的朋友？

我記得小時候，奧麗維洛老師像個破娃娃摔下講臺的時候，莉拉是怎麼看著她的。我記得玫利娜在通衢大街吃著剛買的肥皂時，莉拉是怎麼看她的。我記得她講謀殺案給我們聽，說那血濺到銅鍋上，說殺害阿基里閣下的凶手是個女人的時候，彷彿她自己也在這個故事裡聽見並看見一個女人的形體浮現出來，一個因著憎恨，因著迫切索求報復與正義，而失去了本質的女人形體。

7 阿那克西曼德（Anaximander, 610~546 B.C.），希臘哲學家。

8 赫西俄德（Hesiod），西元前八世紀的希臘詩人。

23

從七月的最後一個星期開始，我每天帶文具店的女孩到海洋花園去，包括星期天。除了小孩可能需要用到的千百件東西之外，我還在帆布袋裡塞了嘉利亞妮老師借我的書。這是幾本小書，論及過去和現在，談到世界以前的面貌與未來應有的樣態。內容的文字和教科書差不多，但更艱澀，卻也更有趣。只是我不習慣這類的讀本，很快就厭倦了。況且，我還得要照顧這幾個女孩兒。然後還有這慵懶的大海，重重壓在海灣和城市上方的鉛灰色太陽，迷走的夢幻，欲望，不斷想打破階級秩序的渴望——這等待實現的渴望——於是我屈服在這觸手可及、唾手可得的一切，在這穹蒼、這大地、這海洋凡人俗物的殘酷生活裡。我就這樣一隻眼睛盯著文具店的小女孩，一隻眼睛看著《不平等之源起》，邁向我的十七歲生日。

有個星期天，有人用手遮住我的眼睛，一個女聲問：「猜猜我是誰？」

我認出瑪麗莎的聲音，很希望她是和尼諾一起來的。我多麼希望他能看見我因為陽光和海水而變得美麗，希望他看見我在讀艱澀的書。我愉快大叫：「瑪麗莎！」立即轉身。可是尼諾沒來，來的是埃爾范索，肩上披著藍色毛巾，手裡拿著菸、皮夾和打火機，身穿有白條紋的黑色泳衣。他蒼白得像一輩子從沒照過一絲陽光似的。

看見他倆在一起，我很驚訝。埃爾范索十月有兩科需要補考，既然平常要在雜貨店幫忙，我以為他會利用星期天唸書。至於瑪麗莎，我本來相信她會和家人一起去巴拉諾。她告訴我說她爸媽前一年和妮拉吵架，所以他們和《羅馬人報》的幾個朋友在卡斯特佛特諾租了一間別墅。她幾天前才剛回到那不勒斯，她需要唸書——有三科要補考——而且，她需要見個人。她賣弄風情地對埃爾范索微笑。那人就是他。

我無法克制自己。我馬上問尼諾畢業考考得如何。她做了個厭惡的表情。

「全部是A和A⁻。他一看到成績，就自己跑到英國去了，身上半毛錢都沒有。他說他會在那裡找份工作，待到學會英文為止。」

「然後呢？」

「然後我就不知道了。說不定他會去唸經濟和商學。」

我有上千個問題想問，我甚至想找辦法問那個在學校外面等他的女生是誰，他是真的自己一個人出國，還是和她一起。這時埃爾范索有點尷尬地說：「莉娜也來了。」接著又補上一句：「安東尼奧開車載我們來的。」

安東尼奧？

埃爾范索想必注意到我表情的變化，我臉泛紅暈，眼裡射出嫉妒的驚詫目光。他露出微笑，很快地說：「斯岱方諾要忙著打理新雜貨店的事，不能來。可是莉娜很想見你，她有事情要告訴你，所以問安東尼奧可不可以載我們來。」

「是啊，她有事急著要告訴你。」梅麗莎強調說，很高興地拍拍手，讓我知道她已經知曉內情了。

什麼事？從梅麗莎的表現看起來，應該是好事。說不定是莉拉說服了安東尼奧，他願意和我重修舊好。說不定梭拉朗兄弟最後還是去找徵兵處的朋友幫忙，所以安東尼奧不必去當兵了。我心中浮現了種種假設。可是一看見他們兩個出現，我就立刻排除了這些可能性。安東尼奧之所以來，顯然只是因為週日沒事可做，所以聽任莉拉差遣，只是因為當她的朋友對他來說既幸運又必要。可是他還是臭著一張臉，眼神焦慮，冷冷地和我打聲招呼。我問起他媽媽的情況，他沒給我什麼新消息。他不安地打量四周，很快就和女孩們一起下水，她們熱情歡迎他。至於莉拉，她很蒼白，沒擦口紅，眼神帶著敵意。看來她並沒有什麼緊要的事情必須告訴我。她坐在水泥地上，拿起我正在看的書，一頁頁翻著，什麼話都沒說。

瑪麗莎面對我們的沉默似乎很不安，忙著對世界的一切表現出熱情，但最後也慌亂起來，下水游泳去了。埃爾范索選了個離我們最遠的地方，一動也不動地坐在太陽底下，專心看著游泳的人，彷彿看著衣不蔽體的人在水裡來去很著迷似的。

「這書是誰給你的？」莉拉問。

「我的拉丁與希臘文老師。」

「你為什麼沒告訴我？」

「我覺得你不會有興趣。」

「你知道我對什麼有興趣，對什麼沒興趣？」

我馬上就換上安撫的語氣，但也覺得有必要誇耀一番。

「我看完就借你。老師會借書給好學生讀。尼諾也都讀過。」

「尼諾是誰？」

她是故意的？她是假裝不記得他的名字，好在我眼中抹滅他的存在？

「婚禮影片裡的那個人，瑪麗莎的哥哥，薩拉托爾家的老大。」

「你喜歡的那個醜八怪？」

「我告訴過你了，我已經不喜歡他了。可是他很厲害。」

「怎麼說？」

「比方說，他現在人在英國。他在那裡打工旅行，學英文。」

光是引述瑪麗莎的話，就讓我很興奮。我對莉拉說：「想想看，如果你和我也可以做這樣的事情。旅行。到餐廳當服務生養活自己，學英文，講得比英國人更好。為什麼他可以這麼自由，而我們就不行？」

「他畢業了嗎？」

「嗯，他拿到證書了。不過他會再到大學去修更困難的課程。」

「他聰明嗎？」

「像你一樣聰明。」

「我又沒上學。」

「是沒錯，可是你打賭賭輸了，現在你得回學校唸書了。」

「別再說了，小琳。」

「斯岱方諾不讓你唸？」

「新雜貨店開張了，我得去看店。」

「你可以在雜貨店裡唸書。」

「不行。」

「你答應過的。你說我們要一起畢業。」

「不行。」

「為什麼？」

莉拉的手來回摸著書皮，把封面撫平。

「我懷孕了。」她說。我還來不及反應過來，她就低聲說：「好熱。」放下書，走到水泥臺邊緣，毫不遲疑地躍下水，喊著安東尼奧，他正和瑪麗莎陪小女孩潑水玩，「小安，救我！」她雙臂展開，凌空幾秒鐘，然後笨拙地撞破水面。她不會游泳。

24

接下來幾天，莉拉進入狂熱活動期。她開始到新雜貨店去張羅大小事情，彷彿那是天底下最重要的事。她很早就起床，比斯岱方諾還早。她嘔吐，煮咖啡，再嘔吐。他變得很慇懃，想要載她出門，但是莉拉拒絕，她說她想走路，她想趁氣溫還沒爆高之前呼吸早晨的涼爽空氣，經過還空無一人的建築工地，到正在裝潢的店裡去。她拉開窗板，清洗濺上油漆的地板，等工人和送秤、切片機、家具的供應商來，交代他們把東西擺哪裡，自己挪移東西，想把店裡擺設得更符合功能需求、更新穎。一臉凶相的魁梧男人和態度粗魯的小伙子都聽她擺布，一句怨言都沒有。至於其他粗重的活，不必等到她下指令，他們就很擔心地嚷著：卡拉西夫人！竭盡所能地幫她。

雖然高溫耗掉她許多活力，但是莉拉並沒有把自己的活動範圍局限在新社區的雜貨店裡。有時候她和小姑一起到馬提尼廣場的那個小工地，通常都是馬歇羅在那裡監工，但黎諾也常常在。他覺得自己也有權利監工，因為他既是瑟魯羅鞋子的製作者，也是斯岱方諾的妹夫，而斯岱方諾又是梭拉朗兄弟的合夥人。莉拉不會在店裡坐著不動。她到處看，爬上施工梯，從上往下看，然後爬下來，開始搬動東西。她的作法起初很傷害大家的感情，但很快的，他們的不情願逐一瓦解。就連最有敵意的米凱爾似乎也變得最能接受莉拉的建議。

他揶揄說：「夫人啊，也來幫我重新裝潢酒吧，我付你錢。」

她當然不會想去幫梭拉朗酒吧，可是把馬提尼廣場的鞋店搞得夠混亂之後，她就踏進卡拉西王國的領地，就是那家舊雜貨店，在此指揮大局。她要斯岱方諾把埃爾范索留在家裡，因為他要唸書準備補考，然後催琵露希雅陪她媽媽不時外出去看看馬提尼廣場的店。就這樣，她慢慢重新整理出舊社區的兩個鄰接空間，讓工作更便利，更有效率。她沒過多久就證明瑪麗亞和琵露希雅基本上是多餘的，她給艾達更吃重的工作，也讓斯岱方諾給她加薪。

黃昏時分從海洋花園回來，送三個女孩回家之後，我通常會繞到雜貨店去看看莉拉在幹嘛，看她的肚子是不是開始大起來了。她很緊張，臉色不太好。只要我試探地問起她懷孕的問題，她不是不回答，就是把我拉到店外，講些沒道理的話，像是：「我現在不想談這個問題。這是病，肚子裡的空虛壓得我沉甸甸的。」然後就開始對我談起新雜貨店和舊雜貨店，還有馬提尼廣場的店，像平常那樣興高采烈，就是要我相信這些地方有不可思議的好事發生，而我，可憐的我，錯失了這一切。

可是如今我已洞悉她的技倆，我只聽，卻不相信，雖然最後我總是被她同時扮演主僕雙重角色的充沛活力搞得暈頭轉向。莉拉可以一面和我講話，和顧客、和艾達講話，一面又繼續拆包裝、剪東西、秤重、收錢、找錢。她整個人消失在比手劃腳的交談裡，搞得筋疲力竭，她似乎真的奮鬥不懈，想要遺忘她所形容的那種「肚子裡空虛」的重量。

然而讓我印象最深刻的是她對錢的那種滿不在乎的態度。她走到收銀機前，拿走她需要的錢。錢對她來說就是那個抽屜，我們童年一心相信打開來就能得到財富的那個藏寶箱。有時候——這狀況極其罕見——抽屜裡的錢不夠，她就瞄一眼斯岱方諾。而他似乎恢復訂婚期間的慷慨慇懃，撩起罩袍，從長褲後口袋裡掏出厚厚的皮夾，問：「你需要多少？」莉拉用手指比出數目，她丈夫手握拳頭伸出右臂，她則張開手指細長的手掌。

站在櫃臺後面的艾達，以看著雜誌上電影明星照片的目光看她。我想，安東尼奧的妹妹這段時間一定以為自己活在童話世界裡。莉拉打開抽屜給她錢的時候，她眼神發亮。只要丈夫一轉身看不見，莉拉就隨意給錢。她給艾達錢是為了安東尼奧，因為他就要去當兵了。她給帕斯蓋錢，因為他迫切需要拔三顆牙。九月初，她也把我拉到一旁，問我需不需要錢買書。

「什麼書？」

「學校要用的書，還有學校用不到的書。」

我告訴她說奧麗維洛老師還沒出院，所以我不知道她會不會像以前那樣幫我找到教科書，這時莉拉已經準備塞錢到我的口袋裡。我退開，拒絕。我不希望自己像個不得不開口討錢的可憐親戚。我告訴她我可以等到開學，而且文具店老闆娘把我的暑期工作延長到九月中，所以我打工的收入比預期多，可以自己搞定這些問題。她很難過，堅持說如果老師不能幫我，一定要來找她。

不只是我，我們所有的人面對她的慷慨解囊都顯得有些為難。例如，帕斯蓋不想拿她的錢去看牙醫，覺得是很大的羞辱，最後不得已收下，是因為他的臉變形，眼睛紅腫，萵苣敷劑已經沒用。安東尼奧也覺得自己被得罪了，到最後為了勸他收下我們朋友額外給艾達的錢，還說這是為了彌補斯岱方諾之前給她少得幾近羞辱人的薪水。我們從來就沒有什麼錢，就連十里拉對我們來說都很重要。如果在馬路上撿到銅板，我們都慶幸不已。所以，莉拉把錢當廢五金，當廢紙那樣隨便給人，在我們看來是極大的罪孽。她默不作聲，但那跋扈的態度很像是她小時候指揮遊戲，分派任務的模樣。之後她就聊起其他事情，彷彿這一刻不曾存在過。另一方面——有天傍晚帕斯蓋像平常那樣很隱晦地對我說——不管賣義式肉腸還是賣鞋子，莉拉永遠是我們的朋友，她站在我們這邊，是我們的盟友，我們的夥伴。她現在很有錢，但這是她應得的：沒錯，是她應得的，她之所以有錢並不是因為她是卡拉西夫人，不是因為她是雜貨店未來子嗣的母親，而是因為她創造了瑟魯羅鞋業，儘管如今似乎沒有人記得這一點了，但她的朋友都還記得。

這都是真的。在那幾年之間，莉拉促成了很多很多事情。然而我們已經十七歲，時間的本質不再是流動的液體，而是黏稠似膠，宛如糕餅機裡的黃色奶油在我們四周攪動。有一天莉拉自己痛苦地印證這個事實。有個星期天，大海風平浪靜，天空白亮，下午三點，她出乎意料地出現在海洋花園，獨自一人：非常之不尋常。她搭地鐵，轉搭兩趟公車才來到這裡，此時換上泳裝，臉色微微發青，額頭冒出青春痘。「十七年的爛日子。」她用方言說，語氣顯得很亢奮，眼神充滿嘲諷。

她和斯岱方諾吵架了。每天和梭拉朗兄弟打交道，馬提尼廣場那家店的管理問題終於逐漸攤在陽光下。米凱爾堅持要姬俐歐拉當家，所以威脅支持琵露希雅的黎諾，最後和斯岱方諾展開氣氛緊張的談判，差點要拳腳相向。最後怎麼了呢？似乎是沒有贏家也沒有輸家。姬俐歐拉和琵露希雅要一起管理這家店。條件是斯岱方諾重新考慮以前的一個決定。

「什麼決定？」我問。

「看你猜不猜得到。」

我猜不出來。米凱爾用揶揄的語氣要求斯岱方諾，對莉拉穿結婚禮服的那張照片讓步。這一次她丈夫同意了。

「真的？」

「真的。我就告訴你說等著瞧吧。他們要把我展示在店裡。我們打的賭最後是我贏，不是你。開始唸書吧——你今年得拿最高分才行。」

這時她語氣丕變，嚴肅起來。她說她並不是因為照片的事情來的，因為她早就知道那個渾蛋會把她當生意買賣來交換。她來是因為懷孕的事。她講這件事講了好久，非常緊張，彷彿是個必須在臼裡用力搗爛的東西似的，而且她會毅然決然動手，絲毫不手軟。這沒有任何意義，她說，完全不掩飾心中的苦惱。男人把他們的那東西塞進你裡面，你就變成一個肉盒子，裝了活生生的娃娃。我感覺到了，它就在這裡，它討厭我。我不停嘔吐，因為我的肚子受不了它。我知道我應該想著美好的事物，我知道我應該讓自己接受，但我辦不到，我找不到任何理由接受，找不到任何理由感受美的存在。而且，她又說，我覺得我沒有辦法對付小孩。你，是的，你才有辦法，看看你是怎麼照顧文具店的這幾個女孩的。我不行，我生來就沒有這種天分。

她的話傷了我的心，但我能說什麼呢？

「你不會知道自己有沒有天分的，你得要去試試看啊。」我想辦法安慰她，指著在不遠處玩的文具店女孩，「和她們坐一會兒，聊聊天吧。」

她笑起來，惡狠狠地說我一定是從我媽那裡學來這種感情用事的口氣。但她還是很不自在地和三個小女生講了幾句話，接著放棄，又開始和我講話。我支支吾吾地又勸又逼，要她去照顧文具店姊妹的老么琳達。我告訴她：「去吧，帶她去玩她最喜歡的遊戲，在酒吧旁邊的飲水泉喝水，或用拇指劃過水面潑水。」

她很不情願地拉著琳達的手走開，過了好久都沒回來。我叫兩個姊姊去看看是怎麼回事。一切都很好，莉拉被琳達纏住，很開心。她抱著女孩在噴水口上方，讓她喝水或潑水。之前看似難以忍受的事情，現在好像讓她心情好了起來。也許我應該告訴她，沒有意義的事情是最美好的。這個句子真好，她一定會喜歡。她真是幸運，所有重要的東西都擁有了。

有那麼一會兒，我想努力一行行讀進盧梭的論點。後來一抬頭，發現不對勁。有喊叫聲。也許是琳達頭伸得太進去，也許是她姊姊推她，但她必定是脫離莉娜的掌控，下巴撞到盆緣。我驚恐地衝過去。莉拉一看見我就大叫，那聲音是我從沒聽過的稚氣語調，就連她小時候都沒用過這樣的語氣講話：

「是她姊姊害她跌倒的，不是我。」

她抱著琳達。琳達流血，尖叫，哭喊，她姊姊轉開視線，悄悄移動，偷偷微笑，彷彿一切都和她們沒關係似的。彷彿她們沒聽見，也沒看見。

我從莉拉懷裡搶過孩子，讓她的頭挨近噴水口，懊恨交加地清洗她的臉。她下巴的下方有一道橫切傷口。我這下領不到文具店的錢了，我想，我媽會很生氣。我跑去找護理員，那人又哄又騙地讓琳達安靜下來，但酒精一擦，又讓她尖聲哭喊起來，最後往下巴貼了OK繃之後，又得開始安撫她。換句話說，情況不嚴重。我給三個女孩買了冰淇淋，回到水泥平臺上。

莉拉已經走了。

25

琳達的傷好像沒讓文具店老闆娘特別難過，可是我問明天是不是照平常的時間來接她們時，她說這幾個孩子今年夏天游泳游夠了，我不需再來帶她們了。

我沒告訴莉拉說我丟工作了。她也沒問我後來怎麼樣了，她甚至沒問起琳達和琳達的傷。再見到她的時候，她正為新雜貨店開張忙得不可開交，讓我覺得彷彿看見鍛鍊體能的運動員，跳繩跳得越來越快，越來越瘋狂。

她抓我去印刷廠，因為她訂製了一大批傳單，宣傳新店開張。她要我去找神父敲時間，來為店鋪與存貨祝禱。她宣布說她雇用了卡梅拉．佩盧索，薪水比她在日用品店略高。但最重要的是，她對我說，這是她對抗丈夫、琵露希雅、婆婆、哥哥黎諾的重大戰爭。然而她看起來並沒有特別野心勃勃。她的嗓音低沉，講的是方言，手裡忙著千百件似乎比她所講的內容更重要的事情。她細數親戚——不管是娘家或婆家的親戚——的種種不是，他們對她做過、或正在做的一切。她說：「他們安撫米凱爾，就像之前安撫馬歇羅那樣。他們利用我——對他們來說我不算人，只是個東西。我們把莉娜給他吧，把她釘在牆上，因為她什麼都不是，徹頭徹尾什麼都不是。」她眼睛發亮，黑眼圈裡的眼珠轉個不停，皮膚緊繃在顴骨上，牙齒白亮，露出一閃即逝的緊張微笑。可是她沒能讓我相信。就我看來，在這忙碌不堪的動作背後，是個筋疲力竭、尋找出路的人。

「那你打算怎麼做？」我問。

「什麼都不做。我只知道，要是他們想掛我的照片，就得先殺了我。」

「算了吧，莉拉。說來這其實是好事，想想看：廣告板上向來都只貼女明星的照片。」

「我是女明星？」

「不是。」

「所以？如果我老公想把自己出賣給梭拉朗兄弟，你覺得他不會也出賣我嗎？」

我想要安撫她。我很怕斯岱方諾會失去耐心，動手揍她。聽我這麼說，她笑了起來：她已經懷孕，老公絕對不敢動她一根寒毛。可是就在她這麼說的時候，懷疑悄悄籠罩我心頭，我懷疑照片只是個藉口，她其實是想激怒他們，招來斯岱方諾、梭拉朗兄弟和黎諾的拳打腳踢，讓他們的暴力幫助她除掉肚子裡這個不耐煩、痛苦且活生生的東西。

雜貨店開幕的那天晚上，我的疑心獲得證實。她穿上的大概是她最寒酸的衣服。當著大家的面，她把丈夫當僕人使喚。她叫我去請神父來，但神父還來不及為店祝禱，她就輕蔑地在他手裡塞了一些錢，把他打發走。接著她開始切肉腸、做三明治，免費送給大家吃，順便附贈一杯葡萄酒。免費酒吸引了滿滿的顧客，她和卡梅拉被團團包圍，精心打扮的斯岱方諾只好竭盡所能幫忙，因為沒穿上圍裙，他昂貴的衣服沾滿油漬。

回家之後，筋疲力盡的斯岱方諾大發雷霆，而莉拉則盡力火上加油。她大呼小叫地說，要是他想找個乖乖聽話的老婆，那對不起，他運氣太差。她不是他媽媽或他妹妹，她永遠會讓他的日子不好過。接著她開始數落梭拉朗兄弟，提起照片的事，不停罵他。起初他隨便她說，後來就用更惡劣的髒話回罵。可是他沒打她。隔天她把情況告訴我的時候，我說斯岱方諾雖然有錯，但肯定是愛她的。她否認。「他只知道這個。」她用拇指和食指搓著肚皮，回答說。事實上，雜貨店在新社區已經非常受歡迎，從開幕的那一刻起就人潮滿滿。「收銀機滿滿的錢，都要感謝我。我帶給他財富、兒子，他還想要什麼？」

「你還想要什麼？」我問，心中突然湧現的怒氣讓我自己很意外，我馬上露出微笑，希望她沒注意到。

我記得她一臉不解，手指貼著額頭。或許她根本不知道她想要什麼，她只覺得自己無法平靜下來。

隨著另一間新店，也就是馬提尼廣場鞋店的開幕日期接近，她也越來越難以忍受。或許這個形容詞是太過誇張了。應該說她把心裡所感覺到的困惑一股腦傾吐出來，對著我們每一個人，包括我。另一方面，她也讓斯岱方諾日子難過，她和婆婆、小姑吵嘴，跑到店裡當著工人和費南多的面和黎諾吵架。費南多看起來比以前駝得更厲害，坐在工作檯前埋頭工作，假裝沒聽見。但她也察覺到她陷在自己的不幸裡，不肯認命，有時候我在新店裡看見她，在很罕見的無人時刻或她沒忙著處理貨品時，她會有種茫然空虛的表情，一手伸進頭髮底下貼在額頭，彷彿摀住傷口止血，臉上是那種快要喘不過氣來的表情。

有天下午我在家，雖然已經是九月底，天氣還是很熱。學校就要開學了，我每天混日子。我媽罵我浪費時間。尼諾——天曉得他在哪裡，是在英國呢，還是在叫做大學的神祕地方。我不再擁有安東尼奧，也不再抱著和他言歸於好的希望。他已經和恩佐·史坎諾一起離開，去當兵了。他和每一個人道別，除了我。我在街上聽到有人喊我。是莉拉。她眼睛發亮，像發燒那樣，她說她找到解決的方法了。

「解決什麼？」

「照片啊。如果他們要掛照片，就要照我說的做。」

「你要怎麼做？」

她沒告訴我，也許是當時還不太明朗。可是我知道她是什麼樣的人，也認得出她臉上的表情，是那內心黑暗深處竄出來的東西燒壞她腦袋的訊號。她要我那天傍晚陪她去馬提尼廣場。我們會在那裡碰到梭拉朗兄弟、姬俐歐拉、琵露希雅，以及她哥哥黎諾。她要我去幫她，支持她，我知道她心裡打的主意會讓她脫離永不止息的戰爭：讓累積甚久的緊張情緒猛烈但最後一次宣洩；或者是可以讓她的腦袋、她的身體不再被壓抑的能量所控制。

我說：「好啊，可是答應我，不要太過分。」

「好。」

雜貨店打烊之後，她和斯岱方諾開車來接我。從他們交談的幾句話聽來，我發現連她丈夫都不知道她心裡打什麼主意，而我的出現，非但沒能讓他放心，反而讓他心生警覺。莉拉終於表現出善意。她告訴他說，如果不可能讓他們放棄這張照片，那麼至少要讓她對怎麼陳設發表一點意見吧。

「是相框的問題？牆？燈光？」他問。

「我得去看看。」

「看看就好了，莉娜。」

「對，看看就好。」

夜色溫暖美好，店裡明亮的燈光射到外面的廣場上。遠遠就能看見莉拉穿婚紗的巨幅照片靠在中央的那道牆旁邊。斯岱方諾停好車，我們走進店裡，在堆得高高的鞋盒、油漆罐和梯子之間前進。馬歇羅、黎諾、姬俐歐拉和琵露希雅看來都很不高興：雖然理由各有不同，但是他們都不想再一次屈服於莉拉的古怪念頭。唯一親切歡迎我們的是米凱爾，他發出嘲諷的笑聲，轉頭對我這位朋友說：

「美麗的夫人，您能否至少讓我們知道，您心裡藏著什麼毀掉這個夜晚的主意呢？」

莉拉看看靠在牆邊的那張照片，要他們擺到地板上。馬歇羅戒慎恐懼地開口，他向來對莉拉都是這種不悅卻溫馴的語氣。「為什麼？」

「我會讓你知道的。」

黎諾插嘴：「別蠢了，莉娜。你知道這東西有多貴嗎？要是把這東西給毀了，你麻煩就大了。」

梭拉朗兄弟把照片擺在地上。莉拉四下張望，皺著眉頭，瞇起眼睛。她在找她知道這裡有的東西，說不定當初還是她自己採購的。她在牆角找到一捲黑色的紙，從架上取來一把剪刀和一盒圖釘。她一臉專注的表情，彷彿周圍的一切都和她沒關係，走回照片旁邊。我們還來不及驚訝，她就在幾雙明顯帶有敵意的眼睛前面開始剪紙，以她一貫精準的靈巧手法把黑紙剪成一條條，然後這裡一條、那裡一條地釘在照片上，不時打個手勢或瞥來眼神要我幫忙。

我熱心幫忙，很像我們小時候那樣。那真是讓人興奮激動的時刻，在她身邊，鑽進她的主意裡，搶先一步猜到她要做什麼，真是快樂極了。我覺得她看見不在這裡的東西，拚命想要讓我們也看見。我突然開心起來，感覺到她身上的專注，從她拿著剪刀、釘著黑紙的手指間流洩出來。

最後，她想抬起帆布，彷彿現場只有她一個人似的。但她抬不起來。馬歐羅已經出手協助，我也幫忙，一起把照片豎起，靠在牆邊。然後我們全部退到門口，有人冷笑，有人臉色陰沉，還有人驚駭不已。新娘莉拉的身體被殘忍的包纏起來。頭部一大半都不見了，肚子也是。只剩下一隻眼睛、撐著下巴的那隻手，腿的線條，以及鞋子。

姬俐歐拉幾乎克制不了怒氣，開口說：「我絕對不能把這種東西擺在我的店裡。」

琵露希雅也氣炸了，「我同意。我們得在這裡賣東西呀，掛上這個古怪的東西，誰都不想進來。黎諾，說說你妹妹吧，拜託。」

黎諾假裝沒聽見，但他把目標轉向斯岱方諾，好像妹夫才是該被怪罪的對象。「我早就告訴過你，不能和她講道理。你一定只能對她說是，不是，就這樣，否則你看看會有什麼下場？這根本是浪費時間嘛。」

斯岱方諾沒回答，他瞪著靠在牆邊的照片，很顯然的，他在想解套的辦法。他問我：「你覺得怎麼樣，小琳？」

我用義大利文說：「我覺得很漂亮啊。當然啦，我是不會把這個擺在我們街坊的，因為那不是適合的地方。但是這裡不同，擺在這裡會引人注目，會大受歡迎。我上個星期才在《信心》雜誌上看到羅薩諾·布拉濟，家裡有一幅類似的畫。」

聽我這麼說，姬俐歐拉更火大，「你什麼意思？羅薩諾·布拉濟懂什麼？有什麼是你們兩個懂，而我和琵露希雅不懂的？」

這時我感覺到危險了。只要瞥莉拉一眼就知道，就算我們到店裡來的時候她是真心想和解，現在也證明徒勞無功。事已至此，她動手把照片弄得面目全非，而且絲毫不肯讓步。在這幅照片上耗費的時間已經大壞他們的關係了：在這個當下，她的自我膨脹到難以克制的地步，想要退回到雜貨店老闆之妻的身分，得花上好一番功夫，誰敢不同意，她都不接受。事實上，姬俐歐拉還沒講完，她就已經嘀嘀咕咕說：不喜歡就別要。她想吵架，她想撕裂毀壞，她很樂意拿起剪刀往姬俐歐拉身上戳。

我希望能從馬歇羅那裡得到隻字片語的支持。可是馬歇羅默不作聲，低著頭：我知道他對莉拉的餘情在這一刻逐漸消失，他長久壓抑的熱情已經無法再持續了。最後是他弟弟用最凶狠的聲音斥罵自己的未婚妻姬俐歐拉：「閉嘴。」他告訴她。她一開口想反駁，他就變得更凶，眼睛甚至沒看她，而是盯著那張照片：「閉嘴，小姬。」然後對著莉拉說：

「我喜歡，夫人。你刻意抹去自己的痕跡，我明白是為什麼：要強調腿部，強調女人穿上這雙鞋之後的腿。太厲害了。你是個頭痛人物，可是做起事情來真是厲害。」

沉默。

姬俐歐拉用指尖抹去她忍不住默默落下的眼淚。琵露希雅瞪著黎諾，瞪著她哥哥，彷彿是對他們說：開口啊，支持我，別讓這個臭婆娘踩到我頭上。

但是斯岱方諾只輕聲嘟囔：「是啊，我也這樣覺得。」

莉拉突然說：「還沒弄完呢。」

「你還想幹嘛？」琵露希雅反擊。

「我得加一點顏色。」

「顏色？」馬歇羅喃喃說，更加不解了。「我們三天後就要開張了。」

米凱爾笑著說：「如果我們一定要再等一等，那我們就等。動手吧，夫人，你想做什麼就做吧。」

這頤指氣使的語氣，活像愛怎麼樣就能怎麼樣的語氣，讓斯岱方諾很不高興。

「我們有新的雜貨店要忙。」他說，希望大家知道他需要老婆去管店。

9 羅薩諾．布拉濟（Rossano Brazzi, 1916~1994），義大利演員。

「你想辦法搞定吧，我們這裡有更有意思的事要做。」米凱爾回答說。

26

九月的最後三天，我們就關在這間店裡，我們兩個，以及三個工人。我們有大把的時間可以用在玩耍、發揮創意、享受自由，這大概是從我們告別童年之後就沒有過的經驗。莉拉讓我感染了她的狂熱。我們買了漿糊、油漆和刷子。我們極度精準地（莉拉要求很嚴格）裁下黑紙貼上。我們在照片露出來的部分和吞噬畫面的黑雲之間畫上紅色與藍色界線。除此之外，她還增添了其他的東西，只是我說不上來是什麼。隨著時間過去，我越來越投入。

有那麼一段時間，我覺得她是想藉由這次的行動積極告別她開始設計鞋子的那個歲月，也就是她還是莉娜．瑟魯羅的歲月。但我還是覺得那段時間最大的快樂是來自於我們可以擺脫她自己，甚至是我們兩人的生活景況，讓我們不必再時時追求超過我們能力範圍的事，與世隔絕地沉浸在完成某種視覺效果的純粹快樂裡。我們忘了安東尼奧，忘了尼諾，忘了斯岱方諾，忘了梭拉朗兄弟，忘了我學校的問題，忘了她的懷孕，忘了我們之間的緊張關係。我們讓時間停滯，讓空間隔絕，剩下的只有玩弄漿糊、剪刀、紙和油漆：這是我們合力創作的遊戲。

但不只是這樣。我很快就想起米凱爾用的那個字：抹去。沒錯，這黑紙遮去一切，只留下鞋子，讓鞋子更耀眼，一點也沒錯。梭拉朗家這位弟弟不笨，知道該怎麼去看。但是偶爾，我有越來越強烈的感覺，這不是我們塗塗抹抹的真正目的。莉拉很開心，也讓我在她強烈的快樂裡越陷越深，因為她或許根本是不知不覺的，突然找到機會可以畫出她對自己的怨恨、對自己的背叛，這很可能是她此生的第一次，需要——套句米凱爾的話——抹去自己的痕跡。

今天，藉著之後一連串發生的事情，我非常肯定這就是當時的真實情況。利用黑紙和莉拉畫在身體某些部位的綠色與紫色圈圈，以及劃過身體的血紅線條，她在這幅照片裡完成了自我毀滅，在梭拉朗兄弟買下，並展示販售她鞋子的地方，呈現在眾人面前。

讓我有這個印象，有這個動機的，很可能就是她。我們動手做的時候，她談起自己是什麼時候開始意識到自己是卡拉西夫人的。起初我不太聽得懂她在說什麼，她的話聽起來像老生常談。女生談戀愛的時候，當然會試著想像自己冠上心上人姓氏的感覺。例如在中學一年級的筆記本上，我就曾經練習「艾琳娜．薩拉托爾」的簽名，我到現在還記得當時偷偷低聲唸出這個名字的情景。可是莉拉說的不是這個。我很快就明白，她告訴我的是恰恰相反的事情，我玩的那種把戲她想都沒想過。而且，她說，這個新名字一開始也沒讓她有什麼感覺：拉葉菲拉．瑟魯羅．卡拉西。她一點都不興奮，也不當真。剛開始的時候，「卡拉西」這三個字只不過像讀小學時，奧麗維洛老師逼我們做的邏輯分析練習那樣。這是指稱地方的間接受詞？意指她將不和父母親住在一起，而是和斯岱方諾一起生活？這指的是她住的房子門口將會掛上寫著「卡拉西」的銅牌？這指的是我如果要寫信給她，收信人不可以再寫「拉葉菲拉．瑟魯羅」，而必須寫「拉葉菲拉．卡拉西」？這表示日常使用的「瑟魯羅」這三個字，很快就會從「拉葉菲拉．瑟魯羅．卡拉西」的名字裡消失，她也會用這個身分來界定自己，簽名的時候只簽上「拉葉菲拉．卡拉西」，以後她的小孩也不會費事去記得媽媽娘家的姓氏，她的孫兒女更是完全不可能理會祖母原本姓什麼？

是的，習俗如此。每件事都要依循規則。但是莉拉一如既往，並沒有就此歇手，她很快就更進一步。揮舞刷子上色的時候，她告訴我，她已經開始明白間接受詞的定律，例如「瑟魯羅・卡拉西」指的就是瑟魯羅走向卡拉西，融入卡拉西，被吸收，被溶解。從她婚禮的致詞嘉賓突然變成席威歐・梭拉朗，馬歇羅腳上穿著斯岱方諾讓她相信是聖物的鞋子踏進飯店門口，她度蜜月挨揍，一直到體內有了這個東西——在她肚子裡那塊虛空之處，斯岱方諾植入了一個活生生的東西——無法忍受的情緒折磨得越來越厲害，有一股力量推得越來越用力，就要擊垮她了。這感覺越來越強烈，難以抵擋。無法負荷的拉葉菲拉・瑟魯羅失去自己的形貌，在斯岱方諾的輪廓裡消融殆盡，變成他的附屬裝飾品：卡拉西夫人。直到此刻我才明白她在照片上所要說的是什麼。

「這還在持續進行。」她悄悄說。我們在這裡黏紙，塗顏色。可是我們真正做的是什麼，我到底在幫她做什麼？

工人非常困惑地把照片掛到牆上。我們很傷心，但沒說出口：遊戲結束了。我們把店裡徹底打掃一番。莉拉對沙發和長椅的擺設位置再次改變心意。最後我們一起退到門口，打量我們的成果。她哈哈大笑起來，我從沒聽過她這樣的笑聲，自由奔放，半帶嘲諷的笑聲。而我看著照片的上半部看得入神，莉拉的頭部整個不見了，只能看見一隻活潑靈動的眼睛，周圍一圈午夜藍和紅色。

27

新店開幕那天，莉拉搭著丈夫開的敞篷車抵達馬提尼廣場。她下車的時候，我注意到她那不太有把握的眼神，是怕會有不好的事情發生的那種眼神。投入改裝照片那幾天的興奮情緒已經消失了，她臉上又出現病厭厭的表情，活脫脫就是個不情願懷孕的女人。然而她這天精心打扮，看起來像從時尚雜誌走出來的人。她馬上離開斯岱方諾身邊，拉著我去看米勒街上的櫥窗。

我們逛了一會兒。她很緊張，不斷問有沒有任何問題。

她突然說：「你還記得嗎，穿得一身綠的那個女孩，戴窄邊圓禮帽的那個？」

我記得。我記得我們好幾年前在這一條街上看見她的時候，渾身不自在，也記得我們街坊的男生和這裡的男生打架，最後梭拉朗兄弟插手，米凱爾拿出鐵棍，以及我們當時的恐懼。我知道她想聽點能安撫心情的話，所以我說：

「那只是錢的問題，莉拉。如今一切都改變了，你比那個綠衣服的女生漂亮多了。」

但是我心裡想的是：這不是真的，我是騙你的。不平等是很惡毒的，如今我已深刻體認。這扎根極深，遠非淺薄的金錢可比。兩家雜貨店賺進的現金，甚至加上製鞋廠和鞋店的錢，也不夠掩飾我們的出身。莉拉自己，就算從收銀機拿走更多的錢，就算是幾百萬，三千萬，甚至五千萬，也同樣辦不到。我非常瞭解，終於有一件事情是我比她還懂的，我不是從這裡的大街小巷學來的，而是在校門外面，從等待尼諾放學的那個女孩身上學到的。她比我們優越，天生如此，儘管她毫無所覺。這讓人很難忍受。

我們回到店裡。這天下午的活動進行得像婚宴：食物、甜品，許多酒，所有的賓客都穿上出席莉拉婚禮的衣服，費南多、倫吉雅、黎諾、梭拉朗全家、埃爾范索、我們女孩：艾達、卡梅拉和我。好多車子停得亂七八糟，店裡人很多，喧嘩聲越來越大。從頭到尾，姬俐歐拉和琵露希雅都競相表現出自己才是女主人的模樣，拚命想比對方更努力，兩人因壓力緊繃而筋疲力竭。莉拉的照片睥睨一切。有人停下來意興盎然地看，有人懷疑地瞥一眼，甚至哈哈大笑。而我的目光怎麼也無法移開。照片上的人已經認不出來是莉拉，留下來的只是個魅惑驚人的形體，一位單眼女神把穿著美麗鞋子的腿伸進屋子中央。

在人群中看見的埃爾范索，讓我很吃驚，竟然如此活力充沛，愉快優雅。我沒見過像這樣的他，不管是在學校、街坊或雜貨店都沒有，莉拉也盯著他看了好一會兒，一臉不解。我笑著對她說：「他變得不像他了。」

「他怎麼了？」

「我不知道。」

埃爾范索是這天下午真正的好消息。他身上靜靜沉睡的某個東西醒過來了，在這間燈光明亮的店裡。彷彿意外發現城裡的這個地方讓他覺得很愉快，讓他變得非比尋常得活躍。我們看見他忽而擺弄這個物品，忽而和某個好奇走進來的時髦人士聊天，他們端詳鞋款，手拿糕點和苦艾酒。後來他過來找我們，用自信的口吻過分熱情地讚賞我們改造照片的成果。他自在悠遊，克服了一貫的溫馴羞怯，對嫂嫂說：「我向來知道你是個危險人物，」他親吻她雙頰。我很不解地瞪著他。危險？他在照片上看見什麼了，是我沒看見的？埃爾范索能看見表相底下的東西？他知道該怎麼運用想像力去看？我心想，他真正的未來有沒有可能不在唸書，而是在城裡的某個富裕地段運用他在學校裡學到的這些學問？是的，他內心裡藏著一個完全不同的人。他和我們街坊的男生完全不一樣，最重要的是，他和哥哥斯岱方諾不一樣。斯岱方諾這會兒正靜靜坐在長沙發的一角，隨時準備好要對找他講話的人露出泰然的微笑。

夜幕低垂。外面突然亮起明亮的燈光。梭拉朗家、祖父、父親、母親、兒子全衝到外面去看，一家人吵吵嚷嚷，熱鬧得不得了。我們也全走到馬路上。在櫥窗和入口上方亮著幾個大大的字：「梭拉朗」。

莉拉眉頭一皺，對我說：「他們連這個都讓步了。」她很不情願地推著我走向黎諾。黎諾看起來是最高興的一個。她對他說：「鞋子如果是瑟魯羅做的，店名為什麼叫梭拉朗？」

黎諾拉著她的手臂，低聲說：「莉娜，你為什麼總是這麼難搞？你還記得你害我在這個廣場惹上的麻煩嗎？我能怎麼辦，你希望再惹出一場禍來？知足一點吧，一次就好。我們人在這裡，在那不勒斯心臟地帶，我們稱霸了。不到三年之前還想揍我的那些傢伙，你看見他們了嗎？他們停下腳步，看看櫥窗，走進來拿起糕點。這樣對你還不夠嗎？瑟魯羅鞋店，梭拉朗鞋店。你到底希望那裡掛著什麼名字，卡拉西？」

莉拉沒有正面回應，不帶火氣地對他說：「我非常平靜。平靜得足以告訴你，從此以後，你最好別再開口求我任何事情。你以為你在幹嘛？你向梭拉朗太太借錢？斯岱方諾向她借錢？你們兩個都欠她錢，所以才會什麼事情都答應？從現在開始我們各管各的，黎諾。」

她拋下我們，帶著賣弄風情的戲謔態度走向米凱爾．梭拉朗。我看見她和他一起走向廣場，繞過石獅子。我看見她丈夫的目光一路跟隨她。她和米凱爾邊走邊聊的全部過程裡，他的眼睛始終沒離開她身上。我看見姬俐歐拉越來越生氣，和琵露希雅咬耳朵，兩人一起瞪著她看。

這時店裡的人散了，有人關掉大招牌的燈。有幾秒鐘的時間，廣場變得漆黑，但緊接著，路燈恢復活力，照亮夜色。莉拉笑著離開米凱爾，但是一踏進店裡，那張臉就變得活力盡失。她把自己關進廁所裡。

埃爾范索、馬歇羅、琵露希雅和姬俐歐拉開始收拾，我也過去幫忙。

莉拉從廁所出來，斯岱方諾彷彿埋伏等待似的，一把抓住她的手臂。她很生氣地掙脫開來，走到我身邊。她一臉慘白，輕聲說：「我有點出血。這是怎麼回事，我的寶寶死了嗎？」

28

莉拉的孕期只維持了十週多一點，助產士被找來，收拾了一切。隔天，她回到新雜貨店，和卡梅拉．佩盧索一起工作。而這是一個漫長時期的起點，從這時開始，莉拉有時溫和，有時狂暴，但不再到處漫遊，顯然是決定把自己的生活局限在這個秩序井然的地方，在飄著磨碎乳酪的香味，堆滿香腸、麵包、莫札瑞拉乳酪、鹽漬鯷魚、炸豬皮、一袋袋滿得溢出來的乾豆，以及豬肚的地方。

斯岱方諾的媽媽瑪麗亞格外欣賞莉拉的這個改變。她彷彿在媳婦身上看見了自己的影子，突然心生憐愛，還把頗有歷史的玫瑰金耳環送給她。莉拉高高興興收下，經常戴。有一陣子，她臉色蒼白，額頭冒痘，眼睛凹陷，皮膚在顴骨上繃得好緊，緊到幾乎變成透明的。後來她體力恢復，比以前更賣力在店裡做生意。到聖誕節時，店裡的營收就已經增加，不到幾個月就超過舊街坊的本店。

瑪麗亞更是激賞。她越來越常過來幫媳婦的忙，比對兒子和女兒還好。他兒子因為當不成爸爸，再加上生意的壓力，心情消沉。而她女兒開始在馬提尼廣場的鞋店工作，禁止她到店裡去，免得給顧客留下壞印象。斯岱方諾和琵露希雅怪莉拉不能或不願把胎兒留在肚子裡時，卡拉西老夫人甚至站在卡拉西少奶奶這邊。

「她不想要孩子。」斯岱方諾埋怨。

琵露希雅贊同他的說法。「是啊，她想當小姐，她不知道該怎麼當個妻子。」

瑪麗亞凶巴巴地罵他們兩個：「這種事情想都不該想。孩子是上主賜給我們的，也是上主帶走的。我不想再聽到這種胡說八道。」

她女兒惱火大叫：「你安靜點，你把我喜歡的耳環給那個賤貨。」

他們的爭執，莉拉的反應，很快都成為街坊鄰居嚼舌根的素材，四處流傳，連我都聽見了。可是我沒太注意，因為學校開學了。

學校生活以最讓我不可置信的方式揭開序幕。從一開學，我的表現就很好，彷彿因為安東尼奧的離去，因為尼諾的失去蹤影，甚至莉拉的決心管好雜貨店，我的腦袋突然減輕了壓力。我清清楚楚記得一年級時拚命努力學習的一切。我靈敏聰慧地回答老師的問題。不只如此。嘉利亞妮老師或許是因為失去了最聰明的學生尼諾，重新在我身上投注了加倍的注意力，說從雷辛納開始到那不勒斯結束的世界和平遊行是很好的啟發，也很有教育意義，要我去參加。我決定去看看，一方面是因為好奇，一方面也是怕不去會得罪嘉利亞妮老師，反正遊行是沿著通衢大街走，就在街坊附近，費不了多少功夫。但我媽要我帶兩個弟弟去，我和她大吵，抗議，結果遲到了。我在鐵軌橋那邊和他們會合，俯望遊行隊伍：人們占滿整條街，阻擋車輛通行。參加的都是普通人，看起來不怎麼像遊行，反倒像是帶著旗幟和標語在散步。我想找到嘉利亞妮老師，讓她看見我來了，我叫弟弟在橋上等我。這是個可怕的主意，我根本找不到老師，才一轉身，我弟就和其他的孩子一起對遊行的人丟石子，罵髒話。我急匆匆去逮住他們，把他們趕走，一想到嘉利亞妮老師說不定會看到他們，發現他們是我弟弟，就驚恐不已。

時間一個星期一個星期地過去，有新的課程，也有新的課本要買。我覺得沒有必要把書單拿給我媽，讓她去向我爸要錢買書，因為我知道我們家沒有錢。此外，從八月一直到九月，奧麗維洛老師一點消息也沒有，我去醫院探訪兩次，第一次她在睡覺，第二次去她已經出院，但並沒有回家。十一月初，我想不出別的辦法，只好去問她鄰居，才知道她因為身體的問題，住到波坦薩的姊姊家，天曉得她還會不會回那不勒斯，回這個社區，回到工作崗位。這時我決定去找埃爾范索，他哥哥買了書給他，我想問他可不可以想辦法挪出時間來借我用。他很熱心，提議我們一起做功課，也許就在莉拉家，因為她在新雜貨店工作，房子從早上七點到晚上九點都沒人。我們決定就這麼辦。

可是有天早上埃爾范索有點煩心地對我說：「今天去雜貨店找莉娜吧，她想見你。」他知道原因，可以她要他發誓不說，他守口如瓶，問也問不出來。

那天下午我去雜貨店，卡門既哀傷又喜悅地給我看一張卡片，是她的未婚夫恩佐從皮埃蒙特的某個城市寄來的。莉拉也收到安東尼奧寄來的卡片，我一時以為她找我是要告訴我他在卡片裡說了什麼。她把我拉到店鋪後面，用有點逗趣的口吻問：

「你記得我們的打賭嗎？」

我點頭。

「你記得你輸了嗎？」

我點點頭。

「所以你記得你現在必須拿第一名？」

我點點頭。

她指著兩大綑用包裝紙包起來的東西。是學校用的課本。

29

非常重。回到家，我興奮地拆開包裝，這些不是二手書，不像老師以前給我的那些聞起來有臭味的舊書，而是全新的書，飄著新鮮油墨的味道，更引人注目的是其中的幾本字典：義大利文字典、希臘文字典，以及老師自己也沒有的拉丁文字典。

不管我做什麼都批評的媽媽，看見我拆開包裝，竟然哭了出來。她這不尋常的反應讓我意外，也很心驚，走向前去摸摸她的手臂。很難說令她感動的是什麼：或許是感受到我們生活貧困的無能為力，或許是有感於雜貨店老闆娘的慷慨大方，我不知道。她很快就鎮靜下來，喃喃講了幾句聽不太懂的話，就又回頭專心去做她自己的事。

我和弟弟妹妹共用的房間裡有張小桌子，非常簡陋，許多蛀洞，是我用來做功課的地方。我把書擺在桌上，看見一本本新書沿牆擺放，我心中充滿能量。

日子開始飛快流逝。我把嘉利亞妮老師暑假借我的書還給她，她給我其他內容更艱澀的書。我在星期天用心研讀，但不太能理解。我一行行讀，一頁頁翻，但是那文句讓我心煩意亂，文字裡的意義離我遠去，難以捕捉。這一年，我在中學的第四年，在功課與艱澀的讀本之間，我筋疲力竭，但這是心滿意足的筋疲力竭。

有一天嘉利亞妮老師問我：「你看什麼報，格瑞柯？」

這個問題讓我不安，就像莉拉結婚那天和尼諾講話那樣的不安。老師理所當然認為我會做的正常事情，在我家，在我生長的環境裡一點都不正常。我怎麼告訴她我爸不買報紙，怎麼告訴她我從來就不看報？我不敢說，但我拚命想回憶帕斯蓋這個共產黨員有沒有看報紙。徒勞無功。這時我想到唐納托．薩拉托爾，想到伊斯基亞島，馬隆提。我記得他看《羅馬人報》。我回答說：

「我讀《羅馬人報》。」

老師要笑不笑地用諷刺的眼神看我，從隔天開始，就把她的報紙拿給我看。她買兩份，有時候三份，放學的時候會給我一份。我謝謝她，很沮喪地回家，因為我還有更多功課要做。

起初我把報紙丟在家裡，等做完功課之後再看，但是到夜裡報紙就不見了，被我爸拿去臥房或洗手間看。所以我開始把報紙藏在書本裡，等夜裡大家都睡了之後才拿出來。有時候是《統一報》，有時候是《晨報》，有時候是《晚郵報》。不管是哪一種，對我來說都很難。就像半途開始看連載漫畫，不知前因後果。我匆匆忙忙從這則報導跳到下一則報導，不是真的有興趣，而只是出於義務，希望像學校功課那樣，今天雖然不懂，但堅持不懈，明天就能搞懂。

這段期間我很少見到莉拉。有時放學後，衝回去做功課之前，我會繞到新雜貨店去。我很餓，她知道，總會給我做一個塞滿填料的三明治。我一面享用，一面用高雅的義大利文複述嘉利亞妮老師書上或報上的一些評論。我會提到諸如：「納粹滅絕集中營駭人聽聞的真相」、「人們以前可以做，而且如今也能做的」、「原子彈的威脅與和平的義務」，或者是「以我們所創造的工具征服大自然的力量，事到如今，我們發覺這些工具的力量比大自然的力量更值得擔憂」、「我們需要可以擊敗、消除苦痛的文化」之類的報導，以及「在我們終於建立平等且無階級歧異的世界，對於社會和人生有著正確的科學概念之後，宗教就將從人類的意識裡消失」的主張。我告訴她這些概念和其他東西，為的是讓她知道我順利朝向第一名邁進，此外也是因為我不知道還能和誰說這些。我希望她能有所回應，重拾我們小時候的討論習慣。但她幾乎什麼都沒說，事實上她還有些尷尬，彷彿聽不懂我在說什麼。偶爾有回應，也是從心裡挖出很久以前在她心裡盤旋不去，如今不知為何又在她腦袋裡出現的念頭。她開始談起阿基里閣下和梭拉朗家財富的來源，甚至當著卡門的面講，而卡門也立即附和。可是只要有客人上門，她就住嘴，變得有禮貌又有效率，切肉，稱重，收錢。

有一次，她沒關上收銀機的抽屜，盯著錢看，很生氣地說：「我用自己和卡門的努力賺來這些錢。可是這不是我的，小琳，這是用斯岱方諾的錢賺的。而斯岱方諾是用他父親的錢賺的。沒有當初阿基里閣下藏在床墊下的錢，沒有他用黑市買賣和放高利貸賺來的錢，就沒有這家店，也沒有製鞋廠。不只這樣。沒有這些錢，沒有高利貸吸血鬼梭拉朗家的人脈，斯岱方諾、黎諾和我爸一雙鞋也賣不出去。所以我惹上了什麼麻煩，再清楚不過了吧？」

是很清楚，但我不懂我們討論這個問題做什麼。

「都覆水難收了。」我說，這是她和斯岱方諾訂婚時自己說的話。「你談的這些都是過去的事，和我們沒有關係。」

但是雖然這個結論是她自己推衍出來的，卻似乎連她自己都不相信。我到現在還記得一清二楚，她用方言對我說：

「我不喜歡我以前做的事，也不喜歡我現在正在做的事。」

我想她八成太常和帕斯蓋在一起了，因為他老是有像這樣的言論。因為帕斯蓋和在舊雜貨店工作的艾達訂了婚，而妹妹又在新雜貨店工作，所以我想他倆的關係必定拉近了不少。我心有不滿地回家，拚命甩掉童年時代因為莉拉和卡門成了閨蜜，而自覺受到排擠的那個感覺。為了讓心情平靜下來，我唸書唸到很晚。

有天晚上，我讀《晨報》的時候眼皮沉重，很想睡覺，突然有個沒署名的短篇報導讓我像觸電一般驚醒。我不敢相信——這篇報導提到馬提尼廣場的那家店，而且讚賞莉拉和我所改造的那張照片。

我讀了一遍又一遍，到現在都還記得其中的幾行文字：「經營馬提尼廣場這家親切店鋪的女士不願透露藝術家姓名。太可惜了。無論是哪位作家以照片和顏料創作這幅極不尋常的作品，都表現出了極為前衛的想像力和極為卓越的原創力，同時也具有超乎尋常的活力，讓這素材反映出親密且巨大的悲痛。」除此之外，報導裡也大大讚揚這家鞋店，「象徵著近年來那不勒斯企業發展的重要動能。」

我徹夜未眠。

放學之後，我急著去找莉拉。店裡沒人，卡門回家去照顧生病的媽媽姬塞琵娜，莉拉在講電話，對方是供應商，沒送莫瑞拉乳酪或肉腸還是我不記得的什麼東西來。我聽見她大吼大叫，咒罵連連，我聽了很不舒服。我想聽電話的那人說不定是個老頭子，挨罵之後，很可能會叫兒子來報仇。我心想：她幹嘛每次都要這麼過分呢？掛掉電話之後，她很不滿地哼了一聲，轉頭對我道歉：「要是我不這麼做，他們連聽都不聽我說。」

我拿報紙給她看。她滿不在乎地瞄了一眼，說：「我知道。」她說那是米凱爾．梭拉朗的點子，像平常那樣想到就做，問都沒問過其他人。看，她說，走到收銀機前面，從抽屜裡掏出幾張皺巴巴的剪報，交給我。這些都是馬提尼廣場那家店的報導。《羅馬人報》有一小篇報導，那位記者大大讚美梭拉朗兄弟，但一點也沒提到那幅照片。另一篇《那不勒斯晚報》的報導篇幅很大，把那家店形容得像王宮似的。報導用極盡華麗的義大利文讚美豪華的裝潢，明燦的燈光，無與倫比的鞋子，更重要的是，「兩位迷人的那不勒斯年輕女子姬俐歐拉．斯帕努羅小姐和琵露希雅‧卡拉西小姐，甜美、親切、優雅、不同凡響，讓這家店在本市最頂尖的商業活動裡獨占鰲頭。」一直要到末尾才會提到那幅照片，僅只短短幾行。報導說那「一團混亂，和這裡的皇室氣氛格格不入」。

「你看到署名了嗎？」莉拉嘲諷問。

《羅馬人報》的署名是「d.s.」，而《那不勒斯晚報》的作者是唐納托‧薩拉托爾，尼諾的父親。

「看見了。」

「那你怎麼說？」

「我應該怎麼說？」

「有其父必有其子，你應該這麼說的。」

她鬱鬱笑了起來。她說米凱爾看見瑟魯羅鞋子和梭拉朗鞋店生意好轉之後，決定要做點宣傳，到處打賞，謝謝願意刊出正面報導的報紙。換句話說就是廣告。付錢的。連看都不值得看。在這些報導裡，她說，沒有一個字是真的。

我很失望。我不喜歡她這麼貶低報紙，因為我犧牲了睡眠，認真讀報。我不喜歡她特別強調尼諾和這兩篇報導的關係。何必把尼諾和他那個滿嘴浮誇謊言的父親扯在一起？

30

然而感謝這些報導，梭拉朗鞋店和瑟魯羅製鞋很快就大展鴻圖。姬俐歐拉和琵露希雅誇耀報導對她們的讚美，但是生意興隆並沒有讓她們不再競爭，兩人都自認為功勞最大，而且開始認為對方是未來發展的阻礙。她們只有一個看法是一致的：莉拉那張照片很討人厭。只要有人停下來看，她們就細聲細氣地講些不客氣的話。她們把《羅馬人報》和《那不勒斯晚報》的剪報裱框掛起來，唯獨漏掉《晨報》。

聖誕節和復活節之間，梭拉朗家和卡拉西家賺了很多錢。斯岱方諾如釋重負地大大嘆一口氣。新雜貨店和老雜貨店都生意興隆，瑟魯羅製鞋廠全力趕工。除此之外，馬提尼廣場的鞋店印證了他早就知道的事實，莉拉幾年前所設計的鞋子不只在拉提菲羅、佛利亞街和加里波第大街賣得很好，而且也挑起那些隨心所欲掏錢包的有錢人的購買欲。因此這個重要的市場必須進一步鞏固，擴張。

生意成功的另一個具體證明是，到了春季，有部分瑟魯羅鞋款的仿製品開始出現在附近街區的櫥窗裡。這些鞋子基本上和莉拉設計的款式一樣，就只有在一些流蘇或鞋釦上的小細節略加變化。威脅和抗議很快就阻斷仿冒品的流通，事情是米凱爾出面擺平的，但他沒有就此滿足，認為必須設計新的鞋款。為此，他有天晚上把哥哥馬歇羅、卡拉西夫婦、黎諾找到馬提尼廣場的店裡，當然也還有姬俐歐拉和琵露希雅。意外的是，斯岱方諾一個人來，沒帶老婆。他說莉拉很累，沒辦法來。

她的缺席讓梭拉朗兄弟很不高興。米凱爾說——害姬俐歐拉很緊張——要是莉拉不來，我們還他媽的談什麼談。可是黎諾馬上插嘴。他騙他們說，他和父親不久之前已經開始構思新鞋款，打算在九月的艾瑞佐商展上推出。米凱爾不相信他的話，變得更生氣。他說他們一定要推出真正創新的產品，而不是普普通通的東西。最後他對斯岱方諾說：

「你老婆不可或缺，你無論如何都得把她弄來。」

斯岱方諾不客氣得讓人驚訝：「我太太在雜貨店工作一整天，晚上必須待在家裡，她得替我著想。」

「沒問題。」米凱爾說，那張俊朗少年的臉有那麼一會兒整個變形了，「但是請她能不能也替我們想一想，一會兒就好。」

那天晚上每個人都很不開心，特別是琵露希雅和姬俐歐拉。雖然理由各不相同，但她們卻都覺得米凱爾這麼看重莉拉實在讓人難以忍受，接下來幾天，她們的不開心變成心情惡劣，只要逮著機會就吵架。

後來——我想是三月吧——發生了一樁意外，但真正的情況我也不完全清楚。有天下午，就在她們每天上演的不合戲碼裡，姬俐歐拉打了琵露希雅一個耳光。琵露希雅找黎諾告狀，當時已經志得意滿覺得自己不可一世的黎諾到店裡，以老闆的氣勢叫姬俐歐拉滾，姬俐歐拉凶巴巴回應，他就威脅要開除她。

「從明天開始，你就回去做你的乳酪卷吧。」他對她說。

然後米凱爾出現了。他微笑著把黎諾拉到廣場上，指著店門口的招牌。

「我的朋友啊，這店叫『梭拉朗』，你沒有權利進到店裡來，告訴我女朋友說：『我要開除你！』」他說。

黎諾回嘴說，店裡的東西都屬於他妹夫，而鞋子是他本人做的，他當然有權利。而在店裡，姬俐歐拉和琵露希雅都自認有未婚夫撐腰，又吵了起來。兩個男生衝回店裡，想要讓兩個女生冷靜下來，卻怎麼都辦不到。米凱爾失去耐性，大叫說要開除她們兩個。不只這樣：他還脫口而出說要讓莉拉來管這家店。

莉拉？

這家店？

兩個女生馬上安靜下來，這個主意讓黎諾一句話也說不出來。討論再次開始，這次的重點聚焦在米凱爾這個讓人火大的主意上。姬俐歐拉、琵露希雅和黎諾聯合起來對抗米凱爾——大錯特錯啊，莉拉對你有什麼用呢，我們在這裡賺了錢，你還有什麼好抱怨的，鞋款是我設計出來的，當時她還只是個小丫頭，能創作什麼咧——氣氛越來越緊張。要是我提到的那個意外沒發生，天曉得他們還要繼續吵多久。突然之間，不知為什麼，那張照片——貼上黑紙、塗上多種顏色的照片——發出刺耳的聲音，像是某種噁心的呼吸聲，從相框裡爆裂開來。事情發生的時候，琵露希雅背對照片，火焰從她背後竄起，彷彿從祕密的壁爐裡燃起，火舌舔上她的頭髮，劈哩啪啦，若非黎諾迅速赤手空拳地滅火，那把火勢必會吞噬她整個人。

31

黎諾和米凱爾都把火災怪在姬俐歐拉頭上，因為她偷偷抽菸，所以有個小打火機。據黎諾說，姬俐歐拉是故意的：他們吵得不可開交的時候，她對照片點火，上頭有紙有膠有油漆，所以很快就燒了起來。米凱爾的態度則保留得多：他知道姬俐歐拉一直在把玩打火機，因為吵架吵得入神，沒注意到火焰太過靠近照片。但是不管是第一個或第二個假設，姬俐歐拉都受不了，惡狠狠地瞪著莉拉，把罪過怪在這張變形的照片上，是這照片自己引火自燃的，就像惡魔一樣，想要勾引聖徒的惡魔偽裝成女子形貌，但聖徒呼喊耶穌名號，惡魔就變成火焰了。她為了印證自己的說法，還說，琵露希雅也說過，她嫂嫂有能力不讓自己懷孕，事實上，因為沒成功，所以她讓孩子流掉，不肯接受上主的恩賜。

謠言越傳越烈，因為米凱爾．梭拉朗開始常常到新雜貨店去。他花很多時間和莉拉談笑，和卡門談笑，讓卡門以為他是為她而來，她一方面擔心有人會告訴人在皮埃蒙特當兵的恩佐，一方面又覺得受寵若驚，開始賣弄風情。莉拉則取笑梭拉朗家的這個弟弟。她聽過他未婚妻傳播的流言，所以對他說：「你還是走吧，我們是女巫，我們很危險哪。」

但是這段期間，我去看她的時候，覺得她從來就沒有真正開心過。她裝出做作的語氣，對什麼事情都挖苦嘲諷。她手臂上有瘀青？斯岱方諾的愛撫太用力了。她眼睛哭紅了？是快樂的眼淚，不是哀傷。小心米凱爾，他喜歡傷害別人？不，她說，他光摸摸我就受不了了，我，我才是會傷害別人的人。

對她最後的這一句話，大家向來都暗暗同意，但如今姬俐歐拉格外不懷疑：莉拉是個女巫，是個賤貨，對她未婚夫下了蠱，所以他才要莉拉去管馬提尼廣場那家店。好一段時間，她妒火中燒，絕望至極，不肯去上班。然後她決定去找琵露希雅談，她們成為盟友，採取攻勢。琵露希雅去找哥哥，說他是戴綠帽的呆瓜，然後罵未婚夫黎諾，說他不是老闆，而是米凱爾的奴僕。所以有天晚上，斯岱方諾和黎諾在酒吧外面等米凱爾，他出現之後，他們就上前講了些話，大意是：放過莉拉吧，你害她浪費時間，她有工作要做。米凱爾馬上就聽懂他們的意思，冷冷回答說：

「你們在說什麼鬼話？」

「你要是聽不懂，就表示你不想懂。」

「不，我的好朋友，是你們不想懂，這是我們的生意需要啊。就算你們不懂，我也不能不照顧我們的利益啊。」

「意思是？」

「什麼意思？」

「你老婆待在雜貨店太浪費了。」

「在馬提尼廣場的店裡，她一個月創造的利潤，會是姬俐歐拉和琵露希雅一百年也賺不來的錢」——

「說清楚一點。」

「莉娜需要有人管教，小斯。她需要有責任感。她應該要創造產品的。她應該要馬上開始設計新的鞋款。」

他們爭論了很久，最後在一千樁不同的看法裡找到一個共同的意見。斯岱方諾拒絕讓妻子到馬提尼廣場的鞋店去工作：新雜貨店生意很好，讓莉拉離開是很愚蠢的作法；可是他同意讓她立刻開始設計新鞋，至少要趕上冬季上市。米凱爾說不讓莉拉管鞋店才是愚蠢的作法，語帶威脅地用冷淡口氣說，他把這個主張暫時延後到夏天之後再說，他認為他們已經達成協議，她會馬上開始設計新鞋。

「必須很時髦，你一定要堅持這一點。」他催促說。

「她像以前一樣，自己想怎麼做就怎麼做。」

「我可以勸她，她會聽我的。」米凱爾說。

「沒必要。」

在他們達成協議之後不久，我去找莉拉，她自己對我提起這件事。我剛放學，天氣已經開始變熱了，我非常累。她自己一個人在雜貨店裡，好像鬆了一口氣似的。她說她才不要設計任何東西，連雙涼鞋，不，連雙拖鞋都不要設計。

「他們會氣瘋的。」

「那我有什麼辦法？」

「這關係到錢啊，莉拉。」

「他們已經夠有錢的了。」

這是她慣有的頑固，我想。她向來都是這樣，只要有人叫她專心做什麼，做這件事情的動力就馬上消失。但是我很快就發現，這並不只是她的個性作祟，甚至也不是因為她討厭她丈夫、黎諾、梭拉朗兄弟的生意，或者是帕斯蓋與卡門的共產黨論調加油添醋而已。還有其他的原因，她很嚴肅，緩緩地告訴我：

「我腦袋空空。」她說。

「你試過了？」

「是啊。可是和我十二歲的時候不一樣了。」

那鞋子——我明白——就只在她腦袋裡出現過一次，從此再也沒現身，她什麼都沒有了。一切結束了，她不知道要怎麼重新開始。她討厭皮料、皮面的味道，她就算想做，也不知道該怎麼做了。一切都已改變了。費南多的小鞋鋪已經被整併進寬敞的大空間裡，有工人的工作檯，還有三部機器。她父親似乎變得更瘦小，甚至也不再和長子吵架。他就只是工作，如此而已。就連關愛好像也淡漠了。儘管媽媽來雜貨店裡免費裝滿購物袋時，她還是像當年生活貧苦時那樣對媽媽很好，給弟弟妹妹小禮物，但她對黎諾卻不再有像以前那樣的親密情感。他們之間的感情毀壞，斷裂了。想要協助，保護他的感覺消失了。因此想要創造夢想鞋子的動機也不復存在了。孕育夢想的那片沃土已經乾涸了。最重要的是，她突然說，當初是為了讓你知道，我就算不去上學也可以做出很厲害的事情。然後她神經兮兮地笑起來，斜瞄我一眼，想知道我的反應。

我沒回答，因為情緒洶湧。莉拉真的是這樣？她不像我這樣悶著頭勤奮努力？她從腦袋裡抽出這些想法、鞋子、說寫的字句、複雜的計畫、忿怒與創意，都只是為了向我證明她自己？失去這個動機，她也就失去一切了？甚至她對自己婚紗照所動的手腳——她再也無法重來一遍？在她身上的一切，都只是某種混亂情勢所造成的結果？

我一方面感覺到心中某個長期的緊張糾結鬆開來了，她淚濕的雙眼和脆弱的微笑打動了我。但這並沒有持續太久。她繼續說，她用慣常出現的動作摸摸前額，很遺憾地說：「我總是一定要證明自己比較優秀。」然後又沉著臉補上一句：「我們開這家店的時候，斯岱方諾教我怎麼偷斤減兩，起初我罵他你這個小偷，你就是這樣賺錢的，但是後來我克制不了，一定要讓他知道我學會了，而且馬上就自己找到一套欺騙顧客的方法，做給他看，我不斷想出新花樣：我騙了你們大家，我不只偷斤減兩，還有其他千百種花招，我欺騙街坊鄰居，別信任我，小琳，我說什麼做什麼，你都別相信。」

我很不安。僅僅幾秒鐘，她就變了，我再也不知道她想要什麼了。她幹嘛這樣對我講話？我不知道她是下定決心告訴我這些，或者這些話就這樣如山洪爆發似地從嘴巴裡湧出來，讓原本想要強化我倆關係的意圖——這是她真正的打算——被同樣迫切想否認的力量給沖刷殆盡：你看見沒，和斯岱方諾在一起的時候，我的行為舉止就像和你在一起的時候一樣，我和誰在一起都是這樣，我是美女，也是野獸，我是善，也是惡。她細長的手指絞在一起，纏得緊緊的，問：「你有沒有聽姬俐歐拉說過，說那張照片是自己燒起來的？」

「那只是蠢話。姬俐歐拉很氣你。」

她輕輕笑了幾聲，像是嚇到了，她心裡有個什麼東西突然抽搐。

「我這裡很痛，眼睛後面，好像有東西壓著，你看見那裡的刀沒？非常銳利——我才剛送去給磨刀匠磨過。我切薩拉米香腸的時候想，人的身體裡面有多少血？要是你在裡面塞太多東西，就會爆裂。再不然就是起火燃燒。婚紗照燒掉了，我很高興。我的婚姻也應該燒掉，這間店，鞋子，梭拉朗家，一切的一切都應該燒掉。」

我領悟到，無論她如何奮力掙扎，如何費盡心力，如何聲嘶力竭，她都擺脫不了：從婚禮的那一天起，她就被更大、更無法控制的不幸給追索。我很同情她。我要她冷靜一點，她點點頭。

「你要想辦法放鬆下來。」

「幫我。」

「怎麼幫？」

「留在我身邊。」

「我現在不就留在你身邊嗎？」

「才不是。我把我所有的祕密都告訴你，就連最可怕的也說了。可是你幾乎什麼自己的事情都不告訴我。」

「你錯了。我什麼事情都不瞞你，唯有你知道。」

她猛力搖頭，說：「就算你比我強，就算你懂的事情比我多，也不要離開我。」

32

他們逼她，折磨她，所以她假裝屈服。她告訴斯岱方諾，她會設計新鞋，之後一逮到機會也這麼對米凱爾說。然後她把黎諾叫來，把他向來希望她講的話告訴他：「你來設計，我沒辦法。」

和爸爸一起設計，你是內行人，知道該怎麼做。可是在上市銷售之前，別告訴任何人說這不是我做的，就連斯岱方諾都不准說。」

「要是賣得不好呢？」

「那就是我的錯。」

「要是賣得好呢？」

「那我就實話實說，你會得到你應得的功勞。」

這個騙局讓黎諾很開心。他和費南多一起著手設計，但經常偷偷去找莉拉，把他心裡的主意告訴她。她看看鞋款，起初還假裝讚美，一方面是因為受不了黎諾臉上焦慮的表情，一方面是想儘快擺脫他。但她很快就真心讚嘆這些新鞋的款式——和目前正在銷售的很像，但也完全不同。她有天用出乎預期的輕快語調對我說：「說不定，以前那些鞋子其實並不是我構思出來的，是我哥哥設計的成品。」這時她好像真的卸下心頭重擔了，她重拾對黎諾的關愛，或者應該說她發現自己之前太誇張了：手足關係是解除不了的，無論他做了什麼，就算他身體裡跑出了一隻耗子、驚逃的馬或任何其他動物，他們的手足之情也永遠都在。這個騙局——她推論——讓黎諾不再擔心自己不適格，讓他重新找回年少時期的行事作風，如今他發現他很了解自己的工作，對自己的工作也很在行。至於黎諾本人，他對妹妹的讚美越來越滿意。每回徵詢結束，他就悄悄借走她家的鑰匙，去那裡和琵露希雅混一個鐘頭。

至於我，我想讓她知道，我永遠在她身邊，每逢星期天，就邀她和我一起出門。有一次我們和我的兩個同學遠到貿易中心附近。她們發現莉拉已經結婚一年多都嚇壞了，表現得格外莊重尊敬，好像我強迫她們和我媽一起出門似的。有一個同學略為遲疑地問她：

「你有小孩嗎？」

莉拉搖頭說沒有。

「還沒有消息？」

她搖頭說沒有。

從這一刻起，那個傍晚就註定要不歡而散了。

五月中，我拉她和我一起去一個文化俱樂部，因為嘉利亞妮老師逼我去，所以我不得不去找一位名叫吉塞普．蒙塔雷提的科學家談談。這是我們第一次體驗這樣的事情：蒙塔雷提開設某種課程，不是給小孩上的，而是給大人來聽他講課的。我們坐在空房間後面，我很快就覺得無聊了。老師叫我來，結果她自己卻沒現身。我低聲對莉拉說：「我們走吧。」可是莉拉不肯，她輕聲說，她才沒這麼粗魯，膽敢站起來。她怕會打斷講課。可是她平常才不在乎這種事情。這是出乎我意料之外的順從，或者是她很感興趣，卻不願對我承認。我們一直待到結束。蒙塔雷提談到達爾文：我們兩個都不知道達爾文是誰。離開的時候，我開玩笑說：「他講了一件我們早就知道的事情：你是隻猴子。」

可是她不想開玩笑：「我永遠都不想忘記。」她說。

「不想忘記你是猴子？」

「不想忘記我們是動物。」

「你和我？」

「每個人都是。」

「可是他說我們和人猿之間有很大的差異。」

「是嗎？比方什麼？例如我媽在我出生的時候就幫我穿耳洞，而猴媽媽不會，所以小猴子沒有耳洞？」

我們哈哈大笑起來，一一列出人猴之間的差別，一項接一項，每一項都比前一項更荒謬可笑，我們樂得不得了。可是一回到街坊，我們的好心情就消失了。我們碰見帕斯蓋和艾達在通衢大街散步，聽說斯岱方諾到處找莉拉，心情很不好。我提議陪她回家，但她拒絕。她同意讓帕斯蓋和艾達開車送她。

隔天我才知道斯岱方諾為什麼急著找她。並不是因為老婆空閒的時間和我混，而不陪他，讓他不高興。是別的事。他才剛發現，琵露希雅常在他家見黎諾。他才剛發現他們兩個待在他的床上，而鑰匙是莉拉給的。他也才知道琵露希雅懷孕了。但最讓他生氣的是，他為了妹妹和黎諾做的丟臉事情打她耳光的時候，她竟然回嘴說：「你嫉妒，因為我是女人，而莉娜不是，因為黎諾知道怎麼伺候女人，而你不懂。」莉拉看見他如此沮喪，聽他說出事情經過——想起他們訂婚期間他的鎮定自持——突然大笑起來，斯岱方諾衝出去開車，免得自己殺了她。據她說，他是去找妓女了。

33

黎諾和琵露希雅的婚禮籌辦得非常倉促，我不太關心，因為有學校的報告和期末口試要應付。而且還發生了其他事情，讓我心緒激動。向來滿不在乎違反教師守則的嘉利雅尼老師邀我——只邀我一個——去她家參加她孩子舉辦的派對。

她借我書和報紙，要我去參加和平遊行、聽講座已經夠不尋常的了。現在她還超越界線：她把我拉到一旁，邀請我。「如果你願意，就來吧。」她說：「自己來或帶朋友來都行，男朋友或誰也都可以。重點是要來。」就這樣，在學期結束的前幾天這樣做，一點都不在意我有多少書要唸，也不在乎這個邀請在我心裡所引起的大地震。

我馬上答應，可是很快就發現我絕對沒有勇氣去。在任何老師家裡舉行的派對都是難以想像的，更何況是在嘉利亞妮老師家裡。對我來說，不啻於朝覲王宮，拜謁女王，與王子跳舞。是極大的喜悅，但也是極莽撞的行為，像是用力拉扯：被拉著手臂強迫去做一件很吸引你，但你知道不合宜的事情——你心知肚明，如果不是情勢所逼，自己肯定樂於迴避的事。嘉利亞妮老師八成想也沒想過，我可能沒有衣服可穿。在學校裡，我穿的是寬鬆的黑色罩袍。她，老師，以為我在罩袍下面穿的是什麼：像她那樣的衣服、襯裙和內衣？不是的，罩袍底下的是不得體，是貧窮，是低下的出身。我只有一雙破舊的鞋子。唯一的好衣裳是穿去參加莉拉婚禮的那件洋裝，但是如今天氣轉熱，那件適合三月的衣服不適合五月底穿。問題還不僅僅在於要穿什麼。還有置身陌生人之間的孤寂與尷尬，那些孩子會以他們習慣的方式交談、談笑，有著我所不理解的行事作風。

我想問埃爾范索要不要陪我去，因為他一直對我很好。但是我想到埃爾范索是學校的同學，嘉利亞妮老師只邀我一個。該怎麼辦呢？好幾天的時間，我焦慮得什麼也不能做，我想要去找老師，掰個藉口。後來我想到去找莉拉出主意。

一如既往，她這段時間不太好過，一邊顴骨下方有個黃色的瘀青。她不喜歡我帶來的消息。

「你去那裡幹嘛？」

「她邀請我。」

「那個老師住哪兒？」

「維多里歐．艾曼紐大道。」

「她家看得到海嗎？」

「我不知道。」

「她老公做什麼的？」

「在寇塔葛諾當醫生。」

「小孩還在唸書？」

「我不知道。」

「你要不要穿我的衣服去？」

「你知道我穿起來不合身。」

「你只是胸部比較大而已。」

「我每個部位都比較大，莉拉。」

「那我就不知道該怎麼跟你說了。」

「我不該去？」

「最好是。」

「好吧，我不去。」

她顯然對這個決定很滿意。我道再見，離開雜貨店，轉向夾竹桃盛開的一條街，但我聽見她喊我，轉過身去。

「我陪你一起去。」她說。

「去哪兒？」

「去派對啊。」

「斯岱方諾不會讓你去的。」

「到時候就知道。告訴我，你到底要不要帶我去。」

「我當然要帶你去。」

她馬上就變得很開心，所以我不敢勸她打消念頭。但是還沒到家，我就已經覺得自己的處境變得更慘了。阻撓我出席派對的障礙非但沒有半個清除，如今又加上莉拉的提議來讓我傷腦筋。原因很複雜，我不打算一一列舉，但是我覺得自己心裡有相互牴觸的想法在爭執不下。我怕斯岱方諾不讓她去。我怕斯岱方諾會讓她去。我怕她會穿得很性感，像上回去梭拉朗酒館那樣。我怕她不管做什麼打扮，都會像明星那般美麗動人，讓每個人都想一親芳澤。我怕她會開口用方言講出下流齷齪的話，讓大家知道她小學畢業就沒繼續升學了。我怕她只要一開口，所有的人就能猜得到她的聰明才智，嘉利亞妮老師會被她吸引。我怕嘉利亞妮老師會發現她天真無知，蠻橫不講理，告誡我說：你這個朋友是什麼人，別再和她見面了。我怕老師會發現我只是莉拉的一道蒼白影子，怕她不再對我感興趣，只對莉拉有興趣。我怕她會再找莉拉，想辦法讓她回到學校唸書。

有段時間我避開雜貨店。我希望莉拉忘了派對的事，等那個日子到來，我就偷偷去，然後告訴她：你沒讓我知道你能不能去。但情況卻和我想的不一樣。她來找我，這已經是很久沒有過的事了。她不只說服斯岱方諾載我們去，而且還要去接我們回家，所以想知道我們幾點鐘要到老師家。

「你要穿什麼去？」我很煩惱地問。

「看你穿什麼啊。」

「我打算穿簡單的襯衫配裙子。」

「那我也這樣穿。」

「斯岱方諾確定要載我們去，然後再去接我們回來？」

「是的。」

「你是怎麼說服他的？」

她扮個鬼臉，喜滋滋地說她現在已經知道該怎麼應付他了。「如果我想要什麼，」她輕聲說，好像連自己都不想聽見似的，「就要表現得有點像婊子那樣。」

她就這樣說，用方言，再加上有點粗魯、自嘲的表情，讓我知道她心裡對丈夫有多厭惡，她有多討厭自己。我更加憂心了。我應該告訴她，我心想，我不要去派對了。我應該告訴她我改變主意了。我當然知道，在這個嚴守規矩，從早到晚工作的莉拉背後，是一個桀驁不馴的莉拉；尤其是，如今我得擔負起帶她到嘉利亞妮老師家的責任。這個頑強的莉拉令我心驚膽跳，而她的不肯屈服讓我更加害怕。要是在老師面前又有事情惹得她發飆怎麼辦？要是她決定用她和我講話的語氣、詞彙講話怎麼辦？我戒慎恐懼：

「拜託，別像這樣講話。」

她不解地看著我，「像怎樣？」

「像現在這樣。」

她沉默了一會兒，然後問：「你覺得我很丟臉？」

34

我不覺得她丟臉，我發誓，但我沒告訴她的是，我很怕自己會因此而覺得丟臉。

斯岱方諾用他的敞篷車載我們到老師家。我坐後座，他倆在前面，這是我第一次被他們手上的大婚戒給嚇到，他的和她的婚戒。莉拉穿襯衫裙子，一如她所承諾的，臉上沒有化妝，只塗了一點口紅。斯岱方諾精心打扮，戴上金飾，濃濃的刮鬍皂味道，彷彿期待我們在最後一刻改變心意，對他說：你也一起來吧。但我們沒有。我只親切地對他道了好幾次謝，莉拉連再見都沒說地下了車。他開車離開，輪胎發出痛苦的尖叫。

我們很想搭電梯，但最後決定還是不要。我們從來沒搭過電梯，就連莉拉的新家也沒有電梯，我們很怕會惹上麻煩。嘉利亞妮老師說她家在四樓，門上有名牌：「傅萊吉利歐醫師」，但我們還是查看每一層樓的門牌。我走前面，莉拉在後面，默默地爬上一層又一層。這幢建築多麼整潔啊，門把和銅門牌都閃閃發亮。我心臟狂跳。

我們確認老師家，是因為裡面傳出來的響亮音樂聲和隱隱的談話聲。我們撫平裙子，我拉好一直往上縮的襯裙，莉拉則用指尖梳直頭髮。我們兩個顯然都很怕自己不自在，很怕會突然閃神，忘了我們讓自己裝出來的泰然自若。我摁門鈴，等著，沒人來開門。我看看莉拉，再按一次門鈴。疾行的腳步聲，門開了。是個黑髮的年輕人，個頭很小，長相英俊，目光活潑。他應該是二十歲左右。我緊張地說我是嘉利亞妮老師的學生，話還沒講完，他就笑了起來，大叫說：「艾琳娜？」

「是的。」

「你在我們家很有名，我媽只要一逮到任何機會，就唸你的報告來折磨我們。」

這男生的名字是亞曼多，他的這句話非常關鍵，讓我突然覺得有了力量。我到今天還清楚記得他站在門口的模樣。他絕對是第一個讓我知道該如何在陌生且可能有敵意的環境裡泰然處之的人。他讓你知道，你的聲譽早已如雷貫耳，你不必做任何事情去贏得別人的認可，大家都聽過你的名字，大家都知道你的豐功偉蹟，是這些陌生人必須贏得你的好感，而不是你要去討好他們。向來沒有什麼優勢的我面對這始料未及的優勢，突然有了活力，突然有了自信。我的苦惱消失了，我不再擔心莉拉能做什麼或不能做什麼。我出乎意料地成為中心人物，甚至忘了要把我的朋友介紹給亞曼多，而且，他似乎也沒注意到她的存在。他讓我進門，好像我是單獨赴會似的，不停說他媽媽有多常提起我，有多麼讚賞我。我隨著他進門，莉拉有點不以為然地在後面關上門。

這間公寓很大，房間開闊明亮，天花板很高，裝飾著花卉圖案。最讓我驚訝的是到處都有書，這屋子裡的書比我們的社區圖書館還多，每面牆從天花板到地板都是書。還有音樂。年輕人自由自在地在燈光映照的大客廳裡跳舞。其他人則在交談，抽菸。所有的人看來都還在上學，父母親也都是唸過書的。就像亞曼多：他母親是老師，父親是外科醫生，雖然他父親這天晚上並不在家。這男生帶我們到一個小露臺：溫暖的微風，廣袤的天空，濃郁的紫藤與玫瑰花香，混雜著苦艾酒與杏仁餅的味道。我們看見燈火輝煌的城市，平靜黑暗的大海。老師歡迎地叫著我的名字，是她提醒了我莉拉跟在我後面。

「她是你的朋友？」

我結結巴巴講了幾句，發現自己不懂得該如何介紹。「我老師。她是莉拉。我們是小學同學。」我說。嘉利亞妮老師很認同長久的友誼，這很重要，是安定的錨，她一面看著莉拉，一面講著這些高談闊論，而莉拉很不自在，只回答是或不是。後來她發現老師盯著她的婚戒，忙用另一手掩住。

「你結婚了？」

「是的。」

「你和艾琳娜一樣大？」

「我比她大兩個星期。」

嘉利亞妮四處張望，對兒子說：「你有沒有把她們介紹給娜笛亞？」

「沒有。」

「那你還在等什麼？」

「輕鬆點，媽媽，她們才剛到啊。」

老師對我說：「娜笛亞非常想認識你。這傢伙是個無賴，別相信他。可是娜笛亞是個好女孩，你看到就知道，你們會成為朋友的，她一定會喜歡你。」

我們留她在露臺上抽菸。我知道娜笛亞是亞曼尼的妹妹，十六歲，是個很難搞的人——他假裝憎恨地說——她毀了我的童年。我半開玩笑地提到弟弟妹妹不時給我惹的麻煩，微笑著要莉拉替我作證。但她還是一臉嚴肅，什麼話都沒說。我們走進有人跳舞的那個房間，這裡很暗。當時放的是保羅．安卡的歌，再不然就是〈美麗的天空〉。哪有可能還記得啊。跳舞的人貼得很近，一雙雙隱隱晃動的影子。音樂終了。在某人極不情願地打開電燈之前，我就覺得胸口像炸開來似的，因為我認出了尼諾．薩拉托爾。他正在點菸，火光跳上他的臉。我已經差不多快一年沒見到他了，我覺得他好像變得更老，更高，更不修邊幅，也更帥。電燈照亮了整個房間之後，我也認出剛剛和他共舞的那個女孩。她就是很久以前我在校門口見到的那個女生，那個優雅亮眼，讓我瞭解到自己如此乏善可陳的女生。

「她在那裡。」亞曼多說。

她是娜笛亞，嘉利亞妮老師的女兒。

35

說來奇怪，這個發現並沒有影響我的心情，我還是很高興自己能在這裡，在這幢大宅，和這些可敬的人為伍。我愛尼諾，我一絲懷疑都沒有，從來沒有。眼前的事實更進一步證明我不可能擁有他，這裡當然讓我覺得痛苦。但其實沒有。他有了女朋友，這個女朋友不管從哪一方面來看都比我優越，我早就知道了。我之前不知道的，只是她是嘉利亞妮老師的女兒，她在這幢房子裡，在書堆裡長大。我馬上就察覺到這個事實沒讓我傷心，反倒讓我心情平靜，讓他們的選擇彼此更為合情合理，讓這個發展順理成章，無可避免，與萬事萬物的自然法則若合符節。換句話說，我彷彿突然發現眼前出現了完美的對稱典範，讓我只能默默欣賞。

但不只是這樣。亞曼多一對妹妹說：「娜笛亞，這位是艾琳娜，媽的學生。」這女孩就臉頰泛紅，興奮地摟著我的脖子，低聲說：「艾琳娜，終於見到你，真是太開心了。」然後，不給我任何說話的機會，就開始讚美我寫的東西和我的文筆，不像她哥哥那種揶揄的口氣，她非常熱切真誠，那感覺很像她媽媽在課堂上唸我報告時的感受。說不定還更棒，因為此時此地在場聽她說的，正是我最在意的人，尼諾和莉拉，而且他們兩人都感受到我在這個屋子裡得到的喜愛與尊敬。

我表現出來的親切態度，是我從來不知道自己可以辦得到的。我很快就輕鬆交談，用的是優雅有教養的義大利文，非常自然，一點都不像在學校時那麼矯揉造作。我問尼諾的英國之行如何，我問娜笛亞在看什麼書，喜歡什麼音樂。我和亞曼多跳舞，和其他人跳舞，接連不停，就連搖滾樂也不放過，那音樂震得我鼻子上的眼鏡顫動，但沒破。奇蹟也似的夜晚。後來我看見尼諾和莉拉講話，邀她跳舞。但她拒絕，她離開跳舞的房間，我看不見她。過了許久之後，我才想起我的朋友。我一直跳到舞曲慢慢結束，和亞曼多、尼諾、其他與他們年齡相仿的男生熱烈交談過，然後準備和娜笛亞一起到露臺上，一方面是因為熱，一方面也是想和獨自待在露臺抽菸乘涼的嘉利亞妮老師談談。「來吧，」亞曼多說，拉著我的手。這時我說：「我要去找我朋友。」我擺脫他們，渾身發熱，滿屋子找莉拉。她自己一個站在書牆前面。

「來吧，我們到露臺去吧。」我說。

「去幹嘛？」

「去吹吹涼風。聊天。」

「你去吧。」

「你覺得無聊？」

「不，我在看這些書。」

「看書有多少本嗎？」

「是啊。」

我感覺得出來她不開心。因為她被晾在一旁。都是婚戒的錯，我想。也或許她的美貌在這裡沒得到認可，因為娜笛亞更漂亮。又或許她雖然有丈夫，雖然曾經懷孕，雖然有婚姻，會設計鞋子、會賺錢，但是在這個屋子裡，她不知道自己是誰，不知道如何像在街坊那樣贏得讚賞。而我卻知道。我覺得從她結婚開始就一直存在的懸而未決狀態已經結束了。我知道該怎麼和這些人相處，和他們在一起，比和街坊的朋友相處更自在。唯一讓我煩惱的是莉拉的退縮，停留在邊緣裹足不前。我把她從書架前面拉走，拉她到露臺。

有些賓客還在跳舞，但老師周圍已經慢慢圍起一圈人，三、四個男生，兩個女生。只有男生開口講話。唯一參與的女性語帶譏諷，就是老師本人。我馬上就發現那幾個年紀比較大的男生，尼諾、亞曼多和一個叫卡羅的，覺得和老師爭辯有點不太恰當。他們主要是想彼此挑戰，然後藉由她的權威來斷定勝利誰屬。亞曼多的意見和媽媽不同，但卻是對著尼諾說的。卡羅贊成老師的論點，但他是想駁倒其他人，也拚命不讓自己的論點和老師脫鉤。而尼諾很有禮貌地反對老師的看法，反駁亞曼多，反駁卡羅。我聽得入迷。他們的言論宛如花蕾，在我心中綻放出似曾相識的花朵，讓我激動得想起而效尤。但是他們的慷慨陳詞是我所不懂的形式，所以我退卻，隱藏我的無知。我很緊張，聽不懂他們在講什麼，不知道他們提到的這個人是誰，什麼都不理解。這些內容好像都沒有意義，他們談論到那個有各形各色的人、事、物的世界，充滿無窮無盡的理念，我每天晚上拚命看的書還是不夠，我必須更加用功，才能對尼諾、嘉利亞妮老師、卡羅、亞曼多說：是的，我明白。整個世界岌岌可危。核子戰爭、殖民主義、新殖民主義、黑腳[10]、OAS[11]，以及民族解放陣線。大規模的屠殺行動、戴高樂主義、法西斯主義、法國、軍隊、威

10 黑腳（pieds-noirs），住在法國北非殖民地的法國人，雖然已在北非定居多代，但在一九六〇年代法國結束殖民統治時仍被迫大批遷居法國本土。

11 The Organisation armée secrète，縮寫為ＯＡＳ，意即祕密軍組織（Secret Army Organization），為一九六〇年代初期短暫出現的右翼組織，宗旨為捍衛法國在阿爾及利亞的統治權。

嚴、榮譽。沙特是悲觀主義者，但他指望巴黎的共產主義勞動階級。法國和義大利都走錯方向了。向左派開放。薩拉蓋特[12]、涅尼[13]。倫敦的范范尼[14]、麥米倫[15]、范尼尼的追隨者莫洛[16]，天主教民主黨左翼。社會主義者最終都逃過不權力的宰制。我們會成為共產黨，我們會擁有我們的無產階級，我們的國會議員，讓我們的中間偏左法律得以通過。如果能這樣發展下去，馬列政黨就能成為社會民主派。學期剛開始的時候，你看見里昂的表現沒？亞曼多厭惡地搖搖頭：光靠計畫是無法改變世界的，必須付出鮮血，必須訴諸暴力。尼諾平靜地回答說：計畫是不可或缺的工具。言詞交鋒的氣氛很緊張，嘉利亞妮老師得出面擺平他們。他們懂得這麼多，是這世界的主宰啊。後來尼諾頗有好感地提起美國，他講起英文字彙，字正腔圓得像英國人。我注意到時隔一年，他的嗓音變得更有力，厚實，近乎沙啞，而且講起話來不像在莉拉婚禮或後來在學校時那麼生硬。他甚至談起貝魯特，彷彿曾經到過那裡，也談到達尼羅・鐸奇[17]，馬丁・路德・金恩，伯特蘭・羅素。他顯然是支持一個名之為「世界和平團」的組織，聽到亞曼多語帶嘲諷，他就加以駁斥。他變得激動起來，拉高嗓音。噢，他真是太帥了。他說我們的世界應該有能力滅絕一切殖民主義、饑餓和戰爭。聽著他的慷慨陳詞，我也情感澎湃，雖然有好多好多東西我聽不懂——什麼是戴高樂主義、祕密軍組織、社會民主、向左派開放？達尼羅・鐸奇、伯特蘭・羅素、黑腳和范范尼追隨者又是什麼人？而貝魯特和阿爾及利亞又發生了什麼事？——就像很久很久以前那樣，我覺得自己必須去照顧他，關心他，保護他，讓他可以放手去做他這一生裡必須去做的事情。整個晚上，就只有這一刻我嫉妒娜笛亞，因為她站在他身邊像個孩子，卻散發聖潔的光芒。

這時我聽見自己開口說話，不像是我自己決定這麼做，而像是某個更有自信，更有知識的人決定透過我的嘴巴講話。一開口的時候，我不知道自己要講什麼，但是聽見這幾個男生的交談，從嘉利亞妮老師借我的書與報紙裡讀到的片片段段在我心中翻攪，我渴望開口，渴望讓自己表現得沒那麼溫馴羞怯。我講的一口高級義大利文，是我靠著練習翻譯希臘文與拉丁文學來的。我支持尼諾的立場。我說我不想生活在戰亂的世界。我們不能重蹈以前世代的錯誤，我說。今天我們應該討伐原子武器，應該討伐戰爭本身。要是我們允許自己使用這些武器，那我們的罪孽就比納粹還深重。噢，講這些話的時候，我自己好感動，我感覺到眼睛裡盈滿淚水。最後我說，這個世界迫切需要改變，有太多奴役人民的暴君存在了。可是我們應該以和平的方式促成改變。

我不知道是不是每個人都讚賞我。亞曼多似乎不太開心，有個我不知道名字的金髮女孩帶著嘲諷的微笑瞪著我看。但是我講話的時候，尼諾不住點頭贊同。後來嘉利亞妮老師發表看法的時候，提到我兩次，聽到她說「就像艾琳娜剛剛提到的……」真是太令人興奮了。但表現得最讓人

12薩拉蓋特（Giuseppe Saragat, 1898~1988），義大利民主社會黨領導人，為義大利共和國第五任總統（1964~1971），改革派社會主義者。

13涅尼（Pietro Sandro Nenni, 1891~1980），義大利社會主義政治家，長期擔任參議員，曾於一九五一年獲史達林和平獎，為義大利左派核心人物。

14范范尼（Amintore Fanfani, 1908~1999），義大利天主教民主黨政治家，曾五度出任總理，被稱為義大利政治教父。

15麥米倫（Maurice Harold Macmillan, 1894~1986），英國保守黨政治家，曾於一九五七年至一九六三年擔任英國首相。

16莫洛（Aldo Romeo Luigi Moro, 1916~1978），義大利天主教民主黨政治家，曾於一九六三年至一九六八年擔任義大利總理。

17達尼羅・鐸奇（Danilo Dolci, 1924~1997），義大利社會家、詩人，投身社會運動，反抗黑手黨，提倡非暴力運動，被稱為「西西里甘地」。

感動的是娜笛亞。她離開尼諾身邊，走過來在我耳邊說：「你太聰明，太勇敢了。」站在我身邊的莉拉一句話都沒說。但老師還在講話的時候，她拉拉我，用方言悄悄說：「我就快要站著睡著了，幫我找找電話在哪裡，我要打給斯岱方諾。」

36

那天晚上對她的傷害有多大，我是後來讀了她的筆記才知道的。她承認是她自己要求和我一起去的。她承認她以為至少可以有個晚上遠離雜貨店，自由自在分享我突然擴大的世界，見見嘉利亞妮老師，和她講講話。她承認她以為自己可以留下好印象。她承認她自以為對男人很有吸引力，因為她向來如此。然而她卻猛然發現自己口不能言，行不優雅，沒有了行動能力，沒有了美貌。她列出許多細節：就算我們比肩站在一起，大家都只選擇和我一個人講話；他們為我端來糕點、飲料，卻沒有任何人為她這麼做。亞曼多帶我去看一幅家族肖像，大約是十七世紀的作品，他為我介紹了足足十五分鐘，而對待她的樣子，卻彷彿她根本沒有能力理解。他們不想要她。他們不想認識她，不想知道她是什麼樣的人。那天晚上她頭一次明白，她的人生永遠只有斯岱方諾、雜貨店、她哥哥和琵露希雅的婚禮、與帕斯蓋和卡門的交談，以及和梭拉朗兄弟微不足道的戰爭。這是她寫下來的，也許那天晚上、也許在早上、在店裡，她還有更多感受。一整個晚上，她都清清楚楚感覺到自己的失落。

但是在車裡，在我們返回街坊的路上，她並沒有透露絲毫內心的感受。她只是變得很刻薄，很反覆無常。她一上車心情就不好。她丈夫怨恨地問我們玩得好不好，我讓她回答，因為一個晚上的努力應付，再加上興奮與喜悅，讓我頭暈目眩。這時她開始慢慢傷害我。她用方言說她這輩子沒這麼無聊過，要是我們去看電影可能還好玩得多，她對丈夫道歉，然後——這很不尋常，她這麼做顯然就只是為了要傷害我，提醒我：看，我好歹有個男人，而你什麼都沒有，你是個處女，你什麼都知道，但對這件事情卻一無所知——她輕撫著他緊抓排檔桿的手。就算是看電視，她說，也比和那些討厭的人混一整個晚上有趣。那裡沒有任何的東西，任何的物品，任何的畫作是他們靠自己直接取得的。家具是一百年前的。房子至少有三百年歷史。書本嘛，沒錯，有些是新的，但大部分都很舊，積滿灰塵，天曉得多久沒人翻開了，老舊的法律書，歷史、科學、政治。都在這幢房子裡被讀過，父親，祖父，曾祖父，幾百年的時間裡，這裡有過律師、醫生和教授。所以他們講話才會像那樣，他們穿著、吃飯、舉止才會像那樣。他們之所以如此，只因為他們出生在那裡。但是在他們腦袋裡，沒有任何屬於他們自己的思想，未曾自己奮力思索過。他們什麼都知道，卻也什麼都不知道。她親吻丈夫的脖子，用指尖撫平他的頭髮。要是你在那裡，小斯，你就只會看見鸚鵡在那裡嘰哩呱啦，嘰哩呱啦。你聽不懂他們在講什麼，他們也聽不懂彼此在講什麼。你知道什麼是OAS？什麼是向左派開放？下一次，小琳，別帶我去，帶帕斯蓋，我敢說，他馬上就會讓他們知道自己是什麼玩意兒。是一群會在廁所裡大小便的黑猩猩，所以他們才那麼會擺譜，說他們知道中國、阿爾巴尼亞、法國和卡坦加該怎麼做。你也一樣，小琳，我不得不說：小心一點，否則你就會變成鸚鵡的鸚鵡。她笑著對丈夫說，你應該聽聽她剛才說的話。

她捏細嗓音說：嘰嘰喳喳，嘰嘰喳喳。讓斯岱方諾看看你是怎麼和那些人講話的？你和薩拉托爾的兒子：一模一樣。世界和平團；我們理論上有能力；饑餓，戰爭。可是你在學校是真的夠用功，可以像他一樣討論這些問題？任何找出解決方法的人，都是在爲和平而努力。你還記得薩拉托爾的兒子是怎麼找出解答的：你還記得，你——你注意他？你也想讓自己成為出身街坊的傀儡，為了在那個人家裡受歡迎，所以才那樣表現？你想丟下我們，讓我們在這裡自生自滅，而你們繼續在那裡嘰哩呱啦，嘰哩呱啦講著饑餓、戰爭、勞動階級、和平？

她滿懷惡意，沿著維多里歐．艾曼紐大道開回家的路上，我沉默不語，感覺到我人生最重要的一刻似乎已經變成讓自己成為笑柄的錯誤。我掙扎著想要不相信她。我感覺到她真的懷有敵意，而且什麼事都做得出來。她知道該怎麼讓好人神經緊張起來，知道怎麼在他們胸口燃起毀滅之火。我覺得姬俐歐拉和琵露希亞說的沒錯：是照片裡的她像魔鬼那樣引火自焚的。我恨她，就連斯岱方諾也注意到了，他停在大門口，讓我從他這一側下車時，對我說：「再見，小琳，莉娜是開玩笑的。」我喃喃說：「再見。」就走進大門。車子離開時，我才聽見莉拉對著我高聲喊：「掰掰，嘿，掰掰。」她模仿我的聲音，在她看來，我在嘉利亞妮家就是刻意裝出這種嗓音的。

37

這一夜開啟了漫長而痛苦的時期，導致我們第一次感情破裂，長期不相往來。

我一向都息事寧人。在此之前，我們之間關係緊張的原因已千頭萬緒；她的不開心以及她的渴望掌控一切，不斷浮上水面。但是她千不該萬不該這麼明白地羞辱我。我不再到雜貨店去。雖然她為我買了教科書，雖然我們打了賭，我並沒有告訴她我每一科都是A，還有兩科是A⁺。學期結束之後，我開始在梅佐坎農路的書店打工，沒告訴她一聲就從街坊消失。記憶裡那天晚上的挖苦聲音非但沒淡去，反而更為增強，而我的憎恨也更深了。在我看來，她對我做的事情沒有任何理由可以開脫。我從沒想過，在其他時候，她或許也覺得必須羞辱我，來讓自己承受的羞辱好過一些。

我很快就證明自己在派對上確實讓人留下好印象，因此我們兩人的斷絕往來也變得不那麼難受。有天午餐時間我慢慢走在梅佐坎農路上時，聽見有人叫我。是亞曼多，他正要去考試。我聽說他讀醫，考試很難，但在往聖多美尼克教堂的方向走去之前，他還是停下來和我講話，滔滔不絕地讚美，然後又開始談政治。傍晚時分，他來到書店，考試考得不錯，心情很好。他問我的電話號碼，我說我家沒電話，他問下週日可不可以邀我去散步，我說週日我得留在家裡幫我媽的忙。他開始談起拉丁美洲，說他打算畢業之後立刻去那裡，給窮人醫病，勸他們拿起武器對抗壓迫他們的人，他一直講個不停，後來我不得不送他出門，免得老闆發火。換句話說，我覺得很高興，因為他顯然很喜歡我，我很有禮貌，可是我並不能和他交往。莉拉的話確實對我造成了傷害。我的衣服不對，頭髮不對，嗓音語氣都不對，我無知沒學問。此外，隨著學期結束，沒有嘉利亞妮老師在身邊，我也沒了讀報的習慣，部分原因是手頭很緊，我不想掏錢買報紙。所以那不勒斯，義大利，整個世界，很快就又再次變得濃霧迷漫，是我無法辨清方向的領域。亞曼多講話的時候，我點頭稱是，但我對他所說的事情理解有限。

隔天又是一個意外。我在書店掃地的時候，尼諾和娜笛亞來了。他們聽亞曼多說我在這裡打工，所以過來打招呼。他們邀我週日和他們一起去看電影。我用回答亞曼多的話回答他們：不可能，我一整個星期都在打工，爸媽希望我放假的時候待在家裡。

「那在街坊附近散步一會兒，應該可以吧？」

「那，可以吧。」

「那我們去找你。」

那個週日上午稍晚的時候，我聽見有人在院子裡喊我，認出是尼諾的聲音。我探頭出去，就他一個人。我很快地下樓，甚至沒告訴我媽，很開心，但也有點擔心，我衝下樓梯，站在他面前時，幾乎快喘不過氣來。「我只有十分鐘。」我說，我們沒到外面的通衢大街去散步，而是繞著房子走。娜笛亞怎麼沒來？她既不能來，他又何必大老遠跑來？他沒等我問，就自己回答了我的問題。娜笛亞父親的親戚來訪，所以她必須待在家裡。他想再次看看老街坊，同時也帶了些東西給我看，是最新出刊的一期《梅里迪恩納利通訊》雜誌。他很不耐煩地把雜誌交給我，我謝謝他，他開始斷斷續續批評這本雜誌，我問他幹嘛要給我看。「很死板，」他說著說著笑了起來，「就像嘉利亞妮老師和亞曼多一樣。」然後他臉色嚴肅起來，語氣活像老頭子。他說他虧欠老師很多，沒有她，中學生活就等於浪費生命，但是你必須小心，和她保持距離。他加強語氣說：「她最大的缺點，就是沒辦法忍受別人和她有不同的看法。從她身上汲取她能給你的一切，然後走你自己的路。」他又回頭去談雜誌，說嘉利亞妮也替這本雜誌寫稿，接著突如其來地，提起莉拉：「要是有可能的話，也讓她看看。」我沒告訴他說她已經不再讀任何東西，她如今是卡拉西夫人，她什麼都變了，只留下童年時期的刻薄個性沒改。我含糊其詞，隨即問起娜笛亞，他告訴我她要和家人開車去旅行，到挪威去，暑假剩下的時間都會待在阿納卡布里，他父親在那裡有幢家族的老屋。

「你會去看她？」

「一、兩次吧——我得唸書。」

「你媽媽還好嗎？」

「非常好。她今年回巴拉諾去，和經營度假屋的那個女人言歸於好了。」

「你要和家人去度假？」

「我？和我爸？絕對不會。我會去伊斯基亞島，但是自己一個去。」

「你要去哪裡？」

「我有個朋友，他家在佛利歐有房子，他父親讓他整個夏天自己待在那裡。我們會住在那裡，唸書。你呢？」

「我要在梅佐坎農工作到九月。」

「連八月中旬的假期也要工作？」

「沒有，假期不用。」

他微笑：「那就來佛利歐，那幢房子很大。說不定娜笛亞也會來待兩三天。」

我緊張地微笑。到佛利歐？伊斯基亞島？沒有大人在家的房子？他還記得馬隆提嗎？他還記得我們在那裡的親吻嗎？我說我得回去了。他保證，「我會再過來，我想知道你對這個雜誌的看法。」他雙手插進口袋，壓低聲音說：「我想和你講話。」

事實上，他講得夠多了。他竟然這麼自在，讓我覺得很自豪，很興奮。我喃喃說：「我也是。」雖然我幾乎什麼話都沒說，但就在要進屋的時候，有件事情發生了，讓我們兩個都不安起來。一聲喊叫劃破週日寂靜的院落，我看見玫利娜在窗邊，揮舞手臂，想吸引我們的注意。尼諾也轉頭看，一臉不解，玫利娜喊得更大聲，混雜著喜悅與苦惱。她喊的是，唐納托。

「那是誰？」尼諾問。

「玫利娜。」我說：「你記得嗎？」

他一臉不安，「她在生他的氣嗎？」

「我不知道。」

「她在喊唐納托。」

「是啊。」

他再次轉頭看窗子，那寡婦探出窗口，一再喊著那個名字。

「你覺得我長得像我父親嗎？」

「不像。」

「確定？」

「是的。」

他緊張地說：「我走了。」

「最好快走。」

他快步走開，垂著肩膀，而玫利娜喊得越來越大聲，越來越激動：唐納托，唐納托，唐納托。

我也跑開。我回到家裡，心臟跳得好快，千頭萬緒全揪在一起。尼諾的容貌沒有絲毫與薩拉托爾相似：身高，五官，神態，甚至聲音眼神都不像。他是歹竹出的好筍。那頭凌亂的長髮多麼不可思議啊，和其他男人多麼不同啊：整個那不勒斯，找不出半個和他相像的人。而且他尊重我，儘管我中學還有一年才畢業，而他已經要上大學了。星期天的上午，他大老遠來到舊街坊。他擔心我，他來讓我提高警覺。他來警告我，嘉利亞妮老師雖然很好很傑出，但是也有她的缺點，而且他帶了雜誌來，相信我一定有能力讀，有能力討論，甚至還進一步邀我在八月的假期到伊斯基亞島，到佛利歐去。有點不切實際，不算是真正的邀請，他心知肚明，我爸媽不像娜笛亞的爸媽，絕對不會讓我去的，但他還是邀我，因為在他說的話裡，我聽見了他沒說出口的話，例如：我很想見你，我好希望能再像當時在港口，在馬隆提那樣和你聊天。是的，是的，我聽見我腦袋裡有個聲音狂喊，我也希望。我會去找你，八月，我會離家出走，無論如何都要去。

我把雜誌藏在書裡。可是夜裡，一躺在床上，我就翻看目錄，很詫異地發現裡面有一篇尼諾寫的文章。他寫的一篇文章，在一本看來非常嚴肅的雜誌裡。這本雜誌厚得像書，不是他兩年前建議我寫和神父辯論經過去投稿的那種灰撲撲的學生雜誌，而是大人寫給大人看的重要雜誌。然而的確是他，安東尼諾．薩拉托爾，他的名，他的姓。而我認識他。他只比我大兩歲。

我讀了，但不太懂，再讀一遍。這篇文章裡談到計畫都用大寫，「計畫」是個專有名詞，而且文字很艱澀。但這是他智慧的結晶，是他這個人的一部分，他毫不張揚，悄悄地交給我。

給我。

我的眼睛湧起淚水，放下雜誌時，時間已經很晚。對莉拉提起這本雜誌？借她看？不，這是我的。我不想再和她有真正的友誼，只打招呼，講幾句虛應事故的話。她不懂得如何欣賞我。而其他人懂：亞曼多，娜笛亞，尼諾。他們是我的朋友，我對他們有信心。他們一眼就看見她匆忙之間沒看見的我。因為她的目光就像街坊鄰居一樣。她只能像玫利娜那樣看。像陷在瘋狂狀態的玫利娜，在尼諾身上看見唐納托，以為他是她的舊情人。

38

起初我不想去參加琵露希雅和黎諾的婚禮。但是琵露希雅親自送喜帖來給我，對我格外親暱，還拿許多事情來問我的意見，讓我不知道如何說不，儘管她只邀我，而沒邀我的其他家人參加。她道歉說，失禮的不是她，是斯岱方諾。她哥哥不僅不肯拿出家族的錢來讓她買房子（他告訴她錢都投資在鞋子和新雜貨店上，他已經破產了），而且因為必須負擔新娘禮服、攝影師和茶點，所以他親自把一半的街坊鄰居踢出邀請名單。這是非常無禮的行為，黎諾甚至比她還尷尬。他的新娘理當有像他妹妹那樣的豪華婚禮，有一間像他妹妹那樣可以俯瞰鐵軌的新房子。雖然他如今是製鞋廠的業主，卻沒有資源可用，但原因有一部分出在他自己身上，因為他揮霍無度，才剛買了一部飛雅特一一〇〇，沒剩下半毛錢。於是，在抗拒甚久之後，他們同意住在阿基里閣下的舊房子裡，把瑪麗亞趕出臥房。他們打算儘量存錢，想辦法儘快買一間比斯岱方諾和莉拉家更好的房子。我哥哥是個渾球，琵露希雅恨恨地說：對他老婆，他花錢像流水，但對妹妹，他一毛不拔。

我不作任何評論。我和瑪麗莎、埃爾范索一起去參加婚禮。埃爾范索似乎迫不及待地想在這種世俗場合變成另一個人，不再是我的同學，而是有著優雅外表與儀態的年輕人，一頭黑髮，臉頰濃密的青色鬍渣，倦怠的眼神，不像其他男人那麼不合身的西裝展現他纖瘦卻如雕塑般的身材。

我暗暗希望尼諾會被迫來接他妹妹，所以認真讀了他的文章，以及整本《梅里迪恩納利通訊》。但今天卻是埃爾范索當她的騎士，負責去接她，送她回家，尼諾不會出現。我和他們兩個形影不離，想避免和莉拉單獨在一起。

在教堂裡，我瞄到她坐在第一排，夾在斯岱方諾和瑪麗亞之間。她好漂亮，根本不可能不看她。後來，在婚宴上，也就是在奧拉吉歐路，一年多前她自己婚宴舉行的同一家餐廳裡，我們碰了面，謹慎地交談幾句。我的座位在邊上的餐桌，和埃爾范索、瑪麗莎，以及一個年約十三歲、滿頭金髮的男生坐在一起，而她和斯岱方諾坐主桌，和新郎、新娘，以及其他的重要賓客一起。這麼短的時間裡，有這麼多的事情改變了。安東尼奧離開了，恩佐離開了，兩人都當兵去了。雜貨店的店員卡門和艾達都受邀，但是帕斯蓋沒有，也或者是他自己選擇不要來，免得和他討厭的人坐在一起。街坊鄰居半開玩笑半認真地說，他很想親手殺死他們。他媽媽，姬塞琵娜·佩盧索也沒來，玫利娜母子也是。相反的，卡拉西、瑟魯羅、梭拉朗，以及各種生意往來的夥伴都一起坐在主桌，加上佛羅倫斯來的那個據說做鐵貨買賣的親戚和他太太。我看見莉拉和米凱爾講話，笑得非常誇張。她不時望向我這邊，但我馬上轉開視線，既生氣又苦惱。她笑得好開懷，太開懷了。我想起我媽媽：莉拉努力扮演已婚婦女，用粗俗的舉止，滿口方言。她完全吸引了米凱爾的注意力，雖然他的未婚妻姬俐歐拉就在他身邊，一臉慘白，很氣自己被當空氣。只有馬歇羅不時安撫著他未來的弟妹。莉拉，莉拉：她想贏過大家，而且藉著贏來折磨我們。我注意到倫吉雅和費南多也憂心忡忡地直盯著女兒看。

這天一切順利，只發生了兩樁沒造成什麼影響的插曲。第一樁是這樣的。藥店家的兒子季諾也是婚禮賓客，因為他不久前才和卡拉西家的表妹訂婚，一個單薄的女孩，有頭褐髮，黑眼圈。季諾年紀略增之後，變得更加討人厭，我簡直無法原諒自己年輕時曾經和他交往過。他以前就是個不光明磊落的人，現在不只不光明磊落，而且還讓人對他更加不信任：他考試又被當了。好久以來，他連招呼都不肯和我打，可是他繼續和埃爾范索往來，有時候很友善，有時候則用帶著淫穢意味的話嘲笑他。那天或許出於嫉妒（埃爾范索考試高分過關，而且身邊還有眼神閃閃動人、外型漂亮的瑪麗莎），他格外讓人難以忍受。坐在我們這桌的金髮男生長得很好看，也很害羞，是倫吉雅親戚的孩子。那親戚移民德國，娶了德國太太。我很緊張，沒鼓勵他多講話，但埃爾范索和瑪麗莎都想辦法要他輕鬆下來。埃爾范索更是熱心和他講話，女服務生沒注意到他的時候也伸出援手，甚至還帶他到露臺上看海景。他們說說笑笑地回到座位上時，季諾不顧未婚妻的阻攔，笑著走過來和我們一起坐。他壓低嗓音對那個男生提起埃爾范索：

「小心這個傢伙，他是個同性戀。這次他帶你去陽臺，下次可能就帶你去廁所嘍。」

埃爾范索氣得臉都脹紅了，但沒反擊，他似笑非笑，什麼話都沒說。發火的反而是瑪麗莎：

「你太大膽了，敢這樣亂講！」

「我敢講，是因為我知道。」

「你知道什麼，你說啊。」

「你確定？」

「確定。」

「那就洗耳恭聽。」

「說啊。」

「我未婚妻的哥哥有一回住在卡拉西家，和他睡同一張床。」

「然後呢？」

「他摸他。」

「他誰啊？」

「他。」

「你未婚妻呢？」

「在那裡。」

「告訴那個臭婆娘，我可以證明埃爾范索愛女人，但我可不知道她能不能同意為你掛保證喔。」

就在這時，她轉頭面對男朋友，親吻他的嘴：熱情公開的吻——我絕對不敢當著這些人的面這樣做。

莉拉一直看著我這邊，彷彿監視我似的，她是第一個看見他倆接吻的人，非常熱烈地鼓掌起來。米凱爾也歡呼大笑，斯岱方諾給弟弟幾句下流的稱讚，引得鐵貨商立即加油添醋。換句話說，就是惹來各式各樣的取笑逗樂，但瑪麗莎假裝沒注意。季諾看著他們親吻，一臉茫然。瑪麗莎緊緊捏著埃爾范索的手，緊得指關節都發白了，對著季諾罵道：「快滾吧，難道等我打你嗎？」

藥店兒子站起來，一聲沒吭地回到他的座位，他女朋友立刻惡狠狠地對他咬耳朵。瑪麗莎輕蔑地瞥他們一眼，轉開視線。

從這一刻起，我對她的看法就改觀了。我欣賞她的勇氣，頑強示愛的能力，以及她對埃爾范索的認真。又一個我忽略的人，我遺憾地想，真是大錯特錯啊。我對莉拉的依賴如此之深，蒙蔽了我的眼睛。她的喝采多麼輕佻，和米凱爾、斯岱方諾、鐵貨商的粗俗取笑多麼合拍。

第二樁插曲是主角莉拉本人。婚宴差不多要結束了。我起身去洗手間的時候，經過主桌，聽見鐵貨商的妻子笑得好大聲。我轉身。琵露希雅站在那裡護著自己，因為那女人拉開她的婚紗，露出她那雙結實的腿，對著斯岱方諾說：「看看你妹妹的大腿，看看她的屁股和肚子。你們現在的男人啊，都喜歡長得像馬桶刷的女人，但是像我們琵露希雅這樣的女人，才是上帝造來替你們生兒育女的女人哪。」

正舉杯要喝的莉拉一晌也不遲疑地把酒潑到她臉上和她的真絲衣服上。一如既往，我擔心地想，她一定覺得自己有權利做任何事情，這會兒就要天下大亂了。我去洗手間，把自己關在裡面，能待多久就待多久。我不想看見莉拉發火，我不想聽見。我想置身事外，我很怕被捲進她的痛苦裡，我怕像長久以來所習慣的，覺得自己有義務和她同一國。然而，我走出洗手間時，一切平靜。斯岱方諾在和鐵貨商夫婦聊天，她就穿著被潑濕的衣服在那裡坐得直挺挺的。樂隊演奏，一對對跳舞的人兒。只有莉拉不見蹤影。我看見她在玻璃門外，在露臺上。她望著大海。

39

我很想要去找她，但馬上就改變主意了。她心情肯定很不好，會對我很惡劣，讓我倆之間的關係變得更糟。我決定回到座位，這時她父親費南多朝我走來，怯怯問我想不想跳舞。

我不敢拒絕，我們默默地跳完一支華爾滋。他頗有把握地帶著我繞過全場，在微醺的人們中跳舞，那汗濕的手握我握得太緊。他妻子肯定交代他對我講什麼重要的事，但他鼓不起勇氣。最後，在華爾滋終了時，他支支吾吾對我說，語氣意外的正式：「如果不太麻煩的話，請你和莉拉稍微聊一聊，她媽媽很擔心。」然後又尷尬地補上一句：「你如果需要鞋子，就過來找我，別不好意思。」他迅速回到他的座位。

如果我願意在莉拉身上花時間，可能可以獲得一些回報，這個暗示讓我很不舒服。我叫埃爾范索和瑪麗莎一起離開，他們很樂於從命。我覺得倫吉雅的目光一路追隨我走出餐廳。

日子一天天過去，我開始失去信心。我原本以為在書店工作可以隨時拿到書，可以有很多時間看書。但我運氣不佳。老闆把我當僕人使喚，不容我有一刻不動。他逼我把箱子裡的東西拿出來，堆起來，清空，擺放新書，重新擺放舊書，撣灰塵，然後指揮我在梯子爬上爬下，好讓他可以一窺我裙底風光。而且，先前來訪時顯得很親切的亞曼多沒再出現。尼諾也沒再來，沒和娜笛亞一起來，也沒自己來。他們對我的興趣如此短暫？我開始覺得孤單，無聊。天氣很熱，工作很多，再加上憎惡書店老闆的眼神和苛薄言詞，我心情頹喪。時間變得很漫長。人行道上的男孩女孩川流不息地走向神祕的大學建築，一個我幾乎確定不可能去的地方，而我在這個黑暗的洞穴裡做什麼呢？尼諾人呢？他到伊斯基亞島去唸書了嗎？他把那本雜誌，把他的文章留給我，我必須像準備考試那樣研讀，但是他會回來考我嗎？我到底是哪裡做錯了？我太含蓄了嗎？他是希望我去找他，所以才沒來找我嗎？我應該找埃爾范索，和瑪麗莎聯絡，問她哥哥的消息嗎？但所為何來？尼諾有女朋友娜笛亞，問他人在哪裡，在幹什麼又有什麼意義呢？我只會讓自己淪為笑柄。

派對之後意外擴展的自我意識一天天消失，我覺得無精打采。早早起床，匆匆趕到梅佐坎農，被奴役一整天，筋疲力盡回家，學校裡學到的成千上萬個字彙塞在腦袋裡，一點用處都沒有。我覺得沮喪，不只是因為回想起和尼諾的交談，也因為回憶起和文具店老闆女兒、安東尼奧一起在海洋花園度過的那個夏天。我們的戀情結束得多蠢啊，他是唯一真正愛我的人，再也不會有別人了。夜裡躺在床上，我回憶他肌膚的味道，在水塘的約會，我們在舊罐頭工廠的親吻愛撫。

就在這樣的低落情緒裡，有天晚上吃過飯後，卡門、艾達和帕斯蓋來找我。帕斯蓋工作的時候受傷，一手裹著繃帶。我們買了冰淇淋，坐在花園裡吃。卡門開門見山地問我，有點凶，為什麼我不再去雜貨店了。我說我在梅佐坎農工作，沒有時間。艾達冷冷地說，要是真的關心某個人，就一定找得出時間來，但如果我打算就這樣，那也沒關係。我問：「就怎樣？」她回答說：「你這人沒感情，看看你是怎麼對我哥哥的？」我很生氣地提醒她，是她哥哥拋棄我的，她回答說：「是喔，鬼才相信咧。有人主動離開，而有人是知道要怎樣讓別人離開。」卡門贊同：「友情也是，」她說：「你以為他們感情破裂是因為某一個人的關係，但如果仔細再想想，就會發現其實是另一個人的錯。」我覺得很不高興，說：「聽我說，要是莉娜和我不再是朋友，那也不是我的錯。」這時帕斯蓋打岔，說：「小琳，是誰的錯並不重要，重要的是我們必須支持莉娜。」他提起他治療牙齒的事，說她是怎麼幫他的。他說她還是偷偷從櫃臺底下塞錢給卡門，說她也寄錢給安東尼奧，雖然我不知道也不想知道，但安東尼奧在軍隊裡很不好過。我小心翼翼地問我這個前男友發生什麼事了，他們的口氣各有不同，有人話裡帶刺，有人比較好一些，說安東尼奧精神崩潰，生病了，但他很堅強，不會屈服，會熬過去的。但莉娜就不同了。

「莉娜怎麼了？」

「他們要逼她去看醫生。」

「誰要逼她去？」

「斯岱方諾，琵露希雅，親戚。」

「為什麼？」

「想查出為什麼她只懷過一次孩子，就再也沒有了。」

「那她呢？」

「她活像瘋婆子，不肯去。」

我聳聳肩，「那我能怎麼辦？」

「你帶她去。」

40

我去找莉拉談。她開始大笑，她說她會去看醫生，只要我發誓不生她的氣。

「好吧。」

「快發誓。」

「我發誓。」

「用你弟弟發誓。用艾莉莎發誓。」

我說去看醫生又沒什麼大不了，但如果她不想去，我也無所謂，她想幹嘛做都可以。她變得嚴肅起來。

「所以你不發誓。」

「不發誓。」

她沉默了一會兒，然後垂下眼睛，坦承：「好吧，我錯了。」

我生氣地皺起臉。「去看醫生，告訴我結果。」

「你不陪我去？」

「我要是沒去書店，老闆會開除我的。」

「那我雇你。」她諷刺地說。

「去看醫生吧，莉拉。」

瑪麗亞、倫吉雅和琵露希雅帶她去看醫生。檢查的時候，她們三個都堅持要在場。莉拉乖乖聽話，沒有反抗。她沒接受過這樣的檢查，從頭到尾都緊抿嘴唇，眼睛睜得大大的。街坊的助產士推薦的這位醫生年紀很大，他很老練地說一切都沒問題，她媽媽和婆婆都鬆了一口氣，但是琵露希雅臉色一沉，問：

「那為什麼懷不上孩子，為什麼懷上孩子又生不出來？」

醫生注意到她惡意的語氣，皺起眉頭。

他說：「她年紀很輕，她必須把身體養壯一點。」

養壯一點。我不知道醫生是不是這樣講的，但我是這樣聽說的，讓我有個印象，覺得儘管莉拉常表現出強大的力量，但其實她很虛弱。這表示懷不上孩子，或孩子無法在她子宮待得久，不是因為她有神祕的力量可以毀滅他們，恰恰相反，是因為她是個能力不足的女人。我的怨恨消失了。她在院子裡告訴我接受檢查的折磨，用下流的形容詞描述醫生和那三個陪她去的女人，我非但不覺得惱，還很有興趣：我沒被醫生檢查過，連婦產科醫生都沒有。最後她挖苦地說：

「他用某種金屬器械戳我，我給了他很多錢，得到的結論是什麼？我需要養壯一點。」

「要怎麼壯呢？」

「我想我應該去海邊游泳。」

「我不懂。」

「海邊啊，小琳，鹽水。聽說如果到海邊去，你就會變得健壯，然後就可以懷上孩子。」

我們心情愉快地道再見。我們再次見面，而且覺得很順利。

她隔天又來，對我很親暱，但被她丈夫惹惱了。斯岱方諾想在托雷安農齊亞塔租個房子，讓她和倫吉雅在那裡待上整個七月和八月。琵露希雅也要去，因為她也想養壯一點，雖然她並不需要。他們已經開始思考如何安排店鋪的事。埃爾范索和姬俐歐拉負責馬提尼廣場的店，直到學校開學，而瑪麗亞則代替莉拉掌管新雜貨店。她絕望地對我說：「要和我媽、琵露希雅待在一起兩個月，我寧可自殺。」

「但你可以去游泳，曬太陽。」

「我不喜歡游泳，不喜歡曬太陽。」

「如果可以代替你養壯一點，我明天就去。」

她頗有興味地看著我，輕聲說：「那就和我一起去。」

「我得去梅佐坎農工作。」

她開始生氣，又說她可以雇用我，但這一次她的語氣不帶諷刺。她開始逼我，「辭職吧，書店給你多少錢，我都給你。」她不肯罷休，說如果我願意，情況就可以忍受，就算是肚子已經大到看得出來的琵露希雅，她也可以容忍了。我很有禮貌地拒絕。我想像得出來在托雷安農齊亞塔那幢熱得要死的房子住上兩個月會是什麼情景：和倫吉雅吵架，哭哭啼啼；和週六晚上抵達的斯岱方諾吵架；和隨同妹夫來陪琵露希雅的黎諾吵架；尤其是和琵露希雅吵架，不停地吵，冷戰或熱吵，冷嘲熱諷，滿懷惡意，忿怒咒罵。

「我沒辦法去，我媽不會讓我去的。」我堅決地說。

她氣呼呼地離開，我們之間的和諧關係極其脆弱。隔天早上，出乎我意料的，尼諾來到書店，臉色蒼白，比以前更瘦。他一場考試接一場，總共考了四科。我向來對大學高牆後面的神聖處所心嚮往之，那裡有著準備充分的學生和老學者整天討論柏拉圖和克卜勒。我入迷地聽他描述，只說：「你好聰明喔。」我一逮到適當時機，就滔滔不絕地瘋狂讚美他登在《梅里迪恩納利通訊》上的文章。他認真聽，沒打斷我，所以說到後來，我已經不知道該說什麼來讓他知道我從頭到尾熟讀。最後他好像很滿意，說就連嘉利亞妮老師，連亞曼多或娜笛亞都沒這麼認真讀。他開始談起相同主題的其他文章，我站在書店門口聽他說，假裝沒聽到老闆在叫我。隨著喊叫聲一聲比一聲尖銳，尼諾喃喃說：那渾蛋在嚷嚷什麼。他又待了一會兒，一臉傲慢地說他明天要去伊斯基亞島，然後對我伸出手。我握了握——很纖瘦很細緻的手——他立即把我拉向胸前，傾身，嘴唇微微拂過我的唇。僅只一瞬，然後他微微對我做個手勢，手指輕撫我的掌心，離開我，往拉提菲羅走去。我站在那裡看他頭也不回地走開，像個心有旁騖的酋長，他在這個世上一無所懼，因為這世界臣服於他。

這天我一夜沒闔眼。隔天很早就起床，匆匆趕到新雜貨店。莉拉正拉起大門，卡門還沒到。我沒提起尼諾，只用那種明知提出的要求不可能實現的語氣，對她說：

「要是你不去托雷安農齊亞塔，改去伊斯基亞島，那我就辭職，和你一起去。」

41

我們在七月的第二個星期天到達島上，斯岱方諾和莉拉，黎諾和琵露希雅，倫吉雅和我。兩個男人扛著大包小包，憂心忡忡，像古代英雄來到不熟悉的土地，沒有汽車作為武裝，覺得很不安，也為必須早早起床，放棄假日在街坊的悠閒時光而不開心。而兩位妻子穿著週日最漂亮的衣服，對自己的丈夫很不滿，雖然理由並不相同：琵露希雅是因為黎諾扛太多東西，疏於關注她；而莉拉是因為斯岱方諾假裝知道自己在做什麼，要去哪裡，其實卻是什麼都不知道。至於倫吉雅，她的表情就是一副很受不了的樣子，但很謹慎地不說任何不得體、可能惹惱這幾個年輕人的話。唯一真正心滿意足的人是我，肩上揹著裝了少少幾樣東西的袋子，因為伊斯基亞島的味道、聲音和色彩感到興奮，一下船就勾起以前那個暑假的回憶。

我們分乘兩輛迷你出租車，把身體、汗水和行李全往裡面擠。透過伊斯基亞島出身的香腸商匆匆租下的這幢房子，位在通往名為寇歐托這個地方的馬路旁。這是一幢構造簡單的房子，房東是香腸商的表姊，一個瘦小婦人，年過六旬，未婚，打起招呼來非常直率而有效率。斯岱方諾和黎諾拖著行李箱爬上狹窄的樓梯，一面說笑，一面因為費勁而不住咒罵。房東帶我們進到幽暗的房間，裡面塞滿聖像和亮著的小燈。但是一打開窗戶，我們就看到越過馬路，越過葡萄園，越過棕櫚與松樹，是一大片狹長的海洋。更準確來說，面海的是琵露希雅和莉拉的房間——在吵了一頓你的房間比較大，不，是你的房間比較大之後——給倫吉雅住的那間只有個像舷窗的高窗，所以永遠也看不見外面是什麼。至於我的房間則非常之小，幾乎擺不下床，望出去是搭在蘆葦叢裡的雞舍。

屋裡沒有東西吃。在房東的建議之下，我們到一家小飲食店，裡頭黑漆漆的，沒有半個客人。我們狐疑地入座，想著只要填飽肚子就好，但後來，就連向來不信任別人煮的東西的倫吉雅都覺得好吃，想帶一些回去，好當作晚餐。斯岱方諾一點也沒有想要付帳的舉動，默默遲疑一晌之後，黎諾只好替大家買單。這時我們女生提議去看海，但兩個男的不肯，打著哈欠，說他們累了。我們堅持，尤其是莉拉。她說：「我們吃太飽了，散散步很好，海灘就在那裡，你覺得好不好，媽媽？」倫吉雅和兩個男人同一陣線，所以我們只好回租屋去。

無聊地把房間繞行一圈之後，斯岱方諾和黎諾幾乎異口同聲地說他們想睡個午覺。他們哈哈笑，交頭接耳，然後又笑起來，對各自的妻子點點頭。她倆很不情願地隨著丈夫回到臥房。倫吉雅和我獨自待了幾個鐘頭。我們檢查廚房的狀況，發現很髒，於是倫吉雅開始仔細清洗所有的東西：盤子、杯子、刀叉、鍋子。我費了好大的勁才讓她容許我幫忙。她要我記下各項必須立刻向屋主提出的要求，她驚嘆我竟然什麼都記得住，說：「所以你在學校才會這麼出色。」

兩對夫妻終於再度現身，先是斯岱方諾和莉拉，接著是黎諾和琵露希雅。我再次提議去海邊看看，但屋裡有咖啡，有談笑聊天，而且倫吉雅也開始做晚飯了。琵露希雅纏著黎諾，要他摸她的肚子，低聲說留下來嘛，明天早上再走。時光就這樣悄悄溜走，雖然我們還是什麼事都沒做。

最後兩個男人不得不匆匆離開，怕趕不上渡輪，暗罵自己沒把車開來，只好找人送他們去港口。他們連再見都沒說就消失了。琵露希雅哭了起來。

我們默默打開行李，擺放東西，而倫吉雅堅持要把浴室刷洗乾淨。一直等到確認那兩個男人趕上渡輪，不會再回來之後，我們才放鬆下來，開始談笑。在我們面前有漫長的一整個星期，只需要管好自己就行了。琵露希雅說她不敢一個人睡，因為臥房裡有幅聖像，哀傷的聖母瑪莉亞心口上有刀，在燈光裡閃閃發亮。她去和莉拉一起睡。我把自己關在小房間裡，享受我的小祕密：尼諾在佛利歐，離這裡不太遠，說不定隔天我就能在海邊碰到他。我心奔放，不安，但很高興。有部分的我已經不想再當個理性的人。

屋裡很熱，我打開窗，聽著雞隻的咕咕叫，蘆葦的颯颯聲，然後發現有蚊子。我馬上關窗，花了至少一個鐘頭趕蚊子，用嘉利亞妮老師借我的薩謬爾．貝克特[18]的《戲劇全集》打死牠們。我放下沾著或黑或血紅蚊子屍體的貝克特，開始讀一篇討論國族、非常複雜的文章。我讀著讀著睡著了。

42

隔天早上，自認為有義務照顧我們的倫吉雅出門去找購物的地方，我們三個女生到沙灘去。這個沙灘名叫「西塔拉」，但這一整個漫長的夏天，我們都以為這裡叫「塞塔拉」。

莉拉和琵露希雅脫下洋裝，底下的泳裝非常漂亮。當然是連身式的。她倆的丈夫，特別是斯岱方諾，在訂婚期間儘管很包容，但現在卻反對兩截式泳裝。不過，新式泳衣的布料顏色鮮豔，前後領口的線條優雅貼近肌膚。而我在藍色長袖舊洋裝底下，還是那件如今褪色的泳裝，這是之前在巴拉諾的那個夏天，妮拉幫我做的，如今已經顯得寬鬆變形，我很不情願地褪下外衣。

我們頂著太陽走了好遠，一直到看見熱浴池冒出的蒸汽才折返。琵露希雅和我不時停下來游泳，莉拉不下水，雖然她來這裡的目的是為了游泳。當然，沒有尼諾的身影，我很失望。我一心相信他會宛如奇蹟那般突然出現。她倆回租屋處的時候，我繼續待在沙灘，沿著海岸走向佛利歐。因為太陽曬得太厲害，那天晚上我覺得自己發高燒，肩膀起水泡，所以接下來幾天只好待在屋裡。我打掃、煮飯、看書，我的勤奮讓倫吉雅很欣賞，整天讚不絕口。每天晚上，藉口說我整天待在家裡躲太陽，說服莉拉和琵露希雅散步到佛利歐，雖然那裡有點遠。我們穿過市區，買冰淇淋。那裡很漂亮，但琵露希雅埋怨說活像太平間。對我來說，佛利歐也像太平間，因為尼諾沒出現。

那個星期將近結束的時候，我建議莉拉去巴拉諾和馬隆提走走。莉拉喜滋滋地答應，而琵露希雅不想留在家裡，因為覺得和倫吉雅在一起很無聊。我們很早就出發。我們在洋裝裡穿著泳衣，我還在袋子裡裝了毛巾、三明治和一瓶水。我表面上的目的是藉此之便去和妮拉打聲招呼。

18 薩謬爾．貝克特（Samuel Beckett, 1906~1989），愛爾蘭作家，作品跨越詩、小說與戲劇，尤以戲劇為人推崇，一九六九年獲諾貝爾文學獎。

她是奧麗維洛老師的表妹，我上回來伊斯基亞島就是住在她家。而私底下的目的是去見見薩拉托爾一家，從瑪麗莎那裡探聽尼諾朋友家在佛利歐的地址。我當然很怕撞見他父親唐納托，但我希望他在上班。為了見他兒子，我已準備好承擔風險，接受他對我的穢言穢語。

妮拉一打開門，看見我站在門口，活像個鬼魂，立即熱淚盈眶，「太高興了。」她道歉說。但並不只是這樣。我讓她想起她的表姊，她告訴我奧麗維洛在波坦薩情況不太好，病情未見好轉。她帶我們到露臺，端給我們吃的喝的，很關切琵露希雅和她的懷孕情況。她要琵露希雅坐下，想摸她微微隆起的肚子。而我則帶著莉拉進行一趟朝聖之旅。我帶她看我消磨許多時間做日光浴的露臺角落，我在餐桌上坐的位置，我夜裡搭床睡覺的角落。有那麼一瞬間，我彷彿看見唐納托彎腰靠近我，手溜進床單底下撫摸我。我覺得很不舒服，但還是不經意地問妮拉：「薩拉托爾一家人呢？」

「他們去海邊。」

「今年情況怎麼樣？」

「呃，這個嘛……」

「他們要求太多？」

「自從他記者的角色比鐵路員工角色來得吃重之後，的確是。」

「他也在這裡？」

「他請病假。」

「瑪麗莎在這裡？」

房子。」

「沒有，瑪麗莎沒來，但是除了她之外，全家都來了。」

「全家？」

「你知道的啊。」

「不，我發誓，我什麼都不知道。」

她真心笑起來。

「尼諾今天也在，小琳。他需要錢的時候，就會來個半天，然後又回去住他朋友在佛利歐的房子。」

43

我們離開妮拉家，帶著東西到海灘去。莉拉一路揶揄我。她說：「你鬼鬼祟祟的，你讓我到伊斯基亞島，只因為尼諾在這裡，承認吧。」我不承認，為自己辯護。這時琵露希雅也加入嫂嫂的行列，用更粗魯的口吻怪我強迫她大老遠到巴拉諾來，只為了我自己的目的，不替懷孕的她想想。這時我更堅決否認，事實上我威脅她們兩個。她們要是在薩拉托爾家面前說了什麼不該說的話，我保證當晚就搭船回那不勒斯。

我一眼就看到他們一家人。他們就在幾年前常待的那個地方，用的是同一把遮陽傘，穿的是同樣的泳衣，帶同樣的袋子，用同樣的姿勢做日光浴：唐納托仰躺在黑沙上，用兩個手肘撐起身體；他太太麗狄亞坐在浴巾上，翻看雜誌。我最失望的是，尼諾並沒有在遮陽傘下。我搜尋海面，瞥見一個黑點在波濤起伏的海面忽隱忽現。這時我讓他們知道我來了，大聲呼喚在沙灘上玩耍的皮諾、克蕾莉亞和希洛。

希洛長大了，他沒認出我，不太有把握地露出微笑。皮諾和克蕾莉亞興奮朝我衝來，他們的爸媽好奇地轉頭看。麗狄亞跳起來，揮手喊著我的名字；薩拉托爾露出大大的歡迎微笑，張開手臂朝我走來。我躲開他的擁抱，只說聲哈囉，你們好。他們很親切，我介紹莉拉和琵露希雅，提到他們爸媽，以及她們嫁的對象。唐納托的注意力馬上就轉到她倆身上，開始用敬語尊稱她們為卡拉西夫人和瑟魯羅夫人，他還記得她們小時候的模樣，他說，出神地感嘆時光飛逝。我禮貌地向麗狄亞問起她的孩子們，特別是瑪麗莎。皮諾、克蕾莉亞和希洛都很好，顯然是，他們馬上就圍到我身邊，等待適當時機拖我去和他們一起玩。至於瑪麗莎，她媽媽說她在那不勒斯的姨媽家，因為九月有四科要補考，所以得去補習。她沉著臉說：「她活該，她一整年不用功，現在活該受苦。」

我什麼都沒說，但我很懷疑瑪麗莎會受苦：她整個夏天都會和埃爾范索在馬提尼廣場的店裡，我很替她高興。我發現麗狄亞身上有很深沉的哀傷：在她那已經失去輪廓的臉上，她的眼睛，她縮癟的胸部，以及她肥厚的肚子上。我們講話的時候，她不時害怕地瞄著丈夫。他正扮演親切好人的角色，熱心地和莉拉與琵露希雅交談。他提議帶她們下水，保證要教莉拉游泳的時候，麗狄亞不再注意我，視線緊緊黏在他身上。「我們家所有的小孩都是我教的，」我們聽見他說：「我也會教你。」

我沒問起尼諾，麗狄亞也沒提到他。但這時蔚藍大海裡的那個黑點不再往外移動，逆轉方向，變得越來越大，我開始看見黑點旁邊湧起的白色泡沫。

是的，是他，我焦急地想。

尼諾從水裡出來，好奇地看著他父親，因為唐納托一手托著莉拉浮起，另一手教她怎麼划水。直到他看見我，認出我來，那緊鎖的眉頭都還是沒鬆開。

「你在這裡幹嘛？」他問。

「我來度假，順便來看妮拉小姐。」我回答。

他再次煩心地看著他父親和那兩個女孩。

「那不是莉拉嗎？」

「是啊，另一個是她小姑琵露希雅，我不知道你還記不記得她。」

他用毛巾搓著頭髮，繼續瞪著水裡的那三個人。我一口氣告訴他我們要在伊斯基亞住到九月，在離佛利歐不遠的地方有幢房子，莉拉的媽媽也在，莉拉和琵露希雅的丈夫星期日來。雖然我說話的時候他好像沒在聽，而且麗狄亞也在場，但我還是說我週末沒事可做。

「來找我們。」他說，然後對他媽媽說：「我得走了。」

「要走了？」

「我還有事。」

「艾琳娜在這裡耶。」

尼諾看看我，好像這時才發現我的存在。他摸索掛在遮陽傘下的襯衫，掏出鉛筆和筆記本，寫了幾個字，撕下來，交給我。
「這是我的地址。」他說。
像電影明星那樣清晰堅決。我接過這張紙，彷彿拿到聖物似的。
「吃完飯再走。」他媽媽求他。
他沒回答。
「至少和爸爸揮個手，道再見。」
他換掉泳衣，把浴巾圍在腰間，沿著海岸往前走，沒向任何人道別。

44

我們在馬隆提待了一整天，我和孩子們玩耍游泳，琵露希雅和莉拉則和唐納托耗在一起，他帶著她們走到溫泉浴池去。到最後琵露希雅累了，薩拉托爾夫婦指點我們最便捷舒適的回家方式。我們到了一家像高腳屋蓋在水上的旅館，用幾里拉的價錢租了一條船，讓一名老水手載我們。
一駛出岸邊，莉拉就語帶嘲諷說：「尼諾沒給你什麼激勵嘛。」
「他要唸書。」
「他連打聲招呼的時間都沒有？」

「他那人就是這樣。」

琵露希雅插嘴說：「太粗魯了，他這麼粗魯，可是他父親人那麼好。」她們都認為尼諾不禮貌，討人厭，我隨她們去說，寧可把祕密鎖在心裡。我甚至想，如果她們認為連我功課這麼好都惹他嫌，那就比較能忍受他對她們的視而不見，或許還會原諒他。我想讓她們不再嫌惡他，而且成功了：她們好像馬上就把他拋在腦後，琵露希雅津津樂道唐納托的和藹親切，莉拉也滿意地說：「他教我怎麼浮起來，也知道該怎麼游。他太厲害了。」

太陽西沉。我想起唐納托對我的騷擾，打個冷顫。紫蘿蘭色的天空出現潮濕的寒意。我對莉拉說：「說馬提尼廣場店裡的照片很醜的那篇報導就是他寫的。」

琵露希雅露出沾沾自喜的贊同表情。

莉拉說：「他說得沒錯啊。」

我很生氣，「毀了玫利娜的人也是他。」

莉拉笑著回答說：「說不定他也有過一、兩次讓她覺得很舒服。」

這句話讓我很傷心。我知道玫利娜所忍受的是什麼樣的痛苦，她的兒女承受的是什麼樣的痛苦。我也知道莉拉的痛苦，更知道在薩拉托爾看似彬彬有禮的外表底下，藏著目空一切、不尊重任何人的欲望。我也沒忘記，小時候，莉拉曾經目睹卡普西歐家這位寡婦所受的折磨，她當時有多麼難過。所以現在的這個語氣，這些話，是對我送出什麼訊號呢？她想對我說：你還是個女生，你不知道女人需要的是什麼？我陡然改變心意，不想再隱藏我的祕密。我想馬上讓她知道我是像她們一樣的女人，我懂。

我對莉拉說：「尼諾給了我他的地址。如果你不介意，斯岱方諾和黎諾來的時候，我想去看他。」

地址。去看他。好大膽的表白。莉拉瞇起眼睛，一條深深的橫線出現在額頭上。琵露希雅一臉不懷好意，碰碰莉拉的膝蓋，笑著說：「你聽見沒？琳諾希亞明天有約會。而且她有地址。」

我臉紅了。

「呃，你們和老公在一起，那我要幹嘛？」

好長一會兒，只有引擎的聲音，那名水手默默掌舵。

莉拉冷冷地說：「陪媽媽啊。我又不是帶你來玩的。」

我忍了下來。我們享受了一個星期的自由。況且這一天她和琵露希雅在海邊，在太陽底下，游了長長的泳，而且也因為薩拉托爾知道該怎麼用甜言蜜語帶來笑聲，讓她們神魂顛倒，渾然忘我。唐納托讓她們覺得自己像是還有女兒態的女人，得到爸爸的關愛照顧，而這位爸爸又是極為罕有、異乎尋常的慈父，非但不會懲罰你，反而還鼓勵你表達自己的欲望，完全不需要有罪惡感。而這樣的一天已經結束了，我還宣布說自己星期天要去和一名大學生逍遙——我這不是在提醒她們說，暫時擱置妻子身分的這一個星期已經結束，她們的老公就要重新登場了？是的，我太過分了。割了自己的舌頭吧，我想。

45

這兩位丈夫很早就到了。我們以為他們星期天早上來，結果他們星期六傍晚就興高采烈地騎著摩托車抵達。我想他們是在伊斯基亞港租的車。倫吉雅準備了豐盛的晚餐，我們談起街坊，談起那幾家店，談起新鞋上市的事。黎諾很自豪地讚美他和父親改良的鞋款，但一找到時機就把設計圖遞到莉拉鼻子底下，她很不情願地看了看，提出幾個修正的建議。然後我們在餐桌落座，兩個男人開始狼吞虎嚥，比看誰吃得多。還不到十點鐘，他們就拉著老婆進房間。

我幫倫吉雅清洗碗碟，然後把自己關在房間裡，看了一點書。關起門窗的房間熱得叫人窒息，可是我又怕被蚊子叮得一身疱，所以不敢開窗。我躺到床上，滿身大汗，我想起莉拉，想起她是怎麼慢慢屈服的。當然，她沒對丈夫表現出格外的愛戀，而在訂婚期間，我偶爾在她動作裡看見的溫柔也已經不見了。晚餐時，她不時厭惡地批評斯岱方諾吃東西、喝東西的模樣。但是很顯然的，他們已達成某種平衡，雖然天曉得這平衡有多麼不穩定。在他講了幾句暗示的話，走向臥房之後，莉拉也沒說等一會兒之類的，一刻不耽擱地就隨他進房。她已然屈服於這不可避免的例行公事。她和丈夫之間沒有黎諾和琵露希雅之間那種狂歡會似的熱情，但也沒有抗拒。夜深之後，我聽見這兩對夫婦的動靜，笑聲與嘆息，房門打開，水龍頭流出水，馬桶沖水，房門關上。最後我也睡著了。

星期天，我和倫吉雅一起準備早餐。我等著他們出現，一直等到十點鐘。但他們都沒現身，所以我去海邊。我一直待到中午，他們還是沒來。我回到屋裡，倫吉雅說他們騎摩托車去繞島觀光了，建議我們不必等他們吃飯。事實上他們差不多三點才回來，有點微醺，曬傷，四個人興奮地談起卡薩米西歐拉、拉寇阿梅諾和佛利歐。兩個女生眼神發亮，馬上狡獪地瞥我一眼。

「小琳，猜猜怎麼著。」琵露希雅簡直是用嚷的。

「什麼？」

「我們在海邊碰到尼諾。」莉拉說。

我心跳停止。

「噢。」

「我的天哪，他游泳游得真好。」琵露希雅興奮地說，誇張地伸手做出划水的動作。

黎諾則說：「他那人也不太討人厭。他對海岸的形成有興趣。」

斯岱方諾說：「他有個朋友姓蘇卡佛，就是那個蘇卡佛牌義大利肉腸，他老爸在特杜西歐的聖吉瓦尼有家肉腸工廠。」

然後又是黎諾：「那傢伙很有錢。」

斯岱方諾又說：「別理那個學生，小琳，他一毛錢都沒有。目標瞄準蘇卡佛，對你比較好。」

又更多取笑之後（看看啊，琳諾希亞就要變成最有錢的人，她外表看起來是個乖女孩，可是啊），他們就又回到房間裡。

我失望透頂。他們碰見尼諾，和他一起游泳，和他講話，而我不在那裡。我換上最好的一件衣服——也就是穿去參加婚禮的那一件，雖然現在天氣很熱——我仔細梳好頭髮，在太陽下變得非常金亮的頭髮。我告訴倫吉雅說要出去散步。

我走到佛利歐，因為漫漫長途，又是一個人走，覺得很不安，也因為天氣熱，因為不確定這個行動會有什麼後果。我找到尼諾朋友家，站在馬路上喊了好幾次，很怕他不回答。

「尼諾。尼諾。」

他探頭。

「進來。」

「我在這裡等。」

我很擔心他會怠慢我。但沒有，從大門出來的時候，他臉上還是一慣友善的表情。他那稜角分明的臉多麼令人不安啊。他那修長的身材，寬肩窄胸，緊繃在他瘦削的骨頭肌肉上的黝黑皮膚，一映入眼簾，就讓我欣喜愛戀。他說他朋友一會兒就來和我們會合，我們穿過佛利歐鎮區，穿梭在週日的市集攤位間。他問起梅佐坎農的書店，我告訴他說莉拉要我和她一起來度假，所以我辭職了。我沒提到她付我薪水的事，免得他覺得我來這裡是一份工作，她是我的老闆。我問起娜笛亞，他只說：「都很好。」「你們寫信嗎？」「寫啊。」「每天？」「每個星期。」我們的對話就是這樣，我們已經找不出共同的話題可說了。我們沒有關於彼此的事情可說，我想。也許我可以問問他和父親的關係，但要用什麼語氣問？況且，我不是親眼看見他們關係不佳嗎？沉默，我覺得尷尬。

但他立刻把話題轉到似乎唯一能讓我們的會面有正當性的領域。他說他很高興見到我，他和他這位朋友能聊的就只有足球和學校的功課。他讚美我，說嘉利亞妮老師察覺到你是學校裡唯一一個對考試和成績無用的東西也感興趣的女生。他開始談起嚴肅的課題，我們馬上就轉換成流利且激昂的義大利文，我們知道這是我們擅長的。他開始講暴力的問題。他提起寇托納的和平示威，很技巧地把這個活動和杜林廣場發生的毆打事件扯上關係。他說他想更進一步瞭解移民和產業的關係。我同意，但對這些事情我又懂什麼呢？什麼都不懂。尼諾明白，他詳細告訴我南方的青年暴動，以及警方對他們的嚴厲壓迫。「他們叫他們那不勒仔，摩洛哥仔，法西斯主義者，挑撥者，無政府工運分子。但事實上他們只是沒有任何機構關心的年輕人，因為沒人注意他們，所以他們生氣，搗毀所有的東西。」我拚命想擠出幾句話來討好他。「要是你對問題沒有具體的瞭解，找不到徹底的解決方案，暴力當然就會發生。可是我們不能怪罪揭竿而起的人，要怪的是那些不懂得該如何統治的人。」他讚賞地看著我，說：「這就是我的想法。」

我真的很高興。我得到鼓勵，小心地進一步談起如何在個體與群體之間取得平衡的問題，提到羅素和嘉利亞妮老師借給我的其他書裡的論點。然後我問：「你讀過費德里柯．察波[19]嗎？」

我之所以提到這個名字，是因為我最近讀了幾頁他寫的有關國族的書。我對其他的一無所知，但在學校裡我學會要讓人覺得你懂得很多。你讀過費德里柯．察波嗎？這是尼諾唯一顯得有點惱怒的時刻。我意識到他不知道察波是誰，這讓我感到志得意滿。我開始講我所讀到的重點，但我很快就發現，瞭解並不由自主表現他所知道的，是他的強項，卻也是他的弱點。他帶領話題的時候很強悍，但無話可說時卻很軟弱。他臉色一沉，甚至馬上就要制止我。他岔開話題，開始談起地區問題，說地方自治和地方分權有多重要，經濟計畫應該以地方為基礎，這些全是我一個字也沒聽過的問題。所以，不談察波，我把主場留給他發揮。我喜歡聽他講話，喜歡看見他臉上的熱情。他興奮的時候眼睛會發亮。

我們就這樣聊了至少一個鐘頭，不理會周遭的喧鬧叫嚷，粗俗的方言，我們覺得自己與世隔絕，只有他和我，用著我們機靈警醒的義大利文，談著對我們很重要、和其他人全無關係的問題。我們在做什麼？討論？練習以後如何和我們講一樣語言的人交往？是要向彼此證明，這樣的字彙可以成為長遠友誼的堅實基礎？這是可以過濾掉性欲的教養濾網？我不知道。我對這些話題，對真實的事物與相關的人並沒有特別的熱情。我沒受過訓練，沒有嗜好，只有普普通通的念頭，希望自己不要出醜。雖然這真的很棒——肯定是。我的感覺就像學期末看到成績單那樣：全部過關。但我也知道，這和我多年前與莉拉的交談完全不能相比。當年的討論可以給我的腦袋帶來刺激，在交談的過程裡，我們從彼此嘴裡帶出話來，創造出宛如電流風暴的興奮。和尼諾則完全不同。我覺得我必須說他希望我說的話，隱藏我的無知，也隱藏起少數幾件我知道而他不知道的事情。我就是這麼做的，他對我如此信任不渝，讓我覺得很驕傲。然而情況卻又有些改變了。他突然說，夠了。他抓著我的手大聲說，像個誇張的船長，現在我要帶你去看讓你終生難忘的景色，拉著我到蘇柯蘇廣場，非但沒放手，還和我十指相扣，就這樣，讓他握著我的手，我心蕩神迷，完全不記得那灣蔚藍的大海。

我是真的心蕩神迷。有一兩次，他放開手去撫平頭髮，但馬上又握住我的手。我有一晌懷疑，他既與嘉利亞妮老師的女兒交往，卻又緊拉著我的手，他如何自圓其說呢？我回答自己的問

19費德里柯・察波（Federico Chabod, 1901~1960），義大利歷史學家。

題，說不定他對男生和女生之間的友誼就是這樣看待的。那麼在梅佐坎農的那個吻呢？那也沒什麼，只是個新時尚，是年輕人的新習慣。而且那個吻如此之輕，只是最短暫的接觸。我應該滿足於當下的快樂，有機會享受我所期望的假期：再過一會兒我就會失去他，他會離開，他有個和我完全不同的人生。

我沉浸在這些跳動的思緒裡，聽見背後有引擎怒吼，有人吵吵嚷嚷地叫著我的名字。黎諾和斯岱方諾騎著摩托車，全速從我們旁邊駛過，他們的妻子坐在後座。他們減速，很有技巧地掉頭。我放開尼諾的手。

「你的朋友呢？」斯岱方諾重新發動引擎，問。

「他馬上就會來。」

「替我問聲好。」

「好。」

黎諾問：「你想載琳諾希亞去轉轉嗎？」

「不了，謝謝。」

「來嘛，你知道她會喜歡的。」

尼諾臉紅，說：「我不會騎摩托車。」

「很容易，就像騎腳踏車。」

「我知道，可是不適合我。」

斯岱方諾笑起來，「小琳。這傢伙是書呆子，別理他。」

我從沒見過他這麼輕鬆愉快，莉拉緊貼在他背後，雙手環住他的腰。她催他，「我們走吧，再不快點，你們就趕不上船了。」

斯岱方諾喊著：「是啊，走吧。我們明天得工作，不像你們，整天曬太陽游泳。再見啦，小琳。再見，尼諾，你們男生女生都要乖喔。」

「很高興見到你。」黎諾親切地說。

他們離去，莉拉對尼諾揮手道別，大聲喊著：「拜託，送她回家。」

她表現得活像我媽，我有點惱，她在演大人。

尼諾再度拉起我的手，說：「黎諾人很好，可是莉娜為什麼要嫁給那個笨蛋？」

46

後來我也見到他的朋友布魯諾．蘇卡佛。他差不多二十歲，個子很矮，額頭低低的，滿頭黑色鬈髮，臉很討喜，但有嚴重青春痘留下的疤痕。

他們送我回家，沿著暮光裡的酒紅色大海走。尼諾沒再拉我的手，儘管布魯諾撇下我們自己一個人走：他要嘛走在前面，要嘛落在後面，彷彿不想打擾我們似的。蘇卡佛既沒對我講半句話，我也就沒對他講話，他的羞怯讓我羞怯。到家分手前，他卻突然問：「我們明天可以見面嗎？」尼諾問我們要去哪個海灘，堅持要知道確切的地點，所以我告訴他們。

「你們是早上去還是下午去？」

「早上和下午都會去，莉娜要游很久的泳。」

他保證他們會來找我們。

我開心地跑上樓梯，但一進門，琵露希雅就開始嘲笑我。

她晚飯時對倫吉雅說：「媽媽，琳諾希亞和那個詩人的兒子一起出去，那傢伙瘦巴巴的，留長髮，自以為比誰都優秀。」

「才不是這樣。」

「就是這樣，我們都看見你們手拉手。」

倫吉雅不知道這只是嘲笑，用她慣有的認真態度看待這件事。

「薩拉托爾的兒子是做什麼的？」

「大學生。」

「那你們要是相愛，就必須等待。」

「沒什麼好等的啦，倫吉雅夫人，我們只是朋友。」

「可是如果，比方說，你們如果訂了婚，他必須先完成學業，然後找份值得做的工作，只有找到工作，你們才能結婚。」

莉拉打斷媽媽的話，笑著說：「她的意思是，你就等著發霉吧。」

但是倫吉雅罵她：「你不可以這樣對琳諾希亞講話。」為了安慰我，她說她二十一歲的時候嫁給費南多，二十三歲生黎諾。然後她轉頭看女兒，毫無惡意，只實事求是：「而你，太年輕就結婚了。」這句話惹火了莉拉，她回房間去。琵露希雅敲門要進去睡覺的時候，她喊著說不要吵她，「你有自己的房間。」在這樣的氣氛下，我怎麼說：尼諾和布魯諾答應要到海灘來找我們？我放棄了。要是他們來了，我想，那很好，而若是他們沒來，那現在又何必告訴她們呢。倫吉雅耐住性子，要媳婦和她一起睡，叫她不要被她女兒搞得心情不好。

一個晚上還不足以讓莉拉消氣。星期一，她起床的時候心情比上床時還糟。因為她老公不在的緣故，倫吉雅歉疚地說，但琵露希雅和我都不相信。我很快就發現，她氣的主要是我。去海灘的路上，她要我提她的袋子，一到海灘，還差遣我回去兩次，一次是拿她的披肩，接著又因為她需要指甲剪。我想要抗議的時候，她差點就要提到她給我的薪水。她及時住口，但我還是發覺了：這就像有人想打你，最後卻沒動手一樣。

這天天氣很熱，我們泡在水裡。莉拉認真練習漂浮，要我站在她旁邊，必要的時候才能抓住她。然而她的惡劣情緒沒有改善。她還是一直罵我，說她竟然會相信我真是太蠢了。我連游泳都不會，是要怎麼教她。她懷念薩拉托爾的教練天分，她要我發誓，隔天再去馬隆提。然而在不斷嘗試錯誤之後，她還是有了進步。她很快就學會每個動作。這都應該歸功於她學會做鞋，學會靈巧切香腸和乳酪、偷斤減兩的能力。她天生如此，光是看金匠的動作，就能學會雕工，甚至還能做得比他更好。她已經會換氣，每個動作都強自保持鎮靜：彷彿讓整個身體躺在大海的透明表面。纖細修長的雙腿雙臂以寧靜的節奏劃破水面，不像尼諾那樣激起白色的泡沫，也沒有他父親那種浮誇緊繃。

「這樣對嗎？」

「對。」

是真的，短短幾個鐘頭，她就游得比我好，更不要提琵露希雅。她已經開始取笑我們的笨手笨腳了。

到了下午四點左右，個子很高的尼諾和只到他肩膀的布魯諾出現在海灘上時，莉拉頤指氣使的態度突然煙消雲散。這時一陣冷風吹起，我們已經沒有下水的欲望了。

琵露希雅第一個看到他們沿著海邊走來，穿過拿鏟子和水桶玩耍的孩童。她發出驚喜的笑聲，說：看誰來了，一高一矮。尼諾和他的朋友，毛巾搭在肩上，拿著香菸和打火機，不慌不忙地走，在泳客裡尋找我們。

我突然有了一股力量，高聲喊他們，揮手讓他們知道我們在哪裡。所以尼諾信守承諾。所以他雖然離開，但隔天就已經想見我了。所以他是刻意從佛利歐拉著他沉默的同伴大老遠來到這裡。既然他和莉拉、琵露希雅沒有任何交集，他走這段路顯然只是為了我，單身沒結婚，甚至也沒訂婚的我。我覺得很開心，而且我的開心似乎也證明是正確的：尼諾把他的浴巾鋪在我旁邊，坐下來，指著藍色浴巾的邊緣，唯一坐在沙上的我迅速挪動到浴巾上——我變得更友好，更健談。

莉拉和琵露希雅反而都沉默了。她們不再取笑我，不再彼此爭吵，她們聽著尼諾講他和朋友如何安排唸書生活的趣事。

過了一會兒之後，琵露希雅鼓起勇氣講了幾句話，夾雜著義大利文和方言。她說海水很棒很溫暖，說那個賣新鮮椰子的人還沒經過，她很想要來一顆。她想再去泡一會兒水。但尼諾沒怎麼注意，專心講他的趣事。比較關心的反而是布魯諾，他覺得自己有義務注意孕婦講的話，擔心她的寶寶因為太想喝椰子水而生出來。他自告奮勇去找，琵露希雅喜歡他的聲音，因羞怯而有點梗塞，但很親切，是不想傷害別人的人會有的聲音，她開始熱烈地和他交談，壓低聲音，彷彿怕驚擾似的。

然而莉拉卻很沉默。她對琵露希雅和布魯諾講的那些陳腔濫調沒有什麼興趣，但沒錯過我和尼諾所講的每一句話。她的關注讓我很不自在，有幾次我說我很想散步到噴氣口去，希望尼諾會說：我們走吧。但他剛開始談到伊斯基亞島的濫建，所以雖然隨口附和，但還是繼續講。他把布魯諾也拉進來，八成是因為他和琵露希雅講話而失望吧，要他證明他爸媽房子附近蓋了些難看的建築。尼諾迫切需要表達自己，摘述自己所讀的書，描述他所見的一切。這是他整理自己思緒的方法——講，講，講——但當然啦，我想，這也是孤獨的表現。我深刻體會到我其實也和他一樣，同樣渴望把知識分子的身分加諸己身，說：這是我知道的，我會成為這樣的人。但是尼諾沒有留下任何空間讓我這樣做，說真的，我有時候甚至要想辦法爭取。我坐下來聽他講話，像其他人一樣，琵露希雅和布魯諾大聲說「好吧，我們去散步，去找椰子」的時候，我凝望莉拉，希望她會和小姑一起去，讓我和尼諾終於可以獨處，面對面，肩併肩，坐在同一條浴巾上。但她沒吭氣，琵露希雅發現她必須單獨和一個年輕男人去散步，他雖然很有禮貌，但還是個陌生人，所以她很不安地問我：「小琳，來嘛，你不想散步嗎？」我回答說：「我是很想散步，但先讓我們談完，然後我再去找你們。」她很不高興地和布魯諾走向噴氣口。他們真的一般高。

我們繼續談著那不勒斯、伊斯基亞和整個坎帕尼亞落到那些裝得像好人的壞人手裡會是什麼下場。「搶匪，」尼諾這樣叫他們，他拔高嗓音，「摧毀者，吸血鬼，偷一袋袋錢卻不付稅的人：建商、建商的律師、黑幫、專制法西斯，以及天主教民主黨。他們表現得一副水泥是在天堂由上帝本人親自攪拌成的，用巨大的抹刀一塊塊丟到山坡上，丟到海岸邊。」但說我們三個在交談並不盡貼近事實。主要是他在講，我不時插上一兩句話，提到我在《梅里迪恩納利通訊》上讀到的一些內容。至於莉拉，她只開過一次口，在尼諾提到惡棍的時候，把店東也算進去，她小心翼翼地問：

「什麼是店東？」

講到一半的尼諾停了下來，驚訝地看著他。

「開店做生意的人。」

「那你為什麼要叫他們店東？」

「大家都這麼叫的啊。」

「我丈夫是店東。」

「我不是故意要冒犯你的。」

「你沒冒犯我。」

「你們付稅？」

「我以前沒聽說過稅的事。」

「真的？」

「真的。」

「稅對規劃社群經濟生活是很重要的。」

「你說了算。你記得帕斯蓋．佩盧索？」

「不記得。」

「他是個建築工人。沒有水泥，他就沒有工作。」

「啊。」

「但他也是共產黨員。他父親也是共產黨，據法院的看法，他是殺死我公公的凶手。我公公靠黑市發財，是個高利貸鯊魚。帕斯蓋和他父親一樣，從來不認同和平的問題，連對他的同志，共產黨人的意見也不贊同。可是，雖然我丈夫的錢都是直接從我公公那裡來的，但帕斯蓋和我是好朋友。」

「我不知道你想說什麼。」

莉拉露出半是自嘲的表情。

「我也不知道，我還希望聽你們兩個講了之後可以明白呢。」

就這樣，她沒再開口。但是她講話的時候不像平常那樣張牙舞爪的，似乎是真的很想要我們幫助她理解，因為街坊的生活簡直是一團亂。她大部分用的都是方言，彷彿是要適度表明：我沒耍花招，我講的是真心話。她坦然陳述不同的事情，並不像以往那樣找尋可以全部串在一起的主軸。事實上，不論是她或是我，都沒聽過這個有著文化與政治貶抑意味的詞彙：店東。事實上，不論是她或是我，都對稅一無所知：我們的爸媽、朋友、男友、丈夫、親戚都把這東西當成不存在，而學校也不教政治，連隱隱約約提及都沒有。然而莉拉還是想辦法毀了這個在此之前都嶄新、興奮的下午。就在這個談話之後，尼諾想要繼續他的話題，但結結巴巴的，只好回頭講他和布魯諾生活的趣事。他說他們只吃炒蛋和薩拉米腸，說他們喝一點葡萄酒。他講的這些事情似乎讓他自己有點難為情，看見琵露希雅和布魯諾濕著頭髮、喝著椰子回來，顯然鬆了一口氣。

「真的很好玩。」琵露希雅嚷著，但那個神態明明在說：你們這兩個賤貨，竟然放我和根本不認識的人在一起。

兩個男生離開時，我陪他們走了一小段路，只是為了表明他們是我的朋友，是為了我而來。尼諾悶悶不樂地說：「莉拉是真的迷失自己了，好可惜。」

我點頭稱是，說了再見，腳泡在水裡站了一會兒，讓自己平靜下來。

我們回家之後，琵露希雅和我都活力充沛，莉拉則心事重重。琵露希雅告訴倫吉雅說那兩個男生來找我們，而且出乎意料的，對布魯諾頗有好感，因為他不辭辛勞，確保她的寶寶不會因為太想喝椰子水而生出來。他很有教養，她說，雖然是學生，卻不太乏味，看起來很不在意自己的穿著打扮，但身上穿戴的東西，從泳衣、襯衫到涼鞋都是高級貨。她很好奇，怎麼會有人富有的方式和她哥哥、黎諾、梭拉朗兄弟不一樣。她說了一句讓我吃驚的話：他在海灘的飲料吧給我買這買那，卻一點都不張揚。

她的婆婆這一整個假期都沒到海灘一步，每天忙著採買、打掃、準備晚餐和隔天讓我們帶到海邊去的午餐，凝神傾聽，彷彿媳婦描述的是一個有魔力的世界。她當然也馬上就發現女兒若有所思，不停用懷疑的目光瞄她。但是莉拉根本就沒注意。她沒惹任何的麻煩，允許琵露希雅又去和她睡，和大家道晚安。然後她做了一件我完全沒想到的事。我正要上床睡覺的時候，她出現在我的小房間裡。

「你可以借我一本書嗎？」她問。

我不解地看著她。她想看書？她上次翻開書是多久以前的事了，三年，還是四年？為什麼現在又決定開始看書呢？我拿起貝克特，就是我用來殺死蚊子的那一本，交給她。這似乎是我伸手可及，最近的一本書。

47

在漫長的等待和似乎太快結束的會面裡，這一個星期消逝了。兩個男生嚴守規律作息，早上六點起床，唸書唸到午餐時間，下午三點啟程來赴我們的約，七點鐘回家，吃晚飯，繼續唸書。尼諾從來沒自己一個人來。他和布魯諾雖然在每個方面都迥然不同，卻很合得來，特別是來找我們的時候，似乎會因為另一個人的在場而更加有自信。

琵露希雅打從開始就不相信他倆的夥伴關係。她說他們並不特別友好，也不特別親近。在她看來，兩人的關係能維繫，都是因為布魯諾很有耐性，他脾氣好，儘管尼諾整天不斷從嘴巴裡吐出一大堆胡說八道，他也都沒有怨言。「胡說八道，真的。」她再次強調，但馬上就道歉，帶點挖苦意味，因為他的那種講話方式也是我很喜歡的。她說：「你們是學生啊，只有你們知道自己在講什麼是很合理的。可是你難道不覺得，我們其他人有點受夠了嗎？」

她的話讓我覺得很高興。這證明了莉拉雖然在場，卻只能默默見證尼諾和我獨特的關係，別人很難介入的關係。但有一天，琵露希雅用輕蔑的語氣對布魯諾和莉拉說：「讓他們兩個去裝知識分子吧，我們去游泳，水很棒呢。」裝知識分子，顯然是說我們所談的事情我們並不是真的感興趣，這只是一種態度，一種表現。我不太在意她說的話，但尼諾卻很惱怒，話沒講完就站起來，往前衝向大海跳進水裡，完全不管溫度，等我們也下水時，就潑我們水，害我們發抖，哀求他停止，接著又去和布魯諾打成一團，活像是他想要淹死他似的。

這時我想，他滿腦子偉大的思想，但只要願意，他也是可以輕鬆有趣的。那他為什麼只對我表現出嚴肅的一面呢？或者是因為我，是我的眼鏡，我講話的模樣造成了這個印象？

從這一刻起，我越來越痛苦地感覺到下午時光的消逝，我們的交談沉重、焦慮：他急於想表達自己，而我急於想創造出某個概念，聽他說他贊同我的看法。他沒再拉我的手，沒邀我坐在他的浴巾上。看見琵露希雅和布魯諾因為蠢兮兮的小事發笑，我嫉妒他們，心想：我有多希望能和尼諾像這樣笑鬧——我什麼都不想要，我什麼都不期待，我只想要一點點親密，就算只是出於禮貌，就像琵露希雅和布魯諾那樣。

莉拉似乎有其他的問題煩心，一整個星期都很安靜。她早上大部分時間都泡在水裡，沿著岸邊和離岸幾呎之間的距離來回游動。琵露希雅和我陪她，堅持要教她，雖然她現在已經游得比我們好。但我們很快就覺得冷，回到岸邊躺在太陽曬熱的沙上，而她還是繼續練習，雙臂穩定划動，雙腿輕輕踢水，很有節奏地換氣，就像尼諾父親教她的那樣。她總是太過認真，琵露希亞在太陽底下摸著自己的肚子咕噥說。我不時站起來喊她：「游夠了，你在水裡太久了，會著涼的。」但莉拉不理會，一直游到渾身發青才離水上岸，她眼睛泛白，嘴唇青紫，指尖發皺，我在岸邊等她，拿著被太陽曬暖的浴巾披在她肩上，用力揉搓。

這兩個一天也沒缺席的男生抵達之後，我們不是一起游泳——但是莉拉通常都拒絕下水，坐在浴巾上看著我們游——就是一起去散步，但莉拉都落在後面撿貝殼，只要尼諾和我開始聊起世界大事，她就注意聽，但很少開口。這段時間裡，有些小習慣慢慢形成了。我很詫異的是，莉拉竟然堅持尊重慣例。例如，布魯諾總是帶著在路上的飲料吧或海邊買的冷飲來，有一天她指著他買給我的汽水說，我平常都喝橘子水，我說：「謝謝你，布魯諾，這也很好。」但她非逼他去換不可。又例如，琵露希雅和布魯諾會在下午某個時間去買新鮮椰子，雖然他們邀我們一起去，但是莉拉從沒想過要去，我和尼諾也沒有。於是這就變成習慣：他們全身乾著啟程，游得濕淋淋，帶著果肉雪白的椰子回來，所以若是他們好像忘記的時候，莉拉就會說：「今天的椰子呢？」

同時，她也對尼諾和我的交談非常感興趣。如果沒有什麼特別的主題可談時，她會對他說：「你今天讀了什麼有趣的東西嗎？」尼諾微笑，很開心，隨便聊了一下，又開始講他愛談的課題。他講了又講，但我們之間從來沒有真正的摩擦：我發現自己幾乎總是贊同他的意見，而莉拉就算打岔，表達反對，也都輕描淡寫，很有技巧地不特別強調自己的不同意。

有天下午，他引述一篇文章，批評公立學校的功能，然後一口氣也沒停地用輕蔑的口吻談到我們街坊的小學。我認同他的看法，回憶起以前犯錯的時候，奧麗維洛老師會打我們的指關節，還逼我們去參加殘酷的競賽，比看誰最聰明。但意外的是，莉拉卻說小學對她來說非常重要，還用我已經好多年沒聽她說過的義大利文讚賞我們老師，她用字之精準，之專注，讓尼諾沒打斷她，表明自己的想法，而是全神貫注聽她講，直到最後才講了幾句泛泛之談，說我們各有不同的需求，同樣的一種經驗可以滿足某個人，卻也不能滿足其他人的需求。

這不是唯一一次莉拉很有禮貌，以有教養的義大利文透露不同的看法。我越來越相信的理論是，適當的干預執行一段時間，就可以解決問題，消除不公不義，防範衝突。我很快就學會有系統推論的方法——這我一向很在行——每回尼諾談起他最近從這裡那裡讀到的各種議題——殖民主義、新殖民主義、非洲——我就拿來運用。但是有天下午，莉拉輕聲細氣地說，貧富之間的衝突根本沒有辦法消弭。

「為什麼？」

「底層的人總是想爬到頂端，而頂端的人也想繼續留在頂端，不管怎麼樣，最後總會到了某個衝突點，大家彼此拳打腳踢，互相咒罵。」

「就是因為這樣，所以才要在暴力衝突爆發之前解決問題。」

「怎麼解決？讓每個人都爬到頂端，把每個人都拉到底層？」

「在階級之間找到平衡點。」

「平衡點在哪裡？把頂端和底部的人全拉到中間？」

「差不多就是這樣，沒錯。」

「在頂端的人會願意下來？而底層的人會不想再爬得更高？」

「要是大家能妥善解決所有的問題，就可以。你不相信？」

「不相信，階級不是玩牌，是鬥爭，打到你死我活的鬥爭。」

「這是帕斯蓋的想法。」我說。

「現在也是我的想法。」她平靜地說。

除了這僅有的幾次一對一交談之外，尼諾和莉拉幾乎都是透過我來對話，她從不直接對他講話，他也不直接對她講。相形之下，她與布魯諾的相處來得比較自在，因為他雖然很寡言，但親切，好應付，總是用愉快的口吻稱她「卡拉西夫人」，來建立一定的熟悉度。例如，有一回我們一起下水——很意外的是，尼諾並沒有又來一次讓我擔心的長泳——她找布魯諾而不是尼諾，看她應該划多少次水才換氣。他馬上就做給她看。但是她沒找尼諾問，讓尼諾很惱火，他打了岔，取笑布魯諾的短手臂與缺乏節奏，接著馬上示範給莉娜看。她用心觀察，立刻開始模仿。最後莉拉的泳技好到布魯諾叫她「伊斯基亞島的艾斯特．惠蓮絲[20]」。

這一週結束時——我記得是個晴朗燦爛的九月早晨，天氣還很涼爽，往海邊途中有濃郁的松樹香氣一路相伴——琵露希雅直截了當地再次言明：「薩拉托爾家那個兒子真讓人受不了。」

我很謹慎地迴護尼諾。我用專家的口吻說一個人若是專心研究，對某些事情特別感興趣，就會覺得有必要和其他人交流這些興趣，尼諾的情況就是這樣。莉拉似乎不怎麼信服，說了句得罪我的話：「要是從尼諾的腦袋裡挖走他唸的東西，那他的腦袋就空空如也了。」

我反擊，「才不是這樣。我瞭解他，他有很多優點。」

琵露希雅則熱烈贊同莉拉。可是莉拉或許是因為不喜歡得到她的認同，說她沒有把話講清

20 艾斯特．惠蓮絲（Esther Williams, 1921~2013），美國游泳名將，後成為好萊塢明星，曾紅極一時。

楚，所以又推翻了她這句話的原意，彷彿只是當成測試，聽到反應之後又後悔了，就算徒勞無功也要想辦法彌補。她澄清說，他習慣認為只有大的問題才重要，若是一直這樣下去，他這輩子就只會為這些問題而活，而不會煩惱其他人所考慮的問題：不像我們，只想著我們自身的事情——錢、房子、丈夫、兒女。

這個說法我也不喜歡。她在說什麼呢？難道尼諾對個人的關懷都不算數？難道他註定要過著沒有愛、沒有兒女、沒有婚姻的生活？我強迫自己說：

「你知道他有個很要好的女朋友嗎？他們每個星期通信。」

琵露希雅亞打岔說：「布魯諾沒有女朋友，但是他在找理想的女人，一找到之後就要結婚，他想多生幾個孩子。」然後，天外飛來一筆似地嘆口氣：「這個星期過得好快。」

「難道你不開心？你老公就要來了。」我回答說。

她似乎更生氣，因為我竟敢暗示她不喜歡黎諾來。

她大聲嚷著：「我當然開心。」

這時莉拉問我：「你開心嗎？」

「因為你們老公來？」

「不是，你明知道我是什麼意思。」

我是知道，但我不承認。她的意思是，隔天，星期天，她們和斯岱方諾、黎諾在一起的時候，我可以自己去見那兩個男生，而且幾乎可以確定的，布魯諾會像上個星期那樣只顧自己的事情，於是我可以和尼諾相處一整個下午。她說的沒錯，這正是我希望的。好幾天以來，我睡覺前都在想著週末。莉拉和琵露希雅可以享受婚姻生活的樂趣，而我這個成天只知道唸書、戴眼鏡的未婚女生也可以擁有一點小小的幸福：手拉手，散一回步。甚至天曉得，還有其他的。我笑著說：「我應該知道什麼，莉拉？你們運氣好，都結了婚。」

48

這一天過得很慢。莉拉和我靜靜坐在太陽底下等待尼諾和布魯諾帶著冷飲來，而琵露希雅的心情沒來由的消沉起來。她一直講些神經兮兮的話。一會兒怕他們不來了，一會兒說我們不能浪費時間等他們現身。等兩個男生準時帶著冷飲現身的時候，她悶悶不樂，說她覺得累。但幾分鐘之後，雖然心情還是不好，卻又改變心意，嘟囔說她願意去買椰子。

至於莉拉，她做了我不喜歡的事。一整個星期，她都沒提到我借她的那本書，所以我也忘了。但是琵露希雅和布魯諾一走開，她沒等尼諾開口，立刻問他：「你去過劇院嗎？」

「去過幾次。」

「你喜歡嗎？」

「還好。」

「我沒去過，但是我在電視上看過。」

「那不一樣。」

「我知道。但總比沒有好吧。」

這時她從袋子裡掏出那本書。我給她的，貝克特《戲劇全集》。她拿給他看。

「你讀過嗎？」

尼諾拿起那本書翻看一下，很不安地承認：「沒有。」

「所以這是你沒讀過的東西？」

「是的。」

「你應該讀的。」

莉拉開始對我們談起這本書。讓我意外的是，她從容不迫，就像以前那樣，用精挑細選的字句讓我們看見劇中的人事物，同時還賦予感情，重新詮釋描繪，讓他們即刻出現在我們眼前，活靈活現，生動鮮明。她說我們不必坐等核子戰爭，在這本書裡世界末日就彷彿已經發生了。她花很長的時間談一個名叫溫妮的女人，說溫妮在書裡喊道：又一個美好的日子[21]。她唸出這個句子的時候，變得非常騷動不安、聲音微微顫抖：又一個美好的日子，這句話一點道理都沒有，她解釋說，因為在溫妮的人生、溫妮的動作、溫妮的腦袋裡，沒有任何快樂美好可言，不管是這一天，或之前的日子都一樣。但是，她又說，給她留下最深刻印象的是個叫丹．羅尼的人。她說丹．羅尼是個瞎子，但他並不以為苦，因為他相信看不見會讓人生更好過，事實上他還很想知道，如果有人變聾變啞，人生是不是也會更加純粹貼近人生的本質，因為人生裡沒有別的東西，就只有人生。

「你為什麼喜歡這個想法？」尼諾問。

「我還不知道我是不是喜歡。」

「可是這讓你覺得好奇。」

「這讓我思考。眼睛看不見、耳朵聽不見、嘴巴不能講的人生更加純粹貼近人生的本質，到底是什麼意思。」

「說不定這只是玩弄文字花招。」

「不是。不是耍花招。這是個可以啟發千百種意義的想法，不只是一種花招而已。」

尼諾沒回答。他瞪著封面，彷彿連這本書的封面也需要解析似的，然後只問了一句：「你讀完了？」

「是的。」

「可以借給我嗎？」

這個要求讓我很不安，我覺得心痛。尼諾說過，我清清楚楚記得，他說他對文學沒有太大興趣，他讀的是不一樣的東西。我之所以把貝克特借給莉拉，是因為知道我不可能和他聊這本書。如今莉拉一開口提到這本書，他不只聽進去了，還想借回去。

我說：「這是嘉利亞妮老師的書，她給我的。」

「你讀過了嗎？」他問我。

我只好坦承還沒讀，但馬上又補上一句：「我打算今天開始讀的。」

21 此為貝克特戲劇《啊，美好的日子》的臺詞，敘述女主角溫妮下半身被埋在沙土裡，仍開心地度過每一天。

論。」

「那你讀完以後，可以借我嗎？」

「要是你這麼感興趣的話，」我立刻說：「就先給你看吧。」

尼諾謝謝我，用指甲刮掉封面上的蚊子屍體，對莉拉說：「我今天熬夜讀完，明天和你討論。」

「明天不行，我們明天不能碰面。」

「為什麼？」

「我要陪我先生。」

「噢。」

他似乎有點惱。我焦急地等他開口問我們明天可不可以見面。但他突然不耐煩起來，說：「我明天也不行。布魯諾的爸媽今晚會來，我得去巴拉諾過夜，星期一回來。」

巴拉諾？星期一？我希望他會要我去馬隆提見他。但他心不在焉，說不定心思都還在丹．羅尼身上，那個安於當個瞎子，同時進一步希望也耳聾口啞的人。他什麼也沒問我。

49

回家路上，我問莉拉：「我借給你的書如果不是我的，拜託，不要帶到海灘去，還給嘉利亞妮老師的時候，可不能夾著海沙啊。」

「對不起。」她說，高高興興地吻了我臉頰一下。她想幫我和琵露希雅提袋子，或許是想藉此得到原諒。

我的情緒慢慢平靜下來。我想，尼諾並不是順口提到要去巴拉諾的事，他是希望我知道，讓我自己決定去那裡找他。他就是這樣，我心情逐漸放鬆地對自己說，他這人很被動：明天我要早早起床去找他。而琵露希雅的壞心情卻一直沒改善。她通常很容易生氣，也很容易氣消，特別是懷孕不僅讓她的身體變得虛弱，也讓她個性的稜角磨平不少。可是她今天格外焦躁。

「布魯諾說了什麼不中聽的話嗎？」我問她。

「沒有。」

「那是怎麼回事？」

「沒事。」

「你覺得不舒服？」

「我沒事，我甚至不知道自己怎麼回事。」

「去準備一下吧，黎諾就要來了。」

「好。」

可是她還是穿著濕泳衣坐在那裡，心不在焉地翻著寫真小說。莉拉和我換好衣服。莉拉尤其費心打扮，好像要參加宴會似的，但琵露希雅還是一動也不動。後來連一直默默忙著準備晚餐的倫吉雅都好聲好氣地說：「小琵，怎麼回事，甜心，你還不去換衣服嗎？」沒有回答。一直到我們聽見摩托車的引擎，以及兩個年輕人喊叫的聲音，琵露希雅才跳起來，衝向房間，一面大喊：

「別讓他們進來，拜託。」

這天晚上連她們的丈夫都一頭霧水。如今已經習慣和莉拉不時爭吵的斯岱方諾，出乎意料地發現身邊的這個女人竟然如此惹人憐愛，撫摸親吻取代了她平常的暴躁易怒。而黎諾已習慣琵露希雅小鳥依人的柔情蜜意，懷孕後更是如膠似漆，這天卻很失望地發現她沒衝下樓來迎接他，讓他得到臥房裡去找她，甚至最後在擁抱她時，馬上發現她只是努力裝出高興的樣子。不只這樣。幾杯葡萄酒下肚之後，兩個男人開始講些暗藏欲望的性暗示時，莉拉真心大笑，而琵露希雅卻對著黎諾邊笑邊講的耳語很不高興，抽身離開，半用義大利文罵道：「別這樣，你這個鄉巴佬。」他很生氣：「你叫我鄉巴佬？鄉巴佬？」她僵持了幾分鐘，下唇顫抖，最後躲進房間裡。

「是因為懷孕的關係，你要忍耐。」倫吉雅說。

沉默。黎諾吃完飯，氣沖沖地去找他老婆。他沒再回來。

莉拉和斯岱方諾決定騎摩托車出去欣賞海邊的夜色。他們大笑著出門，相互親吻。我清理餐桌，一如既往，得要和倫吉雅爭執一番，因為她不希望我動一根手指頭。我們聊起她當年認識費南多，墜入情網的經過，她深情款款地回憶往事。她說：「你終此一生愛著某人，卻從來就不是真的瞭解他們是什麼人。」費南多有優點有缺點，她很愛他，但也很恨他。「所以，沒什麼好擔心的，琵露希雅心情不好，但會過去的。你還記得莉娜度完蜜月回來的時候嗎？嗯，看看他們現在的樣子。人生就是這樣：你今天挨揍，明天得到親吻。」她強調說。

我回到房間，想讀完察波，但回想起莉拉談到羅尼的時候，尼諾整個人被迷住的模樣，研究國族概念的欲望就消失了。就連尼諾這人都很捉摸不定，我想，很難瞭解他是什麼樣的人。他似乎不喜歡文學，但是莉拉隨意拿起一本談戲劇的書，說兩件愚蠢的事，他就突然熱心起來了。我在我的書裡找尋其他的文學書，但沒有了。我發現有本書不見了。怎麼可能？嘉利亞妮老師給我六本書。現在一本在尼諾那裡，一本我正在讀，大理石窗臺上有三本，第六本哪裡去了？

我到處找，連床下都找了，這時我想起那本書是講廣島的。我很不高興——一定是莉拉趁我在洗手間的時候拿走的。她是怎麼回事？這幾年經歷過鞋子、訂婚、雜貨店、應付梭拉朗兄弟之後，她決定重新變成小學時代的那個她？其實早就有跡可循了：她當時和我打賭，無論結果誰贏誰輸，都已經表達出她想要重新開始唸書的渴望。但她真的貫徹了自己的期望？真的做了？沒有。尼諾的談話——六個曬日光浴的午後——是不是足以重新燃起她對學習的渴望，甚至仍想和我們一較高下，證明自己是最優秀的？所以她才會稱讚奧麗維洛老師？所以她才會覺得有人終此一生只對重要的事情，而非日常瑣事有熱情是很好的事？我躡手躡腳離開房間，開門很小心，不發出吱吱嘎嘎的聲音。

屋裡很安靜。倫吉雅睡了，斯岱方諾和莉拉還沒回來。我走進他們的房間：亂七八糟的衣服、鞋子、行李箱。我在椅子上找到那本書，書名是《那日之後的廣島》。她沒得到我的許可就拿走，彷彿我的東西就是她的，彷彿我整個人都欠她，甚至連嘉利亞妮老師之所以關注我的教育都是因為她以一個漫不經心的動作、一句關切的話，才讓我得到這個特權。我想要把書拿走。但我很羞愧，所以改變主意，把書留在那裡。

50

這是個沉悶的星期天。我一整個晚上熱得受不了，但怕蚊子飛進來，所以不敢開窗。我睡著，醒來，又睡著。去巴拉諾？會有什麼結果呢？花一天的時間和希洛、皮諾、克蕾莉亞玩，而尼諾則去長泳或坐在太陽底下，一句話都不說，和父親展開冷戰。我很晚才醒來，十點鐘，一睜開眼睛就有失落的感覺，彷彿從很遠的地方襲來，讓我痛苦。

倫吉雅說琵露希亞和黎諾已經去海邊了，斯岱方諾和莉拉還在睡。我把麵包泡進拿鐵咖啡裡，不想吃。我決定放棄去巴拉諾，到海灘去，焦慮又傷心。

我看見黎諾躺在太陽底下睡覺，頭髮濕濕的，笨重的身體俯臥在沙灘上。琵露希雅在岸邊走來走去。我邀她一起去噴氣口，她很無禮地拒絕。我往佛利歐的方向獨自走了好長一段路，想讓自己平靜下來。

那天早上時間過得好慢。折返之後，我去游泳，然後躺在太陽底下。黎諾和琵露希雅把我當空氣，我得聽他倆喃喃低語講著諸如：

「不要走。」

「我得要工作啊：秋天的鞋款必須準備好。你看過了嗎？你喜歡嗎？」

「喜歡，可是莉拉讓你們加上去的那個東西好醜，拿掉吧。」

「才不，那看起來挺好的。」

「你看，我的意見對你來說一點都不重要。」

「才不是這樣。」

「就是這樣。你不愛我了。」

「我很愛你。你知道我有多愛你。」

「才怪，你看我的肚子。」

「我要吻你的肚子，吻一萬遍。這一整個星期，我滿腦子都是你。」

「那就別去工作嘛。」

「不行啊。」

「那我今天晚上也走。」

「我們已經付了我們該負擔的費用，你得要好好享受你的假期。」

「我不想度假了。」

「為什麼？」

「因為我一睡著就做惡夢，害我驚醒，整夜睡不著。」

「和我妹妹一起睡也沒用？」

「更慘，要是你妹妹可以殺我，她肯定會動手。」

「那去和我媽一起睡。」

「你媽會打呼。」

琵露希雅的口氣讓人難以忍受。一整天我都想要搞清楚她的怨懟所為何來。她睡得少或睡得不好是真的。但她希望黎諾留下，否則就要和他一起走，在我看來並不是實話。我有一度相信她是有事情想告訴他，某件她自己也不清楚是什麼、所以只能用發脾氣來表達的事情。但後來我就拋開了，我有其他的問題要思索。首先是，莉拉的生氣蓬勃。

她和丈夫一起出現在海灘的時候，看來比前一夜更開心。她想讓他看看她學會游泳了，然後兩人一起從岸邊往外游。斯岱方諾說那裡很深，但其實離海岸只有幾呎遠。她優雅精確地划水，以如今已學會的換氣方式，按著節奏轉動頭部、嘴巴離水呼吸，沒一會兒，就把他拋在背後。然後她停下來等他，笑著看他追上來，笨拙地揮動手臂，頭抬得高高的，鼻子把濺到臉上的水噴出去。

到了下午，她甚至更加活力充沛，他們騎著摩托車去兜風。黎諾也想要騎車出去轉轉，但琵露希雅不肯，她怕摔倒，流掉寶寶。所以他對我說：「小琳，那你來吧。」這是我的第一次體驗，斯岱方諾領頭，黎諾緊隨在後，那風，那怕摔倒或撞車的恐懼，那越來越激昂的興奮，琵露希雅丈夫汗濕的後背散發出來的濃烈氣味，讓他衝撞街坊習以為常的每一條規則、應付每一個抗議的昂揚自信，猛然煞車，凶狠暴戾，隨時準備出手捍衛自己為所欲為的權利。很好玩，重新找回壞女孩的感覺，此時此刻的我和尼諾午後偕同朋友出現在海灘上時，在我身上看見的那個女孩完全不同。

在那個星期天，我不時提到這兩個男生的名字：我特別喜歡講尼諾的名字。我很快就發現，莉拉和琵露希雅表現得一副和尼諾與布魯諾在一起消磨時間的不是我們三個，而是只有我自己一個。結果，她們的丈夫匆匆道別去趕渡輪的時候，斯岱方諾還要我替他向蘇卡佛的兒子問好，彷彿我是唯一一個有機會見到他的人。而黎諾揶揄我，說什麼：你比較喜歡哪一個啊？是詩人的兒子，還是做肉腸的？你覺得哪一個比較帥？彷彿他妻子和妹妹沒資格表示意見似的。

最後，她倆對丈夫離去的反應都讓我很煩。琵露希雅心情好轉，想去洗頭，因為——她大聲說——頭髮裡都是沙。莉拉在屋裡不安地轉來轉去，然後躺在沒收拾的床上，對房間的凌亂完全視而不見。我去和她道晚安的時候，看見她甚至沒換下衣服，她在看廣島的那本書，眉頭深鎖，眼睛瞇成一條縫。我沒罵她，我只有點尖銳地說：

「你怎麼突然又愛看書了？」

「不關你的事。」她回答說。

51

星期一，尼諾出現了，宛如被我的渴望召喚來的鬼魂，不是在往常現身的下午四點，而是出人意表的在上午十點來。我們三個女生才剛到海灘，都氣呼呼的，互相指責其他人在浴室裡耗了太多時間。琵露希雅尤其沮喪，因為她的頭髮睡得變形了。她先開口，語氣強硬，幾乎可以說很凶。尼諾還沒來得及開口解釋，她就問他，幹嘛把他的日程表顛倒過來：

「布魯諾為什麼沒來，他有更重要的事要忙？」

「他爸媽還在，他們中午才離開。」

「那他會來？」

「我想應該會。」

「因為他如果不來，我就要回去睡覺了，和你們三個在一起，我會無聊死。」

尼諾告訴我們他的星期天很不好過，所以今天早早就離開巴拉諾，但又不能去布魯諾家，只好直接到海灘來。他講話的時候，琵露希雅打斷他一兩次，嘀嘀咕咕問：誰要和我去游泳？莉拉和我都不理她，所以她就生起氣來，自己一個下水。

不管她。我們寧可專心聽尼諾洋洋灑灑列舉父親讓他受苦的種種過錯。他是騙子，他這樣說父親，裝病。他平安無事待在巴拉諾，卻用捏造的疾病延長病假，幫他開診斷證明的是個公衛醫生，也是他的朋友。尼諾厭惡地說：「我父親，不管從哪一方面來說，都站在公眾利益的對立面。」接著，完全沒有任何停頓的，做了完全出乎預料的事。他的動作讓我跳了起來，因為他俯身，在我臉頰上給了一個大大、響亮的吻，然後說：「我真的很高興見到你。」這時，他微微有些難為情，彷彿明白對我的這個熱情舉動，有可能對莉拉很失禮，於是說：「我也可以給你一個吻嗎？」

「當然可以。」莉拉親切地說，於是他輕輕吻了她一下，沒有聲音，幾乎察覺不到的輕輕一觸。之後，他開始興奮地聊起貝克特的戲劇：噢，他好喜歡那幾個被埋在地裡，土蓋到脖子的傢伙；還有那段在你心中燃起火花的話有多美啊。儘管梅蒂和丹．羅尼有很多值得回想的對話，但他卻刻意挑出莉拉所引述的那句：眼盲、耳聾、口啞的時候，你越是可以體會到人生本身的概念，或許聞不到摸不著，可以讓生命本身更為客觀有趣。在他看來，這意思是：讓我們拋開所有的過濾機制，完整享受我們當下真實的一切。

莉拉顯然很不解，她說她曾經想過這個問題，但純粹狀態之下的人生令她恐懼。她用刻意強調的語氣大聲說：「眼睛不能看、嘴巴不能說，或是嘴巴不能說、耳朵聽不見的人生，就是沒了外殼，沒了容器的人生，是不成樣子的。」這是她大概的意思，不過「不成樣子」確實是她所使用的詞彙，而且還一面比出厭惡的手勢。尼諾很不情願地重複「不成樣子」這幾個字，彷彿是某種詛咒似的。然後他又開始講，比之前更激動，講到後來，毫無預警地脫掉襯衫，露出又黑又瘦的身體，抓起我們的手，拉我們下水。我開心大叫：「不，不要，不要，我好冷，不要。」他回答說：「又一個美好的日子。」莉拉笑了起來。

於是我滿足地想，莉拉錯了。肯定有另一個尼諾存在：不是那個陰鬱的男生，不是那個只有想到世界整體景況才會興奮的男生，而是眼前這個男生，會笑鬧，會拖我們下水，會嘲笑我們，抓緊我們，把我們拉向跟前，游得遠遠的，讓我們追他，讓我們抓他，讓我們把他推下水，假裝被我們制服，假裝被我們溺死的男生。

布魯諾來了之後，氣氛甚至更好。我們一起散步，琵露希雅的心情慢慢好轉。她又想去游泳，又想吃椰子了。從這天開始，之後的一整個星期，兩個男生自然而然地在早上十點來海邊找我們，一直待到太陽下山時分，我們說：「我們得回去了，否則倫吉雅會抓狂。」他們才告辭，回去再唸點書。

我們變得好親近。要是布魯諾故意叫莉拉「卡拉西夫人」來揶揄她，她就戲謔地捶他肩膀，追他，威脅他。要是他因為琵露希雅懷有身孕而表現得過度關切，琵露希雅就會挽起他的手臂說：「走吧，我們去跑跑，我想喝汽水。」至於尼諾，他現在常拉著我的手，攬著我的肩膀，然後另一手攬著莉拉，拉著她的食指、拇指。那謹慎提防的距離慢慢消失了。我們五個變成好朋友，一起享受美好時光，沒做什麼事情，甚至什麼都不做。我們玩遊戲，誰輸了就要受罰。處罰幾乎都是親吻，只是玩笑似的親吻，顯然是。布魯諾被罰親莉拉沾滿沙子的腳，尼諾親我的手、臉頰、額頭，和耳廓凸起的耳朵。我們也打很久的鼓球[22]，球在空中飛，揮著強韌的鼓面把球打回去時會發出尖銳的撞擊聲。莉拉打得很好，尼諾也是，但是身手最矯捷的是布魯諾。他和琵露希雅總是贏，不管對手是莉拉和我、莉拉和尼諾，或是尼諾和我。他們之所以會贏，一方面是我們都已習慣對琵露希雅溫柔一些。她又跑又跳，在沙灘上跌跌撞撞，完全忘記自己是個孕婦，所以我們就只好讓她贏，有時候就只是為了安撫她。布魯諾會輕聲譴責她，叫她坐下，說夠了，然後大喊：「琵露希雅得分，太帥了。」

快樂開始延伸到每一個鐘頭，每一天，我不再在意莉拉拿走我的書，事實上我還覺得是好事。在討論的時候，我也不再在意她越來越常表達自己的想法。尼諾總是專心聽，有時甚至不知道該如何回答。這甚至讓我覺得很興奮，因為在這樣的情況下，他會突然住口不再和她講話，開始和我說話，彷彿這樣可以幫他重新找回信心。

莉拉談起廣島那本書的時候，情況就是如此。討論激烈，因為尼諾對美國抱持批判態度，我發現他不樂見美國在那不勒斯設軍事基地，可是他也嚮往美國的生活方式，他說他想去那裡唸書，聽莉拉說在日本投擲原子彈是一種戰爭罪行，不，不只是戰爭罪，因為和戰爭沒什麼關係，美國犯的其實是一種驕傲的罪。他聽了很失望。

「請容我提醒你一下，還記得珍珠港事件嗎？」他略顯遲疑地說。

我不知道珍珠港是怎麼回事，但我發現莉拉知道。她告訴他說，珍珠港和廣島是不能相提並論的兩件事，珍珠港是可恥的戰爭行為，而廣島是愚蠢、凶殘、復仇式的恐怖行為，比納粹屠殺還更可惡，可惡得多。她的結論是：美國人應該要像罪大惡極的罪犯那樣接受審判，因為他們做了最可怕的事情，威脅平民百姓，讓平民百姓屈膝臣服。她講得慷慨激昂，所以尼諾非但沒有反駁，反而陷入沉默，若有所思。然後他轉向我，好像當她不存在似的。他說問題不在凶殘或報仇，而在於迫切需要讓那最駭人聽聞的戰爭迅速結束，同時也利用這恐怖的新武器，遏止所有的戰爭。他壓低嗓音，直直盯著我的眼睛說，彷彿他在意的只是我的認同。這真是非比尋常的一刻啊。他太厲害了，像這個樣子的時候。我情緒激動，熱淚盈眶，完全不知道該如何表達。

然後星期五又來了，非常熱非常熱的一天，我們大部分時間都泡在水裡。突然之間，情況急轉直下。

我們和兩個男生道別，走回家，太陽就快下山了，天空的藍幕上有淡淡的粉紅，琵露希雅在幾個鐘頭的恣意玩樂之後，異常沉默，把袋子往地上一扔，坐在路邊，生氣地哭了起來，哭聲細細的，幾乎像呻吟。

莉拉瞇起眼睛瞪著她，彷彿看見的不是她的小姑，而是無預期見到的醜陋東西。我很驚恐地往回走，問：「小琵，怎麼回事？你不舒服嗎？」

「我受不了這件濕答答的泳衣。」

22 鼓球（tamburello），義大利傳統球賽，類似網球，但球拍是鼓狀的圓盤。

「我們的泳衣也都是濕的啊。」

「這讓我很不舒服。」

「冷靜一點，好啦，你是不是餓了？」

「別叫我冷靜。你叫我冷靜，就是在惹我生氣。我再也受不了你了，小琳，你和你的冷靜。」

她又開始哀哀叫，捶打自己的大腿。

莉拉沒停下來等我們，逕自往前走。我發現她這樣做並不是因為惱怒或漠不關心，而是因為琵露希雅的行徑裡有著某種灼熱焦燙的東西，她如果待得太近，就會灼傷。我扶琵露希雅站起來，拎起她的袋子。

52

最後她終於安靜下來，但一整個晚上都悶悶不樂，活像我們得罪了她似的。她連對倫吉雅也很無禮，態度粗魯地批評她煮麵的方式不對，莉拉受不了，連珠炮似地吐出惡狠的方言，竭盡所能用她想得出來的髒話罵她。小琵決定那天晚上和我睡。

她一個晚上翻來覆去，睡不安穩。小房間裡塞兩個人，熱得幾乎無法呼吸。我滿身大汗，只好開窗，忍受蚊子的折磨。最後我根本就睡不著，一等天亮就起床。

這會兒連我心情也很不好了。我臉上被蚊子叮了三、四個包。我走進廚房，倫吉雅正在洗衣服。莉拉也已經起床了，正在吃麵包喝牛奶，看我的另一本書，天曉得她是什麼時候從我房裡偷走的。她一看見我，就好奇地瞥我一眼，用出乎我意料的真誠語氣問：「琵露希雅還好嗎？」

「我不知道。」

「你在生氣？」

「是啊，我連睡都沒睡，看看我的臉。」

「你什麼都不明白。」

「是你什麼都不明白。」

「尼諾和布魯諾也都不明白。」

「這又和他們有什麼關係？」

「你還是喜歡尼諾？」

「我跟你說過一百遍了。」

「別激動。」

「我沒激動。」

「我們替琵露希雅想想。」

「你替她想吧，她是你的小姑，又不是我的。」

「你生氣了。」

「是的，我很生氣。」

這天甚至比前一天更熱。我們惴惴不安地去海邊，壞心情像感冒似的，一個傳過一個。走到半路，琵露希雅發現她忘了帶毛巾，又開始緊張兮兮地發脾氣。莉拉繼續走，低著頭，連頭都沒回。

「我回去拿。」我提議。

「不用，我要回去了。我不想去海邊。」

「你身體不舒服嗎？」

「我好得很。」

「那是為什麼？」

「看看我的肚子。」

我看著她的肚子，想都沒想就說：「那我呢？你沒看見我臉上被蚊子叮的？」

她開始放聲大叫，說我是白癡，跑著追上莉拉。

一到海灘，她就喃喃道歉說，你人太好了，有時候好到讓我抓狂。

「我才沒這麼好呢。」

「我的意思是，你好聰明。」

一直努力對我們視而不見的莉拉盯著大海，望向佛利歐的方向，冷冷地說：「別說了，他們來了。」

琵露雅亞一驚。「一高一矮啊。」她喃喃說，語氣突然緩了下來，補了一些口紅，雖然她嘴唇本來就塗得夠紅了。

兩個男生的心情和我們一樣不好。尼諾帶著挖苦的口吻對莉拉說：「今天你們的老公都會來？」

「當然啦。」

「你們會做什麼好玩的事？」

「我們吃飯，喝酒，睡覺。」

「明天呢？」

「我們明天吃飯，喝酒，睡覺。」

「他們星期天晚上還住在這裡？」

「沒有，我們星期天吃飯，喝酒，睡覺，只到下午。」

我用自嘲的語氣掩藏內心的感受，勉強自己說：

「我沒事，我不吃飯，不喝酒，也不睡覺。」

尼諾看著我，彷彿注意到他以前從未發現的東西，我伸手摸摸臉頰，那裡被蚊子叮了個大疱。「很好，我們明天早上七點在這裡會合，一起去爬山。回到海邊可能很晚了。你覺得如何？」

琵露希雅很不高興地問：「那我們呢？」

「你們有老公啊。」他說，把「老公」這兩個字講得活像是蟾蜍、毒蛇或蜘蛛似的，氣得她猛然跳起來，衝進水裡。

我道歉說：「她現在變得很敏感，是因為她現在的狀況。她平常不會這樣的。」

布魯諾用他很有耐性的嗓音說：「我會帶她去買椰子。」

我們看著他用穩定的步伐走過沙灘，彷彿太陽並沒把他腳下的沙粒曬得滾燙。他個子雖小，但比例勻稱，胸膛健壯，大腿有力。布魯諾和琵露希雅走向海灘吧之後，莉拉說：「我們去游泳吧。」

53

我們三個一起走向大海，我夾在他倆之間。很難解釋我心中突然湧起的那種充實感，因為聽見尼諾說：我們明天早上七點會合。我當然為琵露希雅的情緒擺盪覺得難過，但這遺憾極其輕微，於我的幸福無損。我終於心滿意足，因為有個漫長且刺激的星期天在等著我；同時，我也覺得很自豪，此時此刻，對我的人生舉足輕重的人都在我身邊，他們的重要性無人可比，連我爸媽、我的手足都比不上。我拉著他倆的手，發出快樂的呼喊，把他們拉進冰冷的水裡，把涼沁的水往他們身上潑。我們像是同一個有機體那樣一起往下沉。

一到水底下，我們就放開交纏的手指。我從來就不喜歡冰涼的海水灌進我的頭髮、我的頭頂、我的耳朵。我很快就浮出水面，吐出水來。但我看見他們兩個已經游了起來，所以我也開始游，希望不要失去他們的蹤影。但我馬上就有了麻煩：我沒辦法游直線。雖然頭埋在水裡，穩定划水，但我的右臂比左臂有力，所以會偏向右邊，我得很小心才不會喝進鹹水。我拚命想趕上，不讓他們離開我這近視的視線。他們會停下來的，我想。我心臟狂跳，速度慢了下來。最後我停下來，浮在水上，只能讚賞他們肩併肩、自信滿滿地游向海平面。

說不定他們會游得太遠。在狂熱的驅策下，我也跨越了想像中的那條界線。那條我可以只划幾下就回到岸邊的界線，連莉拉也通常不會跨越。如今她卻與尼諾競相往前游。儘管經驗不足，她卻不放棄，她想要和他並駕齊驅，她不斷向前，越來越遠，越來越遠。

我開始擔心。要是她力氣用完了，要是她覺得不舒服了怎麼辦。尼諾是專家，他會幫她。但是如果他抽筋，如果他也游不動了怎麼辦。我環顧四周，海流把我往左拉，我沒辦法停在這裡等他們，我必須回到岸上。我低頭往下看，這是個錯誤。天空的藍色瞬間變深了，深得像夜晚的深藍，雖然太陽還在照耀，水面閃閃發亮，一縷縷潔白的浮雲劃過天幕，但我看見了煉獄，我察覺到它宛如液體流動，沒有任何支撐。我覺得那彷彿是個死亡的深淵，隨時會有東西一躍而起，碰撞我，抓住我，牙齒咬進我的肌膚裡，把我拉向淵底。

我想要讓自己冷靜下來，我高聲喊著莉拉。沒有眼鏡，我的眼睛一點用都沒有，被這閃亮的水光打敗了。我想起明天和尼諾的郊遊。我緩緩轉身，仰躺水面，手腳拚命打水，直到返回岸邊。

我坐在那裡，一半在水裡，一半在岸上，我還看得見他們的頭，兩個黑點，像兩個浮標在水面隨意漂動。我鬆了一口氣。莉拉不只很安全，而且還辦到了，她和尼諾在一起。真是頑固啊她，過分賣力，她太勇敢了。我站起來，去找布魯諾。他坐在我們的東西旁邊。

「琵露希雅呢？」我問。

他露出怯怯的微笑，似乎在隱藏憂心。

「她走了。」

「她走去哪裡？」

「回家。她說她要去收拾行李。」

「行李？」

「她想走。她覺得不應該這麼長的時間丟下丈夫一個人在家。」

我要他保證看著水裡的尼諾，以及莉拉，然後拿起我的東西離開。身上還滴著水，想搞清楚小琵到底是怎麼回事。

54

那天下午一團混亂，而晚上甚至更亂。我看見琵露希雅已經在收拾行李，倫吉雅勸不動她。她安撫媳婦說：「你不必擔心，黎諾知道怎麼洗內衣，知道怎麼煮飯，他還有父親，還有朋友在。他不會說你是來玩的，他知道你是來這裡休養，好生個健康寶寶。來，我幫你把東西整理好。我從沒度過假，現在我們有錢，感謝上帝，雖然不該浪費，但稍微享受一下並不是罪孽，你負擔得起的。所以小琵，拜託，孩子：黎諾忙了一整個星期，他很累，他就快要到了。別讓他看見你這個樣子，你知道他的，他會擔心，他擔心的時候就會生氣，要是他生氣，結果會怎樣？結果是你想離開這裡去和他在一起，而他卻離開家來陪你，你們兩個一起在這裡，應該要開開心心的，結果你們卻彼此折磨。你覺得這樣對嗎？」

倫吉雅講個不停，琵露希雅卻還是無動於衷。這時我也開始勸她，等我們把她的許多東西拿出行李箱，她又開始放進去。她先是哭，接著平靜下來，然後又開始哭。

最後莉拉回來了。她靠在門柱旁，皺起眉頭看著披頭散髮的琵露希雅，額頭有一條深深的橫紋。

「都還好嗎？」我問她。

她點點頭。

「你們好會游喔。」

她什麼都沒說。

她臉上是同時想壓抑喜悅與恐懼的那種表情。顯然琵露希雅的吵鬧讓她越來越不能忍受。她小姑又開始說她想離開，說了再見，又懊悔說她忘了這個那個，為她的黎諾嘆息，這些相互矛盾的情緒全攪在一起，很遺憾要離開大海，離開花園的香氣，離開海灘。然而莉拉什麼都沒說，沒有慣常的尖酸刻薄，甚至也沒有一句嘲諷。最後，她終於開口講話，不是命令，而是宣布一件即將威脅我們的事情：「他們就快到了。」

這時琵露希雅倒在床上，就在她關上的行李箱旁，怎麼安撫都勸不動。莉拉皺皺眉頭，逕自去更衣。她很快就回來，換了一襲貼身紅洋裝，黑髮往後梳。她是第一個聽到摩托車聲音的，探頭到窗外，熱烈揮手。接著，她一臉嚴肅，用最嚴厲的語氣對琵露希雅說：「去洗洗臉，換掉泳衣。」

琵露希雅看著她，沒有反應。兩人之間有了迅速的交流，祕密的情感隱而不見地跳動，無限小的粒子從各自的心靈深處躍向對方，一跳，一顫，持續了長長的一秒鐘。我逮著了這一刻，我困惑，無法理解，但她們卻很清楚，在彼此身上認出了這些東西來，琵露希雅意會到莉拉雖然很不屑，但卻知道、瞭解、想要幫她。所以她乖乖屈服了。

55

斯岱方諾和黎諾衝了進來。莉拉比上個星期更可人。她擁抱斯岱方諾，接受他的擁抱，他從口袋掏出一個盒子時，她快樂大叫，打開盒子，是一條有心型鍊墜的金項鍊。

黎諾當然也帶禮物來給琵露希雅，她努力模仿嫂嫂的反應，但眼神卻有掩不住的痛苦脆弱。於是黎諾的親吻、擁抱與禮物很快就打碎了她急於想掩藏真心的幸福妻子面具。她嘴唇顫抖，淚水湧現，用哽咽的聲音說：「我收好行李了。我不想再在這裡多待一分鐘，我想和你在一起，只和你，永遠。」

黎諾微笑，她的愛讓他感動，笑了起來。然後說：「我也想和你在一起，只和你，永遠。」最後他終於瞭解，他妻子並不只是表達她對他的思念之殷，不斷思念他，而是真的想離開，也已經做好離開的準備。她堅定地說，做出這個決定，她心裡非常遺憾，遺憾到難以忍受的地步。

他們關在臥房裡討論，但時間並沒有持續太久。黎諾走出房間，咆哮說：「媽媽，我要知道這是怎麼回事。」沒等她回答，他就轉頭對妹妹說：「如果這是你搞的鬼，老天在上，我非要砸爛你的臉不可。」然後他又吼妻子：「夠了，你真是難搞的女人。給我出來，我累了，我要吃飯。」

琵露希雅走出房間，眼睛腫腫的。斯岱方諾一看見她，就開玩笑，想打圓場，擁抱妹妹，嘆氣說：「噢，親愛的，你們女人真的要把我們逼瘋了。」然後彷彿突然想起逼瘋他的是誰似的，親吻莉拉的嘴唇，眼看著另一對夫妻的不快，覺得他倆真是太幸福了。

我們在餐桌旁邊坐下，倫吉雅幫我們上菜，一盤接一盤，什麼話也沒說。但這一次受不了的是黎諾，嚷著說他不餓了，把裝著義大利麵和蛤蜊的盤子往廚房中間砸去。我嚇壞了，琵露希雅又哭了起來。這時就連斯岱方諾也沉不住氣了，厲聲對妻子說：「我們走吧。我帶你上館子。」他們不顧倫吉雅和琵露希雅的抗議，離開廚房。在繼之而來的靜默裡，我們聽見摩托車騎走的聲音。

我幫倫吉雅清理地板。黎諾站起來，進了臥房。琵露希雅把自己關在浴室裡，但後來也出來，去找丈夫，關上房門。直到這時，倫吉雅才發起脾氣，拋開她耐性好婆婆的角色。

「你有沒有看見，那個賤貨是怎麼折磨黎諾的？她到底發什麼瘋啊？」

我說我不知道，這是實話，可是我花了一整個晚上，把琵露希雅的情緒詮釋得浪漫美麗，來安慰她。我說要是我肚子裡懷著個孩子，就像她那樣，我一定會想要永遠和老公待在一起，感覺到被保護，我扛起母親的責任，也希望他能扛起身為父親的責任。我說如果莉拉來這裡是為了懷孕，那是來對了，大海對她有益——光是看她在斯岱方諾抵達之後，臉上那容光煥發的喜悅表情就知道了——琵露希雅原本就全心全意愛著黎諾，希望日日夜夜把所有的愛都給他，否則這愛就會沉甸甸地壓在她心裡，讓她受苦。

這是貼心的時刻，倫吉雅和我在廚房裡，這裡已經收拾乾淨，碗碟和鍋子也都細心清洗，亮晶晶。她對我說：「你講得太好了，小琳，你的未來一定會幸福美滿。」她眼睛湧出淚水，喃喃說莉拉應該去上學的，她註定該要如此的。她又說：「可是我丈夫不肯答應，我不知道該怎麼反對他，況且我們當時也沒錢。但她還是可以像你這樣的，結果她卻跑去結婚，選擇了一條不同的路。我們沒辦法回頭，人生帶你往哪裡走就是哪裡了。」她希望我幸福，「找個像你一樣讀過書的優秀年輕人。」她講得一副我真的喜歡薩拉托爾家的兒子似的。我否認，但也對她透露，明天要和他一起去爬山。她很高興，幫我做了夾薩拉米腸和乳酪的三明治。我用紙包好，和游泳浴巾與其他需要的用品一起擺進袋子裡。她要我像平常那樣小心，我對她說晚安。

我回到房間，看了一點書，但心不在焉。一大早出門真是太好了，空氣涼爽，香味清新。我多麼愛這大海，甚至愛琵露希雅，愛她的淚水，愛今晚的爭吵，以及莉拉和斯岱方諾之間一週比一週深厚的和解之愛。我多麼渴盼尼諾啊。每一天都能和他，和我的好朋友在一起真是太開心了。我們三個縱然有誤解，縱然惡劣情緒不會永遠埋在內心深處隱忍不發，但我們心滿意足。

我聽見斯岱方諾和莉拉回來。他們壓低談話與笑聲。門打開，關上，又開。我聽見水龍頭，沖水聲。然後我關燈，聽著蘆葦隱約的颯颯聲，雞舍的嘈雜聲，睡著了。

但我馬上就醒來。我房裡有人。

「是我。」莉拉輕聲說。

我感覺到她坐在床沿，所以伸手想開燈。

「不要，我一下就走。」她說。

我還是開燈，坐起來。

她穿著淺粉紅色的睡衣。皮膚被太陽曬得很黑，讓眼睛顯得白。

「你看見我今天游得多遠嗎？」

「你很厲害，可是我好擔心。」

她得意地搖搖頭，露出微笑，彷彿大海屬於她。接著她臉色嚴肅起來。

「我要告訴你一件事。」

「什麼事？」

「尼諾吻我。」她說，她一口氣說，像個一時興起坦承心事的人，但想要隱藏更加難以啟齒，連對自己都無法承認的事。「他吻我，可是我閉緊嘴巴。」

56

她講得很詳細。因為游得太遠，她筋疲力盡，可是證明了自己的能力，她覺得很滿意，靠在他身上，漂浮著回岸比較不費力。但是尼諾利用兩人的貼身接近，嘴唇用力貼在她唇上。她立刻閉緊嘴巴，雖然他想用舌尖撬開，卻辦不到。她推開他說：「你瘋了，我結婚了。」但是尼諾回答說：「我比你丈夫還早愛上你，早在我們班級競賽的時候就愛你。」莉拉叫他別再這樣，於是兩人又開始朝岸邊游去。她說：「他好用力，害我嘴唇受傷。到現在還很痛。」

她等待我的反應，但我努力不問問題，也不講話。她叫我別和他去爬山，除非布魯諾也去，我冷冷地說，如果尼諾吻我，我也不覺得有什麼不對，我未婚，也沒男朋友。我補上一句：「只是很可惜，我不喜歡他：吻他就像把嘴巴貼在死老鼠身上一樣。」這時我假裝克制不了地打起哈欠，她用那好像既愛憐又讚賞的眼神看看我，就去睡了。從她離開之後，我一直哭到天亮。

如今回憶我當時所承受的痛苦，其實很不自在。我對當時的自己一點都不同情。但是那天晚上，我覺得自己簡直沒有活下去的理由。尼諾為什麼那樣做？他吻娜笛亞，他吻我，他吻莉拉。這怎麼可能是我愛上的那個人，如此嚴肅，如此深思熟慮的那個人。時間分分秒秒過去，但我怎麼也沒辦法接受，他面對世界大事如此審慎，面對愛情卻如此膚淺。我開始質疑自己，我大錯特錯，被他哄騙了。我——矮小，過胖，戴眼鏡，用功卻不聰明，假裝自己有教養有常識的我，怎麼會相信他可能喜歡我，就算只在短短的假期裡？況且，我真的好好思考過嗎？我仔仔細細檢視自己的行為。沒，我沒辦法告訴清清楚楚自己，我的欲望是什麼。我不僅小心翼翼瞞著不讓其他人知道，連對自己，說法也很可疑，沒有可信度。為什麼我從來沒有明白告訴莉拉，我對尼諾的感情？而今我為何不在半夜裡大膽告訴她，她對我造成的傷害，我為何不對她吐實，說尼諾在吻她之前，就已經吻過我了？是什麼原因讓我這樣做？我之所以隱瞞我的感覺，是因為我最深層的自我懷有恐懼，怕和我所想要的東西、所想要的人、所想要的讚美、所想要的勝利產生衝突？我是不是擔心，如果得不到我所想要的，這猛烈的衝突會在我胸口炸開來，訴諸最卑劣的情緒——例如，讓我把尼諾美麗的嘴唇比擬成老鼠的死屍。而我儘管勇於前進，卻又為何如此輕易退卻？在一切都走樣的時候，為什麼我總還是面帶微笑，露出開心大笑。我為什麼總是要為那些帶給我痛苦的人找出開脫的藉口？

疑問與淚水。我覺得自己搞懂是怎麼回事時，天已破曉。尼諾真心相信他愛娜笛亞。當然，因為知道嘉利亞妮老師對我的評價，他這些年來都以敬愛的態度待我。但是如今，在伊斯基亞島，他遇見莉拉，瞭解到從童年以來——直到未來——她都是他唯一的愛。是啊，一定是這樣沒錯。誰能怪他呢？這又何錯之有？他倆過去的交手有些激烈極端，這是某種有選擇性的吸引力。我在詩與小說裡尋找安定的力量。我想，對我來說，讀書的用處或許也就在此：為了讓我自己鎮靜下來。她燃起他心中的火花，他埋藏心中多年卻不自知：如今火焰熊熊燃燒，他除了愛她，還能怎麼辦呢。儘管她已婚，所以無法親近，不得跨越界線：婚姻永遠存在，甚至超越死亡，除非你要違反禁律，掉入邪魔的漩渦，面對最後審判的到來。破曉的此刻，我覺得自己似乎看清了一些問題。尼諾對莉拉的愛是無可藥救的愛。就像我對他的愛一樣。只有在這永遠得不到的框架裡，他在大海中央給莉拉的吻才具有絕對的意義。

那吻。

這不是選擇的結果，是自然而然發生的：尤其是莉拉又很懂得如何讓各式各樣的事情發生。而我既然沒這樣的能力，現在又能怎麼辦呢。我會去赴約。我們會去爬埃普梅歐山。或者不去。我今天晚上和斯岱方諾與黎諾一起離開。我會說我媽寫信來，需要我回家。我既知道他愛莉拉，吻了莉拉，還怎麼能和他去爬山呢。我又怎麼能每天看著他們在一起，游泳，游得越來越遠，越來越遠。我筋疲力盡，睡著了。我一驚而起，發現在腦袋裡轉的這些念頭稍微減輕了我的痛苦。我匆匆趕赴約會。

57

我很肯定他不會來，但我趕到海邊的時候，他已經到了，而且布魯諾沒來。可是我發現他並不想找可以上山的那條大馬路，而要走未知的小徑。他說他已經準備好要去了，只要我想去。但他覺得，天氣這麼熱，我們會搞到累得半死，然後發現還不如去好好游一趟泳。我開始擔心，怕他就要開口說他要回去唸書了。但沒有，讓我意外的，他提議租條船。他數了又數身上的錢，我也掏出僅有的錢。他微笑，溫柔地說：「你帶好三明治，我來處理就好。」幾分鐘之後，我們就在海上了，他划槳，我坐在船尾。

我覺得好多了。我想莉拉說不定是騙我的，他沒吻她。但有一部分的我其實很清楚，事情並非如此：我有時會說謊，沒錯，甚至（尤其是）騙自己；但是她，就我印象所及，卻從來不這麼做。況且，我只需要再等一會兒，尼諾自己就會說明一切。我們到海上之後，他放開船槳，跳進水裡，我也是。他沒像平常游泳那樣，在波濤起伏的海面穿梭。他潛進水底，失去蹤影，在更遠處浮起，再消失。這水深讓我驚懼，只在船邊游，不敢遠離，但後來膩了，就笨手笨腳地爬回船裡。過一會兒，尼諾也回來了，他抓起船槳，開始用力划，和海岸平行，划向彭塔元帥飯店的方向。他一直還沒提起正在讀的書、期刊和報紙上的議題，讓我越來越納悶，同時也因為害怕沉默，所以我講了幾句話，想喚起他對世界大事的熱情反應。但是沒有，他心裡有別的事。最後他放下船槳，盯著岩石表面，盯著飛翔的海鷗，好一會兒之後說：

「莉拉有沒有跟你說什麼？」

「說什麼？」

他不安地緊抿嘴唇，說：「好吧，我來告訴你怎麼回事。昨天我吻她了。」

就這樣開始了。這天其餘的時間，我們都在談他們兩個。我們又下水游泳，他探索懸崖和洞穴，我們吃掉三明治，喝光我帶來的水，他想教我划船，但只要開口講話，就沒辦法談別的事。最讓我驚訝的是，他並不像平常那樣，把他個人的特殊狀況轉化成普遍的狀況，一次都沒有。只有他和莉拉，莉拉和他。他沒提起愛情。他沒提到任何理由，說人終究會愛上某一個人而不是別人。他質問我，一再追問她的事情，以及她與斯岱方諾的關係。

「她為什麼嫁給他？」

「因為她愛上他。」

「不可能。」

「我保證就是這樣。」

「她嫁給他是為了錢，為了幫助家人，安頓她自己。」

「要是這樣，她大可以嫁給馬歇羅．梭拉朗。」

「他是誰？」

「比斯岱方諾更有錢的傢伙，而且為她瘋狂。」

「那她呢？」

「她不要他。」

「你認為她是因為愛那個雜貨店老闆，才嫁給他的？」

「沒錯。」

「那來游泳幫助生小孩，又是怎麼回事？」

「是醫生告訴她的。」

「她想生小孩？」

「起初不想，現在我就不知道了。」

「他呢？」

「也是啊。」

「他愛她嗎？」

「非常愛。」

「那從你這個旁觀者的角度來看，他們之間的關係都很好嗎？」

「只要扯上莉拉，什麼事情都不可能很好。」

「意思是？」

「他們從結婚的第一天開始就有問題，但問題出在莉拉身上，她不肯調整自己。」

「現在呢？」

「現在好多了。」

「我不相信。」

他就在這個問題上打轉，越來越懷疑。但我堅持：莉拉從沒像現在這麼愛她丈夫。他越是不肯相信，我就越是不鬆口。我直截了當告訴他，他們之間什麼問題也沒有。我不希望他繼續欺騙自己。然而，這樣說還是沒辦法讓他轉移話題。事態越發明朗，我越是詳細告訴他莉拉的事，徜徉在天空與大海之間的他就越是開心。我說的話讓他痛苦也無所謂。重要的是我把自己所知的一切，不管好壞，都告訴他，我應該把我的每一分，他的每一秒，都填滿她的名字。我的確是這樣做了，雖然一開始覺得很痛苦，但後來卻慢慢轉變了。我那天覺得，和尼諾聊莉拉，可以在未來的幾個星期，讓我們三個人的關係產生新的特質。無論是她還是我，都不能擁有他。在整個假期裡，我們兩個可以得到他的關注，她是沒有未來的愛戀對象，而我則是可以控制他倆愚行的睿智顧問。我把自己當成中心角色，這個想法讓我得到安慰。莉拉來告訴我尼諾吻她的事，而他則從坦承吻她開始，花了一整天的功夫來和我談。我對他倆不可或缺。

事實上，尼諾已經不能沒有我了。

「你覺得她永遠不可能愛我嗎？」後來他問我。

「她已經作了決定，尼諾。」

「什麼決定？」

「愛她的丈夫，為他生小孩。她就是為了這個目的才來這裡的。」

「那我對她的愛呢？」

「有人愛你，你通常也會愛他。她很可能心存感激。但如果你不想加深自己的痛苦，就不要抱持別的期待。莉拉擁有的關愛和讚賞越多，就可能變得越殘酷。她向來都是這樣的。」

夕陽西下時，我們分手。有那麼一會兒，我覺得今天過得很愉快。但一踏上回家的路，苦惱的情緒就又回來了。我怎麼受得了這樣的折磨，和尼諾談莉拉，和莉拉談尼諾，而且從明天起，就要眼睜睜看著他們的調情，他們的遊戲，歡呼，撫觸？我回到家的時候，下定決心要告訴大家，媽媽要我回家。但一踏進屋裡，莉拉就凶巴巴地罵我。

「你去哪裡了？我們到處找你。我們需要你。你要幫我們。」

我這才知道他們這天很不好過。是琵露希雅的錯，她折磨所有的人。最後她哭著說，要是老公不想讓她陪他回家，那就表示他不愛她，她就要帶著肚子裡的孩子去死。到這時，黎諾只好屈服，帶她回那不勒斯。

58

我隔天才瞭解琵露希雅離去的意義。那天晚上少了她，我覺得挺好的：不再有哭哭啼啼，屋裡很安靜，時間悄悄流逝。我回我的小房間時，莉拉跟了進來，我們的交談沒有什麼緊張意味。我守口如瓶，謹慎地不說出心裡真正的感覺。

「你知道她為什麼走嗎？」莉拉問我，指的是琵露希雅。

「因為她想和老公在一起。」

她搖搖頭，一本正經地說：「她開始害怕自己的情感。」

「什麼意思？」

「她愛上布魯諾了。」

我一頭霧水，我從沒想過這個可能性。

「琵露希雅？」

「是的。」

「那布魯諾呢？」

「他不知道。」

「你確定？」

「確定。」

「你怎麼知道？」

「布魯諾對你有興趣。」

「胡說。」

「昨天尼諾告訴我的。」

「他今天什麼也沒告訴我。」

「你們幹什麼去了？」

「我們租了一艘船。」

「只有你和他？」

「是啊。」

「你們談了什麼？」

「什麼都談。」

「包括我告訴你的事？」

「什麼事？」

「你知道的。」

「那個吻？」

「沒錯。」

「沒有，他什麼也沒說。」

雖然這天游泳、曬太陽累得我頭昏腦脹，但我還是想辦法不說錯話。莉拉回去睡覺以後，我覺得自己像漂在床單上，暗暗的小房間裡滿是藍藍紅紅的光。琵露希雅匆匆離去，是因為愛上了布魯諾？布魯諾想要的不是她，是我？我回想琵露希雅和布魯諾的關係，再次想著他們的對話，他們的語氣、手勢、動作，我確定莉拉說的沒錯。我突然很同情斯岱方諾的妹妹，因為她表現出極大的力量，強迫自己離開。至於說布魯諾對我有興趣，我就沒這麼有把握了。他從沒正眼看我一眼。除此之外，他如果像莉拉說的那樣有心，來赴約的就應該是他，而不是尼諾了。最起碼他們會一起來。反正不管是真是假，我都不喜歡他：他個子太矮，頭髮太捲，沒有額頭，牙齒像狼。不行，不行。就這樣保持距離就好，我想。我就只要這樣。

隔天早上十點鐘我們抵達海灘的時候，發現兩個男生已經到了，正沿著岸邊走來走去。莉拉給琵露希雅的離去找了新的理由：她有工作要做，和丈夫一起回去了。尼諾和布魯諾都沒表現出絲毫惋惜，這讓我很不安。有人像這樣消失，卻沒有留下任何缺憾，怎麼可能呢？琵露希雅和我們在一起兩個星期。我們五個一起散步，一起聊天，談笑，游泳。這十五天勢必發生了一些事情，在她身上留下印記，讓她忘不了這有史以來第一次的假期。但我們呢？我們，對她來說別具意義的我們，其實並沒有感覺到她的消失。譬如尼諾，對她的突然離去不置一詞。而布魯諾也只是黯然說了一句：「太可惜了，我們連再見都沒說。」一分鐘之後，我們已經聊起其他事情，彷彿她從來就沒到過伊斯基亞，沒到過西塔拉。

我也不喜歡我們角色的迅速調整。向來同時對我和莉拉講話的尼諾（事實上，他大多是單獨對我講），突然開始只對莉拉講，彷彿我們現在只有四個人，他再也沒有必要同時取樂我們兩個。在上星期六以前都忙著照顧琵露希雅的布魯諾，現在全部的注意力都在我身上，以同樣乖順細心的態度招呼我，彷彿我和她並沒有什麼不同，雖然她已婚且懷孕，而我單身。

第一次散步的時候，我們沿著岸邊走，四個人一起出發，肩併肩。但布魯諾很快就看見一顆被浪潮帶上岸的貝殼，說：「好漂亮。」一彎腰去撿。出於禮貌，我停下來等他，他把貝殼給我，其實是顆一點都不特別的貝殼。而尼諾和莉拉繼續走，讓我們四個人變成兩組，各自走在水邊，他們兩個在前，我們兩個在後。他們熱烈交談，我試著和布魯諾聊，而布魯諾也很努力和我聊。我想走快一點，他卻不配合地拖慢我的腳步。我們很難有真正的交誼可言。他講的都是些沒什麼新鮮感的話題，我不知道，什麼海啊，天空，海鷗之類的，但很明顯，他是在扮演角色，扮演他覺得適合我的某個角色。和琵露希雅在一起的時候，他談的想必是其他的事情，否則很難想像他們如何在一起消磨這麼多時間。況且，就算他提到有趣一些的話題，也很難理解他到底在說什麼。如果是問現在幾點，或問可不可以抽菸、要不要喝水之類的，用的是平鋪直敘的語氣，說得明明白白。但一開始扮演熱心好青年的角色時（看那貝殼，你喜歡嗎，好漂亮啊，我去撿來給你），他的口齒就變得纏結不清，講的既不是義大利文，也不是方言，而是某種難懂的語言，講得很小聲，含含糊糊的，好像很羞於說出自己真正想說的話。我點頭稱是，但其實聽不太懂，同時我也拉長耳朵，想聽見尼諾和莉拉在講什麼。

我想像他談起他正在研讀的嚴肅課題，或者她正在炫耀她從我這裡拿走的書裡面讀到的概念。我不時想追上他們，加入他們的討論。但每次我挨得夠近，可以聽見隻字片語時，都摸不著頭緒。他好像在告訴她小時候在街坊的事，語氣激昂甚至很戲劇化。她靜靜聽著，沒打岔。我覺得自己好像個不速之客，於是退開，決定留在後面被布魯諾煩。

就算我們決定一起去游泳的時候，我也來不及重現之前的三人組。布魯諾毫無預警地推我下水。我沉到水下，在我不想把頭髮弄濕的時候濕了頭髮。我冒出水面，尼諾和莉拉已經游到離岸幾公尺外，繼續認真交談。他們在水裡待得比我們還久，但沒離岸太遠。他們一定談得很入神，甚至不想再享受長泳的閒適樂趣。

過了中午很久，尼諾才第一次對我講話。他很粗魯地問，彷彿希望得到否定的回答：「吃過晚飯之後，我們何不碰面？我們來接你們，再送你們回家。」

他們從沒邀我們晚上外出。我給了莉拉一個疑問的眼神，但她轉開視線，我說：「莉拉的媽媽在家，我們不能老是把她一個人丟在家裡。」

尼諾沒回答，他的朋友也沒出面幫他。但是在游完最後一次泳，道別之前，莉拉說：「我們明天晚上要去佛利歐打電話給我丈夫。我們可以一起吃冰淇淋。」

她的話惹惱我了，但我更惱的是接下來發生的事。兩個男生一啟程回佛利歐，她一面收拾東西，一面罵我，好像這一整天都要怪到我頭上似的，一個鐘頭又一個鐘頭，一件小事又一件小事，包括尼諾的邀請，以及我的回答和她的回答之間的明顯矛盾，難以解釋卻又明白無誤的矛盾。

「你為什麼老是和布魯諾在一起？」

「我？」

「是啊，你。別再丟下我和那個傢伙單獨在一起。」

「你在講什麼？是你們兩個不停往前走，不肯停下來等我們。」

「我們？是尼諾一直往前衝。」

「你可以告訴他你要等我啊。」

「你也可以告訴布魯諾：快走，否則我們跟不上他們。幫我個忙：既然你這麼喜歡他，晚上就忙你的去吧。那你就可以自由自在，想說什麼、想做什麼都可以。」

「我是來陪你的，又不是陪布魯諾。」

「你看起來可不像來陪我的喔，你總是愛做什麼就做什麼。」

「要是你不希望我繼續待在這裡，我明天早上就走。」

「真的？那明天晚上我得自己去和那兩個男生吃冰淇淋？」

「莉拉，是你自己說你想和他們去吃冰淇淋的。」

「是因為必要。我得去打電話給斯岱方諾。要是我們去佛利歐找他們，那會造成什麼印象？」

我們就這樣你來我往，連在家、吃完晚飯、當著倫吉雅的面，都還是這樣。這並不是真的爭吵，而是隱隱帶著惡意之刺的談話，因為我們兩個都想和對方溝通，但其實又都不瞭解彼此真正的想法。倫吉雅聽得一頭霧水，後來說：「明天吃完晚飯之後，我也去吃冰淇淋。」

「很遠耶。」我說。但莉拉突然打岔：「我們不必走路。我們搭出租車，我們很有錢啊。」

59

隔天，為了配合兩個男生的時程，我們九點而不是十點就抵達海灘，但他們還沒到。莉拉變得很焦慮。我們等著，他們十點沒出現，之後也沒有。中午過後沒多久，他們終於出現了，很輕鬆，甚至帶點共謀的氣氛。他們說，既然晚上要和我們碰面，他們決定要把唸書的時間提早。莉拉的反應格外讓我驚訝：她竟然趕他們走。她惡狠狠地用方言罵他們，說他們隨時都可以回家唸書啊，下午，傍晚，深夜，什麼時間都可以，又沒有人拉著他們不放。尼諾和布魯諾試著不把她的話當真，臉上繼續掛著微笑，彷彿她只是說笑，結果她套上洋裝，動作粗魯地抓起袋子，邁著大步往馬路走去。尼諾追過去，但很快就苦著臉回來。勸不動，她真的很生氣，所以不肯講道理。

「過一會兒就沒事的。」我假裝鎮靜，和他們一起去游泳。我在太陽底下曬乾身體，吃三明治，虛弱地閒聊，然後說我也要回家了。

「今天晚上呢？」尼諾問。

「莉拉得打電話給斯岱方諾，我們會去的。」

但是她的脾氣讓我很心煩意亂。她的語氣，她的行為是什麼意思呢？他們失約，她有什麼權利生氣？她為什麼不能克制自己，把他們當帕斯蓋、安東尼奧、甚至梭拉朗兄弟那樣對待呢？她為什麼表現得像個任性的女生，而不像卡拉西夫人呢？

我上氣不接下氣地跑回家。倫吉雅正在洗毛巾和泳衣，莉拉在房間裡，坐在床上，很不尋常的是，她在寫東西。筆記本擱在膝上，瞇起眼睛，蹙起眉頭，有本我的書擺在床上。我已經很久很久沒看見她寫東西了。

「你太過分了。」我說。

她聳聳肩，眼睛還是盯著筆記本，繼續寫了一整個下午。

到了晚上，她像丈夫來時那樣精心打扮。我們搭車去佛利歐。意外的是，從不去曬太陽、皮膚非常白的倫吉雅借用女兒的口紅，給嘴唇和臉頰添了些顏色。她自己說，她不想讓人覺得她像個死人似的。

我們馬上就碰見那兩個男生，他倆站在小酒館門口，活像一對站崗的哨兵。

布魯諾還是穿短褲，只換掉襯衫而已。尼諾穿長褲，雪白的襯衫，亂七八糟的頭髮勉力梳整，我覺得他比平常還帥。一看見倫吉雅，他們就愣住了。我們坐在酒館入口的帳篷底下，點了義式冰淇淋。倫吉雅吃得很高興，開始講話，一發不可收拾。她只對兩個男生講話，稱讚尼諾的媽媽，說她以前有多漂亮，然後講了幾個戰時的故事，街坊的事情，問尼諾記不記得。他說不記得，她十足有把握地回答說：「去問你媽媽，她一定記得。」莉拉很快就顯得不耐煩，說她該去打電話給斯岱方諾了，起身走進酒館，因為公用電話在裡面。尼諾變得沉默，布魯諾代替他和倫吉雅講話。我有點惱怒地發現，他和她講話的時候，並不像和我單獨交談時的笨嘴笨舌。

「失陪一下。」尼諾突然說。他站起來，走進酒館。

倫吉雅有點生氣。她在我耳邊小聲說：「他不打算買單是吧？我年紀最大，所以就該我來請？」

布魯諾聽見她的話，說帳已經付了，他不會讓女士請客的。倫吉雅道歉，問起他父親的香腸工廠，吹噓丈夫和兒子也有間工廠——他們有製鞋廠。

莉拉沒回來。我留倫吉雅和布魯諾在那裡講話，也走進小酒館。打電話給斯岱方諾要講這麼久？兩部公用電話都沒人用。我四處張望，找尋她的身影，但我站在那裡，讓等著帶位的老闆兒子覺得很礙眼。我瞥見有扇門微微張開，通向院子。我略有遲疑地走出門外，舊輪胎的臭味混雜著雞籠的味道。院子裡沒有人，但我注意到圍牆的一邊是開著的，再過去就是花園。我穿過堆滿生鏽廢鐵片的院子，還沒走到花園，就看見莉拉和尼諾了。夏夜明燦的月光照亮植物。他倆緊緊擁抱，正在接吻。他一手探進她裙子裡，她想拂開，但還是繼續吻他。

我很快後退，盡力不弄出聲響。我回到小酒館裡，告訴倫吉雅說莉拉還在講電話。

「他們在吵架？」

「沒有。」

我覺得整個人彷彿燒了起來，但那火焰是冷的，而且我感覺不到痛。她是有夫之婦，我對自己說，她結婚才剛滿一年。

莉拉自己一個回來，不見尼諾。她沒有任何異狀，但我還是覺得她有點凌亂，不管衣服或身體都是。

我們等了一會兒，他還是沒現身，我發現我很恨他們兩個。莉拉站起來說：「我們走吧，時間很晚了。」我們坐進準備載我們回家的出租車裡，尼諾才出現，跑過來說再見，神情愉快。「明天見。」他喊著，態度之親切，我前所未見。我想：莉拉已婚的事實，對他或她來說都不是障礙。這個發現讓我恨之入骨，連胃都翻攪起來。我用手摀住嘴巴。

莉拉馬上就回房睡覺，我等她來到我的房間，坦承她所做的事，以及她打算再來怎麼辦。但白等了。我相信她今天是迷失自己了。

60

接下來幾天，事態越發明朗。尼諾通常帶著報紙或書來：沒有別的。熱烈討論人類景況的對話消失了，變成幾句心不在焉的開場白，接著就開始更為私密的交談。莉拉和尼諾開始養成一起長泳的習慣，游得很遠很遠，遠到從岸邊看不清楚誰是誰。再不然就是強迫我們去散步，讓我們分成兩兩成對的四人組合。而且我從來沒有、絕對沒有和尼諾一起，莉拉也沒和布魯諾成對。後來他們兩個就自然而然走在我們後面。無論我何時突然轉頭，他們都會立刻痛苦地放開彼此：放開手，嘴巴彈開，好像臉部突然抽筋似的。

我很難受，但是，我不得不承認，這痛苦是一波波襲來的，成因是那永遠潛藏在心底湧動的無法置信。我覺得自己好像是在看某種虛無飄渺的表演：他們演戲，假裝在一起，卻也都心知肚明，兩人不會也不可能在一起：一個已經有女朋友，一個已經結了婚。有時候我眼裡的他們宛如墜落的天神，原本如此出色，如此聰穎，如今卻如此愚蠢，玩著愚蠢的遊戲。我打算要告訴莉拉，告訴尼諾，告訴他們兩個：你們以為自己是誰，回到現實世界吧。

我做不到。僅僅兩三天的時間裡，事態越發嚴重了。他們開始光明正大地手拉手，一點都不覺得羞恥，彷彿下定決心，認定不值得在我們面前偽裝。他們常開玩笑地拌嘴，然後抓著彼此，互咬，互打，互相抓著大腿，一起倒在沙灘上。我們散步的時候，他們只要看見廢棄的小屋，破得只剩骨架的淋浴間，或通向野林裡不知所終的小徑，就像小孩似地決定去探險，也不邀我們一起去。他領頭，她隨後，靜靜地走去。他們躺在太陽底下時，總是儘可能縮小彼此之間的距離。

起初他們碰碰肩膀、手臂、腿、腳就滿足了。後來，從每日親密的長泳歸來之後，一起躺在莉拉那條比較大的浴巾上，尼諾就自然而然地伸出手臂攬住她的肩膀，她則頭靠在他的胸膛。他們有一次甚至親密過火到親嘴，輕盈快速的一個吻。我想：她瘋了，他們瘋了。要是有來自那不勒斯，而且認識斯岱方諾的人看見怎麼辦？要是幫我們找到房子的那個供貨商恰巧經過怎麼辦？或者倫吉雅，要是她決定到海灘來走走怎麼辦？

我不敢相信他們竟然如此輕率，然而一次又一次，他們不斷跨越界線。光是在白天見面已經不夠了；莉拉決定她要每天晚上打電話給斯岱方諾，但很無禮地拒絕倫吉雅陪我們去。晚飯之後，她逼我一起去佛利歐。她匆匆打個電話給丈夫，然後就去散步。她和尼諾，我和布魯諾。我們總要混到半夜才回家，兩個男生陪我們走過漆黑的海灘。

星期五晚上，也就是斯岱方諾來的前一天，她和尼諾出乎意料地吵架，不是鬧著玩，而是真的吵。當時我們坐在桌邊吃冰淇淋，莉拉去打電話。尼諾沉著臉，從口袋裡掏出幾張兩面都寫字的東西開始看，沒有任何解釋，不理會我和布魯諾乏味的談話。她回來之後，他連看都不看她一眼，沒把紙張收回口袋裡，還是繼續看。莉拉等了他一分鐘，然後用輕鬆的口吻問他：

「這麼有趣啊？」

「是啊。」尼諾頭也沒抬地說。

「那讀來聽聽，我很想聽。」

「這是我自己的事情，和你們其他人沒有關係。」

「那是什麼？」莉拉問，但她顯然早就知道了。

「一封信。」

「誰寫的？」

「娜笛亞。」

她以快得像閃電的動作伸手搶走那幾張紙。尼諾一驚，好像被巨大的昆蟲叮了一口似的，但也沒費事去把信搶回來。莉拉已經用演講似的語氣把信唸給我們聽，非常大聲。這是很稚氣的情書，字裡行間瀰漫多愁善感的情意，說來說去都是思念。布魯諾靜靜聽，露出難為情的微笑。看見尼諾沒把這件事當成玩笑，只鬱鬱瞪著自己那雙穿涼鞋、曬得黝黑的腳，我輕聲對莉拉說：「夠了，還給他。」

我一這麼講，她就停下不唸了，但那逗樂的表情還沒消失，而且也沒把信還回去。她問：「你很難為情，呃？都怪你。你怎麼會有寫這種信的女朋友？」

尼諾什麼都沒說，繼續瞪著自己的腳。布魯諾打岔，也用輕鬆的口吻說：「你愛上某人的時候，總不會先給她考個試，看看她會不會寫情書吧。」

但是莉拉連看都不看他一眼，只對尼諾講話，彷彿當著我們的面進行祕密對話：「你愛她？為什麼？解釋給我們聽聽。因為她住在維多里歐．艾曼紐大道一幢滿滿是書和名畫的豪宅？因為她講話嬌滴滴？因為她是老師的女兒？」

尼諾終於站起來，突然開口：「把信還給我。」

「除非你馬上當著我們的面撕掉，否則我不還。」

面對莉拉這取笑的語氣，尼諾只講了三個字，顯然帶有挑釁意味的三個字：「然後呢？」

「然後我們就一起寫信給娜笛亞，你告訴她你要離開她。」

「然後呢？」

「然後我們今晚就寄。」

他沉默了一晌，然後同意：「就這麼做。」

莉拉不敢置信地指著信。

「你真的要撕掉？」

「真的。」

「你要離開她？」

「是啊，但有一個條件。」

「說來聽聽。」

「你離開你丈夫。現在我們四個一起去打電話，你告訴他。」

這幾句話讓我心緒洶湧。當時我並不知道是為什麼。他講這些話的時候，出乎意料地拔高嗓音，高到聲音分岔。聽他這麼講的時候，莉拉的眼睛突然瞇成一條縫，繼之而來的是我知之甚詳的行為模式。她語氣陡變。我心想，她就要變得尖酸刻薄了。她對他說：你好大的膽子。她對他說：你以為你在對誰講話。她對他說：「你怎麼會以為你的這封信，你和這個出身高貴的賤貨的蠢事，可以和我，和我的丈夫、我的婚姻、我生活裡的一切拿來相提並論？你真的以為你很重要，但是你沒搞懂這個玩笑。其實你什麼都不懂。什麼都不懂，你聽見沒，別裝出那個臉。我們回去睡覺吧，小琳。」

尼諾沒攔我們，布魯諾說：「明天見。」我們搭迷你出租車回家。路上，莉拉開始發抖，抓著我的手，很緊很緊。她開始前言不對後語地對我述說她和尼諾之間的一切。她渴望他親她，她讓他親她。她希望感覺到他的手貼在她身上，她任由他摸她。「我睡不著，一睡著就驚醒。我看著時鐘，希望已經是白天，希望我們能到海邊去。但天還沒亮，我再也睡不著。我滿腦子都是他對我說的話，還有我迫不及待想對他說的話。我抗拒。我說：我和琵露希雅不一樣，我可以做我愛做的事，我有能力開始，也有能力結束，這是個遊戲。我緊緊閉著嘴巴，然後對自己說好吧，不過是個吻，試試看是什麼嘛，我不知道──我發誓我不知道──現在我卻再也不能沒有了。我給他我的手，我和他十指相扣，扣得緊緊的，要放開很痛苦。好多我錯過的東西，如今一股腦全來到我身邊。我像個女朋友似的到處轉，雖然我明明已經結婚。我整個人瘋狂了，我的心跳到喉口，太陽穴怦怦跳。我什麼都喜歡。我喜歡他拉著我到僻靜的地方，我喜歡怕有人撞見我們的那種恐懼，我喜歡他們或許會看見我們的那個念頭。你和安東尼奧做過這樣的事嗎？你不得不離開他，迫不及待想再見到他的時候，是不是很折磨？這正常嗎，小琳？你也是這樣嗎？我不知道這是怎麼開始，從什麼時候開始的。起初我不喜歡他：我喜歡他講話的模樣，他講話的內容，但並不喜歡和他肢體接觸。我心想：他懂好多啊，這人，我應該聽，我應該學。而今，他講話的時候，我完全無法專心。我看著他的嘴，羞赧得不敢看，我轉開視線。沒過多久，我就愛上他的一切：他的手，那美麗的指甲，那纖細，那皮膚下的肋骨，纖巧的脖子，老是刮得亂七八糟的鬍子，他的鼻子，他的胸毛，他長而瘦的腿，他的膝蓋。我想撫摸他。我想著讓我噁心的事，真的很噁心，小琳，但我很想做，很想給他歡愉，讓他快樂。」

我聽她講了大半個晚上，在她房間裡，關著門，熄了燈。她躺在靠窗那邊，在月光下，她脖子上的汗毛、臀部的曲線閃閃發亮。我躺在靠門這一側，斯岱方諾躺的位置，我心想：她丈夫睡在這裡，每個週末，在床的這一側，把她拉近身旁，在下午，在夜裡，擁抱她。然而在這裡，在這張床上，她卻告訴我尼諾的事。她滔滔不絕談起他，帶走了她的回憶，抹去夫妻之愛在這床單留下的痕跡。她提起他，提起他就把他召喚到眼前，她想像他就在身邊，既然已經把什麼都遺忘了，她當然也就不會有任何罪疚或矛盾。她坦露心聲，把那些她最好留在心裡不說的事情全告訴我。她告訴我，她對那個我永遠渴望的人有多麼熱烈的欲望。而且她非常確信——因為我感覺遲鈍，因為我沒能精確瞭解，因為我沒有能力掌握她所能掌握的——我從來就沒能真正瞭解那個人，從來就沒有領略他的特質。我不知道她是故意想騙我，還是真心相信——這是我的錯，我向來隱瞞自己的想法——打從小學以來我就又聾又瞎，所以必須靠她來到伊斯基亞島之後才能發掘出薩拉托爾家這個兒子隱藏的力量。啊，我真恨她的自以為是，讓我身中劇毒。然而我不知道該怎麼對她說。夠了，我不能回房間悄悄落淚，我只能留在這裡，不時打斷她，想辦法安撫她。

我假裝超然，雖然我一點都不。我對她說：「是因為這大海，這新鮮空氣，這假期。而且尼諾知道該怎麼迷惑你，他講起話來頭頭是道，讓事情好像變得很簡單。但是，不好意思，明天斯岱方諾來了之後，你就會發現，在你眼裡，尼諾只不過是個小男生。這才是真正的他，我很瞭解他。對我們來說，他好像是個了不得的人，但是只要想想嘉利亞妮老師的兒子是怎麼對他的——

你還記得嗎？——你馬上就會明白，我們是太高估他了。當然，和布魯諾相比，他好像很特別，但他畢竟是個鐵路局員工的兒子，只知道埋頭唸書。記住，這個尼諾以前住在我們的街坊，他是那裡出身的。還記得在學校的時候，你比他還聰明，雖然他年紀比較大。而且你也看見了，他是怎麼占朋友便宜的，他讓布魯諾買單，飲料、冰淇淋，任何東西。」

我很費力才說出這些話，我覺得這些全是謊言。而且沒什麼作用：莉拉嘟囔著，遲疑地反駁，但我又駁倒她。後來她真的抓狂了，開始替尼諾辯護，那語氣活脫脫就是：只有我瞭解他是什麼樣的人。她問我為什麼老是詆毀他。「他幫過你耶，他甚至想幫你把文章登在雜誌上。有時候我不喜歡你，小琳，你藐視所有的事情，所有的人，就連那些你只要看上一眼就知道是很好的人也不例外。」她說。

我控制不住了，我再也受不了了。我說了我愛的人的壞話，就只為了讓她覺得好受一些，結果她卻辱罵我。最後我想辦法擠出話來：「隨便你吧，我要去睡了。」可是她的語氣馬上變了，輕聲說：「告訴我，我該怎麼辦。」我很惱地推開她，輕聲說她得要自己作決定，我不能替她決定。「琵露希雅，她是怎麼做的？到頭來，她表現得比你還好。」我說。

她同意，我們一起稱讚琵露希雅，她突然嘆氣：「好吧，明天我不去海邊，後天我就和斯岱方諾一起回那不勒斯。」

62

這個星期六非常恐怖。她真的沒去海邊，我也沒去。但我一直想著在那裡空等的尼諾和布魯諾。可是我不敢說：我快快去一趟海邊，游個泳就回來。我也不敢問：我該怎麼做，收拾行李，我們要走，還是要留？我幫倫吉雅打掃屋子，煮午餐和晚餐，不時看看莉拉，因為她躺在床上一直沒起來。她在床上看書，寫筆記，她媽媽叫她吃飯，她也不理，再叫她，她乾脆用力甩上房門，讓整個房子都隨之震動。

「在海邊游太多泳會讓人神經緊張。」倫吉雅說。午飯就我們兩個吃。

「沒錯。」

「而且她還是沒懷孕。」

「是啊。」

下午很晚，莉拉才起床，吃了一點東西，在浴室裡耗了很久的時間。她洗頭，化妝，挑了件漂亮的綠色洋裝，但還是沉著臉。不過，她很熱情地迎接丈夫。他看見她，給她一個像電影裡的親密長吻，我和倫吉雅都成了尷尬的觀眾。斯岱方諾捎來我家的問候，說琵露西雅沒再發脾氣，詳細描述梭拉朗兄弟對尼諾和費南多做出的新鞋款有多滿意。莉拉不喜歡斯岱方諾提到鞋款的事，他倆之間有點不快。在此之前，她一直勉強掛著微笑，但一聽到梭拉朗的名字，就變得像鬥雞似的，說她才不甩他們兄弟，他們怎麼想怎麼做，和她的生活一點關係都沒有。斯岱方諾很失望，蹙起眉頭。他發現前幾個星期的魔法已經消失了，但他還是以慣有的那種半帶微笑的和善口吻對她說，他只是告訴她最近街坊發生的事，沒必要用這種口氣講話。沒什麼用。莉拉馬上就變得更好鬥。斯岱方諾說的每一句話，都招來她的惡意批評。他們上床睡覺的時候還在吵，到我睡著之前都在吵。

我天亮時醒來，不知道要做什麼：收拾行李，等莉拉做出決定；去海邊，冒著撞見尼諾的風險，這是莉拉絕對不會原諒的事；關在房間裡，花一整天的時間理清思緒，這其實也是我一直在做的。我決定留下一張紙條，說我去馬隆提，中午過後就回來。我在紙條上說，我離開伊斯基亞之前，一定要去和妮拉道別。我寫得很誠懇，但如今我很清楚自己當時真正的想法：我想給自己一個機會，如果在那裡剛好碰見去找爸媽要錢的尼諾，莉拉也不能怪我。

結果是個混亂的一天，也浪費了一些錢。我租了船，載我去馬隆提。我到薩拉托爾一家人慣常駐留的地方，卻只看見遮陽傘。我四下張望，看見唐納托正在游泳，他也看見我，對我揮手，很快就上岸，告訴我說他老婆小孩和尼諾一起去佛利歐。我失望至極，這情況不只很諷刺，而且很瞧不起人。老天竟然打發走了兒子，把我留給這噁心的父親。

我想要離開去見妮拉，薩拉托爾不放我走，他收拾東西，堅持要和我一起去。在路上，他完全不覺羞恥地用感性口吻提起我們以前的事。他要我原諒他，喃喃說人無法控制自己的心，他以憂傷的語氣說我以前那麼美，而現在更美了。

「太誇張了。」我說，但一發現自己應該要嚴肅而冷漠時，不禁緊張地笑了。

雖然扛著遮陽傘和其他東西，但他還是不知疲累地滔滔不絕，連氣都不喘一下。他說年輕人的問題就是沒辦法看清楚自己，也無法客觀地體會自己的情感。

我回答說：「照照鏡子，那就客觀了。」

「鏡子？鏡子是最不可靠的。我敢說，你覺得自己沒有你的朋友漂亮。」

「沒錯。」

「可是你比她們漂亮很多很多。相信我。看看你的金髮多麼漂亮。你的氣質。你只需要解決兩個問題：第一個是你的泳衣，不太適合你的潛在特質。第二個是你眼鏡的款式。你的臉蛋很精緻，因為你的飽讀詩書而格外出色。你需要的是更細緻的眼鏡。」

聽著聽著，我的怒火消褪了，他簡直是個女性美的科學家。他總是以超然的專業口吻講話，不禁讓我思索：如果這是真的呢？或許我真的不懂如何看重自己。但是另一方面，我哪來的錢去買像樣的衣服，像樣的泳衣，像樣的眼鏡？我正要開口議論貧窮與財富，他就露出微笑對我說：「況且，你就算不相信我的判斷，我也希望你應該察覺到，你每回來看我們的時候，我兒子是怎麼盯著你看的。」

直到這時，我才明白他根本是在騙我。他講的話只是為了勾起我的虛榮心，讓我覺得受用，讓我因為感激而親近他。我覺得很蠢，也很受傷，並不是因為他，因為他的謊言，而是因為我自己的愚蠢。我很無禮地打斷他的話，讓他陡然僵住。

到了之後，我和妮拉聊了一會兒，告訴她說我很可能當晚就回那不勒斯，所以想來道別。

「你要走真是太可惜了。」

「是啊。」

「留下來陪我吃飯。」

「不行，我得走了。」

「要是你沒離開，保證要再來看我喔，而且下次要待久一點。陪我一整天，甚至過夜，你知道這裡有床的。我有好多話要和你說。」

「謝謝你。」

薩拉托爾打岔，說：「我們很期待。你知道我們有多愛你。」

我飛快離去，一方面是因為妮拉有個親戚要開車去港口，我不想錯過便車。

一路上，薩拉托爾的話意外地在我心裡扎了根，雖然我剛剛才駁斥他。不，說不定他沒騙我。他知道該如何看見外表之下的東西。他是真的有辦法觀察到他兒子看我的眼神。如果我漂亮，如果尼諾真的覺得我迷人——我知道是這樣的：他終究還是吻了我，握了我的手——這時我一一檢視事實：是莉拉把他搶走的；是莉拉破壞了我和他的關係，好讓自己贏得他。說不定她不是有心的，但她還是這麼做了。

我突然決定，我必須找到他，不惜一切代價，見他一面。我們就要離去，莉拉施加在他身上的魔力沒有機會再魅惑他，而她自己也已決定要回到原本的人生裡，他和我的關係就可以重新開始了。在那不勒斯。以友誼的形式。最起碼我們還可以見面聊聊她。然後我們就會再度回到我們過往交談的話題，我們的閱讀。我可以讓他知道，他有興趣的議題，我比莉拉更有興趣，甚至還比娜笛亞更有興趣。沒錯，我要馬上去找他，告訴他說我要離開了，告訴他說我們在街坊見面，在國家廣場，在梅佐坎農路見面，或者任何你想要去的地方，我們都可以儘快見面。

我找到一輛出租車，搭到佛利歐，到布魯諾家。我叫門，但沒人探頭出來。我在鎮上隨處亂走，越來越沮喪，然後沿著海岸走。這一回，機會竟然站在我這邊。我走了很久之後，突然看見尼諾在我面前。碰到我，他很開心，難以克制的開心。他眼神太過明亮，動作非常興奮，嗓音太過激動。

「我從昨天到今天都在找你們兩個。莉拉呢？」

「和她老公在一起。」

他從褲袋裡掏出一個信封，塞到我手裡，非常之用力。

「可以把這個給她嗎？」

我很不高興，「沒必要這樣做，尼諾。」

「給她就是了。」

「我們今天晚上就要離開。我們要回那不勒斯。」

他露出痛苦的表情，聲音沙啞。「誰決定的？」

「她。」

「我不相信。」

「是真的。她昨天晚上告訴我的。」

他想了想，指指信封。

「拜託，交給她就是了，馬上。」

「好吧。」

「你要保證交給她。」

「我都說了，好。」

他陪我走了好長一段路，忿忿說著他媽媽和弟弟妹妹的事。他們搞得我很煩，他說，還好他們回巴拉諾去了。我問起布魯諾。他做出生氣的表情說他在唸書，還講了些刻薄的話。

「你不唸書？」

「我沒辦法唸書。」

他頭垂在兩肩之間，臉色越來越哀怨，開始講起有人之所以會犯錯，都是因為某個教授讓你相信你是聰明的。他現在醒悟了，他對自己想學的東西其實並不是真的有興趣。

「你是什麼意思？突然不感興趣了？」

「短短一瞬就足以完全改變你人生的方向。」

他是怎麼回事，滿口陳腔濫調，我不再認得他了。我發誓。我要幫他找回自己。

我儘量用最理性的語氣說：「你現在心情不好，不知道自己在說什麼。但是你一回到那不勒斯，我們就可以見面，只要你願意，我們可以聊聊。」

他點點頭，但馬上就生氣大叫：「我不想唸大學了，我要去找份工作。」

63

他陪我走，一直走到快到家，害我很怕碰見斯岱方諾和莉拉。我匆匆說再見，跑上樓梯。

「明天早上九點。」他喊道。

我停下腳步。

「要是我離開了，我們就在街坊見。去那裡找我。」

尼諾做了個不要的手勢。

「你不會離開的。」他說，彷彿是在對命運下達威脅的指令。

我又對他揮了一次手，匆匆跑上樓梯，很遺憾沒能看看信封裡裝的是什麼。

一進屋子，我就感覺到氣氛不對。斯岱方諾和倫吉雅在交頭接耳。莉拉一定是在浴室或臥房。我一進門，他們就怨恨地看著我。斯岱方諾沉著臉，劈頭就說：「可不可以告訴我，你和她在搞什麼？」

「什麼？」

「她說她在伊斯基亞待膩了，想去阿瑪菲。」

「我什麼都不知道。」

倫吉雅打岔，但不是像平常那種好媽媽的態度。

「小琳，別把壞主意塞到她腦袋裡啊，你們不能平白無故把錢打水漂。阿瑪菲有什麼好玩呢？我們已經預付住到九月的錢了。」

我氣瘋了，說：「你們都搞錯了，向來是我聽莉拉的話，可不是她聽我的話。」

斯岱方諾嘀咕說：「那就去叫她講道理一點。我下個星期再回來，一起過八月中旬的假期，你們等著看，我會讓你們過得很精采。可是我不要再聽見什麼胡說八道。見鬼了。你們以為我會帶你們去阿瑪菲？要是你們不喜歡阿瑪菲，我就帶你們去卡布里？再來呢？死了這條心吧，小琳。」

他的口氣嚇壞我了。

「她人呢？」

倫吉雅指著臥房。進去找莉拉的時候，我本以為會看見行李箱已經收好，她決心離開，就算可能挨揍也不在乎。但沒有，她穿著拖鞋，躺在凌亂的床上睡覺。周圍和平常一樣亂七八糟，可是行李箱堆在牆角，是空的。我搖搖她。

「莉拉。」

她驚起，一臉睡意地問：「你去哪裡了？見到尼諾了？」

「見到了。這是給你的。」

我很不情願地把信封給她。她打開，抽出一張紙，一讀馬上變得容光煥發，好像打了一針興奮劑，趕走了倦怠與絕望。

「信上說什麼？」我戒慎恐懼地問。

「對我什麼都沒說。」

「所以呢？」

「是寫給娜笛亞的，他要和她分手。」

她把信放回信封裡，交給我，要我小心藏好。

我站在那裡手拿著信，非常困惑。尼諾要和娜笛亞分手？為什麼？因為莉拉要求他這麼做？

所以她贏了？我很失望。他為了自己和雜貨商老婆的逢場作戲，犧牲了嘉利亞妮老師的女兒。我什麼話都沒說，只瞪著莉拉看。她換上衣服，化好妝。最後我說：「你幹嘛對斯岱方諾提出那麼荒唐的要求，去阿瑪菲？我搞不懂你。」

她微笑。

「我也搞不懂。」

我們走出房間。莉拉親暱地吻斯岱方諾，開心地在他身上摩蹭，我們決定送他到港口，倫吉雅和我搭迷你出租車，他騎摩托車載莉拉。等船的時候，我們一起吃冰淇淋。莉拉對丈夫更好了，千叮嚀萬叮嚀，保證每天都打電話。走上梯板前，他一手攬住我的肩膀，輕聲在我耳邊說：「對不起，我剛才是真的氣瘋了。沒有你，我還真不知道這一次要怎麼收場。」

他講得很有禮貌，然而我還是覺得他在下最後通牒：請告訴你的朋友，要是她再這麼過分，就完蛋了。

64

信頭是娜笛亞在卡布里的地址。載著斯岱方諾的船一離岸，莉拉就開心地催我們到菸草店去買郵票，叫我讓倫吉雅分心忙別的事，她把地址抄在信封上，寄出去。

我們信步穿佛利歐，但我太緊張，一直和倫吉雅講話。回到家之後，我把莉拉拖進我房間，明白告訴她。她默默聽我說，但心不在焉，彷彿一方面感覺到我說的話沉甸甸壓在心上，但另一方面卻聽任自己在思緒裡漂游，所以我說的話半點意義都沒有。我對她說：「莉拉，我不知道你心裡是怎麼想的，但是在我看來，你這是在玩火。今天斯岱方諾開開心心離開，要是你每天晚上打電話給他，他還會更開心。可是他很小心：他下個星期就會回來，待到八月二十日。你覺得你可以這樣下去？你覺得你可以玩弄別人的生活？你知道尼諾不想再唸書了，他想找工作？你在他腦袋裡灌輸了什麼想法？你為什麼讓他和女朋友分手？你想要毀了他嗎？你想要毀了你們兩個嗎？」

聽到最後這個問題，她站起來，迸出大笑，但那笑聲假假的。她好像很樂，但天曉得。她說我應該以她為傲，她讓我相較之下像個乖寶寶。為什麼？因為不管從哪一方面來想，她都比我老師那位非常出色的女兒更出色。因為我們學校，甚至全那不勒斯，甚至全義大利或全世界最聰明的學生——這當然是根據我的說法——和這位值得尊敬的年輕小姐分手，就只為了取悅她，卡拉西的妻子。她的口氣越來越酸，彷彿終於揭露復仇的殘酷計畫。我看起來一定是很生氣的模樣，她知道，但還繼續用這樣的語氣講了好幾分鐘，似乎無法遏止自己。她是認真的嗎？這是她此時此刻真正的心理狀態？我大聲說：

「你演這齣戲是要給誰看啊？給我看？你要我相信尼諾已經準備要付出代價來取悅你，就算是最瘋狂的事也照做不誤？」

她眼裡的笑消失了，臉色一沉，語氣陡然變了。

「不，我是騙你的。情況恰恰相反。我才是準備要付出一切代價的人，我以前從來沒有這樣對待過別人，如今能有這樣的心情，我很高興。」

然後她很難為情地回房睡覺，連晚安都沒說。

我緊張地半睡半醒，我很相信，最後那幾句話比之前滔滔不絕的狂言更真實。

接下來的這個星期，我有了證據。首先，打從星期一開始我就發現，在琵露希雅離開之後，布魯諾的注意力就開始始集中在我身上，他現在認為是該接近我的時候了，就如同尼諾接近莉拉那樣。我們游泳的時候，他笨手笨腳地拉近我，吻我，害我喝進滿口海水，只好回到岸上狂咳。我很不高興，他看得出來。他躺在我身邊曬太陽的時候，活像挨打的狗。我溫和但堅定地對他發表了一小段談話，大意是：布魯諾，你是個好人，但是我們之間除了手足之情以外，沒有別的。他很難過，但沒放棄。就在那天晚上，打完電話給斯岱方諾之後，我們四個走到海邊，坐在冰涼的沙灘上，伸長脖子看星星，莉拉雙肘撐地，尼諾的頭枕在她肚子上，我頭靠在尼諾肚子，而布魯諾的頭在我肚子上。我們看著天空上的星座，用陳腔濫調來讚美天空的驚人構造。不是我們四個人都這樣，莉拉就沒有。她靜靜不說話，但我們把敬畏讚美的話全都講光之後，她說夜的景觀令她驚恐，她看不見結構，只看見灑在藍色拼布上的玻璃碎片。這讓我們全安靜下來，我很不高興：她老是習慣最後一個開口，讓她有時間思索，用一句話把我們先前未經思索脫口而出的話全鎮住。

「你怎麼可能害怕，」我嚷著：「這麼美！」

布魯諾馬上就附和，但尼諾卻站在她那邊。他做了個小手勢，要我別再躺在他身上，他坐起來，開始對著她講話，把我們其他人都當空氣。天空，神殿，秩序，混亂。最後他倆站起來，還是講個沒完沒了，一起消失在黑暗裡。

我繼續躺在沙灘上，但用手肘撐著。我不再有尼諾溫暖的身體當枕頭，也沒有布魯諾壓在我身上惱人的重量。我說對不起，摸摸他頭髮。他站起來，攬住我的腰，臉貼在我胸前。我喃喃說不要，但他把我推倒在沙上，找著我的嘴巴，一手用力壓在我胸部。我推開他，很用力，大聲喊著要他住手，這一次我是真的很不高興，忿忿說：「我不喜歡你，我不是告訴過你了嗎？」他住手，很難為情地坐下。他低聲說：「你難道沒有可能稍微愛我一點點嗎？」我想解釋這不是可以測量的東西，說：「這不是稍微比較漂亮或稍微比較不漂亮，稍微喜歡一點或稍微不喜歡一點的事情。這是有些人吸引我，有些人不吸引我，和他們是什麼樣子並沒有關係。」

「你不喜歡我？」

我很不耐煩地說：「不喜歡。」

但我一說出這幾個字就哭了出來，一面含含糊糊地說：「看，我莫名其妙就哭了，我是個大白癡，我不值得你浪費時間。」

他的手指摸摸我的臉頰，又想要擁抱我，喃喃說：我想送你好多好多禮物，你值得的，你這麼漂亮。我很生氣地掙脫，對著漆黑的夜色大喊，聲音像破鑼：「莉拉，快回來，現在，我要回家了。」

這兩個哥兒們陪我們走到樓梯底下才離去。莉拉和我上樓的時候，我整個人爆炸了：「你想去哪裡就去，想做什麼就去做，我不要再陪你了。布魯諾第二次把手放在我身上，我不想再單獨和他在一起，聽清楚了嗎？」

65

有時候我們會用沒有意義的話，沒有道理的主張來隱藏我們真實的感情。如今我已然明白，若是在其他情況之下，我幾經抗拒，最後可能還是會對布魯諾的進擊屈服。他沒吸引我，當然，但尼諾也沒特別吸引我。人總是對男人日久生情，無論他們是否碰巧在某個人生階段剛好是你理想男人的典範。布魯諾・蘇卡佛在他人生的那個階段慷慨且有禮，很容易讓人對他心生好感。但拒絕他的理由其實和他這個人沒有太大關係。事實是，我想節制莉拉，我想阻撓她。我希望她瞭解，她讓自己陷入什麼樣的景況，讓我陷入什麼樣的景況。我希望她對我說：是的，你說的沒錯，我犯了錯，我不會再和尼諾走到暗處，我不會再拋下你和布魯諾獨處，我要表現得像個得體的有夫之婦。

當然，這並沒有發生。她只對我說：「我會找尼諾談談，你等著看吧，布魯諾不會再煩你了。」所以日復一日，我們繼續在早上九點和這兩個男生碰面，直到午夜才分手。但是星期四晚上，打過電話給斯岱方諾之後，尼諾說：「你們從沒到過布魯諾家。想去看看嗎？」

我馬上說不，假裝頭痛，想要回家。尼諾和莉拉很不確定地看看彼此，布魯諾什麼都沒說。我感覺到他們的不滿漸漸增加，覺得不太好意思：「或許改天吧。」

莉拉沒說什麼，但我們獨處時，她就發作了：「你不能破壞我的幸福，小琳。」我回答說：「要是斯岱方諾發現我們單獨去他們家，他會很生氣，不只氣你，也會氣我。」我並沒有就此罷休。回家之後，我煽風點火，惹得倫吉雅動氣，要她責備女兒曬太多太陽，游太多泳，在外面玩到半夜。我甚至假裝調停母女衝突地說：「倫吉雅夫人，明天晚上和我們一起去吃冰淇淋吧，你就會知道我們沒做什麼不該做的事。」莉拉勃然大怒，說她一整年都過得很悲慘，關在雜貨店裡，現在好不容易有了一點小小的自由。倫吉雅也生氣了：「莉拉，你在講什麼？自由？什麼自由？你結婚了，就應該好好聽丈夫的話。琳諾希亞可以要求一點小小的自由，但你不行。」她女兒回到房裡，用力甩上門。

但是隔天，莉拉贏了：她媽媽留在家裡，我們去打電話給斯岱方諾。「你們一定要準時十一點回來。」倫吉雅氣呼呼地對我說，我回答：「好的。」她用疑問的眼神看了我好久。她已經心生警覺了：她是我們的守衛，可是她又沒時時盯著我們；她很擔心我們會惹上麻煩，但她想起自己犧牲的青春，又不想阻止我們享受一些無害的樂趣。我再一次向她保證：「十一點。」

給斯岱方諾的電話約頂多打了十分鐘。莉拉打完出來，尼諾就問：「你今天還好嗎，小琳？來我們家看看？」

布魯諾催我，「來吧，你們喝杯飲料就走。」

莉拉答應了，我什麼都沒說。這幢房子從外觀看很舊，很不起眼，但裡面重新裝潢過：天花板白潔，燈光明亮，有很多葡萄酒和醃肉；大理石的樓梯有鍛鐵欄杆，堅實的門上有閃亮的金色門把；窗戶上有鍍金配件。屋裡有很多房間，黃色的沙發，電視，廚房裡有彩繪海底世界的櫥櫃；臥房的衣櫃華麗得像哥德式教堂。我頭一次認真想，布魯諾是真的很有錢，比斯岱方諾還有錢。我想，我媽若是知道蘇卡佛香腸公司老闆這個還在唸書的兒子追求我，邀我到他家來作客，我非但沒感謝老天爺把他送到我面前，沒想辦法嫁給他，而且還拒絕他兩次，她肯定會狠狠揍我一頓。另一方面，一想到我媽，想到她的瘸腿，我就覺得自己配不上任何人，包括布魯諾在內。在這幢房子裡，我膽戰心驚。我為什麼在這裡，在這裡幹嘛？莉拉表現得泰然自若，不時大笑，我卻覺得自己好像發燒了，嘴裡有怪味。我開始頻頻說好，免得老是說不很尷尬。你要喝點這個嗎，你要聽唱片嗎，你要看電視嗎，你要吃冰淇淋嗎。最後我發現莉拉和尼諾不見了，很擔心。他們去哪兒了？他們可能在尼諾的房間裡嗎？莉拉可能跨越這最後的界線嗎？很可能——我不要再想下去，我跳起來，對布魯諾說：

「很晚了。」

他很親切，但有點難過。他低聲說：「再待一會兒嘛。」他說他隔天一早就要離開，去參加家族慶祝會。他說他星期一才會回來，這幾天見不到我，會是很大的折磨。他輕輕拉起我的手，說他愛我，以及諸如此類的話。我輕輕抽回我的手，他沒再嘗試碰我，開始滔滔不絕講起他對我的感情，他通常話都很少，所以我沒打斷他。我說：「我真的必須走了。」然後拉高嗓門說：「莉拉，拜託，已經十點十五分了。」

過了幾分鐘，他們兩個才出現。尼諾和布魯諾送我們去搭出租車，布魯諾道別的那個神情，彷彿不是回那不勒斯幾天，而是要到美國度此餘生。回家的路上，莉拉以意有所指的語氣，彷彿宣布重要消息似地說：「尼諾告訴我說，他很欣賞你。」

「不是我。」我馬上用很無禮的語氣回答。接著，我輕聲說：「要是你懷孕了怎麼辦？」

她在我耳邊說：「沒有危險，我們只有親吻和擁抱而已。」

「噢。」

「反正我是不會懷孕的。」

「以前懷過一次。」

「我告訴你了，我不會懷孕。他知道怎麼處理。」

「他誰啊？」

「尼諾。他用保險套。」

「那是什麼？」

「我不知道。他是這麼叫的。」

「你不知道那是什麼東西，卻相信有用？」

「那是他戴在外面的東西。」

「戴在哪裡？」

我想逼她講出來。我想讓她知道她在說什麼。一開始，她保證他們只有親吻；接著她說他知道怎麼不讓她懷孕。我氣死了，我還期待她知羞恥咧。但是她卻對發生在身上的一切，以及即將發生的一切覺得很開心。就因為這樣，我們回到家的時候，她對倫吉雅格外好，說我們提早回來，準備就寢。但她沒把房門關上，看見我要回房的時候喊我，說：「過來一下，關上門。」

我坐在床上，但想讓她知道，我對她、對一切都覺得厭倦了。

「你有什麼事情非要告訴我不可？」

她輕聲說：「我想去和尼諾睡覺。」

我嚇呆了。

「那倫吉雅呢？」

「等等，別生氣。時間不多了，小琳。斯岱方諾星期六就會來，他要待十天，然後我們就回那不勒斯了。到時候一切都會結束。」

「什麼一切？」

「這個，這些日子，這些夜晚。」

我們討論了很久，她腦筋似乎很清楚。她說她再也不會碰上這樣的事。她輕聲說她愛他，她想要他。她用了「amare」（愛）這個動詞，是我們只在書上和電影裡看過、平常在街坊絕對不會用的詞彙，我頂多只有在心裡用過，平常對話講的都是「voler bene」（喜歡）。但莉拉不是，她直截了當用「愛」這個字。她愛尼諾。但她心知肚明，這愛是必須勒斃的，每一吋呼吸的空間都必須奪走。這就是她要做的，她要從星期六晚上開始做的。她一點都不懷疑，她有能力做得到，我必須信任她。但在這之前僅餘的短暫時間裡，她希望能奉獻給尼諾。

「我想和他在床上待一整個晚上，一整個白天。」她說：「我想抱著他，也被他抱著睡覺，只要想的時候就可以親吻他，可以愛撫他，即使在他睡覺的時候。這就夠了。」

「這不可能。」

「你一定要幫我。」

「怎麼幫？」

「你必須說服我媽相信，妮拉邀我們去巴拉諾住兩天，我們會在那裡過夜。」

我一晌說不出話來。她都已經想好了，擬訂好了計畫。她顯然是和尼諾一起策劃的，說不定他甚至是故意把布魯諾支開的。他們是多久之前、在哪裡作的決定？他們不再討論新資本主義、新殖民主義、非洲、拉丁美洲、貝克特、羅素。只有胡言亂語。尼諾什麼都不再討論了。他們聰慧的心靈現在都只在籌謀著如何欺騙倫吉雅和斯岱方諾，想著如何利用我來遂行計謀。

「你瘋了，就算你媽相信，你老公也絕對不會信。」我很火大。

「你說服她讓我們到巴拉諾，我就說服她不告訴斯岱方諾。」

「不行。」

「我們不是朋友了嗎？」

「不是。」

「你不再是尼諾的朋友？」

「不是。」

但是莉拉知道怎麼拖我下水。我沒有辦法抵抗：我一方面說這真是夠了，但另一方面，想到我不再是她生命的一部分，不再是她為自己所創造的未來的一部分，我就非常沮喪。這場騙局是她的又一個幻想行動？永遠都充滿風險的行動？我們兩個併肩合力，奮力對抗所有的人。我們隔天要盡力克服倫吉雅的反對。後天我們一早就出發，一起出門。到佛利歐之後，我們兵分兩路。她要去布魯諾家找尼諾，我搭船去馬隆提。她和尼諾待在一起一天一夜，我則到妮拉家，在巴拉諾過夜。再隔天，我回到佛利歐吃午飯，我們在布魯諾家碰面，再一起回家。完美。她的腦力越是激盪，用種種精確的細節，為這個計謀增添可行性，我的心也隨之越發昂揚，而且她擁抱我，苦苦哀求我。她說這是個新的探險，我們一起的探險。我們可以藉此得到人生不願給我們的東西。再不然就說，難道我寧可眼睜睜看她被剝奪喜悅，看尼諾受苦，看他們兩個失去理性，最後不只無法克制欲望，反倒被欲望宰制嗎？那天晚上，一路聽著她條理分明的論述，我開始想，支持她的行動，不僅是我們長久姊妹情誼的重要里程碑，也是傳揚我的愛的方法——她說是友情，但我不顧一切地認為這就是愛，就是愛，愛——我對尼諾的愛。所以這時我說：

「好吧，我幫你。」

66

隔天我對倫吉雅說了好多謊言，無恥到我都覺得無地自容。我拿奧麗維洛老師來當謊言的主軸，她人在波坦薩，天曉得病得有多重。這是我的點子，不是莉拉想出來的。我對倫吉雅說：「昨天，我碰見妮拉·因卡多，她告訴我她表姊最近情況比較好，來這裡和她住一段時間，因為海邊有助於恢復健康。明天晚上妮拉要為老師辦一個歡迎會，她邀我和莉拉去，因為我們是她最優秀的學生。我們很想去，但因為時間很晚，所以不可能。可是妮拉說我們可以住在她家。」

「在巴拉諾？」倫吉雅皺起眉頭。

「是啊，歡迎會是在那裡辦的啊。」

「你去，小琳，莉拉不能去，她丈夫會氣到抓狂的。」

莉拉插嘴說：「那就別告訴他。」

「什麼意思？」

「媽媽，他在那不勒斯，我在這裡，他不會知道的啦。」

「事情遲早都會曝光的。」

「欸，才不會。」

「好了，夠了，莉娜。我不想再討論了。如果琳諾希亞想去，那沒問題，可是你得乖乖待在這裡。」

我們就這樣爭執了一個鐘頭，我說老師情況不樂觀，這很可能是我們最後一次見她，對她表達感激的機會，莉拉進一步逼倫吉雅，說：「你曾經對爸爸講過多少謊言，承認吧，不是為了什麼壞事，都是有很好的理由，給你自己一點時間，做些他永遠不會允許的事。」倫吉雅開始動搖，先是說她從沒有對費南多說過任何一句謊言；接著承認她說過一次，兩次，很多次；最後很生氣地哭了，同時又帶著母親的驕傲說：「我懷上你的時候是什麼景況，一個意外，打個嗝，抽搐一下，燈熄了，燈泡燒掉了，床頭櫃上一臉盆的水打翻了？難怪你生下來就這麼不可理喻，和其他人這麼不一樣。」然後她難過起來，態度好像軟化了。可是沒過多久，她又氣起來，她說你不可以為了去見小學老師就騙自己老公。莉拉嚷著說：「我欠奧麗維洛老師多少，我心裡有數，我上過的唯一一間學校，就是她教我的。」最後倫吉雅屈服了。但她堅持我們要嚴守時間規範：星期六下午兩點鐘準時回到家。不准慢一分鐘。「要是斯岱方諾早到了，沒看見你怎麼辦？真的，莉娜，別讓我為難。聽清楚了？」

「聽清楚了。」

我們到海邊去。莉拉雀躍萬分，擁抱我，親吻我，她說她這輩子都會感激我。但我已經為拿奧麗維洛老師來當藉口而內疚了。我把她當成巴拉諾歡迎會的中心人物，想像她就和當年教我們的時候一樣，元氣十足，但事實上她現在的情況肯定比被送上救護車時更糟，比我在醫院看見她時更糟。編造有效謊言的滿足感已然消失，串謀的狂熱也不見了，我再次感到憤慨。我問自己為何支持莉拉，為什麼掩護她：事實上，她想背叛丈夫，她想違犯神聖的婚姻關係，她想毀棄自己的人妻身分，她想做會惹惱斯岱方諾的事，要是他發現了，肯定會打爆她的頭。我突然想起她對婚紗照做的事，我打從心底覺得噁心想吐。我想，她現在做的是同樣的事，只是對象不再是一張照片，而是卡拉西夫人這一整個人。而且再一次的，她又把我拖進來幫她。尼諾只是工具，是的，沒錯，就像剪刀，漿糊，顏料，他只是用來毀壞她形貌的工具而已。她把我拉進的是何等恐怖的行動啊？為什麼我要任她擺布？

我們看見他在海灘等我們。他焦急問：「如何？」

她說：「沒問題。」

他倆去游泳，甚至沒邀我一起，不過，我也不可能去。我擔心得渾身發冷，更何況去游泳也只會被拋開，一個人留在離岸不遠處，擁抱我對深水的恐懼，那又何必呢？

有點風，天上有幾絲雲，海浪稍微有點洶湧。他們一無所懼地潛入海中，莉拉發出喜悅的長嘯。他們很快樂，充滿只屬於他倆的浪漫，他們就像成功掌握自己的欲望、不計一切代價的人那樣，洋溢蓬勃活力。以果決的划水動作前進，馬上就消失在波濤之間。

我覺得自己被銬住了，被這難以容忍的友情盟約銬住了。這一切多麼折磨難受啊。我把莉拉拉到伊斯基亞島來，我奮不顧身地利用她來追求尼諾。我放棄梅佐坎農路那家書店付我的工資，領莉拉付我的薪水。我讓自己為她工作，如今我得扮演協助女主人的僕人角色。我得掩護她的出軌行為。我要作好準備。我要幫她得到尼諾，讓她代替我得到尼諾，整整一天一夜和他交歡——是的，交歡——幫他口交。我的太陽穴開始抽動，我用腳跟踢沙，一次，兩次，三次，聽見童年的那些字彙，那些無知的性愛想像，在腦海中迴盪，我不禁心蕩神馳。中學消失了，書本的宏大精深、把希臘文與拉丁文翻譯成義大利文的成就感都消失了。我瞪著閃閃發亮的大海，一條條長長的雲從海平面飄向蔚藍天空，飄向白浪之間。我幾乎看不見他們。尼諾與莉拉，只剩下兩個小黑點。我看不出來他們是游向海平面聚積的雲，還是回頭游向岸邊。我希望他們淹死，死亡將剝奪他們隔天所要享用的喜悅。

67

我聽見有人叫我，猛然轉身。

「我眼力真好。」是個揶揄的男聲。

「我就說是她。」是個女聲。

我馬上就認出他們了。我坐起來。是米凱爾・梭拉朗和姬俐歐拉，還有她的弟弟，十二歲的雷羅。

我熱情歡迎他們，雖然我沒說：坐下嘛。我希望他們沒時間久留，希望他們快點離開，可是姬俐歐拉攤開浴巾，還有米凱爾的，小心地鋪在沙灘上，放上皮包、香菸、打火機，對弟弟說：躺在熱沙子上，因為風在吹，你泳衣是濕的，不曬乾會感冒。該怎麼辦。我拚命不望向大海，彷彿這樣一來他們也就不會望向那邊，我很高興地和米凱爾交談，他還是一貫不帶感情、漫不經心的口氣。他們來度假，因為那不勒斯太熱了。早上搭船來，晚上搭船回去，呼吸新鮮空氣。既然有琵露希雅和埃爾范索打理馬提尼廣場的店，嗯，應該說是埃爾范索和琵露希雅，因為琵露希雅沒幫太多忙，埃爾范索太厲害了。因為小琵的推薦，所以他們決定到佛利歐來。你會看見她們的，她說，只要沿著海邊走。事實上，他們走了又走，姬俐歐拉大叫：那不是琳諾希亞嗎？於是我們就在這裡碰面了。我一直說真是太開心了，但米凱爾渾然不在意地站起來，沾滿沙的腳踩在姬俐歐拉的浴巾上，所以她罵他：「小心一點！」但沒有用。他講完他們為什麼會到島上來，我知道真正的問題就要來了，他還沒開口，我就從他眼裡看見了：

「莉娜呢？」

「她在游泳。」

「在海裡？」

「浪不太大。」

無可避免的，他和姬俐歐拉都轉頭看海和一波波捲起的泡沫。但他們沒怎麼用心找，忙著在浴巾上安頓好自己。米凱爾開始和姬俐歐拉的弟弟爭吵，因為小男孩又想去游泳。他說：「留在這裡，你想淹死啊？」他塞一本漫畫書到他手裡，又對女朋友說：「以後別再帶他來。」

姬俐歐拉大力稱讚我：「看你變得多漂亮啊，皮膚曬黑了，頭髮更金亮了。」

我微笑，一直說沒有，但心裡的念頭只有一個：我得想辦法讓他們離開這裡。

「到家裡休息吧，倫吉雅在家，她會很高興的。」我說。

他們拒絕，再過幾個鐘頭就要搭船，他們想多曬一點太陽，然後再去散步。

「那我們去浴場，我們可以在那裡找點東西吃。」我說。

「好啊，可是我們等莉拉吧。」

就像每次碰到緊張情況的時候，我總是拚命講話來填滿時間，我提出一連串的問題，任何出現在我腦子裡的事情：糕餅師傅斯帕努羅好嗎，馬歇羅好嗎，他找到女朋友沒，米凱爾覺得新鞋款如何，他爸爸覺得呢，他媽媽覺得呢，他祖父覺得呢。後來我站起來，說：「我去叫莉拉。」我跑到水邊，放聲大叫：「莉拉，回來，米凱爾和姬俐歐拉在這裡。」但沒用，她沒聽見。我回去，開始講話，分散他們的注意力。我希望莉拉和尼諾回到岸上的時候，會在姬俐歐拉和米凱爾還沒看見他們之前發現危險，避免任何親密的動作。但是雖然姬俐歐拉在聽我講話，但是米凱爾連假裝一下的禮貌都沒有。他來伊斯基亞就是想見莉拉，和她談新鞋款的事。我非常確定，他一直看著海，浪越來越大了。

最後他看見她了。她一從水裡出來，他就看見了。她和尼諾十指相扣，一對出色的情侶，很難不注意，兩人都很高，流露自然的優雅，肩挨肩，相視微笑。他們沉浸在自己的世界裡，所以沒有立即發現我有同伴了。莉拉一認出米凱爾，馬上抽回手，但來不及了。或許姬俐歐拉沒注意到，而她弟弟忙著看漫畫書，但米凱爾看見了，同時立即轉頭看我，想從我的表情印證他自己親眼所見的一幕，而他必定找到證據了，從我臉上的恐懼得到證實。他壓低嗓音，一本正經，就像要應付某些需要快速決斷的事情那樣：「十分鐘，我們只是過來打聲招呼就走了。」

事實上，他們待了超過一個鐘頭。我介紹尼諾的時候，特別強調他是我們小學的同學，也是我中學的學長。但米凱爾一聽到他的姓，就問了最讓人惱火的問題：

「你是替《羅馬人報》和《那不勒斯紀事報》寫稿那傢伙的兒子？」

尼諾很不情願地點點頭。米凱爾盯著他看了好久，彷彿想從他的眼睛裡找尋印證他們關係的證據似的。他沒再和他講話，只對莉拉說。

莉拉很友善，語氣略帶嘲諷，有時甚至還有些狡詐。

米凱爾對她說：「你那個愛吹牛的大哥說新鞋款是他想出來的。」

「是真的。」

「所以全是垃圾。」

「你看著好了，這些垃圾會賣得比之前的鞋子更好。」

「也許吧，但只有你到店裡來才行。」

「你已經有姬俐歐拉了，她做得很好。」

「我需要姬俐歐拉去管糕餅店。」

「這是你的問題。我得待在雜貨店裡。」

「等著瞧好了，你會換到馬提尼廣場來的，小姐，你會拿到委託白皮書。」

「管你白皮，黑皮，想都別想，我在雜貨店待得好好的。」

他倆就這樣你來我往，簡直像拿對話來打鼓球似的。儘管姬俐歐拉和我不時想插嘴，主要是姬俐歐拉，因為未婚夫沒和她商量就這樣談論她未來的命運，讓她火冒三丈。而尼諾，我發現，他嚇呆了，或者是因為很驚訝地發現莉拉能這麼流利，這麼無畏，用方言和米凱爾唇槍舌劍，毫不遜色。

最後梭拉朗家這個弟弟說他們得走了，因為他們有把遮陽傘和其他東西擺在很遠的地方。他和我道再見，親切和莉拉道別，又說他等著九月在店裡見到她。對尼諾，他一本正經，好像交代屬下去買包菸似的說：「告訴你老爸，他在報上寫說他不喜歡鞋店的樣子是大錯特錯。你拿了錢，就要把一切都寫得美侖美奐，否則就沒錢可拿。」

尼諾沒料到他會這樣說，或許還覺得被羞辱了，但沒回答。姬俐歐拉伸出手，他自動反應似地也伸出手。這對未婚夫妻拖著小男生離開了。姬俐歐拉這個弟弟一面走還一面看漫畫書。

68

我很生氣，也很害怕，一字一句、一舉一動都很不高興。米凱爾和姬俐歐拉走得夠遠之後，我馬上對莉拉說，而且讓尼諾也聽見：「他看見你們了。」

尼諾不安地問：「他是誰？」

「一個黑道人渣。他還以為自己是上帝的寵兒。」莉拉很輕蔑地說。

我立刻糾正，尼諾應該要明白的：「他是她丈夫的一個合夥人。他什麼事情都會告訴斯岱方諾。」

莉拉抗議，「什麼叫什麼事情，什麼事情也沒有。」

「你心知肚明，他們會揭發你的。」

「是喔？誰在乎他們啊。」

「我在乎。」

「別擔心。就算你不幫我，該發生的也會照常發生。」

她把我當空氣似的，繼續和尼諾商量隔天的事。她因為見到米凱爾．梭拉朗而有了三倍的活力，但他卻像個發條已鬆的發條玩具。他喃喃說：

「你確定你不會因為我而惹上麻煩？」

莉拉摸摸他的臉頰，「你不想繼續了？」

這撫摸似乎讓他恢復了元氣，「我只是擔心你。」

我們很快就離開尼諾，回家去。一路上我描繪著大難臨頭的場面——「米凱爾今天晚上就會告訴斯岱方諾，斯岱方諾明天一早趕來，發現你不在家。倫吉雅叫他去巴拉諾找你，他在那裡也找不到你，於是你就會失去一切，莉拉，聽我說，你不只毀了你自己，也會毀了我，我媽會殺了我。」——但她心不在焉，面露微笑，反覆以不同方式重申同一個主旨：我愛你，小琳，我會永遠愛你；所以我希望你這一輩子至少有一次感受到我此刻的感覺。

於是我想：情況還可能更慘。我們那天晚上待在家裡。莉拉對媽媽很好，她想煮飯，伺候媽媽，打掃，洗碗碟，坐在她腿上，雙手摟住她的脖子，額頭貼著她額頭，沒來由地難過起來。倫吉雅不習慣這樣的親暱，一定覺得很難為情，所以後來竟哭了起來，一面哭一面憂心地說：「拜託，莉娜，沒有其他母親能擁有像你這樣的女兒，別讓我傷心而死。」

莉拉取笑她的關愛，帶她回房間。早上，她把我從床上拉起來，我有點生氣，不想起床，對眼前的這一天覺得很不安。搭迷你出租車到佛利歐的途中，我又開始假設其他可怕的情況：「妮拉不在家。」；「妮拉真的有客人，沒有房間給我睡。」；「薩拉托爾一家決定到佛利歐探望兒子。」她嗤之以鼻，繼續用玩笑的口吻說：「要是妮拉不在，尼諾的媽媽會樂意款待你。」；「要是沒有房間，你就回來我們這裡。」；「要是薩拉托爾全家來敲門，我們絕對不開門。」我們就這樣一來一往講到快九點鐘，終於抵達目的地。尼諾在窗邊等候，馬上就衝過來開門。他對我點頭致意，拉著莉拉進屋裡。

在此之前猶可避免的一切，至此已完全無法煞車了。我搭著同一部出租車，由莉拉負擔費用，前往巴拉諾。車才上路，我就發現自己其實沒辦法真的恨他們兩個。尼諾讓我痛苦，莉拉讓我怨恨，我甚至可能希望他們兩個乾脆死掉，但我對他倆的感覺卻也近似某種魔咒，很矛盾地可以拯救我們三個。我不恨他們，我恨的是我自己，看不起的是我自己。我人在這裡，在這個島上，車子往前行進，攪動了空氣，林木草地夜裡發散的氣味迎面撲來。但我過的是一種屈辱的生活，是臣服於其他人需求的生活。我活在他們的生活裡，像個隱形人似的。我無法抹去他們在那幢空屋子裡擁抱、親吻的畫面。他們的熱情侵擾我，讓我不安。我愛他們兩個，所以我無法愛我自己，無法感覺我自己、讓我知道我必須擁有自己的生活，像他們那樣擁有眼盲口啞力量的生活。這就是我當時的感受。

69

妮拉和薩拉托爾一家以慣常的熱情歡迎我。我戴上最謙遜的面具，那是我父親收小費時戴上的面具，是我的祖先因為不時恐懼、不時屈服、不時想要取悅別人而精心雕琢的面具。我用愉快的態度，說了一個接一個的謊言。我告訴妮拉說，我決定來打擾她是不得已的。我說卡拉西家有客人，今天晚上我沒地方住。我說希望我這樣不請自來地突然出現，不會太失禮，要是不方便，我就回那不勒斯待幾天。

妮拉擁抱我，給我飯吃，保證她非常高興我來看她。我不肯和薩拉托爾家一起去海邊，雖然孩子們迭聲抗議。妮拉說我待會就去找他們，唐納托說他會等我，和我一起游泳。我和妮拉待在家裡，整理房子，煮午餐。有那麼一會兒，我覺得心頭的壓力減輕了：我的連篇謊言，正在佛利歐上演的出軌畫面，我的參與共謀，還有無法釐清的嫉妒，因為我一方面嫉妒莉拉投向尼諾的懷抱，一方面卻也嫉妒尼諾投向莉拉懷抱。而妮拉談起薩拉托爾夫婦時，態度好像友善多了。她說他們夫婦找到了某種平衡，而既然處得來，也就沒再給她添太多麻煩。她提起奧麗維洛老師：她打電話給我老師，告訴她說我來看她。老師很虛弱，但病情比較樂觀了。換句話說，我們就這樣彼此交換訊息，聊了好一會兒。但是只要幾句話，只要一個意料之外的轉折，我捲進的麻煩就又再次沉甸甸壓在我心頭。

妮拉提起奧麗維洛老師，說：「她一直稱讚你，可是一聽說你和兩個已婚的朋友一起來看我，就問了好多問題，尤其是有關莉娜的問題。」

「她怎麼說？」

「她說她教了一輩子書，從沒教過那麼聰明的學生。」

這讓我又想起莉拉以前的獨占鰲頭，讓我很不舒服。

「是真的。」我承認。

但妮拉做了個怪臉，完全不同意。她眼睛一亮。

「我表姊是個優秀的老師。但是在我看來，這一次她錯了。」她說，

「不，她沒有錯。」

「我可以告訴你我是怎麼想的嗎？」

「當然可以。」

「你不會難過？」

「不會。」

「我不喜歡莉娜。你比她好多了，你比她漂亮，也比她聰明。我和薩拉托爾夫婦聊過，他們的看法也和我一樣。」

「你這麼說，只是因為你愛我。」

「不是的。注意聽我說，小琳。我知道你們是好朋友，我表姊告訴我了。和我不相干的事

情，我也不想管。但是對人，我只要看上一眼就能判斷。莉娜知道你比她強，所以她不像你愛她那樣地愛你。」

我微笑，假裝懷疑。「那她是恨我嘍？」

「我不知道。但她懂得如何傷害別人，這就寫在她臉上，光是看她的額頭和她的眼睛就知道了。」

我搖搖頭，不露出心中的滿足。啊哈，竟然這麼明顯。但我早就知道了——雖然不是像今天這樣得知的——我和她之間的一切都非常纏結複雜。所以我開玩笑，哈哈大笑，逗得妮拉也笑了。我告訴她說，莉拉給人的第一印象向來都不太好。打從小時候，她就像個小魔鬼，她真的是，只不過是好的那種。她心思敏捷，不管專心做什麼都很出色：如果好好唸書，她可能會成為像居禮夫人那樣的科學家，或是像格拉琪亞．黛萊德[23]那樣的小說家，甚至是托吉利亞提[24]的情婦妮黛．伊奧蒂[25]。聽我提到最後那兩個名字，妮拉誇張大叫聖母啊，還諷刺地在胸前劃個十字架。然後她輕輕笑了一聲，又一聲，很難克制，她想悄悄透露一個祕密，是薩拉托爾告訴她的，很好笑的一件事。據他說，莉拉有種幾近醜惡的美，沒錯，男人很迷她，但同時也很怕她。

「為什麼怕？」我也壓低嗓音問。

23 格拉琪亞．黛萊德（Grazia Deledda, 1871～1936），義大利薩丁尼亞島自然主義流派作家，一九二六年憑作品《邪惡之路》（La Via Del Male，一八九六年）獲得諾貝爾文學獎。
24 托吉利亞提（Palmiro Togliatti, 1893～1964），義大利共產黨領導人，曾任司法部長與義大利國民代表大會代表等職。
25 妮黛．伊奧蒂（Nilde Iotti, 1920～1999），為義大利共產黨政治家，義大利首位女性眾議院院長。

她把嗓音壓得更低，「怕他們的傢伙不能用，或會折斷，甚至怕她會抽出刀子斬斷啊。」

她哈哈大笑，胸口起伏，眼睛淚汪汪。她好一會兒無法克制，我以前沒見過她這一面，覺得很不安。這不是我媽的笑聲，而是那種洞悉人事的女人所發出的淫穢笑聲。眼前的這個妮拉既很貞潔，又很淫蕩，這個年華逐漸逝去的老處女笑聲朝我襲來，強迫我要跟著她笑。像她這麼聰明的女人，我對自己說，怎麼會覺得這種事情很好笑呢？就在此時，我也看見自己漸漸老去，因為這惡意無知的笑聲而漸漸老去。我想：終有一天我也會這樣笑。

70

薩拉托爾一家回來吃午飯，在地板上留下一道沙子的足跡，還有海洋與汗水的臭味。他們愉快地叨唸我，因為孩子們等我去沙灘找他們，卻沒等著。我擺放餐具，清理，洗碗，隨著皮諾、克蕾莉亞和希洛到雜木林旁邊，幫他們採蘆葦，做風箏。和孩子們在一起很開心。他們爸媽在休息，妮拉在露臺的躺椅上打盹，時光流逝，風箏攫住我全部的注意力，我幾乎完全沒想起尼諾和莉拉。

稍晚之後，我們一起去海邊放風箏，連妮拉都來了。我跟著那三個孩子，在海灘來回跑，看見風箏就要飛起來，他們驚嘆不已，靜靜看著，但風箏一個出乎意料的急亂旋轉落在沙地上，他們不禁放聲大叫。我試了又試，聽著坐在遮陽傘底下的唐納托大聲指揮，但還是沒辦法讓風箏飛起來。最後滿身大汗的我放棄了，對皮諾、克蕾莉亞和希洛說：「去問爸爸。」薩拉托爾被兒女拖著來檢查蘆葦的編織、藍色的衛生紙和線，然後看看風，開始往後跑，儘管身材笨重，還是猛力跳了起來。孩子們興奮地跟在他身邊跑，我也恢復活力，開始和他們一起跑，讓他們的快樂也感染到我身上。我們的風箏越飛越高，飛了起來之後，我們就不必跑了，只要拉著線就行了。薩拉托爾是個好父親。他教希洛怎麼拉住線，也教克蕾莉亞、皮諾，甚至我。他把線交給我，事實上，他站在我背後，呼出的氣息噴在我脖子上，說：「就像這樣，很好，拉緊一點，再放鬆。」天色已暗。

我們吃晚餐，薩拉托爾一家到鎮上散步，曬得一身黝黑的丈夫、妻子和兒女全都盛裝打扮。雖然他們要我一起去，我還是和妮拉留在家裡。我們清理屋子，她幫我在以前睡覺的廚房角落搭好床，我們坐在露臺吹涼風。這晚看不見月亮，暗黑的天空全是一團團白雲，我們聊起薩拉托爾家的孩子有多聰明，有多漂亮，妮拉睡著了。然後突如其來的，在夜晚已然降臨的這一刻，這天的一切又朝我襲來。我躡手躡腳出門，走向馬隆提。

天曉得米凱爾．梭拉朗有沒有洩露他所目睹的事。天曉得一切是不是進行順利。天曉得在寇歐托馬路邊的那幢房子裡，倫吉雅是已經睡著，還是忙著安撫意外搭最後一班船趕來、卻沒見著妻子、大發雷霆的女婿。天曉得莉拉有沒有打電話給丈夫，確保他人遠在那不勒斯那個新社區的公寓裡，而她人在尼諾床上，沒有恐懼，一對祕密情人，打算盡情享受一夜的祕密情人。這世上的一切都處在極不穩定的平衡上，有絕對的風險，不敢冒險的人就只好浪費生命在角落裡，永遠不懂人生的滋味。我陡然醒悟，為什麼我沒能擁有尼諾，為什麼莉拉能擁有他。我沒辦法讓自己全心全意擁抱真正的感情。我不知道如何跨越界線。我沒能擁有像莉拉那樣為所欲為，恣意享受一天一夜的力量。我遠遠落在後面，等待著。而她卻能掌握事物，真正放手追求，擁有熱情，玩得賭上一切的遊戲，不怕被蔑視、被嘲弄、被鄙視、被拳打腳踢。她配得上尼諾，換句話說，因為她認為愛他就是想辦法擁有他，而不是希望他來渴求她。

夜色籠罩。此時月亮已經在邊緣微亮的雲朵中現身。夜晚芳香四溢，波濤發出催眠也似的節奏。我在海灘上脫掉鞋子，沙冰涼涼的，一道灰藍色的光隨大海向遠方延伸，跨越那廣袤的空間。我想：沒錯，莉拉是對的，事物的美是一種詭計，天空是恐懼的寶座；我活生生站在此地，離水十步之遙，那海並不美，只令人驚恐。站在沙灘上，大海畔，在這諸多動物之間，我也是這駭人宇宙的一部分。在當下的這一刻，我是個無限小的粒子，可是已感知到一切事物的恐懼。聆聽大海的聲音，感覺那潮濕與沙的冰冷，我想像著整個伊斯基亞島，想像著尼諾與莉拉交纏的身體，想像獨自睡在一天天不那麼新的新房子裡的斯岱方諾，以及那以今日之歡樂餵養明日之暴力的忿怒。啊，是真的，我的恐懼如此之強烈，所以我希望一切能儘快結束，夢魘的形影能吞噬我的靈魂。我希望從這黑夜的暗處能竄出成群的瘋狗、毒蛇、蠍子，巨大的海蛇。我希望坐在海邊的此時，能有刺客從夜裡奔臨，荼毒我的身體。是的，是的，讓我因為我的能力不足而接受懲罰，讓最悲慘的事情發生，毀天滅地的悲慘事情，好讓我不必面對今夜，不必面對明天，不必面對即將來臨的時時刻刻，不斷以駭人的證據提醒我瞭解自己能力的不足。我就這樣胡思亂想，思緒狂亂，就像個小女孩那般頹喪。我沉浸在這樣的思緒裡，不知過了多久，突然有人叫道：「莉娜，」用冰冷的手指碰碰我的肩膀。我驚起，心一涼，猛然轉頭，認出是唐納托．薩拉托爾，堵在心口的氣才像喝了萬靈丹那樣吐了出來，像詩裡描述的那種足以恢復元氣、找回生命力的萬靈丹。

71

唐納托告訴我，妮拉醒來發現我不在，非常擔心。麗狄亞也有點緊張，所以要他出來找我。而唯一覺得我不在家很正常的是他。他要那兩個女人放心，他說：「去睡吧，她肯定是在沙灘上享受月光。」但為了讓她倆高興，也為慎重起見，他出來找人。事實上我的確在這裡，坐在海灘上聆聽大海的呼吸，凝望天空的靈性之美。

他講的差不多就是這些。他坐在我旁邊，喃喃說他瞭解我，就像他瞭解自己一樣。我們對美的事物同樣敏感，同樣需要沉醉在美之中，同樣需要搜尋字彙去形容夜晚有多甜蜜，月亮有多神奇，大海有多閃耀，兩個靈魂是如何在這黑暗裡，在這芬芳裡相遇相知。他講話的時候，我清清楚楚聽出他那訓練有素的語調有多麼可笑，那吟詩般的抒情話語有多麼拙劣，只不過是用來掩飾他想對我上下其手的渴望罷了。但我想：說不定我們真的系出同源，說不定我們其實都是同樣的平庸之輩。所以我頭靠在他肩上，低聲說：「我好冷。」他馬上伸手攬住我的腰，把我輕輕拉近跟前，問我是不是比較喜歡這樣。我輕聲回答說：「是的。」薩拉托爾用拇指和食指支起我的下巴，嘴唇輕輕貼在我的唇上，問：「這樣呢？」他貼著我，輕吻變成熱吻，但繼續呢喃：「這樣呢？就這樣。你冷嗎？這樣有好一點嗎？這樣比較好嗎？」他的嘴巴溫暖濕潤，我用自己的嘴迎上去，益發感激，所以這吻持續得越來越久，他的舌頭摩擦、碰撞我的舌頭，深入我的嘴裡。我覺得好多了。我覺得我好像重新站穩腳步，寒冰消褪融化，恐懼已不復存在，他的雙手帶走寒意，但速度極緩。我身上的寒意彷彿是一層層極為細薄的材質所構成的，而他有能力小心翼翼地剝開，一層接一層，不致扯破，而他的嘴巴也有此能力，他的牙齒、他的舌頭都是，因此他對我的瞭解遠比安東尼奧來得更多，事實上，他連我自己所不知道的都知道。我有一個隱藏的我——我醒悟到——是這手指、這嘴巴、牙齒、舌頭可以去發掘的我。一層接一層，我失去了可以躲藏的地方，無恥地坦露出來，而薩拉托爾明明白白表現出來，他知道如何不讓這個隱藏的我溜走，如何不讓這個我覺得羞恥，他知道如何掌握，彷彿他的愛撫動作，這時而輕柔、時而狂烈的愛撫動作有絕對的理由這樣做。從頭到尾，我一次都沒有懊悔接受這件事情。我沒有再三思索，我覺得自豪，我希望就這樣繼續下去，我無怨無悔。或許我之所以泰然接受，是因為薩拉托爾漸漸摒棄了他的那些華麗詞藻，是因為他不像安東尼奧那樣要我幫他，他從沒拉我的手去撫摸他，只讓我相信他喜歡我的一切，對於我的身體，他付出體貼與關愛，也引以為傲，因為他是個徹底瞭解女人的男人。我甚至沒聽他說你是處女，很可能他對我的情況十分確定，所以我若不是處女他才會意外吧。如此迫切、如此忘我的歡愉需求讓我無法自已，我不只看不見這整個世界，看不見他在我眼裡如此蒼老的身體，也看不見貼在他身上的標籤——尼諾的父親，鐵路局員工、詩人兼記者，唐納托．薩拉托爾——他很清楚，他進入我。我起初覺得他很從容不迫，但接著，一個果決斷然的戳刺，直撕裂我的腸胃，但這如刀戳刺的疼痛馬上就被有節奏的律動所撫平，輕輕滑動，用力戳動，彷彿用一記又一記熱切的渴望掏空我，又填滿我。直到最後他突然抽出，翻身仰躺在沙灘上，發出一聲窒息的吼叫。

我們沉默。海又回來了，廣闊的天空回來了，我整個人迷惘無言。這又讓薩拉托爾想重拾他那粗劣的抒情絮語，他以為用溫柔的話語可以帶領我回過神來。但我想盡辦法也只忍受了頂多兩句。我猛然起身，甩掉頭髮和身上的沙，站直起來。他大膽問我：「我們明天在哪裡見面？」我用平靜自信的語氣，以義大利文告訴他說他錯了，他絕對不能再來找我，不管是西塔拉或舊街坊都不行。他露出懷疑的微笑時，我告訴他，比起米凱爾．梭拉朗，玫利娜的兒子安東尼奧．卡普西歐對他所做的真算不上什麼。我很瞭解米凱爾，我只要開口，他肯定就會讓你日子很難過。我告訴薩拉托爾，米凱爾恨不得搧他耳光，因為他拿了錢去寫馬提尼廣場那家店的報導，卻又沒把事辦好。

回家途中我不停威脅他，一方面是因為他又開始講那些甜言蜜語，所以我希望他清楚瞭解我的感受；另一方面是因為我很難置信，從小都要用方言才能表達出來的威脅恐嚇，如今我竟然也可以用義大利文流利表現。

72

我很怕會看見兩個女人清醒著等門，但她們都睡了。她們沒擔心到睡不著覺，她們認為我很通情達理，她們信任我。我睡得很沉。

隔天我愉快地醒來，儘管尼諾、莉拉，以及馬隆提發生的事情片片段段地又回到心頭，但我還是心情很好。我和妮拉聊了好久，和薩拉托爾一家共進早餐，不理會唐納托對我裝出來的那種父親般的親切態度。和這個自誇、虛榮、喋喋不休的男人發生關係，我連一刻也沒覺得是錯誤。然而看見他坐在餐桌旁，聽他講話，發現他就是奪走我貞操的人，卻讓我憎惡。我和他們一家人到海邊，和孩子們一起去游泳。我拋開他們對我的愛戀，準時抵達佛利歐。

我叫尼諾，他立刻出現。我不肯進去，一方面是我們必須儘快離開，另一方面是因為我不想在腦海中留下尼諾與莉拉共度幾乎兩天的那些房間的影像。我等著，莉拉沒出來。我的焦慮又突然出現了，我想像斯岱方諾早上就出發，會比預期的時間早幾個鐘頭到岸，事實上他已經在往租屋的路上了。我又喊了一遍，尼諾回來，要我再等一分鐘。他們十五分鐘之後才出來，在門口擁抱親吻了好久。莉拉朝我跑來，但突然停步，彷彿忘了什麼似的，又衝回去吻他。我不安地轉開頭，覺得我這個人肯定有什麼毛病，才會缺乏去投入，去重新汲取力量的能力。然而在我眼裡，他倆是如此出色的一對佳偶，一舉一動都如此完美，出聲喊：「莉娜，快點！」簡直是破壞這如夢似幻的美景。她彷彿被一股殘酷的力量牽引，手緩緩地滑過他的肩膀，他的手臂，他的手指，美妙如舞蹈。最後她來到我身邊。

在迷你出租車上，我們幾乎一語未發。

「都還好吧？」

「都還好。你呢？」

「還好。」

我沒提起自己的事，她也沒有。但是我們緘默的理由各有不同。我不打算提到發生在自己身上的事：那是赤裸裸的事實，和我的身體有關，是生理的反應。第一次有其他人身體的一小部分進到我體內，但這個事實感覺上卻無關緊要：薩拉托爾帶給我的一夜騷亂，對我來說就只是一種怪異的感覺，在像風暴那樣消失無蹤之後，你只會覺得如釋重負。至於莉拉，我清清楚楚感覺到，她之所以沉默，是因為不知從何說起。我發現她處在沒有思緒、沒有意象的狀態，彷彿離開了尼諾，她也就把她自己遺落在他身上，更遺忘了之前發生、現在發生在自己身上的一切。我們之間的差異讓我難過。我想要從我在海灘上的經驗找到一些足以和她既憂且樂的心不在焉相提並論的東西。但我也同時發現，在巴拉諾，在馬隆提，我什麼都沒有感覺到，甚至也沒覺得有新的自我出現了。我還是完整的我，所以我無法體認到在莉拉眼睛、半閉的嘴巴、握緊的拳頭裡所感受到的那種迫切感，那種想要回去，想要與不得不分離的那人留在一起的迫切需要。儘管我表面上或許看來堅強、密不透風，但在莉拉身邊，我其實已經像浸滿水的泥土，一整個糊透了。

73

還好，我是後來才讀到莉拉的筆記。她寫了一頁又一頁和尼諾度過的那一天一夜，描述了我未曾有過、也無法言傳的經過。莉拉的筆記裡沒有描寫性愛歡愉的隻字片語，沒有能讓我拿來和自身經驗相對照、比較的描述。她談的就只是愛，用令人意外的方式所描繪的愛。她說從結婚那天開始直到在伊斯基亞島的那些日子，她都處在瀕死的邊緣而不自知。她精確描述死亡迫近的感覺：缺乏活力，昏昏欲睡，腦袋裡有沉重的壓力，彷彿大腦和腦殼之間有個不斷擴大的氣泡，覺得所有的東西都匆忙離去，所有事物移動的速度都太快，朝她襲來，衝撞她，傷害她，讓她的肚子眼睛都痛了起來。她說在此同時，還有一種悶悶鈍鈍的感覺，彷彿裹著一層棉花，她的傷口好像不是來自於真實的世界，而是來自於身體與包裹在她身體外面那片巨大棉花之間的空隙。但她也說，迫近的死亡讓她覺得非常安心，因而讓她對一切都再無尊敬之心。最重要的是，她也不再尊重自己。在她看來，一切都不再重要，都該當被毀壞。偶爾，她會有克制不了的躁動，想要直截了當地表達自己心中的想法：在她變成另一個玫利娜之前，在她越過通衢大道，迎向開來的大卡車，被撞死、被拖走之前，最後一次自我表白。但是尼諾改變了她的狀態，他把她從死亡裡帶走。他第一次出手，是在嘉利亞妮老師家裡。他邀她跳舞時，她拒絕了，因為他允諾帶給她的救贖讓她害怕。然後，在伊斯基亞島，日復一日，他不斷施加這救贖的力量。他讓她重新有了感覺的能力。最重要的是，他為她帶回了生命的感覺。是的，帶回了生命。一行又一行的文字，中心意旨都是重生：狂喜復活，一切舊關係都已結束，而新的關係又帶來難以言喻的歡喜，這是復活，也是揭竿起義：他和她，她和他一起再次體驗人生，驅逐生命裡的毒素，重新注入思索與生活的純粹喜悅。

大概就是這樣。她的文字非常美，我說的僅僅是摘要而已。要是她在出租車裡對我陳述這一切，我必定會更痛苦，因為我會從她的滿足裡體認到我自己的空虛。我會瞭解到，她已經獲得我自以為我懂，自以為在尼諾身上找到的體悟，而事實上，除了模糊無聲的概念之外，我根本一無所知，也很可能永遠不會知道。我會明白，她不是在玩一場夏日的逢場作戲，而是心裡有一股強烈的感覺不斷滋生，讓她無力抵擋。我們在逾越規範之後回到倫吉雅身邊時，我怎麼也擺脫不了經常會有的那種差異懸殊的感覺，那種在我們過往經驗裡不時出現的感覺：我失去了某些東西，而她贏得了某些東西。所以我偶爾覺得有必要扳回一局，告訴她我是怎麼在馬隆提的海邊，在大海與天空之間失去了童貞。我不能把尼諾父親的名字告訴她，我想，我可以創造一名水手，一個走私美國香菸的人，把我發生的事情告訴她，告訴她那感覺有多棒。但我發現，把我的事情和我的快樂告訴她，對我並沒有好處。我說出自己的故事，只會引來她述說她的故事，結果我會發現她和尼諾擁有的歡愉有多麼強烈，遠非我的歡愉和感受比得上。還好，我發現她並沒有打算這麼做，也知道我這麼做只會愚蠢地揭發自己而已。所以我保持沉默，和她一樣。

74

一回到家，莉拉就又開始講話，有點過度興奮，過度開朗。倫吉雅迎接我們，看到我們回來，如釋重負，但也有點不高興。她說她一夜沒闔眼，總是聽見屋裡有不明的噪音，怕是鬼還是殺人兇手。莉拉擁抱她，倫吉雅差點要推開她。

「玩得開心嗎？」她問。

「很開心，我想要改變一切。」

「你要改變什麼？」

莉拉大笑，「我要想一想，再告訴你。」

「先讓你丈夫知道吧。」倫吉雅說，語氣出乎意料的嚴厲。

她女兒不敢置信地看著她，是愉快、或許稍微有些感動的不敢置信，彷彿這個建議對她來說既正確又迫切。

「好啊。」她說，回到臥房，然後進了浴室。

過了一會兒之後，她出來，還是穿著拖鞋，做個手勢要我進她房間。我很不情願地去了。她用狂熱的眼神盯著我，用幾乎喘不過氣來的速度對我說：「我想讀他看的書。」

「他唸的是大學，科目很難的。」

「我想讀他唸的那些書，我想瞭解他想的事情。我想要懂的不是大學的課程，是他。」

「莉拉，別瘋了。我們說好了，你就只見他這一次，然後就結束了。你是怎麼回事，冷靜一點，斯岱方諾就要到了。」

「你覺得，如果我用功一點，能不能搞懂他瞭解的事情？」

我再也受不了了。我早就知道而且始終欺瞞自己的一切，此刻變得再清楚不過了：她如今也認為尼諾是唯一能拯救她的人。她奪走我以前的感覺，當成是自己的。我很瞭解她，所以我一點都不懷疑：她會拆毀所有的障礙，持續進行到底。我很嚴厲地回答：

「不，那是很複雜的東西，你落後太多了，你不看報，你不知道誰主政，你甚至不知道誰在管理那不勒斯。」

「這些事情你都知道？」

「不知道。」

「他以為你知道，我告訴你，他對你評價很高。」

我覺得自己臉紅了。我喃喃說：「我是很想學，我不懂的時候就裝懂。」

「就算是裝懂，也慢慢學得會啊。你可以幫我嗎？」

「不，不，莉拉。這不是你該做的事。放過他吧，因為他都已經說他不想再唸大學了。」

「他會唸的，他天生就適合唸書。然而還有很多事情是連他也不懂的。要是我讀他不懂的東西，在他需要的時候我就可以告訴他，我就會對他有用。我必須改變，小琳，立刻改變。」

我又氣炸了：「你結婚了耶，你得把他從你的腦袋裡趕出去，你不是他需要的。」

「那誰是他需要的？」

我想要傷害她，所以說：「娜笛亞。」

「他為了我，和她分手了。」

「所以就沒問題了？我不想再聽你說了，你們兩個都瘋了，想做什麼就去做吧。」

我回自己房間，滿心不快。

75

斯岱方諾在同樣的時間抵達。我們三個裝出高興的樣子迎接他，他很有禮貌，但有點緊繃，彷彿在快樂的外表之內有著擔憂。他的假期從今天開始，但我很意外，他竟然沒帶任何行李。莉拉似乎沒注意，但倫吉雅發現了，問他說：「你看起來有心事，小斯，有事煩心嗎？你媽媽還好嗎？琵露希雅呢？鞋子怎麼樣？梭拉朗兄弟怎麼說，他們喜歡嗎？」他說一切都很好，我們吃了晚飯，但交談得很勉強。起初莉拉努力裝出好心情，但斯岱方諾只回答是、不是，好、不好，而且沒有任何關愛的表情，所以她也惱了，不再說話。只有倫吉雅和我拚命打破沉默，不讓一頓飯吃得悶聲不響。我們吃水果的時候，斯岱方諾似笑非笑地對妻子說：

「你和薩拉托爾的兒子一起去游泳？」

我呼吸停止。莉拉有點惱火地回答說：「有時候啊，怎樣？」

「多少次？一次，兩次，五次，多少次？小琳，你知道嗎？」

「一次，他兩三天前來，我們一起去游泳。」我說。

斯岱方諾還是似笑非笑的，轉頭看妻子。

「你和薩拉托爾的兒子很親密，從水裡上岸的時候還手拉手？」

莉拉直直盯著他的臉：「誰告訴你的？」

「艾達？」

「誰告訴艾達的？」

「姬俐歐拉。」

「那姬俐歐拉又是怎麼知道的？」

「姬俐歐拉看見的啊，賤女人。她和米凱爾來，他們來找你。你才不是和琳諾希亞一起和那個窩囊廢游泳的，你自己一個，你們手拉手。」

莉拉站起來，平靜地說：「我要出去。我要出去走走。」

「你哪裡都不准去：坐下來，回答我的問題。」

莉拉還是站著。她突然開口，講的是義大利文，而臉上的表情看似擔憂，但我知道其實是輕蔑：「我真是大白癡，竟然嫁給你，你簡直一文不值。你知道米凱爾．梭拉朗要我去他的店裡，你知道只要辦得到，姬俐歐拉肯定會殺了我，結果你怎麼做，你竟然相信她說的話？我不想再聽你講了，你讓你自己活像個被擺布的傀儡。小琳，你要和我一起來嗎？」

她正要走向門口，我也準備起身，但斯岱方諾跳起來，抓住她的手臂，對她說：「你哪裡也不准去。你要告訴我，你是不是真的和薩拉托爾的兒子一起游泳，是不是真的和他手拉手。」

莉拉想甩開他，但沒辦法。她輕聲說：「放開我的手，你讓我倒胃口。」

這時倫吉雅介入。她罵女兒，說她不能對斯岱方諾講這麼難聽的話。但緊接著，又用令人意外的氣力大聲叫女婿住手，說莉拉已經講過了，姬俐歐拉是嫉妒才這麼說的，糕點師傅的這個女兒實在太可惡了，她怕失去在馬提尼廣場那家店的地位，也想除掉琵露希雅，當店裡唯一的女主人，她根本對鞋子一無所知，甚至連糕點也不會做，而一切——一切的一切——都要歸功於莉拉，包括雜貨店的生意興隆，所以她女兒不應該接受這樣的待遇，不，絕對不應該。

她真的非常生氣：她的臉像燒了起來，眼睛睜得大大的，後來甚至像快要窒息一般，一句接一句連氣都沒喘一下。但是斯岱方諾一個字都沒聽見去。他岳母話還沒講完，他就把莉拉往臥房拉，吼著：「你現在就回答我，馬上。」她惡言惡語咒罵他，抓著櫥櫃門抗拒，但他使勁拉她，拉得櫃門大開，櫃子劇烈搖晃，裡面的杯盤全喀啦喀啦響，莉拉差點就飛出廚房，撞上通向他們臥房那條走道的牆面。一會兒之後，她丈夫又再抓起她，用力拉住她的手臂，像握住杯柄讓杯子保持平衡那樣，把她推進臥房，關上門。

我聽見鑰匙把門鎖上的聲音，那聲音讓我驚恐。在這漫長的一刻裡，我親眼目睹了斯岱方諾父親的鬼魂真的棲息在他身上，阿基里閣下的鬼影會從他脖子的血管、額頭皮膚底下的青筋裡冒出來。但是儘管害怕，我卻覺得不能就這樣無所作為，和倫吉雅繼續坐在餐桌旁。我抓住門把，開始搖晃，掄起拳頭捶打木門，哀求：「斯岱方諾，拜託，這不是真的，放過她吧。斯岱方諾，別傷害她。」但這時他已經渾身怒火，我聽見他在咆哮著要知道真相，而因為莉拉沒回答——事實上，她簡直像人已經不在房裡似的——他活像是在自言自語，同時在打自己，揍自己，砸東西。

「我要叫房東來。」我對倫吉雅說，衝下樓梯。我想問老太太有沒有另一副鑰匙，或者要是她那個塊頭很大的孫子在家，可以來幫忙破門而入。但敲門沒人應，老太太不在家，或者是在家卻不願開門。這時斯岱方諾的咆哮穿透牆壁，傳過整條街，越過蘆葦，奔向大海，但卻還是沒找到任何一對願意聽見的耳朵，除了我之外，街坊鄰居沒有人探出頭來，沒有人狂奔前來。有的只是倫吉雅的哀求，低啞的聲音，又從哀求換成威脅，說他如果膽敢傷害她女兒，她會把一切告訴費南多和黎諾，老天在上，他們肯定會宰了他。

我跑回屋裡，不知道該怎麼辦。我卯足力氣，用自己的身體去撞門，大叫著說我要報警，警察會來。這時，因為沒聽見莉拉還活著的動靜，我尖聲嘶吼：「莉拉，你還好嗎？拜託，莉拉，告訴我你沒事。」一直到這時我們才聽見她的聲音。她不是對我們講話，而是對丈夫，語氣冰冷：

「你想知道真相？沒錯，我和薩拉托爾的兒子一起去游泳，我們手拉手。沒錯，我們游到深海，我們親吻，彼此撫摸。沒錯，我和他上床一百遍，而且我發現你是個廢物，你一文不值，你只是個可惡噁心的東西，讓我想吐。這就是你要的？這下你高興了吧？」

靜默。在這幾句話之後，斯岱方諾連氣都沒喘一聲，我不再捶門，倫吉雅不再哭。屋外的噪音回來了，車輛駛過，遠遠的交談聲，雞拍翅膀的聲音。

幾分鐘之後，斯岱方諾再次開口，但聲音很輕，我們幾乎聽不見他在說什麼。但我發現，他在想辦法讓自己鎮靜下來：短促而不連貫的字句，讓我知道你做了什麼，乖，別再這樣了。莉拉的自白必定顯得太難以接受，所以他只當成是謊言。他認為她這麼說只是為了傷害他，這誇張的話宛如結實的一拳，打得他重新腳踏實地，她這些話的意思是：要是你還不知道你指控我的罪名有多麼沒根據，那我就給你講個清楚，你好好聽著。

但對我來說，莉拉這席話和斯岱方諾的拳打腳踢一樣可怕。如果說他禮貌的外表與溫和的臉孔下潛藏的暴力讓我驚恐，那麼她此時的勇氣也讓我難以忍受，她的厚顏無恥讓她把真相當謊言，大聲講出來。她對斯岱方諾所講的每一個字都讓他的理性逐漸恢復，因為他認為那是謊言，但我卻聽得如錐刺痛，因為我知道真相。這個雜貨店老闆的聲音清楚傳入我們耳朵時，倫吉雅和我都認為最糟的情況已經過去了。阿基里閣下已經從兒子身上隱遁，讓他重新呈現溫和柔順的那一面。而身上那個成功老闆的特質再次出現之後，斯岱方諾也很迷惑，不知道自己的聲音、自己的雙手、自己的手臂是怎麼回事。儘管莉拉和尼諾手拉手的影像可能還在心頭揮之不去，但莉拉這一連串話就讓他只能覺得自己的想像沒有任何根據。

門沒打開，鎖孔裡的鑰匙沒轉動，直到天明。但斯岱方諾的聲音變得哀傷，是喪氣的哀求，倫吉雅和我在門外等了好幾個鐘頭，不安地彼此作伴，幾乎什麼都沒聽見。房裡輕聲耳語，房外輕聲耳語。倫吉雅低聲說：「要是我告訴黎諾，他會宰了他。他肯定會宰了他。」而我在她耳邊說，彷彿相信她的話似的：「拜託，別告訴他。」但我心裡想的是：黎諾，甚至費南多，在婚禮之後，連根手指都沒為莉拉動一下，更不要說打從她出生之後，他們向來就是想揍她就揍。這時我對自己說：男人的本性全都一樣，只有尼諾不同。我嘆口氣，心中的憎惡變得更加強烈，如今情況再清楚不過了，莉拉會擁有他，儘管她是有夫之婦，他倆會一起離開這烏煙瘴氣的地方，而我永遠都會困在這裡。

76

破曉的第一道晨光出現時，斯岱方諾走出臥房。莉拉沒有。他說：「收拾行李，我們要走了。」

倫吉雅控制不了自己，尖酸地指著他對房東物品所造成的損害，說他必須賠償。他回答說——她幾個鐘頭之前罵他的話彷彿都還在他心裡，所以他覺得有必要加以強調——之前都是他付的錢，以後也都會是他付。「租房子的錢是我出的，」他以疲憊的聲音一一列舉：「你們度假的錢是我出的，一切的一切，你，你丈夫，你兒子擁有的一切都是我給的，所以別再當討厭鬼，快收拾行李，我們走吧。」

倫吉雅沒再說什麼。一會兒之後，莉拉走出房間，身上一件長袖黃洋裝，臉上戴大墨鏡，像個電影明星似的。她一句話都沒對我們說。在港口沒有，在船上沒有，甚至回到街坊時也沒有。她和丈夫回家去，連句再見都沒說。

至於我，我決定從這一刻起，只為自己而活。我們一回到那不勒斯，我就這麼做，讓自己換上絕對事不關己的態度。我沒去找莉拉，沒去找尼諾。我一句話也沒說地接受我媽的大發雷霆，她罵我說跑到伊斯基亞去假扮千金小姐，完全不管我們家裡需要錢。我爸爸雖然讚美我看起來很健康，頭髮金亮，卻也有同樣的反應。我媽當著他的面一罵我，他就支持我媽。他說：「你長大了，你知道自己該做什麼。」

賺錢是極為迫切需要的，事實上。我可以去找莉拉要回她答應補償我去伊斯基亞所損失的工資，但是決定和她切斷關係，特別是在斯岱方諾對倫吉雅（就某種程度來說，也是對我講的）講了那麼惡劣的話之後，我沒辦法這麼做。基於同樣的原因，我也決定不讓她像前一年所做的那樣，為我買教科書。碰見埃爾范索時，我要他轉告她書的問題我已經在想辦法，不必再提了。

八月假期之後，我再次出現在梅佐坎農路的書店。一方面是因為我確實是能幹乖巧的店員，另一方面也是因為陽光與海洋讓我變得更加漂亮，所以書店老闆抗拒了一會兒之後就讓我回去工作了。然而他堅持要我在開學之後也不辭職，在整個教科書銷售期間繼續來工作，但只在下課後過來。我答應了，而且花了更多的時間在店裡招呼老師和學生。老師們帶著一袋袋出版社送的免費書來賣幾個里拉，而學生則是拿來他們那些破舊的書，賣更少的錢。

我一整個星期都惴惴不安，因為經期沒來。因為擔心薩拉托爾讓我懷孕，所以非常沮喪。我外表有禮，內心陰鬱。夜裡無法入睡，也沒找任何人給建議或安慰。只擺在自己心裡。最後，有天下午在書店裡，進了骯髒的廁所，發現了血。這是那段時間裡少有的幸福時刻。我的月經是某種象徵性的清理動作，清理了薩拉托爾對我身體的入侵。

九月初，我突然想到尼諾一定從伊斯基亞回來了，開始既擔心又希望他來，至少來打聲招呼。但他沒出現在梅佐坎農路，也沒到街坊。至於莉拉，我只看到她幾次，在星期天，看見她和丈夫坐在車裡，開過通衢大街。那短短幾秒鐘的時間就足以讓我發火。發生過的事情。她怎麼為自己做的安排。她還是擁有一切，繼續擁有：汽車，斯岱方諾，有浴室、電話和電視的公寓，漂亮的衣服，富裕的生活。誰又知道她心裡祕密打著什麼主意。我知道她是什麼樣的人，我告訴自己，她是不會放棄尼諾的，就算尼諾放棄她也一樣。但我趕走這些想法，強迫自己遵守我立下的誓約：為我自己規劃沒有他們的人生，學會不因此而受苦。最後我集中精神，訓練自己減少反應或完全不作反應。我學會把自己的情緒降低到最小限度：如果老闆伸出鹹豬手，我就推開他，但不生氣；如果顧客無禮，我就逆來順受；就連對我媽，我都想辦法乖乖聽話。我每天都對自己說：我就是我，我必須接受我自己。我生來如此，在這個城市，講這個方言，沒有錢；我要付出我所能付出的一切，得到我所能得到的一切，我會忍耐應當忍耐的一切。

77

然後學校開學了。十月一日踏進教室時我才意識到，這已經是我高中的最後一年了，我十八歲，就我來說漫長得像奇蹟的求學歲月已經來到尾聲了。真是太好了。埃爾范索和我常聊起畢業後要做什麼。他的了解和我差不多。我們要參加公務員考試，他說，但其實他也不太知道這考試是要做什麼。我們總是說「參加考試」、「通過考試」，但整個概念卻很模糊：我們要參加的是筆試呢，還是口試？考過了可以得到什麼，一份薪水？

埃爾范索告訴我，一旦考上，得到職位之後，他考慮要結婚。

「和瑪麗莎？」

「是啊，當然。」

有時我會小心翼翼地問起尼諾，但他不喜歡尼諾，他們甚至彼此不打招呼。他從來就不懂我到底在尼諾身上看見什麼優點。他很醜，埃爾范索說，比例不對，皮膚和骨骼。另一方面，瑪麗莎就比他漂亮。但他很細心，為了不傷害我，立刻補上一句：「你也很漂亮。」他很喜歡美貌，特別是欣賞身體的美。他對自己的外表也很在意，身上有刮鬍水的味道，花錢買衣服，每天舉重。他告訴我他在馬提尼廣場的店裡很愉快。那裡和雜貨店不一樣。在那裡你可以儘量表現得優雅，事實上是必須優雅。你可以講義大利文，來往的都是高貴的人，上過學的。儘管必須屈膝在男女顧客面前幫他們試鞋子，也做得很愉快，像是宮廷浪漫故事裡的騎士。

「為什麼？」

「呃……」

他起初有點含糊其詞，而我也沒堅持。後來他告訴我琵露希雅待在家裡，因為她不想太累。她肚子大得像魚雷，而且很明顯的，她生了孩子也就不可能工作。理論上，這應該是為他開了一條路，梭拉朗兄弟喜歡他，說不定畢業之後，他就可以在那裡工作。然而不可能，莉拉的名字突然被提出來。光是聽到她的名字，我的胃就打結。

「她和這件事有什麼關係？」

我知道她結束假期回來的時候，活像個瘋婆子。她還是沒懷孕，游泳沒有用，她舉止怪異。有一回她把陽臺上所有的花盆全打破。她說她要到雜貨店，結果卻丟下卡門一個人看店，自己到處轉。斯岱方諾夜裡醒來，發現她不在床上：她在屋裡走來走去，看書寫字。接著她後突然平靜下來，或者應該說她集中心力，把破壞斯岱方諾的生活當成唯一目標：讓姬俐歐拉到新雜貨店工作，她到馬提尼廣場去。

我不敢相信。

我說：「是米凱爾希望她到鞋店去，可是她自己並不想去。」

「以前是。她現在改變心意了，想盡辦法要到那裡去。唯一的阻礙是斯岱方諾，他很反對。但當然啦，最後我哥還是會如她所願。」

我沒問其他問題。我不想再捲進莉拉的事情。但有那麼一會兒，讓我自己也意外的是，我竟然尋思：她到底在打什麼主意，為什麼突然想到城裡去工作了？後來我拋開了，忙著其他的問題：書店，學校，課堂答詢，教科書。書有一小部分是買的，但大部分都是從書店裡偷的，但我並沒有太良心不安。我再次勤奮用功，主要是在夜裡。在聖誕節假期辭職之前，我下午的時間都在書店裡忙。嘉利亞妮老師幫我安排了幾個晚間家教的機會，我非常努力。在學校、家教和課業之間，沒有空間容納其他的東西。

到了月底，我把掙來的錢交給我媽，她放進口袋，什麼話也沒說，但隔天早上她早早起床，為我做早餐，甚至還打了蛋，非常用心——我還在床上半睡半醒的時候，聽見她把糖加進蛋液裡攪拌，湯匙敲著杯緣的喀喀聲——那蛋像奶油似的在我嘴巴裡融化，糖完全溶解了。至於學校裡的老師，他們似乎別無選擇，只能認定我是出色的學生，彷彿是這部老舊蒙塵的學術機器緩緩運轉之後終於作出了這個決定。我毫無問題地站穩全班第一名的位置，而且尼諾畢業了，我成為全校最優異的學生。然而我很快就發現，嘉利亞妮老師雖然還是對我慷慨為懷，但卻不知怪罪我什麼，所以不像以前對我那麼好。例如，我把書還給她的時候，她很不高興，因為書上都是沙，收回去之後，也沒說要再借我其他的書。例如，她不再把她的報紙給我，有段時間我還強迫自己去買《晨報》，但後來不買了，太無聊，根本浪費錢。例如，她從不邀請我到她家，雖然我很想再見到她兒子亞曼多。不過，她還是繼續公開稱讚我，給我很高的分數，建議我讀重要的文章，甚至推薦我去看在阿爾巴門教區大會堂放映的電影。直到有一回，接近聖誕節假期的時候，她在放學的時候喊我，我們一起走了一小段路。她突然問我瞭不瞭解尼諾的事。

「不瞭解。」我說。

「老實告訴我。」

「這是實話。」

事情慢慢揭露，尼諾自從夏天之後就再也沒和她或她女兒聯絡了。

「他和娜笛亞分手，鬧得很不愉快。」她說，滿是為人母的憤慨。「他從伊斯基亞寄給她一封信，只有幾行字，讓她很痛苦。」接著，她壓抑自己的情緒，重回老師的身分，補上一句：「不要緊，你們都很年輕，痛苦能幫助你們成長。」

我點點頭，她問我：「他也離開你了？」

我脹紅了臉，「我？」

「你們在伊斯基亞沒見面嗎？」

「是見面了，但我們之間什麼都沒有。」

「真的？」

「百分之百。」

「娜笛亞相信他是因為你才離開他的。」

我強烈否認，說我很樂意去看娜笛亞，告訴她說我和尼諾之間過去沒有，未來也不會有任何關係。她很高興，保證會轉達。我當然沒提到莉拉，不只是因為我下定決心要自掃門前雪，而且也因為提到她，只會讓我自己心情不好。我想要改變話題，但她還是又提起尼諾。她說有很多關於他的流言，有人說他不僅九月沒去考試，甚至連書都不唸了；還有人說有天下午在阿倫那西亞路看見他，獨自一個人，喝得醉醺醺，走路東倒西歪，不時就著瓶子喝上一口。但是，她說，沒有人喜歡他，所以大家很可能都愛傳播他的惡劣謠言。不過，這要是事實，他就太可惜了。

「這當然是謊言，」我說。

「希望是吧。可是很難知道他在想什麼。」

「是啊。」

「他太聰明了。」

「是啊。」

「要是你有辦法探聽出來是怎麼回事，要讓我知道。」

我們道別。我匆匆趕去給一個住在瑪格利塔公園的中學女生上希臘文。但這天很難捱。他們恭恭敬敬把我請進的這個大房間，永遠都是昏昏暗暗的，有笨重的家具，織有狩獵畫面的地毯，高階軍官的相片，以及各種展現悠久顯赫歷史的其他象徵，讓我教的這位臉色蒼白的十四歲女學生身心盡皆呆滯，讓我滿心不耐。這天我想辦法盯她做詞尾變化與語形變化。嘉利亞妮老師提到的尼諾景況不斷在我腦海浮現：破舊的外套，飄動的領帶，蹣跚的長腿，喝完最後一口之後的酒瓶砸在阿倫那西亞路路面的石頭上。他和莉拉在離開伊斯基亞之後發生什麼事情了？和我預測相反的，她顯然是發現自己錯了，一切結束了，她又找回自己了。而尼諾沒有。他從對任何事情都能侃侃而談的好學青年變成流浪漢，對雜貨店老闆娘的愛讓他痛苦得無法自持。我想要再問問埃爾范索，看他有沒有新的消息。我想要自己去找瑪麗莎，問她哥哥的事。但我很快就把這個念頭趕出腦海。這會過去的，我對自己說。他有來找我嗎？沒有。莉拉有來找我嗎？沒有。為什麼我要替他擔心，或替她擔心？他們明明就不在乎我。我繼續上課，繼續過我的日子。

78

聖誕節過後，我從埃爾范索那裡知道，琵露希雅生了，是個男孩，名叫費南多。我去看她，以為會看見她躺在床上，懷裡摟著寶寶很開心。但是沒有，她已經下床，但穿著睡衣和拖鞋，一臉不高興。她很粗魯地趕走媽媽，因為她媽媽叫她：「快回床上躺著，別累壞了。」帶我到搖籃旁邊時，她沉著臉說：「什麼事情到我身上都不對勁。看他長得多醜，光是看到他，我就傷心，更別說要抱他了。」儘管瑪麗亞站在門口像安撫似地喃喃低語：「你在講什麼啊，小琵，他很漂亮。」琵露希雅還是很生氣：「他很醜，他比黎諾還醜，那家人都是醜八怪。」然後她深呼一口氣，眼泛淚光，絕望大叫：「是我的錯，我選錯老公了，可是年輕的時候都不會想，現在你看看，我生出什麼樣的小孩了。他有個獅子鼻，像莉娜一樣。」然後，完全沒有前因後果的，開始辱罵她的嫂嫂。

我從她這裡知道，莉拉這個賤女人已經在馬提尼廣場的鞋店為所欲為兩個星期了。姬俐歐拉不得不屈服，回到糕餅店。而她，琵露希亞也不得不屈服，被孩子綁住，天曉得還要困在家裡多久。所有的人都必須屈服，尤其是斯岱方諾，一如往常。現在，莉拉每天都要新的東西：她上班精心打扮，穿得活像是邁可．波吉歐諾[26]的助理，要是老公不載她，她就無恥地去找米凱爾載她去。她花了天曉得多少錢買了兩幅完全不知道是什麼東西的畫掛在店裡，天曉得是為了什麼目的，她買很多書，不是鞋喔，擺在架子上。她隔出了一個像客廳的空間，陳設沙發、椅子、土耳其躺椅，還有一個水晶缽擺蓋歐汀買來的巧克力，誰想吃都招待，彷彿她不是來關注客人的臭腳丫，而是在城堡裡演高貴仕女似的。

她說：「不只這樣，還有更慘的。」

「什麼？」

「你知道馬歐羅．梭拉朗怎麼做嗎？」

「不知道。」

「你記得斯岱方諾和黎諾給他的鞋子嗎？」

「完全按照莉娜設計做的鞋子？」

「品質很差的鞋子。黎諾老是說會進水。」

「呃，怎麼回事？」

小琵講了一個非常複雜、甚至令人不解的故事，讓我聽得入神。這牽涉到錢、陰謀、詐騙和債務。馬歐羅很不滿意黎諾和費南多設計的新鞋款——米凱爾肯定也有相同的看法——所以不在琵魯羅的鞋廠生產鞋子，而在阿法戈拉另找一家工廠製作。聖誕節的時候，他用梭拉朗的名義把產品分送到各店，包括馬提尼廣場的那家店。

26 邁可．波吉歐諾（Mike Bongiorno, 1924~2009），原籍美國，後歸化義大利，為義大利知名電視節目主持人。

「他可以這麼做？」

「當然可以，鞋子是他的：我哥哥和我老公，兩個笨蛋，全都拱手讓給他，他想怎做就可以怎麼做。」

「然後呢？」

「然後，」她說：「現在有瑟魯羅牌的鞋子和梭拉朗牌的鞋子在那不勒斯流通。梭拉朗牌的鞋子賣得非常好，比瑟魯羅的鞋子還好。所有的利潤都是梭拉朗兄弟的。所以黎諾很生氣，因為他雖然料到會有競爭對手，但沒想到會是梭拉朗兄弟，他的合夥人，用的還是他親手製作、卻笨到拱手讓人的鞋子。」

我回想起當年莉拉拿刀威脅的那個馬歇羅。比起米凱爾，他比較遲鈍，也比較怯懦。他何必要這麼咄咄逼人呢？梭拉朗家生意這麼多，有些合法，有些不合法，但每一天都比前一天規模更大。遠從祖父的時代，他們家就有很強大的人脈，他們給人情，也討人情。他們母親是個放高利貸的吸血鬼，有一本讓半個街坊都聞風喪膽的帳簿，現在或許也包括了瑟魯羅家和卡拉西家。對馬歇羅和他弟弟來說，鞋子和馬提尼廣場的店只不過是他們家族財富眾多來源之一，當然也不會是最重要的財源。那何必呢？

琵露希雅講的故事開始讓我不安。在表面的金錢動機之下，我感覺到了令人消沉的事實。馬歇羅對莉拉的愛已經結束，但傷口還在，而且發炎了。不再倚賴愛情之後，他覺得自己可以自由傷害過去曾經羞辱他的人。琵露希雅說：「黎諾，和斯岱方諾一起去找他們理論，但沒有用。」梭拉朗兄弟用輕蔑的態度對待他們。他們兄弟倆是習慣我行我素的人，黎諾和斯岱方諾等於是在自言自語。最後馬歇羅含含糊糊說，他和弟弟想要再弄一整條梭拉朗的生產線，把當初做來當樣品的鞋款略加修改一下就生產上市。然後他沒來由地加上一句：「就看看你們的新產品要怎麼樣，是不是值得繼續在市場上賣。」懂了嗎？懂了吧。馬歇羅想要徹底消滅瑟魯羅的品牌，用梭拉朗取而代之，這會對斯岱方諾造成很大的經濟損失。我必須離開街坊，離開那不勒斯，我對自己說，我幹嘛理會他們的爭執？但我還是問：

「那麼莉娜呢？」

琵露希雅眼睛發出怒火。

「真正的問題就是她。」

這件事招來莉拉大笑。黎諾和她丈夫怒火難遏，她卻取笑他們：「是你們把鞋子給他們的，不是我。是你們和梭拉朗兄弟做生意的，不是我。如果你們兩個是白癡，我又能怎麼樣呢？」她不會合作，你不能叫她要採取什麼立場，是支持家人或梭拉朗兄弟。所以米凱爾又堅持要她去馬提尼廣場的店時，她突然答應，吵著要斯岱方諾讓她去。

「那斯岱方諾幹嘛讓步？」我問。

琵露希雅不耐煩地長嘆一聲。斯岱方諾讓步，是希望莉拉明白米凱爾有多麼看重她，明白她始終是馬歇羅的軟肋，能幫忙搞定這件事。但黎諾不信任妹妹，他很害怕，夜裡無法入睡。他和費南多白白送給馬歇羅的那雙原舊鞋，他非常喜歡，而且賣得非常之好。要是梭拉朗兄弟開始直接找莉拉交涉怎麼辦？要是這個打從生下來就賤的女人拒絕為家人設計鞋子之後，去為他們設計鞋子怎麼辦？

「不會的。」我對琵露希雅說。

「她告訴你的？」

「不是，我從夏天之後就沒見過她。」

「所以？」

「我知道她是什麼樣的人。莉娜很有好奇心，很容易被新的事情吸引住。但是一旦做過，那渴望就消失了，她就不再有興趣了。」

「你確定？」

「確定。」

瑪麗亞聽了我的話很滿意，用來安撫女兒。

她說：「聽見沒？一切都沒事。琳諾希亞知道她在講什麼。」

事實上我什麼也不知道。比較不賣弄學問的那部分的我很清楚莉拉的難以預測，所以我迫不及待要離開琵露希雅家。我幹嘛要理會這些，我想，幹嘛理會這件卑鄙的事，理會梭拉朗兄弟小心眼的復仇，理會這為金錢、汽車、房子、家具、小擺設、假期而來的掙扎與憂心呢？而莉拉在經過伊斯基亞島，經過尼諾之後，怎麼還能回過頭再去和這些惡棍周旋？我會拿到畢業證書，我會參加入學考試，而且可以過關。我會離開這個烏煙瘴氣的爛地方，走得越遠越好。我輕聲對瑪麗亞摟在懷裡的寶寶說：「他好可愛喔。」

79

但我抗拒不了。我延挨了好長一段時間，最後還是屈服：我問埃爾范索，能不能找個星期天一起去散步，他、瑪麗莎和我。埃爾范索很高興，我們去了佛利亞街的披薩店。我問起麗狄亞，孩子們，特別是希洛，然後才問尼諾在幹什麼。她很不情願地回答，說哥哥讓她很失望。她說他有好長一段時間腦袋有問題，他和她摯愛的父親有點爭執，尼諾甚至對他動手。他到底為什麼會失去理智，原因始終不明：他不肯再唸書，想離開義大利。然後突如其來的，事情就落幕了：他恢復正常，又開始去考試了。

「所以他沒事了？」

「誰知道。」

「他開心嗎？」

「如果像他這樣的人也有辦法開心的話，是啊，他開心。」

「他整天唸書？」

「你的意思是他有沒有女朋友？」

「不是，當然不是，我的意思是他有沒有出門，他有沒有去玩，去跳舞？」

「我怎麼會知道啊，小琳？他老是不在家。現在他迷上電影、小說、藝術，很少留在家裡，但只要在家，就和爸爸吵架，罵他，和我們吵。」

我覺得如釋重負，尼諾終於恢復神智了，但我也覺得心裡很不是味道。電影，小說，藝術？

人這麼快就變了，他們的興趣，他們的感情。華美的詞藻被華美的詞藻所取代，時間是一道文字的洪流，只有表面看起來連貫一致，看誰能堆砌得最多，誰就贏了。我覺得自己很蠢，我忽略了自己所愛的，去迎合尼諾所喜歡的。是的，沒錯，要做你自己，每個人都有自己的路要走。我只希望瑪麗莎不會告訴他說她見過我，說我問起他的事。在這天晚上之後，我甚至也沒再對埃爾范索提到尼諾或莉拉。

我更加退縮回自己的世界裡，加倍努力找出更多事情來忙，好填滿我的每一日每一夜。那年我唸書唸得非常專心，非常投入，甚至還接了一個新的家教，掙了不少錢。我給自己樹立鐵的紀律，比從小以來的自律更加嚴格。每一分每一秒，從日出到夜深，都不放鬆。過去莉拉始終在我左右，時不時帶我漫走遊逛，踏進意外的領域。如今我希望一切都靠自己。我快十九歲了，不能再依賴別人，我也不再懷念別人。

高中的最後一年就這樣溜走，速度快得宛如只有一日。我和天文地理、幾何學、三角函數苦苦奮鬥。這像是急著想要學會一切的競賽，雖然我已經認定自己的先天不足，是怎麼也無法彌補的，但還是想竭盡一切能力去拚。我沒有時間去看電影？那我就了解片名和情節。沒去過考古博物館？我用半天的時間逛了一圈。沒去過卡波迪蒙特美術館？我來趟快閃參觀，兩個鐘頭就搞定。簡而言之，我有太多事情要做。我幹嘛關心鞋子和馬提尼廣場的店？我再也沒去過。

有時候我會碰見琵露希雅，形容憔悴，推著費南多出門。我會停下腳步，心不在焉地聽她抱怨黎諾、斯岱方諾、莉拉、姬俐歐拉和所有的人。有時候我碰見卡門，她越來越不滿，因為自從莉拉離開，把她丟給瑪麗亞和琵露希雅壓榨之後，新雜貨店就很不順。我聽她發洩幾分鐘，說她有多想念恩佐．斯坎諾，她是怎麼數著日子等待他退伍歸來，說她哥哥帕斯蓋在建築工地的工作與共產黨的活動之間是怎麼苦幹實幹的。有時候我會碰見艾達，她已經開始怨恨莉拉了，因為她非常喜歡斯岱方諾，提起他總是很溫柔，不只是因為他剛給她加薪，也因為他工作很認真，對誰都很好，他老婆待他如糞土真是太不應該了。

也是她告訴我說安東尼奧提早退伍，因為嚴重的精神崩潰。

「怎麼回事？」

「你也知道他是什麼樣子，上回因為你，他就已經差點崩潰了。」

這句刻薄的話讓我很傷心。我試著不去多想。冬天裡的一個星期天，我碰見安東尼奧，幾乎認不出他來，他變得好瘦。我對他微笑，希望他會停下腳步，但他好像沒注意到我，繼續往前走。我喊他，他轉身，臉上是茫然的微笑。

「哈囉，小琳。」

「哈囉，很高興見到你。」

「我也是。」

「你在幹嘛？」

「沒幹嘛。」

「你不回去店裡工作。」

「那裡沒工作了。」

「你很厲害，一定可以在其他地方找到工作的。」

「不，我的情況不好轉，就沒辦法工作。」

「你是怎麼了？」

「害怕。」

他是這樣說的：害怕。在柯爾德諾斯的時候，有天晚上他站衛兵，想起父親還在世、他還很小的時候玩的一個遊戲：他父親拿筆在左手的五根手指上畫眼睛和嘴巴，然後就動動手指，讓它們假裝像人那樣講話。這是個很棒的遊戲，他回想著，熱淚盈眶。但那天晚上，站崗的時候，他有種印象，覺得父親進到他身體裡面，所以他的手指裡有真的人存在，細小但完全成形的人，在笑，在唱歌。這就是他害怕的源頭。他用手猛拍崗亭，拍到手流血，但手指還是在笑，在唱歌，不肯停止，一刻也不停。一直到站崗結束才恢復正常，他去睡覺。休息一段時間之後，隔天早上就消失了。但擔心手有毛病的恐懼一直還在。事實上，這情況繼續發生，越來越頻繁，他的手指甚至在白天也大笑唱歌。後來他就發瘋了，他們送他去就醫。

「現在好了，但是隨時可能再開始。」

「告訴我，我該怎麼幫你。」

他想了想，彷彿是真的在衡量一連串的可能性。他喃喃說：「沒有人幫得了我。」

我立刻知道，他對我已經沒有感情了。我已經徹底離開他心裡了。所以在這次的碰面之後，我養成習慣，每個星期天到他家窗下喊他。我們在院子裡散一回步，東聊西聊，他說他累了，我就和他道別。有時候玫利娜會和他一起下樓，打扮得花枝招展，我們就一起散步。有時候我們會碰見艾達和帕斯蓋，就結伴走得遠一些，但通常都是我們三個在講話。安東尼奧很沉默。換句話說，這成為平靜無波的例行活動。我陪他去參加尼寇拉．史坎諾的葬禮，這位蔬果販子因為肺炎突然病逝。恩佐請假回家，但沒來得及見父親最後一面。我們也一起去安慰帕斯蓋、卡門和他們媽媽姬塞琵娜，因為他們父親，也就是殺害阿基里閣下的那位木匠，在監獄裡因心臟病發死了。我們聽說販售肥皂和各種家用品的卡羅．瑞斯塔先生在地窖裡活活被打死，也一起去弔唁。這件事我們談了好久，整個街坊都談了很久，事實與殘酷的謠言四處流傳，有人說光是揍他還不夠，凶手還把檔案塞進他鼻子裡。幾名惡棍被懷疑是凶手，他們專偷每日進帳的現金。但是帕斯蓋後來告訴我，他聽到一種說法，而且覺得很有道理：卡羅先生欠了梭拉朗兄弟的媽媽錢，因為他愛賭，只能去找她借錢還賭債。

「所以呢？」艾達問，未婚夫提出一大堆假設的時候，她總是很懷疑。

「所以他沒錢還高利貸，他們就找人殺了他。」

「少來，你總是胡說八道。」

帕斯蓋的話聽起來是很誇張，但第一，沒人知道卡羅．瑞斯塔先生是誰殺的，其次，梭拉朗確實接管了他的店，包括店裡的存貨，然後以很低的工資讓卡羅先生的妻子和大兒子去看店。

「因為他們很慷慨。」艾達說。

「因為他們是王八蛋。」帕斯蓋說。

我不記得安東尼奧是不是對這件事有什麼評論。他為病所苦，而帕斯蓋的說法從某些方面來說，讓他的病情益發嚴重。他覺得他身體的病痛彷彿蔓延到整個街坊，從發生的這些可怕事情就可以得到證實。

對我們來說，最可怕的事情發生在春天一個暖和的星期天，帕斯蓋、艾達、他和我在院子裡等卡梅拉，她上樓去拿毛衣。過了五分鐘，卡梅拉探頭出來，對著哥哥喊：「帕斯蓋，我找不到媽媽。浴室門從裡面鎖起來，可是她不回答。」

帕斯蓋兩步併一步地跑上樓，我跟在他後面。我們看見卡梅拉焦急地站在浴室門口，帕斯蓋敲門，很有禮貌的，一次又一次，但沒有人回答。於是安東尼奧指著門對他的好友說：別擔心，我會再好好裝回去的，然後伸手抓住門把，一整個扯掉。

門開了。姬塞琵娜向來是個開朗的女人，活力充沛，勤奮認真，和善親切，有能力面對任何困難挑戰。她持續不懈地支持坐牢的丈夫，我還記得他被控謀殺阿基里閣下遭逮捕的時候，她卯足全力和警隊對抗。四年前，她很體貼地接受斯岱方諾的邀請，一起慶祝新年除夕，樂見兩家的和解。女兒託莉拉的福，在新社區的雜貨店找到工作時，她也很開心。但如今，丈夫已死，她顯然也心灰意冷，在很短的時間裡變成一個瘦小的婦人，皮包骨，完全沒有往日的活力。她拆下掛在金屬鍊上的浴室燈，把曬衣繩穿進天花板上的勾子，然後套在自己脖子上。

安東尼奧第一個看見她，哭了出來。要安撫她的子女——卡梅拉和帕斯蓋——還比較容易。他一再驚恐地對我說：你有沒有看見她光著腳，腳趾甲很長，其中一腳擦著鮮紅的指甲油，另一腳卻沒有？我沒注意，但他注意到了。從軍中退伍之後，儘管精神崩潰，但他卻比以前更堅信自己的工作是當個可以應付所有情況的人，是可以投身危險情境，大而無畏，解決所有問題的人。但他很脆弱。在這件事過後的幾個星期裡，他在屋裡每個陰暗的角落都看見姬塞琵娜，而且情況越來越糟，所以我只好丟開一些工作，去幫助他冷靜下來。在畢業考之前，我在街坊裡比較常定期碰面的人就只有他一個。我只在姬塞琵娜的喪禮上瞥見站在丈夫身邊的莉拉一眼。她擁抱哭泣的卡門。她和斯岱方諾送了一個大花圈，在藍紫色的緞帶上寫著卡拉西夫婦敬悼。

80

我沒再見安東尼奧，並不是因為考試的緣故。兩件事是巧合，因為當時他來看我，如釋重負地告訴我說他接受了梭拉朗兄弟給他的工作。我覺得不妙，因為這表示他病得更重了。他痛恨梭拉朗兄弟。年輕的時候，他曾經為了保護妹妹而和他們兩兄弟打架。他、帕斯蓋和恩佐揍了馬歇羅和米凱爾，還砸毀他們的車。但最主要的是，他之所以離開我，是因為我去找馬歇羅想辦法幫忙讓他免役。那他現在為什麼又屈服了呢？他給我一個不知所云的解釋。他說他在軍中學到，如果你是個小兵，就要服從每一個有軍階的人。他說秩序比失序好。他說他學會如何在某人聽見你來之前，就從他後面殺了他。我知道這和他的病有關，但是真正的問題在於貧窮。他自己到酒館去要工作。馬歇羅對他有些無禮，但還是答應每個月給他固定的薪資——他是這樣說的——但沒有固定的工作內容，只說要他隨傳隨到。

「隨傳隨到？」

「是的。」

「隨傳隨到幹嘛？」

「我不知道。」

「別去，小安。」

他沒聽。也因為這份工作，他最後和帕斯蓋與恩佐都鬧翻了。恩佐現在更常從軍中休假回來，比以前更沉默寡言，更執拗。不管是不是生病，他們都無法原諒安東尼奧做了這個決定。帕斯蓋雖然已經和艾達訂婚，但還是出言威脅他說，就算他是大舅子，他也不想再見到他了。

我很快就丟開這些問題，專心準備我的畢業考。日以繼夜唸書的時候，我有時候會熱到受不了，再次想起那個寶貴的夏日假期，在琵露希亞離開之前，莉拉、尼諾和我是快樂的三人組，至少我是這麼認為的。但我壓抑每一個影像，甚至連每一句話最微弱的回音都不許出現：我絕對不容許自己分心。

這個考試是我這輩子最嚴酷的一刻。在幾個鐘頭裡，我寫了一篇申論文，探討大自然在賈柯莫・雷歐帕迪27詩裡的角色，除了寫出我早就牢記於心的詩句之外，也以流暢嚴謹的文字重新引述義大利文學史教科書裡的觀點。但是更重要的是，我交出拉丁文和希臘文考卷的時候，我的同學，包括埃爾范索，差不多都還沒開始寫。這讓監考老師更注意我，尤其是一位年紀很大、非常之瘦的老師，她穿粉紅色套裝，一頭剛從美容院吹整好的淡藍色頭髮，不停對我微笑。但真正的轉捩點出現在口試的時候。所有的老師都稱讚我，而那位藍頭髮的監考老師更是格外對我讚譽有加。我的申論題讓她驚豔，不只是我答題的內容，更因為我的陳述方式。

「你寫得非常好。」她說，那口音我認不出來是哪裡，但肯定是離那不勒斯很遠的地方。

「謝謝你。」

「你真的認為一切都註定不持久，連詩也不例外？」

「這是雷奧帕迪的看法。」

「你確定？」

「是的。」

「那你的看法呢？」

「我認為美是個騙局。」

「就像雷奧帕迪的花園？」

我對雷奧帕迪的花園一無所知，但我回答：「是的，就像晴朗無風的大海，或像黃昏，像夜裡的天空，就像蜜粉撲在可怕的東西上。揭開表面，我們就只剩下我們的恐懼。」

這些句子熟極而流，我用抑揚頓挫的語氣講出來。而且，我並不是隨口說的，這是從我的申論裡摘述出來的。

「你打算選什麼系？」

我沒想過太多這個問題，甚至連「系」的定義對我來說都很模糊。我閃躲：

「我要去考公務員。」

「你不去上大學？」

「不去。」

27賈柯莫·雷歐帕迪（Giacomo Leopardi, 1798~1837），義大利詩人、散文家、哲學家，為義大利浪漫主義文學的重要代表。

「你需要工作？」

「是的。」

他們放我離開。我回去找埃爾范索和其他人。但一會兒之後，那位老師到走廊來找我，談了很久，提起比薩的一家學院，如果你可以通過像剛才那樣的考試，就可以免費就讀。

「你幾天之後回來，我可以把所有需要的資料都給你。」

我靜靜聽著，就像有人談起一些永遠不可能和你有關的事情那樣。兩天之後我回到學校，但只是怕惹老師不高興，給我打了低分。我嚇了一跳，她竟然在一大張紙上為我寫了鉅細彌遺的資料。我後來沒再見到她，我甚至不知道她的名字，然而我欠她很多。她依然很拘謹地對我說話，毫不做作地給我一個道別擁抱。

考試結束，我以平均A的成績過關。埃爾范索表現得也很好，平均B。在了無遺憾的永遠告別之前，學校這幢搖搖欲墜的建築在我眼裡唯一的價值就是尼諾也曾在這裡。我瞥見嘉利亞妮老師，過去和她說再見。她恭喜我的好成績，但沒有太多熱情。她沒給我夏天可以唸的書，也沒問我拿到畢業證書之後打算做什麼。她疏遠的口氣讓我難過，我還以為我們之間的問題已經解決了。問題在哪裡呢？尼諾和她女兒分手，不再聯絡，我就要永遠被當成他的一丘之貉：虛妄、不實、不可靠？我習慣被大家所喜愛，這樣的喜愛像穿在身上的閃亮盔甲，所以我很失望，而我也認為，她的漠不關心對我後來做的決定影響重大。我沒對任何人提起（我又能問誰的意見呢，除了嘉利亞妮老師之外？），申請了比薩師範大學。我馬上就開始做任何可以掙錢的工作。過去一年我去當過家教的富有家庭很樂意有我繼續教課，而我這個好老師的名聲也廣為流傳，所以整個八月，我每天都排滿課程，教那些九月必須補考拉丁文、希臘文、歷史、哲學，甚至數學的新學生上課。到月底，我發現自己很有錢。我攢了七萬里拉。我把五萬給我媽，她的反應很激動，簡直是從我手裡把錢搶走，塞進胸罩裡，彷彿我們不是在家裡的廚房，而是在大街上，很怕錢被搶走似的。我沒告訴她說我自己留下兩萬里拉。

直到離開的前一天，我才告訴家人說我要去比薩考試。我說：「如果他們收我，我就會到那裡唸書，而且我一毛錢都不必花。」我說得很堅決，用義大利文，彷彿這是個無法簡化成方言的課題，彷彿我爸、我媽、我弟、我妹都無法瞭解我要幹什麼。事實上，他們就只是很不安地聽我講，我覺得在他們眼裡，我好像不再是我，而是某個在不恰當時間來訪的陌生人。最後我爸說：「你唯一要做的就是小心，我們幫不了你。」然後就上床睡覺了。我小妹問她可不可以跟我一起去。我媽則什麼都沒說，但走出房間之前，在桌上留了五千里拉給我。我瞪著錢好久好久，沒去碰。然後，我終於不再覺得我是在浪費錢去滿足自己的癡心妄想，我想這本來就是我的錢，所以就拿走了。

我這輩子第一次離開那不勒斯，離開坎佩尼亞。我發現我什麼都怕：我怕搭錯火車，怕要尿尿卻不知道去哪裡上廁所，怕到了晚上我在陌生的城市裡搞不清東南西北，怕被搶。我學我媽那樣，把所有的錢藏在胸罩裡，好長一段時間都處在焦慮擔憂與自由解放無縫並存的狀態裡。

一切都很順利。除了考試，可以這麼說。藍頭髮的老師沒告訴我，這會比畢業考難得多。尤其是拉丁文，非常複雜，但其實這只是開始：每一堂考試都像在極盡痛苦之能事地拷問我的技能。我夸夸其談，我吞吞吐吐，我常假裝答案就在我舌尖。義大利文老師對待我的態度，活像我的聲音惹惱他似的：小姐，你申論的時候沒寫出有邏輯的論述，而是從這個論點跳到那個論點；小姐，我看得出來，你不停投入各種科目，但你其實對批判方法的問題一無所知。我很沮喪，很快就失去信心，不知道自己在講什麼。教授明白我的感受，以諷刺的眼神看我，要我談談最近讀的東西。我猜他指的是義大利作家寫的東西，但我不瞭解，所以抓住似乎可以拯救我的第一個支柱，談起前一個夏天在伊斯基亞島西塔拉海灘的對話，也就是貝克特的戲劇，說瞎子唐·羅尼希望自己也變得又聾又啞。教授那諷刺的表情慢慢變成不解。他很快地打斷我的話，把我交給歷史教授。歷史教授也一樣壞。他以極度精確的態度問我一連串無止境、令人筋疲力盡的問題。我從沒像此刻覺得自己如此無知，就連以前在學校表現最差、情況最慘的那個時期也沒有像這樣慘。我什麼問題都可以回答，日期，事件，但都只是大概而不精確。他用更多精確的問題轟炸我，我就放棄了。最後他很憎惡地問我：「除了學校的教科書，你還讀過別的嗎？」

我說：「我讀過國族的概念。」

「你還記得作者的名字嗎？」

「費德里柯·察波。」

「我們來聽聽你懂什麼。」

他很專心聽我講了幾分鐘，然後突然要我離開，讓我覺得自己肯定是胡說八道了一大堆。我哭了又哭，彷彿不小心遺失了我身上最有光明希望的部分。我像這樣拚死一搏真是太蠢了，我向來都知道自己不是真的聰明。莉拉，是的，她很聰明，尼諾，是的，他很聰明。我只是個冒失鬼，得到應有懲罰的冒失鬼。

結果我卻發現自己通過考試了。我會有個屬於我的地方，一張我不需要在晚上架起、白天收起的床，一張書桌和所有我需要的書。我，艾琳娜．格瑞柯，門房的十九歲女兒，就要讓自己離開街坊了。我就要離開那不勒斯了。我自己一個人。

81

一連串旋風也似的日子展開了。幾件穿戴的東西，非常少的書。我媽繃著臉說：「要是你賺了錢就寄回來。現在有誰可以來教你弟弟寫功課？他們在學校成績不好，都要怪你。可是去吧，你走吧，誰在乎：我一直都知道，你覺得你自己比我們、比任何人都優秀。」然後是我爸心情低落的話：「我這裡痛，誰知道這是怎麼回事，來你爸爸這裡，小琳，我不知道你回來的時候我是不是還活著？」還沒走出喪母之痛的卡門很脆弱，對我說再見的時候哭個不停。埃爾范索驚呆了，喃喃說：「我就知道你會繼續唸書。」而安東尼奧沒聽我說我要去哪裡做什麼，光是反覆說：「我真的覺得好多了，小琳，都消失了，都是因為當兵才讓我生病的。」還有恩佐，他只握了我的手，握得非常用力，害我痛了好幾天。最後是艾達，她只說：「你告訴莉拉了嗎，告訴她了嗎？」然後輕笑幾聲，堅持說：「告訴她，她會嫉妒死的。」

我想像莉拉已經從埃爾范索或那卡門那裡聽到消息了。或者從她丈夫那裡聽說，因為艾達肯定已經告訴斯岱方諾說我要到比薩去。如果她沒來恭喜我，我想，很可能是因為這個消息真的讓她心情騷動。另一方面，如果她並不知道，在我們一年多幾乎連招呼都不打的情況下，刻意去告訴她，我覺得很不恰當。我不想拿她所沒有的好運去耀武揚威。所以我擱下這個問題，忙著做最後的準備。我寫信給妮拉，告訴她發生什麼事，同時問她奧麗維洛老師的地址，好捎消息給她。我去找我爸爸的一位表親，他答應給我一個舊的行李箱。我拜訪我當家教的那些地方，收齊最後的學費。

這彷彿是一趟向那不勒斯好好道別的路程。我越過加里波第路，沿著特里布納利走，在但丁廣場搭上巴士。我走上佛莫洛，先是到斯卡拉提路，接著到桑塔瑞拉。之後我搭纜車下山到阿梅德歐廣場。學生的媽媽都有點遺憾地歡迎我，也有幾位對我非常親暱。除了付錢，她們也請我喝咖啡，同時幾無例外地送了小禮物。行程結束時，我發現我離馬提尼廣場並不遠。

我轉上菲蘭吉里路，不確定該怎麼做。我回想起鞋店開幕時，莉拉穿得像富家千金，但很擔心自己無法真正改變，無法像這附近的女孩一樣優雅。如今，我想，反而是我真正改變了。我還是穿著同樣寒酸的衣服，但我拿到高中畢業證書，我就要到比薩去唸書了。我的改變不是在外表，而是在內心深處。外表的改變也會很快來到，但絕對不僅止於外表而已。

這樣的想法，這樣的覺察讓我很開心。我站在眼鏡行的櫥窗前面，看著鏡框。沒錯，我需要換副眼鏡，現在這副眼鏡壓住了我的臉，我需要輕一點的鏡框——我挑了一副大大圓圓的細框眼鏡。我要盤起頭髮，學會化妝，我離開櫥窗，走到馬提尼廣場。

在這個時間，很多店鋪的門都拉下一半，而梭拉朗鞋店則關下四分之三。我四下張望。我瞭解莉拉的新習慣嗎？不瞭解。在新雜貨店工作的時候，她是不回家吃午飯的，儘管她家就在旁邊。她留在店裡，和卡門一起吃點東西，要是我放學繞過去，就和我聊天。如今她在馬提尼廣場工作，她更不可能回家吃午飯，因為沒道理，況且也沒有足夠的時間。說不定她在咖啡館，說不定和助理一起在海邊散步。她現在肯定有助理。或者是在裡面休息。我用空下來的手敲敲門板。沒有回答。我再敲。還是沒有。我聽見裡面有腳步聲，莉拉的聲音問：「誰啊？」

「艾琳娜。」

「小琳！」我聽見她大叫。

她拉起門板，出現在我面前。我已經很久沒見到她，就連遠遠瞥見都沒有。她似乎變了。她穿著白色的上衣，藍色緊身裙，頭髮和妝容都像以前那樣精雕細琢。可是她的臉好像變寬、變扁了，在我看來，連整個身體也變寬變扁了。她把我拉進店裡，拉下門板。這個燈光俗豔的地方也變了，看起來不像商店，反倒像客廳。她的語氣非常真誠，所以我相信她：「你的事情真的是太棒了，小琳。你來說再見，我真的好開心。」她知道比薩的事，當然。她熱情擁抱我，親吻我雙頰，眼睛閃著淚光，她反覆說：「我真的很開心。」然後她轉身對著洗手間門喊：

「出來，尼諾，你可以出來了，是琳諾希亞。」

我無法呼吸。門打開，尼諾出現，是他一慣的姿勢，低著頭，雙手插口袋。但他緊張地蹙起眉頭。「哈囉，」他低聲說。我不知道該說什麼，伸出手。他無力地握了握，莉拉則以簡短的句子告訴我許多重要的事情：他們私下見面已經快一年了；為了我好，她決定不要讓我捲進騙局裡，免得一旦東窗事發，也會害我惹上麻煩；她已經懷孕兩個月，她準備要對斯岱方諾坦承一切，她要離開他。

82

莉拉這時的口吻是我很熟悉的，堅決果斷，努力擺脫情緒，用快得幾近不屑一提的速度簡單陳述事件和行動，彷彿擔心聲音或下唇只要稍稍顫抖就會讓一切失去邊緣輪廓，滿溢出來，淹沒她。尼諾坐在沙發上垂著頭，頂多只點頭表示贊同。他倆手拉手。

她說他們都在店裡見面，始終非常焦慮緊張，到最後她去驗尿，發現懷孕了。現在她和尼諾需要自己的房子，自己的生活。她想要分享他的朋友、書、講座、電影、戲劇和音樂。「我再也受不了和他分開生活了。」她說。她藏了一些錢，正在議價要租下坎皮佛萊格的一間小公寓，月租兩萬里拉。他們要躲在那裡，等寶寶出生。

怎麼辦？沒有工作？尼諾還在唸書？我忍不住問：

「為什麼需要離開斯岱方諾？你這麼會捏造謊言，也已經對他講過很多了，當然可以繼續騙他啊。」

她瞇起眼睛看我。她清楚察覺到我的挖苦，我的尖酸，甚至我的輕蔑，躲在這聽似善意建議的言詞背後。她也注意到尼諾突然抬起頭，嘴巴半張，彷彿想說什麼，但卻忍住了，免得惹來爭吵。她回答說：「不想被殺，用謊言來掩飾是很有用的。但是我現在寧可被殺，也不要再這樣繼續下去。」

我說再見，祝他們順利，為了替自己著想，我希望永遠不要再見到他們。

83

在師範大學的那幾年非常重要，但對我們的友誼故事來說並不重要。抵達大學的時候，我很膽怯，不知所措。我很快就發現，我講的義大利文是書本上的義大利文，有時候簡直可笑，特別是有些太過精心推敲的句子講到一半時，我必須找出一個從方言轉換成義大利文的詞彙來填補空隙。於是我開始奮力糾正自己。我對儀態禮節幾乎一無所知，我講話太大聲，吃東西發出聲音，我開始對其他人的尷尬很敏感，想辦法約束自己。我急著想表達友善的態度，常會打斷別人的談話，會對和我沒關係的事情表達意見，裝出太過熟稔的態度。所以我努力表現得有禮貌但疏遠。有一次，一個羅馬來的女生回答我的問題，我已經不記得問題是什麼了，但她模仿我抑揚頓挫的語調，大家都笑了。我覺得很受傷，但也笑了，而且樂呵呵地刻意強調自己的方言腔調，裝得一副我是拿自己取樂似的。

最初的那幾個星期，我躲在慣有的乖順內向裡，抗拒想家的渴望。但是我在群體裡面卻慢慢變得突出，也贏得喜愛。男同學、女同學、教授都很喜歡我，而且我雖然看起來不費吹灰之力，其實卻很用功。我學著控制聲音和手勢，學會行為規範，無論是成文或不成文的規範。我竭盡所能減輕我的那不勒斯口音。我想辦法展現自己的聰明出色，值得敬重，但絕不顯得傲慢，常常嘲笑自己的無知，假裝對自己的好成績吃驚。更重要的是，我避免樹敵。有女生對我懷有敵意時，我就格外用心在她身上，我很友善但很節制，體貼但有技巧，而且在對方態度軟化、主動對我示好之後，我的對她的態度也沒改變。我對教授也是這樣。當然，我和他們的應對進退更為審慎，但目標是一樣的：要贏得讚賞，認可，以及喜愛。我帶著平靜的笑容和真誠的氣息，接近最冷漠、最嚴格的教授。

我按時程接受考試，以慣有的嚴格自律用功讀書。我很怕會失敗，很怕會失去我克服重重困難所擁有的世間樂園：一個屬於我自己的空間，一張屬於我自己的床，一張書桌，一把椅子，書和更多的書，一座遠離街坊和那不勒斯的城市與世界，圍繞在我身邊的都是習於唸書、而且只喜歡討論他們唸什麼書的人。我非常努力用功，沒有任何一位教授給我低於A的成績，不到一年，我就成為最有前途的學生之一，只要有禮貌的打招呼，就會得到親切的回應。

我只碰到兩次棘手的問題，兩次都是在最初的那幾個月裡。取笑我口音的那個羅馬女生有天早上朝我走來，在其他女生面前對我嚷著說她錢包裡的錢不見了，要我馬上還她，否則她就要向院長舉發我。我知道我不能以包容的微笑回應，我用力打她一個耳光，用方言咒罵她。這個舉動很驚人。大家都把我歸類成永遠逆來順受的人，所以我的反應讓他們很不解。羅馬來的這個女生說不出話來，因為流鼻血而仰起頭，有個朋友帶她到洗手間。幾個鐘頭之後，她倆一起來找我，那個指控我偷錢的女生向我道歉——她找到錢了。我擁抱她，說她的道歉很真誠，我真的這樣覺得。以我成長的那個背景，換成是我，我絕對不可能道歉，儘管我可能真的犯了錯。

另一個嚴重的問題是在聖誕節假期之前舉行的舞會。這是為一年級新生舉辦的舞會，所有的人都必須參加。女生討論的話題只有一個：住在騎士廣場的男生會來，這是大學男生部與女生部親密交流的重要時刻。我沒有衣服可以穿。那年秋天很冷，下了很多雪，雪讓我著迷。但我接著就發現街道上的冰有多麻煩，沒戴手套的手會凍得發麻，腳上長凍瘡。我衣櫥裡有兩件我媽幾年前幫我做的冬裝，一件從姑媽那裡來的舊外套，一條我自己織的藍色大圍巾，一雙換過很多次鞋底的低跟鞋。衣服的問題太過嚴重，我根本不知道怎麼應付這場舞會。問同學借？她們大部分都有專門為這種場合準備的衣服，很可能日常的衣服裡有適合我的。但經過向莉拉借衣服的經驗之後，要是去試穿別人的衣服，卻發現自己穿不下，這我可受不了。假裝生病？這個解決方法很有吸引力，但讓我沮喪：我明明很健康，而且渴望自己是《戰爭與和平》裡的娜塔莎，在舞會上和安德烈王子或華西里公爵共舞，而不是獨自坐在房間裡瞪著天花板，聽著音樂、談話與笑聲的迴響。最後我做了一個或許會招來羞辱、但我肯定自己絕對不會後悔的決定：我洗好頭髮盤起來，塗些口紅，穿上我僅有的兩套衣服中的一件，這件唯一的優點就是顏色是深藍。

我去舞會，起初覺得很不自在。但我的打扮有著不招嫉妒的優點，甚至還讓其他人產生了歉疚感，對我生出感同身受的情誼。事實上，好些個有同情心的女生一直陪著我，男生也常來邀我跳舞。我忘了自己的穿著打扮，甚至忘了鞋子的破舊狀態。而且，這天晚上我認識了法蘭柯・馬利。這個長得很醜的男生非常風趣，聰明靈活、傲慢自大、揮霍浪蕩。他比我高一年級，出身瑞吉歐埃米利亞的富裕家庭，是個主戰派的共產黨員，但對共產黨的社會民主傾向採取批判態度。有限的自由時間能和他一起度過，我覺得很開心。他什麼都給我：衣服、鞋子、新大衣、不讓我眼睛和整張臉顯得黯淡的眼鏡，以及有關政治的書，因為這是他最感興趣的議題。我從他那裡得知史達林主義的恐怖事情，他催我讀托洛斯基[28]，結果讓我發展出反史達林情緒，也堅信蘇聯既非社會主義，也非共產主義，他們的革命被截頭去尾，應該重新開始。

他帶我去國外旅行，那是我的第一次。我們去巴黎，參加全歐各地年輕共產黨員出席的會議。我其實沒怎麼見到巴黎風光，大部分的時間，我們都在煙霧瀰漫的地方。我唯一的印象就是，那裡的街道比那不勒斯和比薩都繽紛，警笛的聲音讓人惱火，街上和會議室裡隨處可見黑人也讓我嘖嘖稱奇。法蘭柯發表了一場很長的演講，用法文講，贏得許多掌聲。我把我的政治經驗告訴帕斯蓋的時候，他不相信我——真的，你？他說——做過這樣的事情。後來他很尷尬地沉默下來，因為我給他看我正在看的書，說我現在是托洛斯基信徒。

從法蘭柯身上我也學會很多習慣，後來又因為教授的教誨而更加強化：就算是看科幻小說也要用「研讀」這個詞；讀的每一篇文章都寫詳細的摘要卡；只要讀到精闢闡述社會不公的篇章就興奮不已。他很積極對我進行所謂的再教育，而我也樂於讓我自己接受再教育。但讓我極為遺憾的是，我並沒有墜入情網。我愛他。我愛他激動不安的身體，但我從不覺得他不可或缺。我對他僅有的一些感覺很快就消失了，隨著他在師範大學的失去學生身分而不見了：他沒通過考試，必須退學。我們後來通信好幾個月。他想要再回到學校來，他說他之所以這麼做，是為了陪在我身邊。我鼓勵他去考試，但他沒考上。他偶爾寫信，後來好長一段時間，我完全沒有他的消息。

84

這就是我在一九六三年底到一九六五年底大致的情況。不牽扯到莉拉，述說我自己的故事就是這麼容易。時間悄悄沉澱，重要的事情隨著時間線流動，宛如機場行李轉盤上的行李箱。你拿起來，寫到紙上，就成了。

但要談起那些年發生在她身上的事就複雜得多了。行李輸送帶先是變慢，然後加速，突然偏離，脫出軌道。行李箱傾倒、跌落、敞開，裡面的東西散落各處。她的東西最後和我的東西混在一起：為了容納她的東西，我必須回到和我有關的敘事主線（這對我來說一點困難都沒有），然後把如今顯得太過精簡的段落加以擴充。例如，要是莉拉像我一樣到了師範大學，她會決定就這樣逆來順受嗎？而我打那個羅馬女生耳光，又有多少是受到她行為的影響呢？她是怎麼設法──儘管相隔遙遠──揭去我的假裝乖順，她又給了我多少不可或缺的決斷力，我的咒罵又有多少是來自於她的？還有我的大膽無恥，儘管有著千百個疑慮與恐懼，我卻還是帶法蘭柯到我的房間──若不是她，我又是從誰身上學來的呢？而那不幸福的感覺，當我知道自己不愛他，察覺到我心意冰冷，若非與她所表現出來的那種愛的能力相對照，我又是從哪裡來的這些感受呢？

是的，莉拉讓書寫變得困難。我的人生強迫我去想像，若是發生在我身上的事情發生在她身上會如何，她會如何運用我所擁有的運氣呢？她的人生持續在我的人生裡出現，在我講出口的每一句話裡都有她的回音，在我的每一個動作裡都有她的影子，我的少都是因為對照於她的多，而我的多卻也都不敵她少的力量。更不要說她從未說出口只讓我暗自猜測的事情，那些我一無所知，後來才從她筆記裡得知的事。所以這個所謂事實的故事必得看成是經由過濾，拖延時日，部

28 托洛斯基（Trotsky, 1879～1940），俄國政治理論家，為布爾什維克領袖，也是十月革命領導者。蘇聯成立後成為紅軍總司令，但在列寧過世後遭排擠，流亡國外，為史達林派人刺殺。

分真相，一半謊言所組成的。而這故事裡的時間長短快慢也很難衡量，因為根據的全是不可靠的文字遊戲。

我不得不承認，例如，莉拉所有的痛苦我都不瞭解。因為她得到尼諾，因為她靠著祕密的手法懷上尼諾而不是斯岱方諾的孩子，因為她打算為愛採取在我們生長的那個街坊看來完全無法理解的行動——拋棄丈夫，丟開近日才剛獲得的安逸生活，冒著和愛人與腹中胎兒慘遭謀害的危險——所以我覺得她是幸福的，像小說、電影和漫畫裡的那種狂喜幸福，這是當時真正讓我感興趣的。也就是說，我感興趣的不是婚姻的幸福，而是熱情的幸福，降臨在她而不是我身上的那種善惡融於一體的幸福。

我錯了。如今回想斯岱方諾帶我們離開伊斯基亞的那一刻，我已然確知，在船離岸的那一瞬間，莉拉明白她再也不會看見尼諾每天早晨在海灘等她，再也不能和他辯論、談天、輕聲細語，他們再也不能一起游泳，再也不能親吻、愛撫、愛戀彼此，她被痛苦折磨得遍體鱗傷。短短幾天之間，卡拉西夫人的整個人生——平衡與失衡、策略、戰鬥、戰爭與結盟、和供應商與顧客的麻煩、偷斤減兩的技巧、想在收銀機裡裝進越來越多錢的渴望——都消失，變得不真實了。只有尼諾是具體且真實的，她想要他，她日日夜夜渴望他，夜裡在黑暗的臥房裡緊抱丈夫，只為了忘記她的這個愛人，哪怕只有一時半刻。那真是可怕時刻。就在這樣的時刻裡，她覺得更強烈地需要他，如此清晰，如此鉅細彌遺，讓她像對待陌生人那樣推開斯岱方諾，躲到床的一角，又哭又罵，再不然就是跑進浴室，把自己反鎖在裡面。

85

起初她想要半夜偷偷溜走，回到佛利歐，但她知道丈夫馬上就會找到她。然後她想要問埃爾范索，看瑪麗莎知不知道哥哥什麼時候從伊斯基亞回來，但她又怕小叔會告訴斯岱方諾她問這件事，所以也放棄了。她在電話簿裡查到薩拉托爾家的電話號碼，打電話過去。唐納托接電話，她說他是尼諾的朋友，他很生氣地打斷她，掛掉電話。絕望之下，她又想要去租船，就快要下定決心去做的時候，九月初的一個下午，尼諾突然出現在擁擠的雜貨店門口，披頭散髮，喝得醉醺醺。

卡門跳起來，想去趕走這個擾亂秩序的年輕人，因為在她看來他就是個瘋子。莉拉制止她。「我來處理，」她說，把他拉走。明確的動作，冷漠的語氣，卡門．佩盧索確實沒認出他是薩拉托爾家的兒子，他和當年與他們一起上小學的那個男生已經大不相同了。

她動作很快。她表現得很正常，像知道該如何解決所有問題的女人一樣。事實上，她已經不知道自己置身何處。堆滿貨品的架子隱去，街道失去輪廓，新公寓的淡白色立面溶解了，但最重要的是，她渾然不覺自己所冒的風險。尼諾，尼諾，尼諾：她感覺到的只有喜悅與渴望。他再次站在她面前，終於，他的每一吋容顏都大聲說他從分手到如今所受的折磨，他來找她，他需要她，那感覺如此強烈，讓他想動手抓住她，當街親吻她。

她把他帶到家裡，這對她來說似乎是最安全的地方。行人？她沒看見半個。鄰居？她也沒看見。她一關上公寓的門，他們就開始做愛。她不覺得羞恥。她只覺得需要抓住尼諾，立即抓住他，擁有他。就連他們平靜下來之後，這需要的感覺也沒有消失。街坊，鄰居，雜貨店，火車的聲響，斯岱方諾，或許等到心急的卡門，都慢慢回來了，但這些都只是必須快快安排好免得擋路的東西，只要他們細心處理，就不會突然失足。

尼諾怪她沒提醒他就離開，他緊緊摟著她，還是渴求她。他希望他們立刻遠走高飛，但他不知道要去哪裡。她回答說好，好，好，和他一樣對所有的事情都很狂熱，但她也和他不一樣，她感覺到時間一分一秒流逝，擴大了被意外發現的風險。所以，和他一起躺在地板上，她望著從天花板垂掛在他們上方宛如威脅的燈罩，在這之前她一心只想著要馬上和尼諾在一起，不管會有什麼厄運當頭，但此刻她想的是如何讓他留在她身邊，但又不要有這盞燈掛在他們頭上，不要有地板裂成兩半，讓她和他永遠分隔兩側。

「走。」

「不。」

「你瘋了。」

「沒錯。」

「拜託，我求你，快走。」

她說服他。她等著卡門說什麼，等著鄰居傳出惡劣的流言蜚語，等著斯岱方諾從另一家雜貨店回來揍她。但都沒有，她鬆了一口氣。她給卡門加薪，她對丈夫親暱有加，她編造藉口好偷偷去見尼諾。

86

起初比較大的問題倒不是可能傳出流言毀了一切，而是他，她心所愛的他。對他來說除了抱她，吻她，咬她，上她之外，什麼都不重要。他所渴望，所需要的生活似乎就只是和她嘴貼嘴，在她身體裡面。他受不了分離，分離讓他驚恐，他怕她會再次消失。所以他用酒精來痲痺自己，他不唸書，不停抽菸。對他來說，這世界除了他倆之外，似乎什麼都沒有，而他每次開口，都只是為了要對她哭訴他的嫉妒，癡迷地告訴她，看見她和丈夫繼續住在一起，他有多麼難以忍受。

他消沉地嘟囔說：「我拋開一切，而你什麼都不想拋開。」

「你想怎麼樣？」於是她問他。

尼諾沉默，這個問題讓他不知所措，說不定他是生氣了，彷彿這情況觸怒了他。他絕望地說：「你已經不想要我了。」

但莉拉想要他，一次又一次地要他，但她也想要其他的，馬上就要。她要他回去唸書，她要他像在伊斯基亞那時一樣，繼續啟迪她的心靈。小學的那個傑出學生，那個迷住奧麗維洛老師，寫出《藍仙子》的小女孩再次出現，而且帶著新的活力。尼諾在她最終淪落的塵土底下找到她，拉她出來。現在這女孩逼他做回那個好學不倦的青年，同時培養出力量，掃除卡拉西太太的痕跡。她慢慢做到了。

我不知道這到底是怎麼發生的，但尼諾想必是體認到，如果不想失去她，他就不能再當個怒火中燒的愛人。但也說不定不是這樣。或許他只是單純感覺到這熱情掏空了他。反正結果是，他又開始唸書了。莉拉起初很滿意：他慢慢恢復了，變回她當初在伊斯基亞所認識的那個人，對她更加不可或缺的那個人。她不只再次擁有尼諾，也擁有他的論點，他的想法。他很不開心地讀史密斯，她也想辦法讀；他更不開心地讀喬伊斯，她也讀。他們設法見面的僅有時刻裡，他對她提到的書，她就去買回來。她想要討論這些書，但始終沒有機會。

越來越狐疑的卡門不懂莉拉到底在忙什麼，總是找個理由一消失就是幾個鐘頭不見人影。她看見她蹙眉，專心看書或在筆記本上寫東西，似乎沒看見也沒聽見任何事情，把應付顧客的重擔交到卡門身上，就連雜貨店最忙的時間也不例外。卡門不得不說：「莉娜，拜託，可以幫我一下嗎？」只有這樣她才會站起來，指尖摸摸嘴唇說好。

至於斯岱方諾，他在焦慮和默許之間擺盪。他一方面和大舅子、岳父、梭拉朗兄弟吵架，一方面又覺得很失望，因為儘管去海邊游了很多泳，莉拉還是沒能懷上孩子。他老婆對鞋子的問題冷嘲熱諷，自己卻沉迷在小說、雜誌和報紙裡，每天看到半夜，這狂熱捲土重來，彷彿真實的人生已經不再讓她感興趣了。他觀察她，他不瞭解，或許也是沒有時間或不希望瞭解。在伊斯基亞之後，他心中最為衝動的那個部分，面對莉拉忽而排拒忽而和解的搖擺態度，不禁掀起新一波的衝突，要求確切的解釋。然而他心中比較深思熟慮的那個部分，或許是因為恐懼，卻壓抑了衝動的要求，假裝沒注意，想：這樣總比她老是找麻煩好啊。莉拉知道他的這個想法，想辦法讓他永遠這麼想。夜裡，他們下班回家之後，她不再對丈夫充滿敵意。但吃過晚飯，閒聊一會兒之後，她就又開始沉浸在閱讀裡，那是一方他無法踏進的心靈疆域，只容她和尼諾存在的疆域。

這段時間他在她心中是什麼呢？性愛的渴望讓她一直處在狂喜的幻想裡。她心中燃起熾熱的烈火，想要和他並駕其驅。更重要的是，這對祕密情侶所擁有的抽象計畫，藏匿在某個半像是可以容納兩顆真心的小屋，半像是討論這複雜世界的理念研討會之中，他積極活躍，而她是他的影子，亦步亦趨緊隨在後，是謹慎細心的提詞員，狂熱奮發的合作夥伴。偶爾，在非常罕有的情況下，他們可以擁有不只幾分鐘、而是一整個鐘頭的共處時光，這一個鐘頭轉化成無休無止的做愛與言語交談，享受絕對的幸福歡愉，到了分手的時刻，讓她受不了再回到雜貨店，回到斯岱方諾的床上。

「我再也受不了了。」

「我也是。」

「我們能怎麼辦？」

「我不知道。」

「我想永遠和你在一起。」

至少，她又補上一句，每天有幾個鐘頭在一起。

但是要如何擠出時間，安全且規律的時間？在家裡見尼諾極為危險，在街上見他更危險。更不要說斯岱方諾偶爾打電話到雜貨店的時候她不在，要編出合理的藉口實在很困難。卡在尼諾的不耐和丈夫的埋怨之間，莉拉沒有回到現實，清清楚楚告訴自己眼前這個狀況根本無路可走，反而把真實的世界當成布景或棋盤，好像只要換一下布幕或移動一兩個棋子，就可以看見整個棋局，對她來說唯一重要的，她的棋局，他倆的棋局，可以繼續玩下去了。至於未來，未來是明天的事，是明天的明天，以及再之後的事。突然有大屠殺血流成河的景象，在她的筆記本裡頻繁出現。她從未寫：我會死於凶殺。但她提到本地的凶案新聞，有時候還會重新改寫。在這些女人遭謀殺的故事裡，她強調凶手的忿怒，血流得到處都是。她還添加報上沒寫的細節：眼睛從眼窩裡被挖出來；刀子割開喉嚨或內臟；刀刃插進胸部，割掉乳頭；腹部整個開腸剖肚；刀鋒劃過陰部。她似乎想要把這些真實的暴力凶殺案簡化成文字，簡化成她可以控制的形式，來奪走其力量。

87

因為預期到有場可能鬧出人命的棋局，莉拉開始投入和哥哥、丈夫、梭拉朗兄弟的衝突之中。米凱爾認為她是掌管馬提尼廣場那家店生意的不二人選，她對此加以利用。她突然不再拒絕，經過吵嚷不休的交涉之後，她取得絕對的自主權，以及可觀的週薪，彷彿她已不再是卡拉西夫人，同意到鞋店去上班。她不理會哥哥。黎諾因為梭拉朗的新品牌而備受威脅，認為她的行徑是一種背叛。她也不理會自己的老公。斯岱方諾剛開始的時候很生氣，威脅她，但後來又逼她代表他和那對兄弟展開困難重重的調停，為的是他欠他們母親的債務，他要莉拉幫忙協調收付的金額。她同樣不理會米凱爾的甜言蜜語，他總是在她身邊打轉，說是監督鞋店的改裝工程，卻一點都看不出來。他也跳過黎諾和斯岱方諾，直接催莉拉交出新鞋款。

很久以來莉拉就察覺，她哥哥和父親總有一天會被趕走。她知道梭拉朗兄弟會占有一切，而斯岱方諾只能仰賴他們的交易才能免於債臺高築。這樣的情況在以前可能會讓她義憤填膺，但如今，她在筆記上寫道，她卻完全漠不關心。當然，她很為黎諾難過，他的老闆角色已經淡沒，特別是他又已經結婚生子，這讓她很遺憾。但在她看來，過去的關係如今已不重要，她的愛只有一條路，每一個思緒、每一個感覺都以尼諾為中心。她以前的目標是讓哥哥有錢，而如今唯一的目標是取悅尼諾。

第一次到馬提尼廣場的店去看應該怎麼處理時，她很驚訝地發現原本掛她婚紗照的那面牆上有泛黃的污漬，是燒毀的相框污損了牆面。這痕跡讓她心情很不好。我不喜歡和尼諾在一起之前發生在我身上、以及我做的事，她想。她突然心生一念，雖然她自己對原因也不甚清楚，但她覺得她這場戰爭的每一個關鍵發展都應該在這裡，在這個位居市中心的空間裡發生。就在這裡，在和米埃爾路的年輕人打架那天晚上，她就已下定決心，一定要脫離貧困的生活。就在這裡，她懊悔自己的決定，把婚紗照搞得面目全非，而且堅持要把這張面目全非的照片當成店裡的裝飾。就在這裡，她發現自己就要流產的徵兆。就在這裡，製鞋生意走下坡，被梭拉朗兄弟併吞。而也就在這裡，她的婚姻將告結束，她要和斯岱方諾、和他的名字、以及隨之而來的一切斷絕關係。真是難看，她對米凱爾說，指著燒焦的痕跡。然後她走到人行道上，看著廣場中央的石獅，覺得很害怕。

她讓店面重新粉刷。洗手間原本沒窗，她在以前曾經有門通向中庭的牆上重新開了一扇門，一半裝上毛玻璃，讓陽光可以進來。她買了兩幅畫，是她在齊亞塔默的畫廊看見，很喜歡的畫。她雇了一個女店員，不是出身街坊，而是來自馬特戴，正在唸祕書學校。她安排了下午的休息時間，從一點到四點，讓她和店員可以有一段徹底休息的時間，對此，那個女孩始終很感激。她不讓米凱爾來，雖然他支持她的每一個無法眼見為憑的創新，但也堅持要知道她在做什麼、她花了多少錢的每一個細節。

她決定到馬提尼廣場工作，讓她在街坊更形孤立。一個有好婚姻，憑空得到舒適生活的女孩。一個可以在自己老公買的房子裡當女主人的漂亮女孩。她何必要在早晨跳下床，到離家很遠的地方，在市區裡待一整天，受雇於人，讓斯岱方諾的生活更形混亂，也讓她婆婆為了她的緣故回到新社區的雜貨店工作？琵露希雅和姬俐歐拉尤其極盡對莉拉詆譭之能事，雖然她們的方式各有不同，但一點都不意外。比較意外的是卡門，因為莉拉為她所做的一切，所以向來很喜歡莉拉。但是莉拉一離開雜貨店，她就撤回自己的喜愛，像是從動物爪子裡抽回自己的手似的。她不喜歡原本的朋友——同事關係陡然變成要被斯岱方諾母親宰制的主僕關係。她覺得被背叛了，被遺棄，聽天由命，無法克制自己的憎恨。她甚至開始和未婚夫恩佐吵架。恩佐不認同她的痛苦感受，搖搖頭，在簡短的幾句話裡，不只捍衛莉拉，甚至賦予她某種神聖不可侵犯的特權，做任何事情都是正當且不容質疑的。

「我做的任何事情都是不好的。她做的就都是好的。」卡門咬牙切齒。

「誰說的？」

「你：莉娜想的，莉娜做的，莉娜懂的。而我呢？被她丟在這裡的我呢？當然啦，她有權利離開我，我不該抱怨。是這樣吧？你就是這麼想的？」

「不是。」

但是恩佐這簡短單純的回答並沒有讓卡門信服，她很痛苦。她察覺到恩佐對一切都感到厭煩，甚至對她，而這讓她更加生氣。打從他父親過世，打從他退伍返家之後，他就做他必須做的事，過他日常的生活，但也一面在夜裡唸書——他從在當兵的時候就又開始看書了——想拿文憑。如今他關在自己的世界裡，像野獸那樣咆哮——在腦袋裡咆哮，外表則沉默無言——卡門受不了，她尤其受不了他只有在談到那個賤貨的時候才有一點活力，於是她對他吼叫，開始哭，尖聲嘶喊：

「莉娜讓我噁心，因為她對誰都不屑一顧，可是你就喜歡這樣，我知道。要是我像她那樣，你肯定打我耳光。」

另一方面，艾達長期以來就站在老闆斯岱方諾這邊，對抗折磨他的妻子，莉拉到市中心當起高級銷售員之後，她的態度就更加惡劣。她對誰都說莉拉的壞話，公開講，直言無諱，但她發洩怒氣的主要對象是安東尼奧和帕斯蓋。她說：「她老是哄騙你們，你們這些男人。因為她知道怎麼玩弄你們，她是個蕩婦。」她氣呼呼地說，好像安東尼奧和帕斯蓋代表了所有男人的缺點。她辱罵哥哥，因為他沒站在她這邊，她對他厲聲說：「你不吭聲，因為你也拿了梭拉朗兄弟的錢，你也是他們公司的手下，我知道你讓這個女人指揮你做事，幫她打理鋪子，她說拿這個做那個，你就乖乖聽命。」她甚至對未婚夫帕斯蓋更凶，她和他越來越常有爭執，不時批評他說：「你齷齪，你發臭。」他賠罪，想息事寧人，但艾達不放過他，只要一逮到會就罵他，所以帕斯蓋為了生活平靜，就在莉拉的問題上讓步。因為若不如此，他們就會鬧到解除婚約，然而——老實說——這也不是唯一的理由。他經常很氣妹妹和未婚妻忘了她們因莉拉飛上枝頭而得到的好處，但有天早上，他看見我們的朋友搭著米凱爾．梭拉朗的愛快羅密歐跑車到馬提尼廣場，打扮得像高級妓女，化著大濃妝，他承認自己也不明白為什麼，既沒有實際的經濟需求，她何必要把自己賣給像這樣的男人。

一如既往，莉拉沒注意到在她周圍滋生的敵意。她全心投入新工作。生意一飛衝天。這家店變成大家愛來消費的地方，但大家也愛來和這位活力蓬勃、美麗出眾的年輕女子聊天，她談起話來魅力四射，她在鞋子之間擺書，自己也看書，她會一面和你聊著博學多聞的話題，一面請你吃小塊巧克力。她似乎永遠不想把瑟魯羅或梭拉朗的鞋子推銷給律師與工程師的妻子女兒，給《晨報》的記者，給在俱樂部浪費時間金錢的或老或少的花花公子；相反的，她只想讓他們舒舒服服坐在沙發或長躺椅上，聊著這些那些。

唯一的障礙是米凱爾。他常在上班時間繞過來，有一回還用旁敲側擊的諷刺語氣說：「你挑錯老公了，莉娜。我是正確的：看看你，在這些對我們有用的人裡面如魚得水。你和我聯手，我們幾年內就可以征服那不勒斯，想做什麼都可以。」

這時他還打算吻她。

她把他推開，但他沒生氣。他還逗趣地說：「沒關係，我懂得怎麼等待。」

她說：「愛等就等吧你，但別在這裡等，因為如果你在這裡，我明天就回新雜貨店去。」

米凱爾來訪的次數減少，而尼諾的祕密到訪卻增加了。好幾個月的時間，他和莉拉終於在馬提尼廣場的店裡有了他們自己的生活，一天三小時，但星期天與假日除外，讓他們很難忍受。下午一點鐘，助理一把門拉下四分之三，出門休息之後，他就從洗手間的門進來，四點鐘，在助理回來之前，又從同一個門離開。問題不是沒有，但極其罕有——有一兩次米凱爾帶著姬俐歐拉過來，還有幾次斯岱方諾突然出現，讓情況格外緊張——尼諾把自己關在洗手間裡，偷偷溜出通往中庭的門。

我想對莉拉來說，這段時間是對幸福生活的狂亂試煉。一方面她很熱中扮演給鞋店帶來特殊風情的年輕女子角色，另一方面她又為尼諾而閱讀，為尼諾而學習，為尼諾而省思。就連有些她在鞋店裡認識的大人物，對她來說最主要的功能就是未來可以幫得上尼諾的忙。

在這段期間，尼諾在那不勒斯《晨報》發表了一篇文章，讓他在大學的圈子裡小有名氣。我對此一無所知，算我走運：要是他們像在伊斯基亞島那樣，把我捲進他們的情事裡，我一定會受創極重，永遠無法平復。我沒花多少功夫就知道文章裡的許多字句——沒有很深奧的學術性，只是神來一筆的把相去甚遠的事物扯上關係——是莉拉寫的，而且那文氣分明就是她的筆觸。尼諾從來就沒辦法寫出這樣的文句，以前不行，以後也不行。只有她和我寫得出來。

88

然後她發現自己懷孕了，決定要結束在馬提尼廣場的騙局。一九六三年深秋的一個星期天，她不肯像平常那樣去婆婆家午餐，而在家精心烹調。斯岱方諾到糕餅鋪去買甜點，帶一些去給媽媽和妹妹，請她們諒解他這天的缺席，莉拉趁這時在那只為蜜月而買的行李箱裡裝進幾件內衣，幾件衣服，一雙冬鞋，藏在客廳門後。然後她把所有用過的髒鍋子刷洗乾淨，在廚房擺好餐桌，從抽屜裡拿出一把切肉刀擺在水槽上，用毛巾蓋住。最後，等待丈夫回來的時候，她打開窗戶讓油煙味散掉，站在窗前看著火車和閃亮的鐵軌。冷風吹散了公寓裡的暖意，但她不在乎，這給了她能量。

斯岱方諾回來，他們在餐桌落座。因為沒能去嘗媽媽的好手藝，斯岱方諾很不高興，不只對午餐沒有隻字片語的讚美，而且還對大舅子黎諾比平常更不客氣。但對外甥卻比平常更疼愛。他不斷說我妹妹的那個兒子，彷彿黎諾和這孩子沒什麼關係似的。吃甜點的時候，他吃了三個，她一個也沒吃。斯岱方諾小心抹去嘴巴上的奶油，說：「我們去床上躺一下吧。」

莉拉回答說：「從明天開始，我不要再去店裡了。」

斯岱方諾馬上知道這個下午是毀了。「為什麼？」

「因為我不想去。」

「你和米凱爾、馬歇羅吵架了？」

「沒有。」

「莉娜，別再胡說八道了。你知道你哥和我就快和他們起衝突了，你還火上加油。」

「我才沒有火上加油咧。可是我不要再去那裡了。」

斯岱方諾不說話，莉拉看得出來他很擔心，他想逃避，不想知道真相。她丈夫很怕她就要揭發梭拉朗兄弟對他的羞辱，而他一旦知悉這不可諒解的羞辱行為，就必須有所反應，從而導致再也無法修復的絕裂。

他下定決心開口之後說：「好吧，那就別去，回雜貨店來。」

她回答說：「我也不想去雜貨店。」

斯岱方諾不解地看著她，「你想待在家裡？好啊，是你自己想去工作的，我從沒要求過你。你說對不對？」

「對。」

「那就留在家裡，你待在家裡我很高興。」

「我也不想待在家裡。」

他就快要失去耐性了，他只知道一種方式來排解焦慮。

「如果你也不想待在家裡，可以告訴我，你他媽的想幹什麼？」

莉拉回答說：「我想走。」

「走去哪裡？」

「我不想再和你待在一起了。我想離開你。」

斯岱方諾唯一能做的就是哈哈大笑。這幾個字對他來說委實太過巨大，所以有好幾分鐘的時間，他看來好像鬆了一口氣。他捏捏她的臉頰，像平常那樣要笑不笑地說他們是夫妻，夫妻是不離開彼此的，他保證下個星期天會帶她去阿瑪菲海岸，兩個人可以稍微輕鬆一下。但她平靜地回答說，他們沒有理由再待在一起，她從一開始就錯了，就算是訂婚的時候，她也只有一點點愛他而已，如今她很清楚的知道，她從未愛過他，從未得到過他的支持，幫助他賺錢、睡在他身邊，都是她再也無法容忍的事情。講到最後，一拳狠狠揮來，把她從椅子上打倒在地。她一站起來，斯岱方諾就過來抓住她，她跑向水槽，抓起藏在擦碗巾底下的刀。他正要再揮拳打她的時候，她轉身面對他。

「你再過來，我就殺了你，就像你殺了你爸爸那樣。」她說。

斯岱方諾止步，驚詫得說不出話來，因為莉拉突然提到他爸爸的下場。她喃喃說著什麼：「好吧，殺了我吧，你想怎麼做就怎麼做吧。」他一副無聊的樣子，打個哈欠，無法控制的哈欠，嘴巴大張，但還一面喃喃吐出憎恨的話：「走吧，走，我什麼都給你了，我什麼都讓步，你卻這樣對我，是我救你離開貧窮，是我讓你哥哥、你爸爸、你全家發財。」然後走向餐桌，又吃一塊甜點。

接著，他走出廚房，回到臥室，在裡面突然大喊：「你絕對想像不到我有多愛你。」

莉拉把刀放在水槽上，她想：他不相信我要離開他了；他甚至不相信我有了別人，他不會相信的。然而她鼓起勇氣，走進臥房，向他坦承尼諾的事，告訴他說她懷孕了。但她丈夫睡著了，他像披著神奇斗篷那樣沉睡。所以她穿上外套，拎起行李箱，離開公寓。

89

斯岱方諾睡了一整天，醒來的時候發現妻子不在，但假裝沒注意。這行徑是他打從小時候就有的，他爸爸只要一現身就讓他驚恐，而他的反應之道就是訓練自己學會這似笑非笑的表情，這緩慢平靜的姿勢，謹慎地和周圍的世界保持距離，克制想要徒手撕開胸膛、扯出心臟的恐懼與渴望。

入夜之後，他出門做了一件魯莽的事：他走到艾達家的窗下，儘管知道她很可能去電影或和帕斯蓋出去了，但他還是喊她，一直喊。艾達探頭出來，很高興，但也心生警覺。她留在家裡，是因為玫利娜的行為比平常更瘋狂，而安東尼奧自從替梭拉朗兄弟工作之後，就老是不在家，他的工作不定時。她的未婚夫來陪她。斯岱方諾不以為意地上樓，在卡普西歐家待了一個晚上，沒提到莉拉，只和帕斯蓋討論政治，和艾達聊雜貨店相關的事。回家之後，他假裝莉拉回娘家，他開心地刮了鬍子，然後上床睡覺。他整夜睡得很沉。

麻煩在隔天才開始。馬提尼廣場那家店的助理告訴米凱爾說莉拉沒來。米凱爾打電話給斯岱方諾，斯岱方諾說他老婆病了。這病拖了好幾天，所以倫吉雅到她家去看看女兒是不是需要她。沒人開門，她傍晚又來。斯岱方諾剛從店裡回來，坐在電視機前面，聲音轉得好大。他咒罵一聲，打開門，請她進來。倫吉雅一問：「莉拉還好嗎？」他回答說她離開他了，接著就哭了出來。

兩家人都匆匆趕來：斯岱方諾的媽媽、埃爾范索、琵露希雅和寶寶、黎諾、費南多。他們都很害怕，雖然理由各有不同，但只有瑪麗亞和倫吉雅明白地擔心莉拉的命運，很納悶她跑到哪裡去了。其他人則為與她無關的理由爭執。黎諾和費南多很氣斯岱方諾，因為他沒做任何事情防範鞋廠關閉，責怪他從來不瞭解莉拉，說他讓她到梭拉朗的店裡根本是大錯特錯。琵露希雅發火，罵丈夫和公公說莉拉向來是個莽撞的人，她不是斯岱方諾的受害人，斯岱方諾才是她的受害人。

埃爾范索試探地說應該報警，查問醫院時，怒火更加熾烈，他們把矛頭全指向他，好像他羞辱了他們似的：特別是黎諾，吼著說他們最不需要的就是變成街坊的笑柄。後來是瑪麗亞輕聲說：「說不定她是跑去找小琳，待一陣子。」這個假設很有道理。他們繼續吵，但除了埃爾范索之外，其他人都假裝莉拉是因為斯岱方諾和梭拉朗兄弟的關係，決定到比薩去。「沒錯，」倫吉雅平靜下來，「她老是這樣，一有問題就去找小琳。」這時，他們開始為這趟輕率的旅程而覺得生氣，就她一個人，搭上火車，跑得遠遠的，不告訴任何人。然而莉拉和我待在一起似乎言之成理，而且也很讓人安心，所以馬上就成為事實。只有埃爾范索說：「我明天就去看看。」但琵露希雅馬上制止他：「你得工作，還想去哪裡？」費南多也不贊成：「別理她，讓她冷靜下來。」

這就是隔天有人問起莉拉的時候，斯岱方諾給的標準說法。「她去比薩找小琳，她想休息一下。」但那天下午，倫吉雅就又焦急起來。她去找埃爾范索，問他有沒有我的地址。他沒有，沒有人有，除了我媽。所以倫吉雅派埃爾范索去找我媽，但我媽不知是出於天生對每一個人的敵意，還是為了保護我專心讀書不分神，給他一個不完整的地址（很可能她記下的地址本來就不完整，寫字對我媽來說很困難，我們彼此都知道她絕對用不到這個地址。）無論如何，倫吉雅和埃爾范索一起寫了封信給我，用很迂迴的方式問莉拉是不是和我在一起。這信的收信地址是比薩大學，其餘的什麼都沒有，只有我的姓名，所以拖了很久的時間才收到。我讀了信，更氣莉拉和尼諾，沒有回信。

與此同時，自莉拉宣稱離開的隔天起，艾達除了在舊雜貨店工作，除了照料全家人和未婚夫的需要之外，也開始收拾斯岱方諾的房子，替他煮飯，這讓帕斯蓋心情很不好。他們吵架，他對她說：「你又不是拿工資當僕人的。」她回答說：「當僕人也好過浪費時間在這裡和你吵架。」另一方面，為了讓梭拉朗兄弟開心，埃爾范索很快就被派到馬提尼廣場，他如魚得水：他早晨出門，打扮得像要去參加婚禮，夜裡回家時也心情愉快：他喜歡在市中心消磨時光。至於米凱爾，他對卡拉西夫人的失蹤始終介懷，他把安東尼奧叫來說：「去給我把她找出來。」

安東尼奧喃喃說：「那不勒斯很大耶，米凱爾，比薩也是，甚至義大利。我要從哪裡開始？」

米凱爾回答說：「從薩拉托爾的大兒子下手。」他露出專門保留給他認為不值一文的人的表情，說：「你要敢向別人透露我找他的事，我就把你丟進埃佛薩的精神病院，讓你一輩子出不來，聽清楚了嗎？」

安東尼奧點點頭。

90

莉拉這輩子最害怕的，就是人——比東西更嚴重——失去輪廓邊線，散溢成沒有形狀的狀態。全家裡她最愛的是哥哥黎諾，但黎諾失去輪廓邊緣的事情嚇壞了她。而斯岱方諾從未婚夫變成丈夫的過程裡整個人解體，也讓她驚駭。我後來從她的筆記本裡才知道，新婚之夜在她心裡留下多深的創傷，她有多害怕丈夫身體可能出現的扭曲，害怕他那因為欲望與忿怒而產生的內在衝動，造成外貌的毀壞。尤其是在夜裡，她很怕醒來看見他無形無狀地躺在床上，變成一顆因為液體太多而爆開的瘤，肉溶解，淌著水。他周圍的一切，家具、整幢公寓，她——他的老婆——全被吸進水流裡，被這活生生的物質污染了的水流裡。

她一把門在背後關上，整個人彷彿在流動的白雲裡隱了形。她搭地鐵到坎皮佛萊格。在莉拉的感覺裡，她彷彿離開了一個滿是無以名狀的形體的柔軟空間，終於迎向一個可以完整容納她整個人、不讓她碎裂、也不讓周圍的形體碎裂的具體結構。她沿著荒僻的街道走向她的目的地，拖著行李箱走上一幢勞工公寓的三樓，進到一間破舊陰暗的兩房公寓，這裡只有一張老舊廉價的床，一間只有馬桶和洗臉槽的浴室。這全是她自己一手打點的，尼諾得要準備考試，也忙著為《晨報》寫一篇新的文章，同時還要改寫一篇被《梅里迪恩納利通訊》退稿的文章，因為《南與北》說他們願意刊登。她來看過公寓，預付三個月的房租，租了下來。此刻一踏進屋裡，她就感覺到無比的喜悅。她意外地發現，拋棄她以為會永遠是生命一部分的東西是如此的快樂。是的，她這樣寫道。她絲毫不遺憾失去新社區的舒適生活，她沒聞到霉臭，沒看見浴室牆角的水漬，沒留意奮力想穿透窗戶的灰白光線，也沒因為這個地方預告著她將重返童年貧困生活而頹喪。相反的，她覺得自己彷彿神奇地從受苦的地方消失了，重新置身於將帶來幸福快樂的地方。她再次目眩神迷，我想，因為抹去了自己的痕跡：受夠了她以前的一切，受夠了通衢大街、鞋子、雜貨、丈夫、梭拉朗兄弟、馬提尼廣場；甚至受夠了我、新娘、妻子，這一切都消失無蹤了。她記得的自己就只是尼諾的愛人。尼諾在傍晚抵達。

他顯然情緒激動得不能自已。他擁抱她，親吻她，茫然環顧四周。他閂上門窗，好像怕有人會突然闖入。他們做愛，是自佛利歐那夜以來第一次在床上做。然後他起身，開始唸書，不時抱怨燈光幽暗。她也起床，幫他溫習。他們合力修改完成給《晨報》的新文稿之後，凌晨三點上床，摟著彼此入睡。莉拉覺得很安全，雖然外面在下雨，窗戶顫動，房子感覺很陌生。尼諾的身體如此之新，修長纖瘦，和斯岱方諾完全不同。他的味道多麼令人興奮。她彷彿從陰影幢幢的世界走了出來，踏進一個終於擁有真實人生的地方。早上，雙腳才踏地，她就衝進廁所嘔吐。她關上門，讓尼諾聽不見。

91

他們在一起生活了二十三天。拋棄一切的輕鬆感一刻比一刻強烈。她一點都不懷念婚後所享有的舒適生活，而離開爸媽、弟弟妹妹、哥哥黎諾與外甥，她也一點都不難過。她不擔心錢會用完。唯一重要的是她能每天和尼諾一起醒來，夜裡和他一起入睡，他讀書寫字的時候陪在他身邊，兩人可以討論隨時在她腦海裡迸現的一大堆想法。夜裡，他們一起去看電影，或去新書發表會、政治辯論會，通常他們都在外面待到很晚，走路回家，緊緊依偎抵禦寒風或細雨，爭吵著，笑鬧著。

有一回他們去聽作家帕索里尼[29]的演講。這位作家也拍電影，他做的一切都引起騷動，尼諾不喜歡他，抿起嘴說：「他是個男同志，做什麼事情都要大吵大鬧。」所以他不想去，寧可待在家裡唸書。但是莉拉很好奇，拖他去。演講就在我以前聽嘉利亞妮老師的吩咐，曾經去過一次的那間俱樂部。莉拉聽完之後熱血澎湃，要尼諾去找那位作家，她想和他講話。但是尼諾很緊張，想盡辦法要帶她離開，特別是發現對街的人行道上有其他年輕人在大聲嚷著髒話。他很擔心，「走吧，我不喜歡他，也不喜歡法西斯分子。」但莉拉是個在暴力裡長大的成年人，並不打算悄悄溜走。他想拉她走向巷子，她掙脫開來，哈哈大笑，用髒話回應那些年輕人的髒話。但是在真的開始爭吵時，她卻突然退縮了，因為她認出安東尼奧。他的眼睛和牙齒閃亮得像金屬，但和其他人不同的是，他沒開口咆哮。他似乎忙著揍那些注意到她的人。但無論如何，她的這個晚上是毀了。回家的路上，她覺得自己和尼諾的關係有點緊張：他們對帕索里尼說的話看法不同，彷彿是到不同的地方聽不同的人演講似的。但不只是這樣。那天晚上，他很懊悔自己在馬提尼廣場那間店裡無意義的約會上浪費大把時間，同時也察覺到莉拉身上有些事情讓他很不安。她注意到他的心不在焉，他的忿怒，為了避免緊張加劇，沒提起攻擊他們的人裡面有個街坊的老朋友，玫利娜的兒子。

自此而後，尼諾似乎越來越不想帶她出門。起初他說他要唸書，這倒是事實，接著他在幾個公開場合不小心說溜嘴，說她太過分。

「哪一方面？」

「你太誇張。」

「意思是？」

他洋洋灑灑列出心中積怨：「你總是很大聲的評論；要是有人叫你安靜，你就開始和他理論；你喃喃自語纏著主講人不放。這行不通。」

莉拉知道這行不通，但她相信此時此刻和他在一起，一切都有可能，只要大步一躍就能跨越鴻溝，可以和重要人物面對面講話。她在梭拉朗兄弟的店裡不也是這樣和有影響力的人講話嗎？難道不是靠她的顧客，他才能在《晨報》發表第一篇文章嗎？然後呢？她說：「你太害羞了，你還不瞭解你比他們強，你會做比他們更重要的事情。」然後她吻他。

但接下來的幾個晚上，尼諾沒給任何理由地開始自己外出。要是留在家裡唸書，就抱怨公寓樓裡有多吵。他也咕咕噥噥埋怨必須去找父親要錢，而唐納托會用一大堆問題來折磨他，例如：你睡在哪裡？你在幹嘛？你住在哪裡？你在唸什麼書？面對莉拉有能力在迥然不同的事情之間找出關聯，他不像以往那麼興奮，反而搖搖頭，很生氣。

他有段時間心情都這麼不好，所以考試成績落後，為了繼續唸書，他不再和她上床。莉拉說：「很晚了，我們去睡吧。」他心不在焉地回答說：「你去吧，我晚點再睡。」他看著她在被子底下的身體曲線，渴望她的溫暖，但又很害怕。我還沒畢業，他想，我沒有工作，要是我不想虛擲生命，就必須全力以赴。結果我卻和這個人在一起，這個有夫之婦，這個懷孕、每天早上嘔吐、不讓我嚴守紀律的人。他發現《晨報》沒刊登他的文章時，非常失望。莉拉安慰他，叫他改寄其他報社試試看。但她又補上一句：「我明天去打電話。」

29 帕索里尼（Pier Paolo Pasolini, 1922~1975），義大利詩人、作家、導演，曾加入共產黨，作品表達社會底層的陰暗面，為義大利後新現實主義電影的代表人物。

她想打給她在梭拉朗鞋店認識的編輯，卻發現這樣做錯了。他結結巴巴說：「你不要打電話給任何人。」

「為什麼？」

「因為那個渾蛋有興趣的是你，不是我。」

「才不是這樣。」

「完完全全就是這樣。我不是傻瓜，你只會給我惹麻煩。」

「什麼意思？」

「我不該聽你的。」

「我做了什麼？」

「你攪亂了我的思緒。因為你就像一滴水，滴答，滴答，滴答。除非照你的意思做，否則你就不善罷干休。」

「那篇文章是你發想，是你寫的。」

「沒錯。那你為什麼要我重改四次？」

「是你想改的。」

「莉娜，情況很清楚：你自己選個愛做的事情去做吧，回去賣鞋子，回去賣薩拉米香腸，別想藉著毀掉我來奢想讓你變成另一個人。」

他們已經住在一起二十三天了，諸神始終躲在雲裡，好讓他們可以不受干擾地享受彼此的陪伴。他的話傷害了她，她說：「滾出去。」

他馬上在毛衣外面穿上外套，把門用力在背後甩上。

莉拉坐在床上，想：他十分鐘就會回來，他的書，他的筆記，他的刮鬍霜和刮鬍刀都還在。她哭了起來：我怎麼會以為可以和他住在一起，可以幫他？這是我的錯：為了解放我的腦袋，我甚至讓他寫了不對的東西。

她躺在床上等待。她等了一整夜，但尼諾沒回來，天亮之後的早晨沒回來，再隔天也沒有。

92

我如今所陳述的，是不同時間從不同人嘴裡聽來的情況。先從尼諾開始，他離開坎皮佛萊格的公寓之後，回到爸媽家。他媽媽沒把他當浪子，對他很好，非常好。但和父親，他不到一個鐘頭就吵了起來，髒話咒罵你來我往。唐納托用方言罵他說，他離家或待在哪裡都行，就是不能誰都不說一聲就消失一個月，然後又回來要錢，一副錢是他自己掙來似的。

尼諾回到自己房間，心中不停和自己爭執。雖然他已經想回到莉娜身邊，請她原諒，哭著對她說他愛她，但他謹慎評估情勢，相信他是落入陷阱了，這不是他的錯，也不是莉娜的錯，而是欲望的錯。例如，他這時想，我迫不及待想回到她身邊，用親吻覆蓋她的嘴，負起我的責任，但有部分的我清清楚楚知道，導致我今天這麼做的失望是既真實且正確的：莉娜不適合我，莉娜懷孕了，她子宮裡的東西讓我害怕，所以我絕對不能回去。我得去找布魯諾，借些錢，像艾琳娜那樣離開那不勒斯，到其他地方去唸書。

他就這樣左思右想了一整夜，以及隔天的一整個白天，一會兒渴望莉拉到錐心刺痛的地步，一會兒想到她的粗魯直率與太過聰明的無知又不寒而慄，她有能力把他拖進她的思緒裡，看似洞明世事，實則泥濘混亂的思緒。

那天晚上他打電話給布魯諾，狂亂地急著去見他。他冒雨衝到公車站，差點就趕不上要搭的那班車。但他突然改變主意，在加里波第廣場下車，改搭地鐵到坎皮佛萊格，他迫不及待想擁抱莉拉，一進門就在門口牆邊站著占有她。這是當下最重要的事，接下來再想想該怎麼辦。

天很黑，他跨著大步走在雨中。他甚至沒發現有個黑色的人影接近他。那人猛力一推，推得他跌倒在地。接著是連串的捶打，拳打腳踢，踢了又打。這人一再打他，但並不生氣：

「離開她，別再見她，別再碰她。跟著我說一遍：我會離開她。跟著我說：我不會再見她，我不會再碰她。你這個渾帳東西：你喜歡喔，你喜歡奪走別人的老婆。說：我錯了。我會離開她。」

尼諾乖乖照說，但攻擊他的這人並沒有住手。他暈過去了，不是因為痛，是因為害怕。

93

揍尼諾的是安東尼奧，但他幾乎什麼都沒向老闆報告。米凱爾問他是不是找到薩拉托爾的兒子時，他回答說找到了。米凱爾焦急之情溢於言表地問是不是追查到莉拉下落時，他說沒有。被問到是不是有莉拉的消息時，他說他找不到她，唯一可以確定的是排除了薩拉托爾兒子和卡拉西夫人的關係。

他說謊，當然。他很快就找到尼諾和莉拉，純粹運氣，那天晚上他的工作是去修理共產黨員。他揍爛了幾個人的臉，然後離開群架去追兩個逃跑的傢伙。他發現他們住的地方，他知道他們住在一起，接下來幾天他研究他們的日常生活，他們做什麼，如何過活。看著他們，他既羨慕又嫉妒。羨慕莉拉。這怎麼可能，他對自己說，放棄她的房子，好漂亮的房子，離開丈夫、雜貨店、汽車、鞋子、梭拉朗兄弟，就為了這個沒有半毛錢，讓她住在比街坊更爛地方的學生？這女孩到底是怎麼回事：是勇敢還是瘋了？接著他的注意力集中在對尼諾的嫉妒上。讓他最受傷的是，莉拉和我都喜歡這個瘦巴巴、醜八怪的渾蛋。薩拉托爾的這個兒子到底有什麼優點？他夜以繼日地思索。他憂鬱纏身，影響了神經系統，特別是雙手的神經，所以他不時兩手交纏，緊緊貼在一起像祈禱那樣。最後他決定他必須解救莉拉，儘管此時她很可能還不想被解救。但是——他對自己說——人總是要花很多時間才瞭解什麼是好什麼是壞，幫助別人的意思就是在他們人生的特定時刻為他們做他們自己做不到的事。米凱爾·梭拉朗沒下令要他揍薩拉托爾的兒子，沒有。他沒把最重要的事情告訴米凱爾，所以米凱爾也沒有理由叫他這麼做。揍他是安東尼奧自己的決定。他之所以這麼做，一方面是希望尼諾離開莉拉，讓莉拉拿回她莫名其妙拋棄的東西；另一方面是他對尼諾的怒氣，這個猥瑣軟弱無力的傢伙，一身肌骨毫無男子氣概，身軀太長也太脆弱，但偏偏我們兩個女生都喜歡他。不喜歡安東尼奧，而喜歡他。

我得說，多年之後他告訴我這件事的時候，我似乎可以瞭解他的動機。我很感動，我輕撫他的臉頰，安撫他受創的感情。他臉紅起來，變得慌亂不安；為了向我證明他不是野獸，說：「後來我有扶他。」他扶起半昏眩的薩拉托爾兒子，走到藥房，讓他自己留在門口，然後回街坊去告訴帕斯蓋和恩佐。

他們很不情願地同意見他。他們不再把他當朋友，尤其是帕斯蓋，儘管他是妹妹的未婚夫。但安東尼奧不在乎，他假裝不在意，表現得一副他們因為他出賣自己給梭拉朗兄弟而產生的敵意只是一種埋怨，對他們的友情沒有任何損傷。他沒提到尼諾的事，只說他找到了莉拉，他們必須幫她。

「怎麼幫？」帕斯蓋挑釁似的問。

「帶她回她家。她沒去找琳諾希亞，現在住在坎皮佛萊格的一個爛地方。」

「她自己一個？」

「對。」

「她幹嘛決定要這樣做？」

「我不知道。我沒和她講話。」

「為什麼？」

「是米凱爾．梭拉朗叫我去找她的。」

「你真是個渾蛋法西斯。」

「我什麼都不是。我只是做我的工作。」

「太帥了。那你現在要怎樣？」

「我沒告訴米凱爾說我找到她了。」

「所以？」

「我不想丟工作，我得過日子。如果米凱爾發現我騙他，會炒我魷魚。你們去找她，帶她回家。」

帕斯蓋又用髒話罵他，儘管如此，安東尼奧還是沒回嘴。他後來心煩意亂，是因為聽未來的大舅子說莉拉離開她丈夫和其餘的一切，做得很對：要是她終於擺脫梭拉朗兄弟的店，要是她終於醒悟她嫁給斯岱方諾是犯了大錯，他肯定不會去帶她回來的。

「你要把她一個人丟在坎皮佛萊格？」安東尼奧不解地問：「一個人，身上沒半毛錢？」

「幹嘛，難道我們就有錢嗎？莉拉是個大人了，她知道人生是怎麼回事。如果她做了決定，一定有她的理由，就別去煩她了。」

「可是她只要有辦法，總是盡力幫我們。」

提到莉拉曾經給他們的錢，帕斯蓋覺得很羞愧。他結結巴巴講了些什麼貧與富、街坊內外女性景況之類的東西，還說如果是要給她錢的問題，他也作好準備了。但是在此之前始終沉默不語的恩佐用不耐的手勢打斷他們的談話，對安東尼奧說：「給我地址，我去看看她打算怎麼做。」

94

他真的去了，隔天。他搭地鐵，在坎皮佛萊格下車，尋找那條街，那幢公寓。

對於當時的恩佐，我只知道他再也無法忍受任何事情：他媽媽的哀號，他弟弟妹妹的負擔，蔬果市場的黑幫，推著車子到處轉卻賺得越來越少，帕斯蓋的共黨言論，甚至他和卡門的訂婚。他全都受不了。但是因為他天生內向，很難搞懂他是哪一類型的人。我從卡門那裡知道，他私底下唸書，想拿工程證書。應該也是在同一個場合——聖誕節？——卡門告訴我他春天退伍之後只吻過她四次。她很氣地補上一句：「說不定他不是男人。」

這是我們常說的話，我們女生，有人對我們不太在意的時候，我們就這樣說：他不是個男人。恩佐是男人，不是嗎？我不知道男人的黑暗內心可以有多深沉，我們都不知道，所以對搞不懂的舉止，我們就套上這樣的話。有些男生，像梭拉朗兄弟，像帕斯蓋、安東尼奧、唐納托・薩拉托爾，甚至我在師範大學的男朋友法蘭柯・馬利，雖然對待我們的方式不一樣——積極的，聽話的，粗心的，關愛的——但他們需要我們，這是毫無疑問的。其他人，例如埃爾范索、恩佐、尼諾——雖然態度也是各不相同——都有一種冷漠的泰然自若，彷彿在我們和他們之間有道牆，而爬過牆去是我們的工作。恩佐在退伍之後，這種特質變得更加突顯，他不只不做任何事情去取悅女人，甚至也不做任何事情去取悅這整個世界。他個子小，然而身體好像變得更小，彷彿透過某種自我壓縮似的：變成一團結實的能量。他的皮膚繃在臉上像是遮雨篷，動作減少到只有雙腿在動，身體的其餘部分，手臂、脖子和頭都不動，甚至那微帶紅金色宛如頭盔戴在頭上的頭髮也紋風不動。他決定去找莉拉的時候告訴帕斯蓋和安東尼奧，不是為了討論，而只是截斷任何討論的簡短聲明。他抵達坎皮佛萊格的時候也沒有表現出任何的不確定。他找到那條街，找到門口，爬上樓梯，堅決地敲了正確的那扇門。

95

尼諾沒在十分鐘之內回來，也沒在一個小時、甚至隔天回來，莉拉變得滿心怨懟。她不覺得自己被拋棄，而是覺得被羞辱了。儘管她暗自承認她不是適合他的女人，但他在僅僅二十三天之後就從她的生命裡消失，殘酷地印證這個事實，還是讓她覺得很難忍受。在忿怒之中，她撕毀他留下的一切：書、內衣、襪子、毛衣，甚至還有一截鉛筆。她動手做了，卻又懊悔，哭了起來。淚水乾了之後，她覺得自己很醜，浮腫，愚蠢，而且有種被貶低的痛楚，這是因為尼諾而起的，她深愛、也相信他同樣愛她的這個尼諾而起的。這公寓彷彿在轉瞬間現出原形，一個骯髒寒酸的地方，城市的噪音穿牆而來。她開始察覺到屋裡的臭味，從樓梯門底下竄進來的蟑螂，天花板上的水漬，第一次體會到童年再次攫住她，不是童年的夢想，而是童年殘酷的貧困、威脅與挨揍。事實上，她突然發現從小一直撫慰我們的那個美好夢幻——變得有錢——已經從她心裡消散。儘管她覺得坎皮佛萊格似乎比我們遊戲裡的那個街坊更陰暗，儘管她的處境因為懷了孩子而變得更艱難，儘管在短短幾天裡她已經用完帶來的錢，但她卻發現財富不再是一種獎勵，一種補償，財富不再對她說話。那發皺難聞的紙鈔——她在雜貨店工作時擺在收銀機抽屜裡，以及馬提尼鞋店收在彩色金屬盒子的紙鈔——取代了我們童年想像中那個擺滿金塊與寶石的保險箱，但卻已不再有用了，那僅存的光輝都已褪去。金錢和擁有之間的關係令她失望。她不想要任何東西，無論是為了自己，或為了肚子裡的孩子。對她來說，富有代表著擁有尼諾，既然尼諾離開了，她就覺得自己一貧如洗，這貧窮是任何金錢都無法消弭的。這是個新的景況——從小以來她犯過許多錯誤，而最後的這個錯誤是集之前所有錯誤之大成：相信薩拉托爾的兒子不能沒有她，就像她不能沒有他一樣；相信他們擁有獨特、例外的命運；相信他們對彼此的愛可以持之永恆，可以抹滅其他的需要——既然無法補救，她覺得很內疚，決定出去，不是去找他，不是去吃東西喝東西，而是去等待她自己的生命、她的腹中孩子失去外廓，失去任何可能的定義，她覺得心空空的，什麼都沒有，連讓她覺得輕蔑的東西都沒有，也就是說，她已經放棄了自己。

這時有人敲門。

她以為是尼諾，開了門。是恩佐。看見他，她並不失望。她以為他是要送水果來給她，就像多年前還是小孩的那時一樣，他在校長和奧麗維洛老師發起的競賽裡落敗，對她丟石子，之後又送水果給她。她笑了起來。恩佐覺得她這笑是發病的徵兆。他進屋，但出於敬意讓門敞著沒關，因為他不希望鄰居以為她像妓女那樣在家接待男人。他環顧四周，看見她不修邊幅的模樣，論斷她真的需要幫助。他以嚴肅不帶情緒的語氣，在她還沒停止大笑恢復平靜之前就說：

「我們走吧。」

「去哪裡？」

「去找你老公。」
「他派你來的？」
「不是。」
「誰派你來的？」
「沒人派我來。」
「我不去。」
「那我就留下來陪你。」
「永遠？」
「到你被我勸動為止。」
「你的工作怎麼辦？」
「我做膩了。」
「卡門怎麼辦。」
「你比她重要得多。」
「我要告訴她，她就會離開你。」
「我自己告訴她，我已經決定了。」
就從這時起，他開始壓低嗓音冷淡疏遠地講起話來。她用笑聲回應他，帶著嘲諷的意味，彷彿他們講的話都不是真的，彷彿他們談起的這個世界、這些人、這些感情都只是開玩笑，不會存在太久。恩佐明白，所以好一會兒沒再說什麼。他穿過屋子，找到莉拉的行李箱，把抽屜和櫃子裡的東西裝進去。莉拉隨他去做，因為她以為他不是血肉之軀的恩佐，只是恩佐的影子，像電影裡面那種有顏色的影子，儘管會開口講話，但也只是光所產生的效果而已。收拾好行李箱之後，恩佐再次面對她，發表了一席令人意外的話。他用專注但淡漠的語氣說：

「莉娜，我從小時候就愛你。我從沒告訴你，因為你這麼漂亮，這麼聰明，我又矮又醜，一文不值。回到你丈夫身邊吧。我不知道你為什麼離開他，我也不想知道。我只知道你不能住在這裡，這種爛地方配不上你。我會陪你回家，在樓下大門等待，要是他對你不好，我就上去宰了他。但如果他沒有，就會很高興迎接你回家。但我們先約定好：萬一你不能和老公達成協議，我帶你回到他身邊，也會去帶你離開，可以嗎？」

莉拉不笑了，她瞇起眼睛，第一次專心聽他講話。在此之前，她和恩佐之間幾乎沒有交流，但我在場的時候，總是覺得他們很不可思議。他倆之間有種難以清楚界定的關係，是打從小時候就有的連結。她信任恩佐，我想，她覺得她可以依靠他。這年輕人拎起行李箱走向敞開的門口時，她遲疑了一晌，跟在他後面也走了。

96

帶她回家的那天晚上，恩佐真的在莉拉和斯岱方諾家的窗下等著，要是斯岱方諾揍她，他八成會衝上樓去宰了他。但斯岱方諾沒揍她，他把她迎進乾淨整齊的家裡。他表現得一副老婆真的是到比薩看我似的，儘管沒有任何證據可以證明有這一回事。另一方面，莉拉完全沒用這個藉口或其他理由來為自己開脫。隔天早上，她一醒來就很不情願地說：「我懷孕了。」他好開心，但她說：「這孩子不是你的。」他哈哈大笑，真的非常開心。她生氣地把這句話再講一遍，兩遍，三遍，甚至想掄起拳頭打他，但他抱住她，親吻她，喃喃說：「夠了，莉拉，夠了，夠了，我太高興了。我知道我一向對你不好，但不要這樣，別再對我講這些刻薄的話。」他的眼睛滿是喜悅的淚水。

莉拉知道我們會告訴自己謊言，不想知道事實真相，但她很意外，丈夫竟然可以懷抱如此喜悅的信心欺騙自己。反正她也不在乎，如今她對自己或斯岱方諾都不在乎，冷漠地把「這孩子不是你的」翻來覆去講了幾遍之後，就又回到懷孕的昏沉乏力之中。他不想馬上面對自己的痛苦，她想，沒關係，隨便他想怎樣就怎樣吧，要是他不想現在受苦，那就等以後再痛苦吧。

她接著列了一張清單，寫她想要和她不想要的：她不想去馬提尼廣場的店或雜貨店工作；她不想見任何人，包括親戚朋友，特別是梭拉朗兄弟；她希望留在家裡當個妻子和母親。他答應，確信她過幾天就會改變心意。但是莉拉躲在公寓裡足不出戶，對斯岱方諾的生意、哥哥和父親的生意完全不感興趣，對他家親戚和她自己親戚的事也完全不想過問。

有好幾次，琵露希雅帶小名迪諾的兒子費南多過來，但她不開門。

有一回黎諾來，心煩意亂，莉拉讓他進門，聽他嘮嘮叨叨說她不再去店裡，梭拉朗兄弟有多生氣，說因為梭拉朗兄弟只關心自己的事情，不再投資，所以瑟魯羅鞋業的情況有多慘。最後他沉默下來，她說：「黎諾，你是哥哥，你是個成年人，你有老婆兒子，幫我個忙：過你自己的日子，別老是來煩我。」他深受傷害，發了一頓牢騷，說大家都變有錢了，只有他有可能失去所有的身家，就只因為妹妹不顧他這個瑟魯羅家的至親骨肉，覺得自己是個卡拉西家的人。

米凱爾不嫌麻煩地趁斯岱方諾不在家的時候來看她——剛開始的時候甚至一天兩次——情況也是一樣。她從不讓他進門，她默不作聲躲在廚房，幾乎連氣都不喘一下，所以有一次他離開前在馬路上嚷著：「你他媽的以為你是誰啊，你和我有過約定，卻又不履行。」

莉拉只歡迎倫吉雅和斯岱方諾的媽媽瑪麗亞，這兩個婦人因為她的懷孕而變得益發親近。她不再嘔吐，但臉色灰白。她覺得自己的內部而不是外在變得巨大腫脹，彷彿體內的每一個器官都變得肥大了。她的肚子腫得像個肉球，還會因為寶寶的呼吸而不停膨脹。她很怕這樣的膨脹，擔心她最恐懼的事情會發生：她會腫脹到爆裂。接著她突然感受到體內的這個生命，這個型態荒謬的生命，這膨脹的肉瘤到了某個時間點會從她的性器跑出來，像個綁在繩上的傀儡——她突然就愛上這個寶寶了，透過寶寶，她的自我意識也回來了。因為怕自己太過無知，怕自己鑄成大錯，所以她開始拚命閱讀可以找到的關於懷孕的資料，想知道子宮裡發生了什麼事，以及如何為生產做好準備。這幾個月裡她幾乎一次都沒出門，她不再買衣服，也不給家裡添東西，她養成習慣讓媽媽幫她帶至少兩份報紙來，也要埃爾范索帶雜誌來。她就只花這些錢。有一回卡門來找她要錢，她叫她去找斯岱方諾。她說她沒錢。卡門很氣餒地離開。她再也不在乎任何人，只關心寶寶。

這次的經驗讓卡門很受傷，讓她變得更加怨懟。她還是沒原諒莉拉破壞了她倆在雜貨店的盟友關係。如今她更不原諒莉拉，因為莉拉不肯打開錢包。但她之所以不原諒，最主要的原因是莉拉為所欲為——卡門現在也和其他人一起嚼舌根——她消失，她回來，然而還是繼續扮她高貴夫人的角色，有間漂亮房子，甚至還有個寶寶就要出生了。你越是墮落，境遇就越是好。而她自己呢，從早到晚辛苦工作卻沒人感激——發生在她身上的都只有壞事，一樁接一樁。她父親死在牢裡。她母親的死因她甚至連想都不願去想。如今連恩佐也是。他有天晚上在雜貨店外面等她，告訴她說他想解除婚約。就這樣，像平常一樣惜字如金，沒有任何解釋。她跑去對哥哥哭訴，帕斯蓋去找恩佐，要他給個解釋。但恩佐什麼都沒說，如今他們兩個已經不講話了。

復活節假期我從比薩回來，在花園碰見卡門，她對著我發洩。她哭著說：「我是個白癡，他當兵的時候一直等著他。我是個大白癡，從早忙到晚，什麼都沒得到。」她說她對一切感到厭煩。然後突如其來的，開始辱罵莉拉。她甚至扯到莉拉和米凱爾．梭拉朗有關係，因為經常有人看見他在卡拉西家附近徘徊。她很不屑地說：「通姦和金錢，她就是靠這樣成功的。」

然而，沒提起尼諾。很神奇的，街坊對此一無所知。在這段期間，安東尼奧告訴我說他揍了尼諾一頓，說他是怎麼派恩佐去接莉拉回來，但他只告訴我，而我很確定，他終其一生沒告訴過任何人一個字。可是我從埃爾范索那裡聽到一些事。經過我一再追問之後，他說他聽瑪麗莎說尼諾去米蘭唸書了。還好有他們告訴我這個消息，聖週六[30]我在通衢大街上意外碰見莉拉，一想到我對她的人生比她自己還多瞭解一些，就覺得隱隱有些興奮，而且從我所知道的事實來看，很容易可以推論出她把尼諾從我身邊奪走，如今有了報應。

30 聖週六（Holy Saturday），耶穌受難日隔天，復活節的前一天。

她的肚子已經相當大了，在她纖細的身上像個瘤似的。她的臉不像懷孕的婦人那樣紅潤美麗。她變醜，臉色慘綠，皮膚緊繃在突出的顴骨上。我們都想假裝什麼事也沒發生。

「你還好嗎？」

「很好。」

「我可以摸摸你的肚子嗎？」

「可以。」

「那件事呢？」

「哪件事？」

「伊斯基亞那件事。」

「結束了。」

「太可惜了。」

「你在幹嘛？」

「我唸書。我有個自己的地方和我所需要的書。我甚至有了算得上男朋友的對象。」

「算得上？」

「是的。」

「他叫什麼名字？」

「法蘭柯．馬利。」

「他是做什麼的？」

「他也是學生。」

「這副眼鏡真的很適合你。」

「法蘭柯送我的。」

「衣服呢？」

「也是他送的。」

「他很有錢？」

「是的。」

「我很高興。」

「書唸得怎麼樣？」

「我很用功，否則他們就會把我趕出去。」

「小心一點。」

「我很小心。」

「你很幸運。」

「是啊。」

她說她的預產期是七月。她有個醫生，就是叫她去海邊游泳的那個。是醫生，不是街坊的助產士。她說：「我很替寶寶擔心，我不想在家生產。」她讀過資料，說到診所生產比較好。她微笑，摸摸肚子。然後她含含糊糊說了一句話：

「我之所以還在這裡，就是為了這個。」

「感覺到寶寶在肚子裡，很棒吧？」

「不，這讓我覺得討厭。可是我很高興能懷著他。」

「斯岱方諾生氣嗎？」

「他只想相信對自己有利的說法。」

「那是？」

「也就是我有段時間瘋了，跑去比薩找你。」

我假裝什麼也不知道，裝出不敢置信的樣子。「比薩？你和我？」

「是的。」

「要是他問起，我應該說事情就是這樣嗎？」

「你想怎麼做就怎麼做吧。」

我們道再見，答應要通信。但我們從未寫信，我也沒去打聽生產的事。有時候心裡會有一股心緒騷動，我拚命壓抑，不讓自己意識到。我希望她出事，讓寶寶無法出世。

97

在那段期間，我常夢見莉拉。有一回她躺在床上，身穿綠色蕾絲睡衣，頭髮打辮子，這是她從來不梳的髮型。她懷裡摟了個穿粉紅衣服的小女孩，她一直用哀傷的聲音說：「拍張照片，但只拍我，不要孩子。」另一次，她開心迎接我，喊著她女兒，和我同名的女兒。她說：「小琳，過來和阿姨打招呼。」但出現的是個胖胖老老的女巨人，莉拉叫我脫掉她的衣服，替她換尿布和包巾。醒來的時候，我很想找部電話打給埃爾范索，問問寶寶是否平安出生，她是否快樂。但我必須唸書，也或許有考試，所以就忘了。八月的時候，我沒功課也沒考試，結果我卻沒回家。我寫信編了些藉口騙我爸媽，和法蘭柯一起去維希里亞，他家在那裡有幢公寓。我頭一次穿上兩截式泳衣，我覺得自己很大膽。

聖誕節的時候，我從卡門那裡聽說莉拉生產的過程很不順利。

「她差點死掉，到最後醫生只好剖開她的肚子，否則寶寶就生不出來。」她說。

「她生了兒子？」

「是啊。」

「他還好嗎？」

「他很可愛。」

「她呢？」

「她整個外形都變了。」

我聽說斯岱方諾想給兒子取他父親的名字：阿基里，但莉拉反對，於是夫妻倆大吵大鬧，這已經是很久沒發生過的事了。吵嚷的聲音在整個診所迴盪，護士只好來罵他們。最後孩子取名叫傑納洛，小名黎諾，和莉拉哥哥同名。

我聽她說，一聲不響。我覺得很不開心，想搞清楚我為什麼不開心。我一副有所保留的態度。卡門注意到了：

「我一直講一直講，可是你什麼都沒說，你讓我覺得像是電視新聞。你不再甩我們了？」

「當然不是。」

「你變漂亮了，連你的聲音都變了。」

「我以前聲音不好聽嗎？」

「你以前的聲音和我們一樣。」

「現在呢？」

「比較不像了。」

我在街坊住了十天，從一九六四年十二月二十四日待到一九六五年一月三日，但我始終沒去看莉拉。我不想去看她兒子，我很怕在他的嘴巴、他的鼻子、他眼睛和耳朵的形狀裡認出尼諾的形影。

在我家裡，我像是個只來待幾天打招呼的重要貴賓。我爸很愉快地打量我。我感覺到他用滿意的眼神看我，但我只要一開口和他講話，他就很難為情。他沒問我唸什麼科系，有什麼用，之後能做什麼工作，不是因為他不想知道，而是因為他怕自己聽不懂我的答案。而我媽則氣呼呼地在屋裡走來走去，聽著她不容錯認的腳步聲，我想起以前有多怕自己會變得像她一樣。但是還好，我比她漂亮健康得多，她也感覺到了，為此而憎惡我。即便是此時，她對我說話的時候也還是一副我做了什麼可怕的事情似的，無論何時何地，我總是可以在她的嗓音裡聽出隱約的不贊同，但是和過去不同的是，她從沒要我洗碗盤、打掃屋子、刷地板。我和弟弟妹妹之間也有些不自在。他們試著用義大利文和我交談，卻不停糾正自己的錯誤，很難為情。但我試圖讓他們知道，我也是這樣的，他們慢慢的也相信了。

夜裡我不知道怎麼打發時間，我的朋友們不再聚在一起。帕斯蓋和安東尼奧關係惡劣，不計一切代價避開他。安東尼奧不想見任何人，一方面是因為他沒時間（梭拉朗兄弟整天派他去這裡那裡），另一方面是因為他不知道該講什麼：他不能談他的工作，卻又沒有私人生活。艾達從雜貨店下班之後，匆匆趕回家照顧媽媽和弟弟妹妹，又累又沮喪地上床睡覺，所以連和帕斯蓋都很少見面，這讓他很憂心。卡門現在恨所有的事情，所有的人，或許連我都恨：她恨在新雜貨店工作，恨卡拉西，恨離開她的恩佐，恨哥哥只動口不動手，和恩佐吵架，卻不動手揍他。是的，恩佐。恩佐的媽媽阿珊塔病得很重，他白天常要照顧她而沒辦法去工作賺錢，晚上也是，然而意外的是，他還是想辦法拿到工程證書。恩佐總是不在。我對這個消息很好奇，他竟然可以靠自己讀書達成這麼困難的目標，取得文憑。誰想得到啊，我心想。回比薩之前，我花了很多功夫說服他和我一起散個小步。我恭喜他的成就，但他一臉不以為然。他把自己的語彙減少到最低程度，所以都是我一個人在講，他幾乎沒開口。我只記得在我們道別之前，他講的一句話。在這之前我都沒提到莉拉，連一個字都沒有。但是，我卻好像專門在談她似的，他突然說：

「反正，莉拉是全街坊最好的媽媽。」

這個「反正」讓我心情很不好。我從沒認為恩佐是特別敏感的人，但此時我卻非常確定，走在我身邊的他感覺到——彷彿我大聲宣稱似的——我給我這位朋友默默列出一長串過錯，彷彿我的身體不知不覺地忿然表達出來。

98

因為愛小傑納洛，莉拉又開始出門。她給寶寶穿上藍色或白色的衣裳，坐著她哥哥給她的那部笨重、巨大、昂貴的推車，在新社區裡走來走去。小黎諾一哭，她就到雜貨店裡給他餵奶。婆婆熱心招呼，顧客溫柔讚美，而卡門則一臉惱怒，低著頭，一句話也不說。寶寶一哭，莉拉就餵。她喜歡感覺他貼在自己身上，她喜歡感覺母乳從她身上流向他，愉快地清空她的乳房。只有這樣的母子關係能給她幸福的感覺，她在筆記本裡說，她很怕有一天寶寶會離開她。

天氣好轉之後，她開始到教堂前面的花園去，因為新社區的馬路光禿禿的，只有幾叢灌木和病奄奄的小樹。過往的行人停下來看寶寶，稱讚他，這讓她很高興。如果必須幫他換尿布，她就到舊雜貨店，只要一進去，顧客就開始熱情歡迎傑納洛。然而艾達卻不一樣。罩袍總是過度整潔、薄唇上抹著口紅、臉色蒼白、頭髮光潔的她，連對斯岱方諾也頤指氣使，如今變得更加放肆，表現得一副管家夫人的模樣，因為很忙，所以想盡辦法讓莉拉知道她、推車和寶寶都很礙事。但是莉拉沒怎麼理會。丈夫的陰沉冷漠才更讓她不解。私底下，他對孩子雖然不怎麼關心，但也沒有敵意，可是在公開場合，在裝出童稚嗓音輕聲婉語稱讚寶寶、想抱他親他的顧客面前，斯岱方諾連看都不看他一眼，刻意表現得毫無興趣。莉拉到店鋪後面，幫傑納洛清洗，迅速再穿好衣服，回到花園去。她在那裡寵愛地端詳兒子，在他臉上尋找尼諾的痕跡，很想知道斯岱方諾是不是看見了她無法看見的。

但她很快就把這個問題拋在腦後。通常來說，她的日子都這樣平平淡淡過去，不掀起任何一絲情緒。她大部分時間都在照顧兒子，讀一本書要花一個星期的功夫，一天讀兩三頁。在花園裡，如果兒子睡著了，她經常讓自己的思緒在冒出新花苞來的樹木枝椏間漫遊，在破舊的筆記本上寫點東西。

有一回她注意到教堂裡正舉行葬禮，就抱著寶寶過去看，發現那竟是恩佐母親的葬禮。她看見他渾身僵硬，臉色慘白，但沒過去安慰他。另一次她坐在長凳上，推車停在身邊，低頭看著大大一本綠色書脊的書，有個老太太出現在她面前，拄著枴杖，每次呼吸，臉頰都像陷進喉嚨裡。

「你猜我是誰？」

莉拉認不出她來，但最後這婦人的眼睛讓她剎時想起奧麗維洛老師。她情緒激動得跳起來，想擁抱老師，但老師很惱地退開。莉拉把寶寶抱給她看，很自豪地說：「他叫傑納洛。」因為每個人都誇讚她兒子，她以為老師也會這麼做。但奧麗維洛老師完全無視寶寶的存在，只關心這位以前的學生在看的這本厚重的書。莉拉的手指夾在書頁裡作記號。

「這是什麼？」

莉拉緊張起來。老師的表情變了，聲音和身上的一切也都變了，除了她的眼睛和那尖銳的語氣，這是她以前在課堂上問學生問題的語氣。所以莉拉也表現得像以前一樣，用慵懶但積極的語氣說：「書名是《尤里西斯》。」

「是講奧德賽的？」

「不是，這本書講的是我們現在的生活有多平庸。」

「然後呢？」

「就這樣啊。說我們腦袋裡全是胡說八道的東西。我們是血肉骨骼。每個人都有相同的價值。所以我們只需要吃、喝、幹。」

老師罵她不該講最後那個字，就像以前在學校那樣。而莉拉就像厚顏無禮的女生那樣笑起來，惹得老師臉色更嚴肅，問她覺得這本書怎麼樣。她回答說這書很艱澀，她不是完全能理解。

「那你為什麼要讀？」

「因為我認識的一個人在讀。可是他不喜歡。」

「那你呢？」

「我喜歡。」

「儘管很艱澀？」

「是的。」

「別讀你自己不懂的書，那對你沒好處。」

「很多事情都對你沒好處。」

「你不開心？」

「還好。」

「你天生該成就大事的。」

「我已經做了大事：我結婚生小孩啦。」

「這樣的事情每個人都做得到。」

「我和每個人都一樣。」

「你錯了。」

「不，是你錯了。你一直以來都錯了。」

「你小時候就很無禮，現在還是。」

「在我心裡，你顯然也不太像是個老師。」

奧麗維洛老師凝神看著她，莉拉也看著老師臉上那擔心自己犯錯的表情。老師想在她眼睛裡找到她小時候的慧黠光芒，她想證明自己的看法沒錯。莉拉想：我得從臉上抹去所有足以證明她是正確的痕跡，我不想讓她對我說教，說我有多浪費天份。但同時她又覺得自己赤裸裸地接受另一次檢驗，矛盾的是，她擔心結果會如何。她會發現我很蠢，她對自己說，心臟跳得更加狂烈，她會發現我們全家都很蠢，我的父祖很蠢，我的子孫也會很蠢，傑納諾會很蠢。她心煩意亂起來，把書收進袋子裡，抓起推車把手，緊張地說她該走了。瘋癲的老太婆，她以為現在還可以打我的指關節咧。她留老師一個人在花園裡，拄著枴杖，不肯屈服地和病魔搏鬥。

99

莉拉開始沉迷於啟發兒子的智力。她不知道該買什麼書，就叫埃爾范索去書店裡找。埃爾范索帶了幾本來給她，她非常專心地讀。我在她的筆記裡看到她認真讀非常困難的文章，還寫了筆記。她拚命讀，一頁又一頁，但是過了一陣子之後，她失去了頭緒，想到其他事情去了。然而她的眼睛還是順著一行行的文字滑動，手指還是自動地翻頁，到後來她感覺到雖然她不瞭解，但那些文字已經進到她腦袋裡，啟發了她的思想。從這時開始，她重讀這本書，再讀，矯正自己的想法或加以擴大，直到文字本身已不再有用，她就丟下去看別的書。

她丈夫晚上回家，發現她沒煮晚飯，忙著和寶寶玩她自己發明的遊戲。他很生氣，但她就像長久以來一樣，不為所動。她彷彿沒聽見他的聲音，彷彿家裡只住著她和她兒子，就算最後起身煮飯，也不是因為斯岱方諾餓了，而是她自己餓了。

在那幾個月裡，他們的關係經歷長時間相互包容之後，又開始惡化。有天晚上斯岱方諾對她說，他對她、對寶寶、對一切都覺得厭煩了。又有一次，他說他太早結婚了，不瞭解自己在幹什麼。但有一回她回答說：「我也不知道我在幹什麼。我帶寶寶離開好了。」但他沒叫她滾，反而發起脾氣。他已經很久沒這樣了，但這次卻當著孩子的面揍她。寶寶裹在毯子裡，躺在地板上瞪著她看，被這咆哮喧鬧嚇呆了。她鼻子流血，斯岱方諾用髒話罵她，莉拉轉頭對兒子笑，用義大利文對他講話（已經有很長一段時間，她只對他講義大利文）。「爸爸鬧著玩的，我們很開心喔。」

我不知道為什麼，但後來她開始照顧外甥迪諾。之所以這樣，有可能是因為她需要把傑納諾和其他孩子來作比較。也或許不是，或許她是因為自己全神貫注只照顧自己的兒子而良心不安，所以覺得也應該要照顧外甥。琵露希雅雖然還是覺得迪諾的存在是她人生失敗活生生的明證，老是對他大吼大叫，甚至有時候還打他（「你還繼續這樣？你還敢？你到底要我怎樣？你想逼瘋我嗎？」），卻很反對莉拉把迪諾帶回家去和小傑納諾玩神祕的遊戲。她很生氣地說：「你好好養你自己的兒子，我養我的，你如果不好好照顧自己的老公，就要失去他了。」但黎諾插手了。

對莉拉的哥哥來說，這段時間很不好過。他經常和爸爸吵架。費南多想關掉鞋廠，因為他已經厭倦每天辛勤工作卻只讓梭拉朗兄弟發財，不明白有什麼必要不計代價地繼續做下去。他懊悔關掉了自己的舊工坊。黎諾不時和米凱爾、馬歇羅吵架，他們當他是任性的小男生，只要碰到錢的問題就直接找斯岱方諾談。他吵架的對象主要是斯岱方諾，總是大呼小叫、髒話連連，因為他這個妹夫一毛錢都不肯給他，而且據說還偷偷和梭拉朗兄弟協商要把整個鞋子生意全交到他們手裡。他也和琵露希雅吵架，因為她罵他騙她相信他是個大人物，而其實呢，他只是個誰都能操縱的傀儡，他爸爸、斯岱方諾、馬歇羅和米凱爾都能操縱他。所以他發現斯岱方諾因為莉拉忙著當媽咪、疏於妻子職責而大發雷霆，琵露希雅又不肯把兒子託付給莉拉，連一個鐘頭都不肯，他就故意挑釁地把兒子帶去給妹妹。而且因為鞋廠的工作越來越少，他就養成待在新社區公寓裡的習慣，有時一待就是幾個鐘頭，看莉拉陪傑納諾和迪諾玩。讓他嘖嘖稱奇的是她母性的耐心，兩個孩子玩耍的模樣，以及他那個在家老是哭鬧不休，或像隻傷心的小狗在遊戲圍欄裡騷動不安的兒子，在莉拉的陪伴下竟然熱中且敏捷，顯得很開心。

「你對他們做了什麼？」他很佩服。

「我讓他們玩。」

「我兒子以前也玩啊。」

「他在這裡玩，也學習。」

「你為什麼在這上頭花這麼多時間？」

「因為我在書上讀到，我們的一切都是在這個時候決定的，在生命最初的幾年。」

「我兒子表現得好嗎？」

「你自己看。」

「是啊，我看見了，他表現得比你兒子好。」

「我兒子比較小。」

「你覺得迪諾聰明嗎？」

「所有的孩子都很聰明。你只需要訓練他們。」

「那就訓練他們啊，莉娜，別像平常那樣一下子就厭煩了。為了我，把他訓練得更聰明。」

有天晚上斯岱方諾提早回家，脾氣格外暴躁。他看見大舅子坐在他家廚房地板上，眼前這一團混亂他老婆並不關心，也不在意他，注意力全在那兩個孩子身上。他不是只惡狠狠瞪這混亂一眼，而是對黎諾說，這是他家，他不希望看見他整天在這裡浪費時間，鞋廠快倒了，都是因為他太懶惰，因為瑟魯羅家人太不可靠——換句話說，也就是：快滾，否則我就把你踢出去。

這下鬧了起來。莉拉吼著說他不該這樣對她哥哥講話，黎諾則把在這之前一直只有些微暗示或隱忍在心裡的不滿一股腦往妹夫身上丟。惡劣至極的髒話源源不斷。兩個孩子被丟在一旁，不明所以，開始搶彼此的玩具，哭哭啼啼，尤其是不敵哥哥的弟弟，哭得更厲害。黎諾臉紅脖子粗，青筋畢露像電網，對著斯岱方諾大罵說靠著阿基里閣下從半個街坊的人手裡偷走的東西，當然可以輕鬆當上老闆，然後又補上一句：「你什麼都不是，你只是一坨屎，你老爸至少還知道怎麼去犯罪，你連這個都不會！」

這是恐怖的一刻，莉拉驚恐地看著。斯岱方諾用雙手抓住黎諾屁股，像芭蕾舞者抓住舞伴那樣，雖然他們差不多高，體型也差不多，雖然黎諾又掙扎又喊叫吐口水，斯岱方諾還是以驚人的力氣把他抓起來，朝牆丟去。然後他抓住黎諾的手臂，把他拖過地板到門口，打開門，拉起他的腳，把他丟下樓梯。儘管黎諾想反抗，儘管莉拉跑過來抓住斯岱方諾，哀求他冷靜下來。

事情還沒有結束。斯岱方諾猛地轉身，她意識到他要對迪諾做出他剛才對黎諾做的事，要把孩子丟下樓梯。所以她從後面撲向他，攫住他的臉，用力抓，喊著說：「他只是個孩子啊，斯岱方諾，他只是個孩子啊！」他渾身僵住，輕聲說：「我他媽的受夠一切了。我再也受不了了。」

100

接著是一段複雜的時期。黎諾不再到妹妹家，但莉拉不願放棄讓小黎諾和迪諾在一起的機會，所以她養成到哥哥家去的習慣，只是瞞著斯岱方諾。琵露希雅很不高興，但還是忍耐。剛開始的時候，莉拉試著想解釋她做的事：反應力的練習，技巧的遊戲，她甚至還說她想把街坊所有的小孩都帶來鍛練。但是琵露希雅只說：「你是個瘋子，你這些胡言亂語我連聽都不想聽。你要帶這個孩子？你想殺了他，你像巫婆那樣想殺了他？動手吧，我不想要他，我從來就不想要，你哥哥已經毀了我的人生，而你毀了我哥哥的人生。」她喊著說：「那個可憐的魔鬼背著你偷吃是對的。」

莉拉沒有反應。

她沒問這話是什麼意思，事實上她還滿不在乎地擺擺手，像趕走蒼蠅那樣的動作。她帶走小黎諾，雖然很遺憾不能帶走外甥，但她再也沒有回來。

在孤寂的公寓裡，她發現自己很害怕。她一點都不在乎斯岱方諾是不是去花錢找女人上床，其實她還很慶幸——她不必再在夜裡迎合他的需要。但在琵露希雅說的那句話之後，她開始為寶寶擔心：要是她丈夫有了其他的女人，要是他每天每個鐘頭都要她，那他或許會抓狂，或許會把她趕出家門。在此之前，她始終覺得徹底斷絕婚姻關係對她來說是一種解脫，但她如今卻害怕失去這間屋子，失去錢、時間，一切能讓她給兒子最好成長環境的東西。

她幾乎無法入睡。說不定斯岱方諾的暴怒不只是因為情緒天生缺乏平衡的關係，而且是因為在他看似好脾氣的外表底下流著邪惡的血液。說不定他是真的愛上其他人了，就像她愛上尼諾那樣，所以他受不了待在婚姻的牢籠裡，受不了為人父親，甚至受不了雜貨店和其他的生意。她覺得自己必須下定決心面對當前的處境，就算只是控制一下情況都好，但她還是拖拖拉拉，放棄了，希望斯岱方諾享受自己的愛，別來煩她。最後她想，我得要撐個幾年，讓孩子可以長大、受教育。

她重新安排自己的生活，讓他隨時可以看見屋子很整潔，晚餐就緒，餐具擺放好。但是自從和黎諾吵過那一架之後，他沒再恢復以往的溫和態度，他總是不滿地抱怨，總是若有所思。

「怎麼回事？」

「錢。」

「錢，沒別的？」

斯岱方諾生起氣來，「什麼叫沒別的？」對他來說生活裡沒有別的問題，就只有錢。晚飯後他開始記帳，髒話連連：新雜貨店的現金收入不像之前那麼多；梭拉朗兄弟，尤其是米凱爾，表現得一副鞋子生意都是他們的，利潤不再和他們分享；他們沒知會他、黎諾和費南多一聲，就雇用廉價的製鞋匠製作瑟魯羅鞋款在郊區販售，同時他們還有梭拉朗的新鞋款，號稱是藝術家的設計，其實只是把莉拉的設計略加微小變化而已。就這樣，他岳父和大舅子的小生意就要毀了，也把花錢投資的他拖下水了。

「瞭解了嗎？」

「瞭解。」

「所以別再那麼難搞。」

可是莉拉並沒有被說服。她覺得丈夫是刻意放大真實存在的老問題，不讓她知道他發脾氣、對她越來越有敵意的新理由，真正的理由。他什麼事情都怪在她頭上，特別是他和梭拉朗兄弟的複雜關係。有一回他對她吼：「你和那個渾蛋米凱爾都搞了什麼，我想知道？」

她回答說：「什麼都沒有。」

而他：「不可能。每一次討論他都提起你，可是他惡整我。去找他談談，看他到底想幹嘛，否則我就砸爛你的臉，你們兩個的臉。」

莉拉衝動地說：「要是他想上我，那我該怎麼辦，讓他上嗎？」

一會兒之後，她很後悔自己說了這句話——有時候輕蔑就是會壓倒謹言慎行——但她說都說了，斯岱方諾揍她。這耳光打得不重，他手掌甚至沒張開，一如往常，他只用指尖打她。反而是他之後帶著憎惡說的話更有分量：

「你看書，你研究，可是你是個賤人。我受不了像你這樣的人，你讓我噁心。」

自此而後，他越來越晚回家。星期天也不再像以前睡到中午，而是早早出門，一整天不見人影。她只要提起最小的家務問題，他就發火。例如，夏天開始變熱的那段時間，她一直在想要帶小黎諾到海邊度假，問丈夫該怎麼安排，他回答說：「你搭公車到托雷加維塔去。」

她試探地問：「是不是租個房子比較好？」

他說：「幹嘛？好讓你從早到晚當妓女接客啊？」

他就這樣走了，那天晚上沒回來。

之後一切變得明朗。莉拉帶著孩子去市區，找某本書上引述的另一本書，但找不到。找了好久之後，她去馬提尼廣場問埃爾范索，看他能不能找到。埃爾范索還是很開心地在管理這家店。她碰見一個英俊的年輕人，穿得很漂亮，是她這輩子見過最英俊的男人之一。他名叫費布里吉歐，不是顧客，是埃爾范索的朋友。莉拉留下來和他聊天，發現他懂得很多。他們討論文學，那不勒斯歷史，如何教育小孩，在大學工作的費布里吉歐很博學多聞。埃爾范索一直靜靜地聽，小黎諾開始嚶嚶叫的時候，他就幫忙安撫。店裡來了些客人，埃爾范索去招呼他們。莉拉又和費布里吉歐多聊了一會兒，她已經很久沒聊得這麼愉快，這麼興奮了。這年輕人要告辭的時候，帶著稚氣的熱情吻她，然後給埃爾范索兩個嘖嘖響的大吻。他在門口喊她說：「和你聊天很愉快。」

「我也是。」

莉拉很難過。埃爾范索繼續招呼客人的時候，她想起她在這裡見到的人和尼諾，拉下的門板，幽暗的光線，愉快的交談，他準一點鐘到，做愛完之後四點鐘離開的祕密來訪。對她而言，那像是一段想像的時光，一個怪異的幻夢，她不安地環顧四周。她並不覺得懷念，她並不懷念尼諾。她只感覺到時光流逝，以前重要的，如今已不再重要，但她腦袋裡的糾結還在，怎麼也解不開。她抱起孩子正要離開的時候，米凱爾走進店裡。

他熱情地和她打招呼。他和傑納諾玩，說寶寶很像她。他邀她一起到酒館，請她喝咖啡，決定開車送她回家。他們一上車，他就對她說：「離開你老公吧，馬上，今天就走。我會照顧你和你兒子。我已經在佛洛莫藝術家廣場買了房子。如果你願意，我現在就載你去。我買的時候心裡想的就是你。在那裡，你想做什麼都可以：你可以看書，寫字，創造東西，睡覺，大笑，講話，陪小黎諾。我唯一想要的就是看著你，聽你講話。」

這是米凱爾這輩子頭一次沒用揶揄諷刺的口氣講話。他一面開車一面講，還偷偷瞄她，焦急觀察她的反應。莉拉始終瞪著面前的馬路，想把奶嘴從傑納諾嘴巴裡拿出來，她覺得他太常含奶嘴了。可是孩子很用力地推開她的手。米凱爾停車時，一路沒說話的她問：

「你講完了嗎？」

「講完了。」

「姬俐歐拉怎麼辦？」

「這和姬俐歐拉什麼關係？你先說要或不要，我們再看怎麼辦。」

「不要，米凱爾。答案是不要。我不要你哥哥，也不要你。第一，因為我不喜歡你們兩個；

第二，因為你們以為自己可以為所欲為，想要什麼就要到手。」

米凱爾沒有立即反應，咕咕噥噥對奶嘴的事講了幾句什麼：給他嘛，別讓他哭。然後威脅似地說：「好好想一想吧，莉拉。明天你就會後悔，來哀求我。」

「才不會。」

「真的？那好好聽著。」

他把所有的人都知道的事情告訴她（「就連你媽、你爸、你那個該死的哥哥都知道，但為了息事寧人，什麼都沒告訴你。」）：斯岱方諾包養艾達當情人，而且不是最近的事了。遠在伊斯基亞的那個假期之前。他說：「你去度假的時候，她每天晚上到你家去。」莉拉回來之後，他倆斷了一段時間，但藕斷絲連，重新開始，然後又分開。直到莉拉從街坊失蹤的時候，他倆再次在一起。最近斯岱方諾在拉提菲羅租了公寓，兩人在那裡幽會。

「你相信我說的嗎？」

「相信。」

「然後呢？」

然後怎樣。老公在外面有情人，而情人是艾達，這個事實並沒有讓莉拉太心煩意亂，她惱火的是他當時在伊斯基亞島的一言一行，實在太荒謬了。那咆哮，那毆打，那離開，全都回到她心頭。

她對米凱爾說：「你們讓我覺得噁心，你，斯岱方諾，你們每一個人。」

101

莉拉覺得自己站在理上，這讓她心平氣和。那天晚上她抱傑納諾上床睡覺之後，就等斯岱方諾回家。他回到家，午夜已過，看見她坐在廚房餐桌旁看書。莉拉抬頭看他，說她知道艾達的事，知道他們在一起多久，但她覺得無所謂。「你對我做的事，我也做過。」她面帶微笑，清清楚楚對他再說一遍——她以前講過幾遍，兩遍或三遍？——傑納諾不是他的兒子。她的結論是，他愛做什麼就做什麼，想在哪裡睡覺和誰上床都隨他便。「重點是，」她突然嘶吼：「你別再碰我。」

我不知道她心裡打什麼主意，或許她只是想把事情攤開來。也或許她已經對一切的一切做好準備了。她期待他會坦白，會揍她，把她趕出家去，讓她——他的妻子——成為他情人的奴僕。她已經做好準備，接受任何可能的責罵痛毆，接受這男人的自大傲慢，這個自以為是主人、覺得自己有錢可以隨心所欲買到任何東西的男人。但沒有，要講得清楚明白，要宣判自己婚姻的失敗是不可能的。斯岱方諾否認。他惡狠狠但平靜地說，艾達只是他雜貨店裡的店員，不管有多少流言蜚語，都是沒有根據的。然後他氣起來，說她要是膽敢再編造他兒子的醜陋謊言，老天在上，他肯定會宰了她。他說傑納諾是他的翻版，長得好像他，每個人都這麼說，用這點一直來挑釁他是沒用的。最後——這是最意外的——他就像過去一樣，連字句都沒稍微改一下的，表白他對她的愛。他說他會永遠愛她，因為她是他的妻子，因為他們在神父見證下結婚了，沒有任何事情可以分開他們。他過來吻她的時候，她推開他，他抓住他，抱起來，帶到寶寶搖籃所在的臥房，扯掉她身上的衣服，猛力進入她。她壓低嗓音，忍著啜泣哀求他：「小黎諾會醒來，會看見我們。拜託，我們換個地方吧。」

102

從那一夜之後，莉拉僅有的一些自由又喪失了大半。斯岱方諾的行為極度矛盾。如今妻子既已知道他和艾達的婚外情，他就不再謹言慎行。他常常不回家睡，每隔一週的星期天就開車載情人出門。八月，他和她一起去度假：他們開跑車到斯德哥爾摩，雖然官方說法艾達是到杜林去探望在飛雅特工作的表親。與此同時，他心裡爆發了病態的嫉妒，他不肯讓妻子出門，強迫她打電話購物，要是她出門一個鐘頭讓孩子透透氣，他就逼問她見了誰，和誰講了話。他比以往更像個丈夫，監視她。彷彿是怕他的背叛讓她有了背叛的理由。他和艾達在拉提菲羅幽會做的事情在他心頭騷動，讓他鉅細彌遺地幻想出莉拉和情人纏綿的細節。他很擔心因為她的不貞而變成笑柄，卻毫不掩飾自己的不忠。

他並不是嫉妒所有的男人，而是有程度差異的。莉拉很快就明白，他最在意的是米凱爾，因為他覺得米凱爾在任何事情上都欺騙他，逼他屈居下位。雖然她從沒提過米凱爾企圖吻他或要她當他情人的事，但斯岱方諾卻覺察到用奪走妻子來羞辱他，是梭拉朗摧毀他生意過程裡的重要行動。但另一方面，從生意的邏輯來看，就表示莉拉最起碼要對他們稍微表現得友好一點。結果就是她不管怎麼做，他都不喜歡。有時候他不停逼問她：「你見過米凱爾嗎？你和他講話，他要你設計新鞋款嗎？」有時候他罵她：「你不准和那個渾蛋打招呼，聽清楚了嗎？」他拉開所有的抽屜，搜尋證據證明她天生就是個賤貨。

讓情況更加複雜的，先是帕斯蓋的介入，接著是黎諾。

帕斯蓋當然是最後一個知道未婚妻成為斯岱方諾情人的，甚至比莉拉還晚知道。沒有人告訴他，九月的一個星期天下午，他親眼看見他們從拉提菲羅的一道門走出來，摟摟抱抱的。艾達原本告訴他說她和玫利娜有事情，不能和他見面。而且他總是在工作或參加政治活動，沒怎麼注意未婚妻的行為變化和閃躲。看見他們讓他極度痛苦，他當下衝動得想宰了他們，但他所受的共產黨訓練卻制止了他。帕斯蓋不久之前成為我們那個街坊的黨支部書記，雖然過去他和一起長大的男生一樣，有必要的時候就把我們女生歸類為娼婦，但長期以來偷偷看《統一報》，讀宣傳小冊，主持支部辯論之後，他沒辦法再這樣做，事實上他很努力不把我們這些有感情、有想法、有自由的女人視為不如男人。因此他就夾在忿怒與寬大為懷之間左右為難。隔天晚上，才下工一身髒的他去找艾達，告訴她說他都知道了。她如釋重負，承認了，哭著懇求原諒。他問她說這麼做是不是為了錢，她說她愛斯岱方諾，只有她知道他是個善良慷慨的好人。結果就是帕斯蓋一拳打在坎普西歐家廚房的牆上，回家痛哭，指關節疼痛。之後他和卡門談了整夜，兄妹倆都很傷心，一個是因為艾達，一個是因為恩佐，她永遠忘不了的恩佐。被背叛的帕斯蓋決定捍衛艾達與莉拉的尊嚴時，情況就變得不可收拾了。一開始他想釐清事實，去找斯岱方諾談，發表了一席複雜難懂的話，主旨是他應該離開妻子，成為艾達的丈夫。然後他去找莉拉，罵她一頓，因為她竟然讓斯岱方諾踐踏她身為妻子的權利和身為女人的感情。有天早上六點半，斯岱方諾出門上班的時候碰到他，好意地給他錢，希望他別再煩他、他妻子和艾達。帕斯蓋接過錢，數了數，丟開說：「我從小就開始工作，我才不需要你的錢。」接著彷彿道歉似地補上一句，說他得走了，否則會遲到被開除。走了幾步之後，他想想不對，又走回來，對著正在馬路上撿散落一地的錢的雜貨店老闆罵道：「你比你那個法西斯豬玀父親更惡劣。」他們打了起來，非常之凶狠，若不是被拉開，肯定會宰了對方。

接著黎諾也來惹麻煩了。妹妹不能繼續把迪諾培養成聰明小孩，讓他很受不了。妹夫非但不給他一分錢，甚至不肯伸出援手幫他，也讓他受不了。斯岱方諾和艾達的關係公開，帶給莉拉羞辱，更讓他受不了。他反應的方式出乎意料。既然斯岱方諾揍莉拉，他就開始揍琵露希雅。既然斯岱方諾有情人，他也找個情人。他的懲罰手段是，斯岱方諾怎麼虐待他妹妹，他就怎麼對付斯岱方諾的妹妹。

這讓琵露希雅很絕望：她哭哭啼啼，苦苦哀求，要他住手。但沒有。她才一開口，黎諾就怒火攻心，連倫吉雅都膽戰心驚，他大聲罵琵露希雅：「我該住手？我該冷靜下來？那就去找你哥哥，叫他離開艾達，叫他尊重莉拉，我們是一家人，他應該要給我錢，他和米凱爾聯手從我身上騙去的錢。」結果就是，琵露希雅常常衝出家門，渾身是傷，跑到雜貨店去找哥哥，當著艾達和顧客的面哭訴。斯岱方諾拉她到店鋪後面，她列出丈夫的要求，但最後卻說：「一毛錢都別給那個王八蛋，回家去，宰了他。」

103

這差不多就是我回街坊過復活節假期時的狀況。我已經在比薩住了兩年半，是很出色的學生，回那不勒斯過節是個折磨，為了避免和我爸媽，特別是和我媽的爭執，我不得不接受。火車一進站，我就開始焦慮起來。我很怕會有意外發生，讓我在假期結束之後無法回到師範大學：生重病，逼得我不得不住進一團混亂的醫院；可怕的事件逼得我必須停止學業，因為家人需要我。

我到家之後的幾個鐘頭裡，我媽不懷好意地告訴我許多醜惡的消息，包括莉拉、斯岱方諾、艾達、帕斯蓋、黎諾的，還說鞋廠就快要關門，說有時候你自以為發財，變成個大人物了，大手筆買跑車，結果隔年就必須把所有的東西都賣掉，最後還落得在梭拉朗夫人帳本上被記上一筆，再也不能當個大人物了。這時她突然停下冗長的叨絮，對我說：「你那個朋友以為自己已經成功了，像公主一樣的婚禮，大車子，新房子，可是事到如今，你比她更聰明，也比她更漂亮。」接著皺起眉頭，強忍住滿足的表情，交給我一張短箋。她當然已經看過內容，雖然是寫給我的。莉拉想見我，邀我在隔天，聖週五，一起吃午飯。

這不是我接到的唯一一個邀請。那天行程滿檔。沒過多久，帕斯蓋就在院子裡喊我，彷彿我是從奧林帕斯山下凡，而不是從我爸媽家這幢陰暗公寓下樓似的，想向我闡述他關於女性的理念，想告訴我他有多痛苦，想知道我對他的行為有什麼看法。那天傍晚來的是琵露希雅，她很氣黎諾和莉拉。出乎意料的是艾達，她在隔天早上來，滿腔怨恨，深深覺得受傷。

對這三個人，我都保持淡漠的語氣。我叫帕斯蓋冷靜下來，叫琵露希雅替兒子著想，叫艾達想辦法搞清楚這是不是真愛。除了這些膚淺的泛泛之詞外，我必須說，我最感興趣的其實是她。她說話的時候，我盯著她看，好像她是一本書似的。她是瘋婆子玫利娜的女兒，安東尼奧的妹妹。在她臉上，我看到她媽媽的影子，還有很多與哥哥相似之處。她從小沒爸爸，面對很多危險，不停工作。她幫我們這幢公寓洗樓梯，洗了好幾年，和腦袋突然停止運轉的玫利娜一起。艾達年紀還很輕的時候，梭拉朗兄弟有一回強拉她上車，我想像得出來他們對她做了什麼。所以她後來會愛上這個殷勤有禮的老闆斯岱方諾，似乎也很正常。她愛他，她告訴我，他們彼此相愛。「告訴莉娜，」她說，眼睛閃著熱情，「心是控制不了的，她是老婆沒錯，但我給了斯岱方諾一切，男人所需要的一切關心和感情，我很快也會給他孩子，所以他是我的，他不再屬於她。」

我瞭解她想要盡可能取得一切，雜貨店、金錢、房子、汽車。我認為她有權利去打這場仗，因為我們每個人都以某種方式在奮戰。我想讓她冷靜下來，因為她臉色慘白，雙眼卻如火燃燒。我很高興聽見她說她有多感激我，很高興能像先知那樣讓人來請教，用令她困惑的義大利文給她建議，就像我對帕斯蓋和琵露希雅做的那樣。我覺得有點諷刺，我的歷史考試、古典哲學、語言學和我孜孜不倦奮力寫下的成千上萬張摘要卡的用處就在於此：安撫他們幾個鐘頭。他們覺得我公正不倚，沒有惡意也不激動，因為唸書而得到淨化。我接受他們賦予我的角色，沒提到我自己的痛苦，我的大膽無恥，有好多次我冒著失去一切的風險讓法蘭柯溜進我的房間或我溜進他的房間，也沒提到我們一起去維希里亞度假，住在一起宛如已婚夫婦。我對自己很滿意。

但是隨著午餐時間接近，我的快樂就開始變成不安了。我很不情願地去莉拉家。我很怕她會有法子在轉瞬間重建我們的階級關係，罵我對自己的選擇失去信念。我很怕會在傑納諾臉上認出尼諾的容顏，讓我想起那個本該是我的卻落入她手中的玩具。但結果卻非如此。小黎諾——她越來越常這樣叫他——很快就打動了我，他是個皮膚黝黑、漂亮的小男孩，尼諾在他臉上與肢體上都沒留下痕跡，他長得很像莉拉，甚至有點像斯岱方諾，彷彿他們三個合力製造出他來似的。至於她，我很少看到她像此時這般脆弱。一見到我，她就眼睛泛淚，渾身顫抖，我必須緊緊抱住她，讓她平靜下來。

我注意到她為了不讓我留下壞印象，特別匆匆梳了頭髮，擦上一點口紅，換上訂婚時期的一件珍珠灰人造絲洋裝，還穿了高跟鞋。她還是很漂亮，但是臉龐的骨架似乎變大，眼睛變小了，皮膚底下的血液好像也不流動了，變成一灘黯淡不透明的液體。她非常瘦，抱著她，我只感覺到骨頭，貼身的洋裝讓她腫脹的肚子無所遁形。

起初她假裝一切都沒事。看見我對寶寶很好，她很開心，她喜歡我陪他玩的模樣，她想讓我看看小黎諾會做什麼，會說什麼。她開始用我不習慣的焦急口氣，滔滔不絕講出她從雜亂無章的閱讀裡學到的術語。她引述我從沒聽過的作者，讓兒子表演她自己為他設計的練習。我發現她的嘴巴有了一種近似抽搐的習慣動作：她突然張嘴，然後又緊閉，彷彿壓抑住隨著她講出口的話語而來的情緒。這個表情通常伴隨著眼眶泛紅，現出一道粉紅的光，而嘴巴像裝了彈簧那樣猛然閉上，將之再次吸納。她一再說，彷彿只要全心奉獻給街坊的孩子，在這個世代，一切都會為之改觀，不會再有聰明愚笨，不再有優劣良莠。然後她又看著兒子，大喊說：「他把書給毀了。」她眼睛帶淚，把撕成兩半的書拿給我看，彷彿全是小黎諾幹的好事。我花了很多功夫才瞭解，做這些事的不是她兒子，而是她丈夫。她喃喃說：「他現在有搜查我東西的習慣，他不肯讓我擁有自己的東西，要是發現我藏了東西，不管是如何微不足道的東西，他就會揍我。」她爬上椅子，從臥房衣櫃頂端拿下一個鐵盒，交給我。她說：「這裡有我和尼諾之間發生過的一切，還有這些年我腦袋裡的許多想法，以及你和我之間從沒談過的事情。拿去吧。我怕他會找到，開始看。可是我不想讓他這麼做，這不是他該看的東西，不是給任何人，甚至不是寫給你看的。」

104

我很不情願地接下鐵盒，我想：我該收在哪裡，我該拿它怎麼辦。我們坐在餐桌旁。我驚嘆地看著小黎諾自己吃飯，他用自己的那套木製餐具，在最初的羞怯消失之後，他開始和我講話，一口咬字清晰的義大利文，然後非常精確地回答我的問題，也對我提出問題。莉拉讓我和他兒子講話，自己幾乎什麼都沒吃，她瞪著自己的餐盤，若有所思。最後，我就要告辭的時候，她說：

「對尼諾，對伊斯基亞島，對馬提尼廣場的店，我什麼都不記得了。然而，我還是覺得我愛他，比愛我自己還深。他現在怎麼了，去了哪裡，我一點都不想知道。」

我覺得她是認真的，所以沒把我知道的告訴她。

我說：「迷戀就有這個好處，過段時間就消失了。」

「你快樂嗎？」

「很快樂。」

「你的頭髮好漂亮。」

「噢，還好。」

「你必須幫我另一個忙。」

「什麼忙？」

「我必須離開這個家，在斯岱方諾無意識地殺了我和孩子之前離開。」

「你害我擔心了。」

「你擔心是對的。我很害怕。」

「告訴我應該怎麼做。」

「去找恩佐，告訴他說我試過了，但是辦不到。」

「我不瞭解。」

「你瞭不瞭解不重要：你得回比薩去，你有自己的生活。告訴他這句話就好：莉娜試過了，但是辦不到。」

她抱著孩子，送我到門口。她對兒子說：「小黎諾，跟小琳阿姨說再見。」

寶寶露出微笑，揮手道再見。

105

離開之前，我去見了恩佐。我對他說：「莉娜叫我告訴你，她試過了，但是辦不到。」他面無表情，連一抹陰影都沒有。所以我想，他對這訊息大概無動於衷吧。我又說：「情況不太好，但我不知道還能怎麼辦。」他緊抿嘴唇，一臉嚴肅。我們道別。

在火車上，我打開那個鐵盒，雖然我曾經發誓絕對不這麼做。裡面有八本筆記本。才看第一行，我就開始覺得難受。在比薩，隨著時間一天又一天，一個月又一個月地過去，這難受的心情越來越強烈。莉拉寫下的每一個字都在貶低我。每一個句子，甚至是她小時候寫的句子，都讓我寫的文句顯得空洞，不只是我當年所寫的，也包括現在所寫的。然而她筆記本裡的每一頁都點燃了我的思緒，我的理念，我的書寫，彷彿在此刻之前，我一直活在只知用功卻徒勞無益的環境裡。我把這些筆記牢記於心，到最後讓我覺得師範大學的世界——我擁有尊敬我的朋友，男性與女性都有，喜愛之情溢於言表的教授總是鼓勵我再多做一些——屬於一個太過受到保護、因而太過可以預測的宇宙。相較之下，街坊的生活就是個跌宕起伏的世界，讓莉拉可以用她的文字加以探索，寫在發皺污損的紙頁上。我過去的努力似乎都沒有意義，我很害怕，因為這幾個月在學校的情況不太好。我很孤單，法蘭柯．馬利退學了，我沒辦法甩開自覺卑微的那種感受。到後來事態益發明朗，我很快也會因為成績太差而被趕回家。所以深秋的一個夜裡，我心裡沒有什麼明確打算地帶著鐵盒出門。我停在索菲利諾橋上，把盒子丟進亞諾河裡。

106

我在比薩前三年所感受的光明前景，到了最後一年全變了。對很多事情，我很不知感恩圖報地對一切心生反感，對這座城市，對同學，對老師，對考試，對嚴寒的天氣，對溫暖的夜晚在洗禮堂附近舉行的政治集會，對電影論壇播映的影片，對一成不變的整個市區：提帕諾、帕西諾第堤岸、五月二十四日大街、聖費迪亞諾街、騎士廣場、海洋路、聖羅倫佐路，相同的道路卻有了陌生而怪異的感覺，甚至連麵包師傅說哈囉，報紙小販聊天氣的時候，那我打從開始就沒打算模仿的口音都讓我覺得怪異，而石頭、花木、店招、天空或雲的顏色也都變得陌生。

我不知道這是不是莉拉那些筆記本造成的影響。可以肯定的是，就在讀過筆記到丟棄鐵盒之前的那一段漫長時間裡，我不再抱有幻想。以前覺得自己是在參與一場無畏戰役的那種印象消失了。面對考試的緊張不安和高分過關時的喜悅都已不再。重新改進自己的口音、姿勢、穿著行止的樂趣也都不見了，我以前非常熱中改造自己，彷彿參加化妝比賽似的，面具如此合適妥帖，差不多變成了我的臉。

我突然領悟到何謂「差不多」。我做到了嗎？差不多。我徹底脫離那不勒斯的舊街坊了嗎？差不多。我那些出身良好家庭的男女生朋友，通常比嘉利亞妮老師和她的女子更有教養？差不多。從一場考試到下一場考試，我是不是成為那些嚴厲的口試老師肯善意對待的好學生？差不多。在「差不多」這三個字背後，我體會到事實的真相。我很害怕。我從抵達比薩的第一天開始就很害怕。我很畏懼那些有教養、沒有「差不多」，自信輕鬆的人。

師範大學裡有很多這樣的人。不只是高分通過拉丁文、希臘文或歷史考試的學生。還有很多年輕人，幾乎全是男生，以及傑出的教授，或者冠有在學校代代傳承的顯赫姓氏的人。他們很卓越，因為他們不需要太費力就知道用功讀書對當下與未來的用處。他們之所以知道，是因為他們出身的家庭或天生的本能。他們知道報紙和雜誌是如何組合新聞，他們知道出版社是如何運作，知道電臺或電視臺是什麼，知道電影是如何拍攝，知道大學的階級體系，知道在我們城界之外，在阿爾卑斯山之外、大海之外的世界。他們知道大人物的名字，知道該敬重誰，該鄙視誰。相反的，我卻一無所知。對我來說，名字印在報紙或書上的人就是神。要是有人對我用讚歎或憎惡的口吻說，那是誰誰誰，那是誰誰誰的兒子，那是另一個誰誰誰的孫子，我就默不作聲，或假裝知道。我當然察覺到那些都是真正重要的名字，但我從來沒聽過，我不知道他們做過什麼重要的事，我對名望的譜系圖毫無所悉。例如，我準備充分地去參加考試，但如果教授突然問我：「你知道我是因為哪些作品才建立權威，得以在這所大學教授這個課程的嗎？」我就不知道該如何回答。但其他人知道。所以我走在其他人之間，隨時擔心講錯話或做錯事。

法蘭柯．馬利愛上我的時候，這恐懼縮減了。他教我，我跟在他後面學。法蘭柯很活潑，對人體貼，傲慢，大膽。他很有把握自己唸了正確的書，所以總是用著權威的口吻講話。我學會在私下表達看法，在公開場合仰賴他的名望。我做得很成功，或至少表面看起來是如此。在他確信不疑的加持之下，我有時候甚至表現得比他還大膽，比他更為積極。但是，儘管有長足的進步，但我還是擔心自己不夠格，擔心自己說錯話，讓別人知道在人人皆明白的事情上我有多無知，多欠缺經驗。法蘭柯被迫離開我的生命之後，這恐懼又捲土重來了。我有證據印證我內心深處早就知道的事實。他的財富，他的出身，他的名望，學校裡的學生人盡皆知他是左派的年輕戰士，他的善於交際，甚至他在校內校外無畏地對大人物發表字斟句酌演說的勇氣，他的這些光環都自動擴散到我身上，無論我是他的未婚妻、女友或只是夥伴，彷彿「他愛我」這個純粹簡單的事實等同於對我才華的公開認可。但他一失去就學資格，他的光環也就褪色了，當然也無法再照亮我。出身良好的學生不再邀我參加週日出遊和派對。他當初給我的東西也已不再時髦，看起來過時了。我很快就明白，法蘭柯在我生活裡的存在只遮掩了我真實的景況，但並沒有改變。我還是沒能成功地融入。我是那種夜以繼日用功讀書，取得好成績的學生，可以得到親切的對待與尊敬，但永遠沒辦法像上流階級的學生那樣以得體的態度去應付世界。我始終害怕：怕說錯話，怕用太過誇張的語氣，怕穿得不合宜，怕露出小家子氣，怕缺乏夠有意思的想法。

107

我得承認，那段時期之所以失望沮喪，還有其他的原因。在騎士廣場，大家都知道我夜裡溜進法蘭柯房間，我和他單獨去巴黎、維希里亞，這讓大家覺得我是個隨便的女生。很難解釋我花了多少代價才接受法蘭柯大力支持的性自由理念。我沒對他表明自由與敞開心靈的困難。我也沒辦法公開轉述他像傳福音那樣播植在我心裡的想法，簡單來說就是半處女是最糟糕的那種女人，是明明把屁股給你、卻又不肯好好做的女人。我也不能告訴別人說我在那不勒斯有個朋友，十六歲就結婚，十八歲就有了婚外情，還懷了情人的小孩，然後回到丈夫身邊，天曉得還做了什麼別的——也就是，換句話說，和莉拉波濤洶湧的情事相比，我覺得和法蘭柯上床只是小事。我必須忍受女生的惡言惡語，但最殘酷的話出自男生的嘴巴，他們老是盯著我豐滿的胸部看。我必須直率拒絕那些大膽提議要取代我前男友的人。我必須接受現實，那些被我拒絕的年輕人總是用下流的話來罵我。我咬緊牙關，對自己說：總會過去的。

然後，有天下午，我和兩個女生正要離開聖費迪亞諾路擁擠的咖啡館時，有個被我拒絕的追求者當著眾人的面，一本正經地對我喊道：「嘿，那不勒斯小妞，記得把我留在你房裡的藍色毛衣帶來給我。」哄堂大笑，我一句話也沒說地離開。但我很快就發現有人跟在我後面，是個我在課堂上見過的男生，因為他外表很特殊。他既不是尼諾那種朦朧難以捉摸的年輕知識分子，也不是法蘭柯那種好相處的年輕人。他戴眼鏡，非常害羞，獨來獨往，頂著一頭亂七八糟的黑髮，結實的身材，彎曲的腳。他一路跟我走到學校，終於開口叫我：「格瑞柯！」

無論他是誰，都知道我姓什麼。我出於禮貌，停下腳步。這年輕人自我介紹，他是彼耶特洛．艾羅塔，然後很尷尬地講了一席讓我困惑的話。他說他為同伴覺得很羞愧，但也很痛恨自己，因為他是懦夫，沒能出面干涉。

「干涉什麼？」我譏諷地問，但同時也很不可置信，像他這樣的一個人——佝僂，厚鏡片，可笑髮型，氣質，講起話來活像書呆子——竟然會覺得自己有義務穿上閃亮盔甲當騎士，就像舊街坊的那些男生一樣。

「捍衛你的好名聲。」

「我沒有好名聲。」

他結結巴巴說了幾句話，在我聽來很像是混合了道歉與道別，然後就走了。

隔天我四下張望找他。在課堂上，我開始坐在他旁邊，我們一起散步很久。他令我意外：例如，他已經開始寫論文，他和我一樣都是以拉丁文文學為主題，但和我不一樣的是，他不說「論文」，而是說「作品」，有那麼一兩次，他還說是「書」：他就快要寫完的一本書，畢業之後就要出版。作品，書？他在講什麼啊？雖然才二十一歲，他已經有了深思熟慮的口吻，不斷使用最優雅的引句，表現得像是已經在師範大學或其他大學裡有了教職。

「你真的會出版你的論文？」我有一次問，不敢相信。

他用同樣不可思議的語氣問我：「如果寫得很好，是的。」

「所有寫出來的東西都會出版？」

「有何不可！」

他正在唸酒神儀式，而我則唸《埃涅阿斯紀》第四冊。我說：「酒神可能比狄多有趣。」

「什麼東西都很有趣，只要你知道該怎麼去研究。」

我們從不談日常瑣事，也不談美國給西德核子武器的可能性，或費里尼是不是比安東尼奧尼更出色，像法蘭柯以前常和我談的那些話題。我們只談拉丁文學，希臘文學。彼耶特洛記憶力驚人，他懂得如何讓非常不同的篇章彼此產生連結，而且還可以詳細引述，彷彿正看著那些字句朗誦似的，但是一點都不賣弄，不做作，就只是兩個致力學術研究的人之間的自然互動。我和他在一起的時間越長，越是發現他很聰明，那種聰明是我永遠也趕不上的，因為我整天提心吊膽害怕犯錯，而他卻一派輕鬆，不急不徐就能說出一番精心推敲的想法或論述。

和他在義大利大道或在主教堂與墓園之間散步過幾次之後，我發現自己周圍的氣氛也改變了。有天早上，一個我認識的女生用親切的語氣埋怨：「你到底是對男生有什麼魔力啊？這下子征服了艾羅塔家的兒子嘍。」

我不知道艾羅塔的父親是誰，但可以肯定的是，我的同學又開始尊敬我了：我獲邀參加派對和晚宴。後來我甚至懷疑，他們之所以和我講話，是因為我帶彼耶特洛一起去，他向來深居簡出，只專心唸書。我開始問問題，目的就是找出我這位新朋友的父親到底是什麼人。我發現他在熱內亞大學教希臘文學，同時也是社會主義黨的重要人物。這個結果讓我自我設限，我很怕當著彼耶特洛的面講出無知或錯誤的話來。他繼續和我聊他的論文書，我卻很怕講出蠢話，越來越少談我自己的事。

有個星期天，他上氣不接下氣地跑到學校來，要我去和他的家人吃午飯，因為他爸爸、媽媽和姊姊來看他。我馬上就擔心起來，儘量打扮得體。我心想：我待會講話一定會弄錯文法，他們會覺得我很笨拙，他們是重要人物，他們有車有司機，我該說什麼，我看起來一定活像個大白癡。可是一看見他們，我就放下心中的石頭。艾羅塔教授中等身材，穿著皺巴巴的灰色西裝，寬寬的臉上有疲憊的表情，大大的眼鏡，一摘下帽子，我就發現他頭完全禿了。他的妻子璦黛兒很苗條，不漂亮，但很有氣質，是不矯揉造作的那種優雅。他們開的車是飛雅特一一〇〇，也就是梭拉朗兄弟還沒買愛快羅密歐之前開的那種車。我發現並不是司機載他們從熱內亞來的，開車的是梅麗雅羅莎，彼耶特洛的姊姊。她很迷人，有雙慧黠的眼睛，一見面就給我熱情的擁抱親吻，彷彿我們是認識很久的老朋友。

「你每次都是從熱內亞開車來？」我問。

「是啊，我喜歡開車。」

「考駕照很難嗎？」

「一點都不難。」

她二十四歲，在米蘭大學藝術史系為一位教授工作，她研究佛朗契斯卡[31]。她弟弟對我所知的一切，她都知之甚詳，包括我的學術興趣和其餘的一切。艾羅塔教授和他妻子也同樣瞭解。

我和他們共度了愉快的早晨，他們讓我輕鬆自在。和彼耶特洛不一樣的是，他父親、母親和姊姊什麼話題都談。例如在他們下榻的飯店吃午飯時，艾羅塔教授就和女兒為了政治議題有了些小爭執。這些政治問題我聽帕斯蓋、尼諾和法蘭柯提過，但具體內容是什麼我差不多一無所知。爭執的是：你落入跨階級合作的陷阱了；你說是陷阱，我卻認為是調停；這種調停永遠只有天主教民主黨贏；中間偏左的政治路線很難；如果很難，就回去當社會主義分子好了；你什麼也沒改革；站在我們的立場，你又能做什麼；革命，革命，再革命；革命帶領義大利脫離中世紀，如果政府裡面沒有我們社會主義分子，在學校裡談論性的學生會被丟進大牢，分發和平運動傳單的人也會有同樣的下場；我倒想看看你們怎麼應付大西洋公約；我們一貫反對戰爭，反對帝國主義；你們和天主教民主黨一起主政，但你們能維持反美的立場嗎？

31佛朗契斯卡（Piero della Framcesca, 1416~1492），義大利文藝復興早期畫家。

就像這樣，你來我往，針鋒相對。這樣的唇槍舌劍他倆都很樂在其中，或許是長期養成的友好習慣吧。我在他們父女身上看到我知道自己從來未曾擁有過，如今也知道我未來不可能擁有的。那是什麼？我很難說得清楚：是一種訓練吧，也許，訓練我去體會到，這世上所有的問題都和我關係密切；是一種能力，讓我感覺到這些問題的重要性，而不只是把它們當成高分通過考試所需要的資訊；是一種心智的狀態，讓我不把所有的事情都化約成個人的戰鬥，化約成爭取成功的努力。梅麗雅羅莎很親切，她父親也是，他們用的是非常自我克制的語氣，一點都沒有嘉利雅妮老師兒子亞曼多或尼諾那種過度氾濫的詞藻，而且他們也在政治議題裡注入溫暖。我聽其他人談起這些問題用的都是冷漠疏離的語氣，彷彿是刻意要讓人留下壞印象似的。他們就這樣迅速地一來一往，不間斷地一個話題接一個話題，談轟炸越南，談多所學校的學生抗議行動，談拉丁美洲和非洲反帝國主義奮鬥的流血戰場。女兒似乎比父親更瞭解現況。梅麗雅羅莎知道的事情好多啊，講得一副握有第一手情報似的，所以後來艾羅塔教授嘲諷似地看看妻子，璦黛兒就對女兒說：「只有你還沒決定要什麼甜點。」

「我要巧克力蛋糕。」梅麗雅羅莎說，優雅地蹙起眉頭。

我欣羨地看著她。她開車，住在米蘭，在大學教書，絲毫不帶火氣地與父親對抗。而我卻相反：我害怕開口，同時卻又因為沉默而覺得羞恥。我壓抑不了情緒，誇張地說：「美國在廣島和長崎事件之後，應該要被控違反人道罪的。」

沉默。他們一家人全盯著我看。梅麗雅羅莎大叫說：太棒了！她抓起我的手，和我握手。我備受鼓舞，開始滔滔不絕，講出很多詞彙，很多在不同場合聽來記下的隻字片語。我談起計畫和國有化、社會主義和天主教民主黨的險境、新資本主義、組織結構、非洲、亞洲、小學、皮亞傑、警察與司法的勾結、全國各示威運動裡的法西斯暴徒。我亂講一通，講得上氣不接下氣。我心臟狂跳，忘了自己是在哪裡，和誰在一起。然而我感覺到周圍有越來越贊同的氣氛，很高興能表達自己的意見，覺得自己似乎給他們留下好印象了。我也很高興這個幸福的小家庭沒像其他人那樣追問，我是哪裡人，我爸爸和我媽媽是做什麼的。我就只是我。我。我。

那一整個下午，我待下來和他們聊天。到了傍晚，我們在晚餐前一起去散步。一路上艾羅塔教授不停碰到認識的人，甚至還有兩位大學的教授，偕同妻子，停下來和他熱情打招呼。

108

但隔天我就覺得不好受了。和彼耶特洛家人共度的時光，更進一步印證，我在師範大學的努力用功是個錯誤。課業表現已經不夠了，我需要其他的，但我不知道要如何才能擁有，甚至連怎麼學都不知道。真是太難為情了，我劈哩啪啦講的那一大堆亂七八糟的話，沒有嚴謹的邏輯，沒有鎮靜自持，沒有語帶譏諷，而這些都是梅麗亞羅莎、瑷黛兒、彼耶特洛有能力做到的。我學到過研究人員必須堅持方法論，甚至對標點符號都要細心查核，沒錯，我在考試或正在撰寫的論文裡都是這樣做的，但實際上，我還是天真無知，儘管看起來好像也有教養，但我身上沒有盔甲可以像他們那樣泰然自若地前進。艾羅塔教授是不朽的神祇，給子女神奇的武器去面對戰爭。梅麗雅羅莎所向無敵，彼耶特洛過度有涵養的高雅舉止完美無缺。而我？我只能靠近他們，借他們的光芒而發亮。

我很焦急，擔心失去彼耶特洛。我找他，黏著他。有天晚上我吻他，在臉頰，最後他親我的嘴。我們開始在隱密的地方見面，等待天黑，在夜裡。我撫摸他，他撫摸我，他不想進入我。我彷彿回到和安東尼奧約會的那個時期，然而之間的差別很大。晚上和艾羅塔的兒子出門，從他身上得到力量，是很興奮的事。我不時想找公共電話打給莉拉，我想告訴她，我有了這個新男友，我們的畢業論文幾乎肯定會出版，會變成書，真正的書，有封面，有書名，有作者名字的書。我想告訴她，我和他都可能在大學教書，她姊姊梅麗雅羅莎才二十四歲就已經辦到了。我也想告訴她：你是對的，莉拉，如果他們從小就好好教育你，長大之後你對一切就比較不會有問題，你就會變得像天生就知道一切的人。但最後我還是沒打。為什麼要打電話給她呢？為了默默聽她的故事？或者如果她讓我開口，我要告訴她什麼呢？我心知肚明，發生在彼耶特洛身上的事，不會發生在我身上。最重要的是，我知道，就像法蘭柯一樣，他很快就會消失，其實這樣最好，因為我不愛他，我和他一起在暗巷，在草地，只因為如此一來我的恐懼就可以少一些。

109

一九六六年聖誕節假期快到的時候，我得了重流感。我打電話給我家的一個鄰居——舊街坊裡終於有很多人裝電話了——說我不回家過節了。學校裡沒有人，一片沉寂，我一個人天天發燒咳嗽，什麼都沒吃。我甚至連喝水都有困難。有天早上，我乏力地陷入半睡半醒之際，聽見一個響亮的嗓音，講的是我們的方言，就像街坊的女人探頭到窗外叫嚷吵架那樣。從心頭的最深處，我認出我媽的腳步聲。她沒敲門，直接開門走進來，放下她的袋子。

這簡直難以想像。她幾乎從不離開街坊，頂多只到市區去。那不勒斯以外的地方，就我所知，她從未到過。然而她還是搭上火車，坐了一整個晚上，來到我的房間，帶來一大堆她早在節前就準備好的聖誕吃食，用響亮嗓音講的嘈雜八卦，外加彷彿一講出口就有魔法似的命令，說她應當在今夜帶我一起回家，因為她得要回家，家裡還有其他小孩和我爸等著她呢。

她不只趕走我的發燒。她大聲嚷嚷，移動物品，把東西隨便重新擺放，害我擔心會引來學監。後來我覺得我快暈過去了，閉上眼睛，希望她不會跟著我被拖進噁心的黑暗裡。但她不肯停止。她不斷在房裡走來走去，東忙西忙，說起我爸爸，我弟弟妹妹，鄰居、朋友的事，當然還有卡門、艾達、姬俐歐拉與莉拉。

我想辦法不去聽，但她不肯放過我：你知道她做了什麼嗎？你知道發生什麼事情了嗎？她搖著我，摸摸我躲在被子底下的手臂或腳。在生病的脆弱狀況下，我發現我對所有的事情更加敏感，很受不了她。她想用每一句話證明我的同儕比起我來有多失敗，這讓我很氣，我也告訴她了。「別說了。」我喃喃說。她渾然不在意，還一直反覆說，而你，就和他們不一樣。

但讓我受到最大傷害的是，我察覺到在她的驕傲背後是身為母親的恐懼，她擔心事情會陡然發生變化，我會再次失分，讓她失去可以誇耀的立場。她不太相信這世界是穩定不變的。所以她逼我吃東西，幫我擦汗，讓我量不知多少次的體溫。她是怕我會死掉嗎？讓她失去了我這個戰利品？她是怕我因為生病而屈服，而遭到貶抑，最後只好丟臉的回家？她不停談莉拉。她談得如此出神，我突然意會到，原來她打從莉拉小時候就對她評價極高。就連她，我的媽媽，都知道莉拉比我優秀，所以如今很意外我竟然贏過她，我想。我媽相信，卻也不相信，她很擔心失去街坊最幸運的母親的地位。看看她有多好鬥，看看她眼裡有多自傲。我感覺到她所散發的活力，我想到她的瘸腿讓她必須比常人更加奮力求生存，讓她凶狠強悍地在我們家裡裡外外奔走。另一方面，我父親呢？軟弱的小男人，習慣要順從，偷偷伸出手接下小費，他當然不會想辦法克服重重阻礙，來到這幢簡樸陰暗的建築。但她做到了。

她離開之後，寂靜再次降臨。我一方面覺得如釋重負，一方面因為發燒的關係，覺得很感動。我想到她自己一個人，問每個路人她要到火車站有沒有走錯路，她拖著瘸腿走在這陌生的城市。她絕對不會花錢坐公車，她花錢很謹慎，連五里拉都要精打細算。但她會辦到：她會買到正確的車票，搭上正確的火車，在不舒服的座位上坐一整夜，甚至還站著，一路抵達那不勒斯。然後再經過漫長的步行，抵達街坊，開始打理家裡煮東西，她會切鰻魚，準備花椰菜沙拉，燉雞湯，蜂蜜糖球，一刻也沒休息，氣呼呼的，但心中有個角落在安撫她說：「琳諾希亞比姬俐歐拉強，比卡門強，比艾達強，比莉娜強，比她們每一個都強。」

110

據我媽說，是因為姬俐歐拉的緣故，莉拉的情況變得更加難以忍受。事情始於四月的一個星期天，糕點師傅斯帕努羅的女兒邀艾達去教區看電影。隔天晚上，商店關門之後，她又去找她，說：「你幹嘛老是自己一個人？到我家來看電視，把玫利娜也帶來。」就這樣一件事延伸到另一件事，最後她拖艾達晚上和她男朋友米凱爾．梭拉朗一起外出。他們五個人到披薩店去：姬俐歐拉、她弟弟、米凱爾、艾達和安東尼奧。那家披薩店在市區，米凱爾開車，姬俐歐拉打扮得光鮮亮麗坐在他旁邊，後座則是雷羅、艾達和安東尼奧。

安東尼奧不喜歡浪費休息時間和老闆在一起，起初他告訴艾達說他很忙。但姬俐歐拉說他不出現，米凱爾會很不高興，他垂頭喪氣，乖乖聽命。講話的幾乎就只有這兩個女生，米凱爾和安東尼奧沒講半句話，事實上，米凱爾常離開座位，去找披薩店老闆講話，因為他們有好多椿事要談。姬俐歐拉的弟弟埋頭吃披薩，不吭氣，覺得很無聊。

兩個女生最喜歡的話題是艾達和斯岱方諾之間的愛情。她們談起他過去和現在送給她的禮物，去年八月去斯德哥爾摩的美好旅行（艾達編了多少謊言騙可憐的帕斯蓋啊），他在雜貨裡待她比真正的老闆更好。艾達心情放鬆下來，講了又講。姬俐歐拉聽她講，不時插進一句諸如「如果你想要的話，教會可以撤銷婚姻。」

艾達蹙起眉頭，打岔說：「我知道，可是很困難。」

「是困難，但不是不可能。你必須去找聖輪法院[32]。」

「那是什麼？」

「我也不是很清楚。不過，聖輪法院可以推翻所有的事情。」

「你當真？」

「我讀到過。」

這出乎意料的友誼讓艾達很開心。她一直默默守著自己的故事，有很多恐懼，有更多的懊悔。如今她發現講出來對她很好，證明她是對的，減輕她的罪疚。唯一破壞她這解脫心情的是哥哥的敵意，事實上他們回家的路上一直爭吵。有一度安東尼奧還差點揍她，他罵她說：「你他媽的幹嘛到處講？你知道你活像妓女，而我像拉皮條的？」

她也用同樣有敵意的語氣回答說：「你知道米凱爾・梭拉朗幹嘛要和我們一起吃飯？」

「因為他是我老闆。」

「是啊，肯定是喔。」

「不然是為什麼？」

「因為我和斯岱方諾在一起，他可是大人物喔。要是我盼著你，身為玫利娜女兒的我，到現在還是玫利娜的女兒。」

安東尼奧控制不了脾氣，「你才沒和斯岱方諾在一起。你是斯岱方諾帶上床的妓女。」艾達哭了出來。「才不是這樣。斯岱方諾只愛我一個。」

有天晚上，情況變得更慘。他們在家，吃過晚飯，艾達在洗碗，安東尼奧茫然瞪著前方，而他們媽媽一面用力擦地板，一面哼著老歌。這時玫利娜的拖把意外拖過艾達的腳。這很可怕。以前有個迷信——我不知道現在是不是還有——要是拖把拖過某個未婚女孩的腳，她就永遠都結不了婚。艾達瞬間看見自己的未來。她往後跳開，彷彿碰到了蟑螂，手裡的碟子摔到地板上。

「你拖到我的腳了。」她尖叫，把媽媽嚇呆了。

「她又不是故意的。」安東尼奧說。

「她是故意的。你不想讓我結婚，我太有用了，我可以替你做牛做馬，所以你要我一輩子留在家裡。」

玫利娜直說不，不，想要擁抱女兒，但是艾達粗魯地推開她，所以她往後一退，撞到椅子，倒在滿地碗盤碎片的地板上。

安東尼奧衝過去扶媽媽，但玫利娜驚恐尖叫，怕她兒子，怕她女兒，怕周圍的一切。艾達尖叫得更大聲，說：「我要讓你們看看我要嫁給誰，要不了多久，因為就算莉娜自己不讓路，我也要鏟除掉她，讓她從地球表面消失。」

安東尼奧離開家，用力甩上門。他比以往更絕望，接下來幾天，他想辦法逃離他人生的這場新悲劇，拚命裝聾作啞，避免經過舊雜貨店，要是碰巧遇到斯岱方諾，他就馬上轉開視線，免得克制不了想揍他的衝動。他思緒混亂，搞不清什麼是對的，什麼是錯的。當初不把莉拉交給米凱爾是對的嗎？叫恩佐去帶她回家是對的嗎？要是莉拉沒回到丈夫身邊，他妹妹的情況會有所不同嗎？一切事情的發生都是隨機巧合，他想，沒有好也沒有壞。但這時他腦袋卡住了，頭一次，彷

32聖輪法院（Sacra Rota），負責審判上訴於教宗的婚姻無效案件。

彿要掙脫惡夢似的，他回去找艾達吵架，罵她說：「他是有婦之夫啊，你這個賤貨。他有小孩，你比老媽還慘，連一點理智都沒有。」艾達跑去找姬俐歐拉，對她說：「我哥瘋了，我哥想要殺我。」

所以有天下午米凱爾叫安東尼奧來，派他去德國做一份長期的工作。他沒反對，事實上他很樂於從命。他沒對妹妹、甚至沒對媽媽道再見就走了。他理所當然地認為，到了那個外國，身邊都是些講話像電影裡的納粹分子的人，他一定會被刀子捅死，被槍射死，他心滿意足。他寧可被殺死，也不要再繼續看著媽媽和妹妹受苦，卻什麼也做不了。

搭上火車之前，他唯一想見的人是恩佐。他發現恩佐很忙：當時他正要賣掉所有的東西，騾子、推車、他媽媽的小鋪子和靠近鐵路的菜園。他打算把部分的收入交給一位沒結婚的姑姑，因為她答應幫他照顧他的弟弟妹妹。

「那你呢？」安東尼奧問。

「我在找工作。」

「你想改變你的人生？」

「是的。」

「這是好事。」

「這是必要的。」

「可是呢，我還是我。」

「胡說。」

「是真的。可是沒關係。現在我要離開了，不知道什麼時候回來。可以拜託你，不時看看我媽、我妹和其他孩子？」

「只要我還在街坊，沒問題。」

「我們當初都錯了，恩佐。我們不該帶莉娜回來的。」

「或許吧。」

「一團糟。你永遠都不知道該怎麼做。」

「是啊。」

「再見。」

「再見。」

他們甚至沒握手。安東尼奧去加里波第廣場，搭上火車。他有漫長艱辛的旅途要走，夜以繼日，許多忿怒的聲音在他血管裡流竄。僅僅幾個鐘頭之後，他就覺得筋疲力盡，雙腳刺痛。從退伍之後，他就沒出過遠門。他不時站起來到飲水機喝水，但很怕火車會離開。後來他告訴我，在佛羅倫斯車站的時候，他覺得好絕望，心想：我不要再走了，我要去找琳諾希亞。

111

安東尼奧離開之後，姬俐歐拉和艾達之間的關係益發緊密。姬俐歐拉建議玫利娜的女兒不要再等，斯岱方諾的婚姻問題應該要解決。而這也是艾達揣在心裡很久的想法。她說：「得把莉娜從那房子裡趕走，要是你等得太久，魔法就會破解，你會失去一切，就連雜貨店的工作也保不住，因為她會重新取得立場和力量，斯岱方諾會趕你走。」姬俐歐拉甚至推心置腹地說她這是親身經驗，她之前和米凱爾就有過相同的問題。她輕聲說：「要是我等他下定決心來娶我，那我就要等到頭髮都白了。所以我纏他，他要嘛在一九六八年春天娶我，否則我就離開，不管他去死。」

於是艾達用真心黏膩的渴望織成網，緊緊纏住斯岱方諾，讓他覺得自己很特別，同時又在親吻之間喃喃低語：「你必須下定決心，小斯，要我或要她，我並不是說要你把她和孩子丟到馬路上，那是你的孩子，你有責任，可是就照現在那些明星和大人物的作法嘛，給她一些錢就得了。街坊的每個人都知道我才是你真正的妻子，所以我想留在你身邊，永遠。」

斯岱方諾說好，緊緊摟著她，擠在拉提菲羅那張不舒服的小床上，但他並沒有採取什麼行動，只有回家之後罵莉拉，因為沒有乾淨的襪子，或因為他看見她和帕斯蓋或其他人講話。

後來艾達開始變得絕望。她跑去找卡門，兩人用指責的語氣談起兩家雜貨店的工作情況。一件事拉扯出另一件事，她們開始惡毒地議論莉拉，因為兩人雖然各有理由，但都認為莉拉是她們麻煩的根源。最後艾達克制不了，談起自己的感情狀況，忘了卡門是她前未婚夫的妹妹。而卡門迫不及待想成為這新八卦的一分子，樂意傾聽，常插嘴去煽風點火，想用自己的建議去傷害曾經背叛帕斯蓋的艾達，以及背叛了她的莉拉。但我必須說，除了怨恨之外，和某個成為有婦之夫情人的人扯上關係，而且這人還是我們的童年朋友，的確是頗有樂趣。雖然打從小時候，我們街坊的女生就很希望成為妻子，但是長大之後，我們卻總是同情情人。在我們看來，情人比較有激情，比較有戰鬥精神，而且比較摩登。所以我們總是希望合法的妻子會得重病死掉（通常來說，她們都是壞心腸，或至少是不貞的女人），讓情人不再是情人，成為妻子，一圓夢想。簡單來說，我們站在違反婚約的那一方，但這麼做卻只是為了再次印證規則的價值。結果，儘管別有心思，但卡門最後還是熱心地支持艾達的立場。她是真心的，有一天非常誠懇地對艾達說：「你不能繼續這樣下去，你一定要除掉那個賤貨，嫁給斯岱方諾，替他生小孩。去問問梭拉朗兄弟，看他們在聖輪法院有沒有熟人。」

艾達馬上把卡門的意見加進姬俐歐拉的建議裡，有天晚上，在披薩店裡，她直接問米凱爾說：「你有辦法接觸到聖輪法院嗎？」

他諷刺地回答說：「我不知道，可以打聽看看，總是可以找到朋友的。只要是你的東西，就勇敢地拿走，這才是最要緊的。要是有人找你麻煩，就叫他來找我。」

米凱爾的話非常重要。艾達覺得她取得支持了，這輩子頭一次覺得周圍的人都贊同她。然而姬俐歐拉的鼓動，卡門的建議，這位男性權威人士出乎意料的承諾保護，甚至她很氣斯岱方諾今年八月只帶她去過幾次海洋花園，而沒像前一年一樣帶她出國旅行，這些全加在一起，還不足以讓她採取攻擊行動。這需要一個具體的新事實才行：她發現自己懷孕了。

懷孕讓艾達開心得不得了，但她沒告訴任何人，甚至沒對斯岱方諾提起。有天下午，她脫下罩袍，離開雜貨店，像是出門呼吸新鮮空氣，但卻是去莉拉家。

「發生什麼事了？」卡拉西夫人打開門，不解地問。

艾達回答說：「發生的事情你都已經知道了。」她進屋，把所有的事情都告訴莉拉，當著孩子的面。她很平靜，談起演員和自行車手，她自稱是某位「白衣女士」——就像知名自行車手馮斯托．科皮33的情人——但她比白衣女士更先進，提到聖輪法院，強調即使在教會與法院面前，愛情有時還是強大得足以粉碎婚姻。莉拉靜靜聽她講，沒打岔，這是艾達沒料到的——她希望莉拉會說隻字半語，那她就可以拚命打她——她緊張起來，在公寓裡走來走去，第一是要表示自己常來，對這裡很熟，其次是要譴責莉拉，「看看這裡有多亂，髒碗盤、灰塵、襪子、地板上的內衣，那可憐的男人怎麼可能住在這種環境裡。」最後因為克制不了的狂怒，她開始撿起臥房地板上的髒衣服，厲聲說：「從明天開始，我要來這裡整理。你連怎麼鋪床都不會，看看這裡，斯岱方諾受不了被子疊成這樣，他告訴過我，他已經對你說過幾千遍了，你還是一點都不在乎。」

這時她突然住口，有點困惑，壓低嗓音說：「你必須離開啊，莉拉，因為你如果不走，我就殺了這個孩子。」

莉拉只勉強說了一句話：「你就像你媽媽一樣，艾達。」

就這幾個字。我此時想像她的嗓音：她無法講出帶感情的口吻，一定像平常那樣帶著冷冷的惡意，或者事不關己的樣子。然而多年之後她告訴我，那天在家裡看見艾達這個模樣，她想起了玫利娜的哭喊，那個被遺棄的情人在薩拉托爾家搬離街坊那天的哭喊，也看見那個從窗口飛出，差點要了尼諾一條命的熨斗。那長期受苦的怒火，這是讓她印象最深刻的，如今在艾達眼中重新燃起。只是煽起這怒火的，不是薩拉托爾的妻子，而是她，莉拉。這殘酷的對照我們早就已經遺忘了，但她沒有，所以她沒有怨恨，沒有像平常那樣想傷害別人，她心裡只有苦澀與憐憫。她想伸出援手，說：「坐下來，我幫你泡杯洋甘菊茶。」

但是艾達在莉拉的每一個字，從頭到尾的每一個字裡，特別是從她的動作裡，都看見了羞辱。她猛然後退，很嚇人地翻起白眼，瞳孔完全不見。等眼睛恢復正常之後，她咆哮：「你的意思是我瘋了？我像我媽那樣瘋？那你最好給我小心點，莉娜。別碰我，滾開，去給你自己泡茶吧。我要把這可怕的房子打掃乾淨。」

她掃地，清洗地板，重新鋪床，一句話都沒再說。莉拉的目光跟隨著她，怕她像個動作過度快速的假人那樣會粉碎掉。然後她抱著孩子出門，繞著新社區走了好久，和小黎諾講話，指著東西告訴他名字，編故事給他聽。但她這麼做與其說是要逗小孩，不如說是要控制自己的苦惱。一直到遠遠看見艾達走出大門，像遲到那樣匆忙離去之後，她才回家。

112

艾達上氣不接下氣地回到雜貨店，心情非常激動。斯岱方諾語帶威脅但平靜地問：「你去哪

33 馮斯托．科皮（Fausto Coppi, 1919~1960），義大利知名自行車賽車手，在第二次世界大戰前後稱霸世界自行車壇，有「冠軍中的冠軍」之稱。科皮與人稱「白衣女郎」的 Giulia Occhini 發生婚外情，不見容於保守天主教國家的義大利。

裡了？」她當著等待被招呼的顧客面前回答說：「去打掃你的房子，那裡實在太髒亂了。」艾達對著櫃臺外面的聽眾說：「床頭櫃的灰塵積得好多，你都可以在上頭寫字了。」

斯岱方諾什麼都沒說，讓一屋子顧客很失望。直到店裡沒人。要關門打烊的時間，艾達清理、掃地，像平常那樣用眼角瞥著情人。什麼事都沒有，他在收銀機前面算帳，不停抽著味道很香的美國菸。等摁熄最後一根菸蒂之後，他抓住門把關下門板，但不是從店外，卻是從裡側關上。

「你在幹嘛？」艾達心生警覺。

「我們從院子那邊出去。」

之後，他打她的臉，一拳又一拳打個不停，先是用手掌，接著用手背，害她得靠在櫃臺上才不至於昏倒。他強自壓抑著不大聲嚷叫，「你竟敢到我家去？你竟敢騷擾我老婆和兒子？」最後他發現自己的心臟就快要爆炸，拚命想讓自己鎮靜下來。這是他第一次揍她。他結結巴巴，渾身顫抖，「休想再這樣。」他就這樣子，丟下受傷流血的她在店裡。

隔天艾達沒去上班。渾身是傷的她出現在莉拉家。莉拉一看見她的臉，就讓她進門。

「幫我泡杯洋甘菊茶。」玫利娜的女兒說。

莉拉替她泡茶。

「寶寶好可愛。」

「是啊。」

「很像斯岱方諾。」

「才不。」

「嘴巴和眼睛都很像。」

「才怪。」

「你如果要看書，就去看吧。我會打理家務，照顧小黎諾。」

莉拉瞪著她，這一次帶點好玩的興味。接著說：「你想做什麼就做吧，可是別靠近我兒子。」

「別擔心，我不會對他做任何事的。」

艾達開始工作。她站起來，洗衣服，拿到太陽下晾乾，煮午飯，準備晚餐。後來她停下來，出神看著莉拉陪兒子玩。

「他多大？」

「兩歲四個月。」

「他個頭太小了，你逼他逼得太緊。」

「才沒有，他愛做什麼就做什麼。」

「我懷孕了。」

「什麼？」

「是真的。」

「斯岱方諾的？」

「當然。」

「他知道嗎？」

「不知道。」

這時莉拉知道她的婚姻真的差不多完蛋了，但是，一如既往，知道改變就迫在眉睫的時候，她不憎恨，不苦惱，也不擔心。斯岱方諾回到家，看見妻子在客廳看書，艾達在廚房裡陪孩子玩，整間公寓香味瀰漫，亮晶晶像一個大型的寶物。他醒悟到昨天動手打她一頓並沒有用，他臉色發白，無法呼吸。

「滾。」他壓低嗓音對艾達說。

「不。」

「你腦袋裡打什麼主意？」

「我要留在這裡。」

「你是要逼瘋我？」

「是的，我們兩個。」

莉拉闔上書，沒說什麼，抱起孩子回到小黎諾的房間，也就是很久以前我唸書的那個房間。斯岱方諾輕聲對情人說：「你會毀了我，就像這樣。你一點都不愛我，艾達，你想讓我失去所有的客戶，你想讓我變成乞丐，你明明知道現在情況已經不太好了。拜託，告訴我你想要什麼，我都給你。」

「我想要永遠和你在一起。」

「好，但不是在這裡。」

「就要在這裡。」

「這是我家。莉拉在這裡，小黎諾也在這裡。」

「從現在開始，我也要在這裡。我懷孕了。」

斯岱方諾坐了下來。艾達站在面前，他默默盯著她的肚子，彷彿可以看穿她的洋裝，她的內衣，她的皮膚，彷彿他看見寶寶已經成形，一個活生生的寶寶，已經準備要跳出來了。這時有人敲門。

是梭拉朗酒館的服務生，一個剛去上班的十六歲男生。他告訴斯岱方諾說，米凱爾和馬歇羅要見他，立刻。斯岱方諾站起來，因為家裡的這場風暴，他覺得這個要求是個救贖。他對艾達說：「別走。」她微笑點點頭。他出門，坐上梭拉朗的車子。我給自己惹上什麼麻煩了啊，他想。我該怎麼辦？要是我爸還在世，肯定會拿鐵棍打斷我的腿。女人，債務，梭拉朗夫人的帳簿。有些問題沒解決。莉娜。她毀了我。馬歇羅和米凱爾要找我幹嘛，在這個時間，這麼緊急？

他發現，他們要的是舊雜貨店。他們沒明說，但讓他瞭解。馬歇羅只說他們想借給他另一筆錢。但是，他說瑟魯羅鞋廠必須完全歸我們，我們受夠了你那個懶惰的大舅子，他一點都不可靠。我們需要擔保，抵押品或是某種行動，你想想看吧。就這樣，他說他還有事要忙，就走了。所以斯岱方諾和米凱爾單獨在一起。他們談了很久，看黎諾和費南多的鞋廠是不是還保得住，看他能不能不交付馬歇羅所說的擔保品。

但米凱爾搖搖頭說：「我們需要擔保，醜聞對生意不利。」

「我不明白你的意思。」

「我明白我的意思。你比較愛誰，莉娜還是艾達？」

「不關你的事。」

「不，小斯，只要牽涉到錢，你的事就是我的事。」

「我可以告訴你的是：我們都是男人，你知道這是怎麼回事的。莉娜是我老婆，艾達是另一回事。」

「所以你比較愛艾達？」

「是的。」

「解決這個問題，我們再來談。」

斯岱方諾設法掙脫這個鎖喉掌控，經過了許多黑暗的日子。和艾達吵架，和莉拉吵架，工作管他去死，舊雜貨店不時大門深鎖，看在眼裡，牢記心裡的街坊鄰居如今仍記憶猶新。這對漂亮的未婚夫婦。敞篷車。走過的是索拉雅王妃與波斯國王，甘迺迪與賈姬。最後斯岱方諾豎旗投降，對莉拉說：「我已經幫你找了間好房子，很適合你和小黎諾。」

「你真慷慨。」

「我一個星期來看寶寶兩次。」

「我認為呢，你不必來看他。因為他不是你兒子。」

「你這個臭婆娘，你是要逼我打爛你的臉。」

「要打爛就打吧，我臉上的傷疤都長繭了。你照顧你自己的小孩，我照顧我的。」

他氣呼呼，大發雷霆，真的想要動手揍她。最後他說：「我幫你找的房子在佛莫洛。」

「哪裡？」

「我明天會帶你去看。在藝術家廣場。」

莉拉剎時想起米凱爾．梭拉朗很久以前的提議：「我已經在佛洛莫藝術家廣場買了房子。如果你願意，我現在就載你去。我買的時候心裡想的就是你。在那裡，你想做什麼都可以：你可以看書，寫字，創造東西，睡覺，大笑，講話，陪小黎諾。我唯一想要的就是看著你，聽你講話。」

她不敢置信地搖頭，對丈夫說：「你真的是人渣。」

113

莉拉躲在小黎諾房間裡，思考該怎麼辦。她不可能回娘家，她人生的重擔是她自己的，她不希望自己又變成小孩。她不能倚靠哥哥：黎諾失去理智，為了報復斯岱方諾，把氣發在琵露希雅身上，甚至開始和岳母瑪麗亞吵架，因為他很絕望，沒有錢，又欠很多債。她只能仰賴恩佐：她以前信任他，現在也信任，雖然他始終沒出現，而且好像已經從街坊消聲匿跡了。她想：他答應要帶我離開這裡的。但有時候她又希望他不要履行承諾，她擔心害他惹上麻煩。她不擔心他可能和斯岱方諾打架，她丈夫現在已經放棄她了，而且他是個懦夫，雖然有野獸般的力氣。她擔心的是米凱爾．梭拉朗。不是今天，不是明天，但就在我不再想這件事的時候，他就會出現，要是我不聽從，他會要我付出代價，他會要幫助我的每一個人付出代價。所以我最好一個人走，不連累其他人。我必須找份工作，什麼工作都行，掙足夠的錢來養小黎諾，給他遮風蔽雨的屋頂。

光是想到兒子，她就有了力量。小黎諾腦袋裡會留下什麼樣的影像和言語啊。她擔心他會聽到他們講的話，照單全收。我很想知道，我懷著他的時候，他是不是聽到我講的話。我很想知道，那些話是不是銘刻在他的神經系統裡。他是不是感覺到被愛，他是不是感覺到被排拒，他是不是感覺到我的激動不安。我們該怎麼保護孩子。怎麼養育孩子。愛孩子。教他事情。像過濾器那樣不讓他接觸可能永久傷害他的東西。我已經失去他的生父。他父親對他一無所知，也永遠不會愛他。斯岱方諾不是他的父親，有點愛他，為了另一個女人和親生的兒子而出賣我們。這孩子會怎麼樣呢。我走進另一個房間的時候，小黎諾知道他並不會失去我，我還在。他懂得怎麼巧妙操作物品，也會沉浸在利用物品編織的幻想裡。他會用叉子和湯匙吃東西。他會運用東西，組合東西，改變東西。講話的能力也從單字進階到句子了。義大利文的句子。他不再說「他」，而會說「我」了。他會認字母。他會組合字母，拼出自己的名字。他喜歡顏色。他很快樂。但這一切的忿怒——他看見我被罵被打。他看見我砸碎東西，罵髒話。用方言。我不能再留在這裡了。

114

莉拉一直等到斯岱方諾不在，艾達不在了，才小心翼翼走出房間。她弄了一點東西給小黎諾吃，自己也吃了一點。她知道街坊鄰居嚼舌根，閒言閒語已經傳開了。十一月的一個下午，電話響了。

「我再十分鐘就到。」

她認出他的聲音，並不太意外地回答說：「好。」接著：「恩佐。」

「嗯。」

「你沒有義務這麼做。」

「我知道。」

「牽涉到梭拉朗兄弟。」

「我才不甩梭拉朗兄弟。」

十分鐘之後，他準時抵達。他上樓，她把她和寶寶的東西收進兩個行李箱，把所有的首飾都留在臥房的床頭櫃上，包括她的訂婚戒指與結婚戒指。

她說：「這是我第二次離開。可是這一次我不會再回來了。」

恩佐環顧四周，他從沒進到這幢公寓過，她拉著他的手臂：「斯岱方諾很可能會突然回來，他有時候會這樣。」

他摸摸看起來像很昂貴的東西，一只花瓶，一個菸灰缸，閃亮的銀器。他翻著莉拉記下寶寶和房子必需品的便條紙。然後他給她探詢的一瞥，問她是否確定自己所作的選擇。他說他在特杜西歐的聖吉瓦尼的工廠找到工作，有間公寓，三個房間，廚房有點暗。他補上一句，「但是斯岱方諾給你的東西，你再也不會擁有：我沒辦法給你這些。」

他對她說：「你或許會害怕，因為你不是百分之百確定。」
「我確定。」她說，很不耐煩地抱起小黎諾。「而且我什麼都不怕。快走吧。」
他還拖拖拉拉。他從購物單上撕下一頁，寫了幾個字，然後留在餐桌上。
「你寫了什麼？」
「聖吉瓦尼的地址。」
「幹嘛？」
「我們不玩躲貓貓。」
最後他拎起行李箱，走下樓梯。莉拉鎖門，把鑰匙留在鎖上。

115

對於特杜西歐的聖吉瓦尼我一無所知。他們告訴我莉拉到那個地方去和恩佐住在一起的時候，我腦袋裡唯一想到的是尼諾那個朋友家的工廠。布魯諾家的香腸工廠就在那一帶。這個聯想讓我很不安。我已經很久沒想起伊斯基亞島的那個夏天了，而且我明白那個假期的喜悅已經褪去了，因為不悅的一面已擴展開來。我發現當時的每一個聲響、每一種香味都令我厭惡，但意外的是，深印在腦海裡看似最沒有根據，卻又讓我長久哭泣迷惑的是在馬隆提和唐納托・薩拉托爾度過的那個夜晚。我會認為那天晚上很愉快，純粹只是因為我當時為了莉拉和尼諾的事而痛苦。如今隔了久遠的時間回顧，我瞭解到，黑漆漆的夜裡，在冰涼的沙灘上，和讓我所愛的那個男生的父親在一起，體驗到第一次，是一種降格以求。我覺得很羞恥，這個羞恥又加上了其他本質不同的羞恥，這是我當時所體驗到的感受。

我夜以繼日忙著寫論文。我騷擾彼耶特洛，大聲唸我寫的內容給他聽。他人很好，搖搖頭，從回憶裡撈出維吉爾或其他作家的篇章，可能對我有用的段落。我寫下他所唸的每一個字。我非常用功，但心情很不好。我在兩種不同情感之間來回擺盪。我想尋求協助，但開口要求又覺得很羞愧，我很感激卻又很怨恨，我尤其痛恨他儘量不讓他的慷慨造成我的壓力。讓我最焦慮的是發現我自己——無論是和他一起，或在他之前、在他之後——提交研究成果給助理教授的時候。這位助理教授負責協助我們兩人共同的指導教授，年約四十，熱心，體貼，有時候還很有社交手腕。我看見他把彼耶特洛當成已經拿到教授資格的人，而我卻只是一般的優秀學生而已。有時候我決定不和老師講話，因為忿怒，因為驕傲，或因為怕他知道我天生不如人。我必須比彼耶特洛還強才行，我想，他懂的事情比我多得多，但是他很乏味，沒有想像力。他思考的方式，他輕聲婉語建議我的方式太過戒慎恐懼了。所以我重新修改我的論文，重頭開始寫，追求自己原創的理念。我回去找教授的時候，他聽我說，是的，稱讚我，但並不太真心，彷彿我的努力只是玩得很不錯的一場遊戲而已。我很快就知道，彼耶特洛擁有我所沒有的未來。

然後還有我的天真。助理教授對我很親切，有一天他說：「你是個非常敏感的學生。你想過畢業之後要教書嗎？」

我以為他說的是在大學教書，我的心臟簡直快樂得要跳出來了，雙頰泛紅。我說我喜歡教書，也喜歡研究。我說我很想繼續研究《埃涅阿斯紀》的第四冊。他馬上明白我誤會他的意思，顯得很尷尬。他講了一些老生長談，說一輩子做研究是很愉快的，然後建議我參加秋天舉行的公職考試，因為教育機構有不少職缺。

他拉高嗓音鼓舞我，「我們需要，傑出教授來訓練傑出的老師。」

就是這樣。羞恥，羞恥，羞恥。我心裡滋長出過度自信，滋長出野心，想和彼耶特洛一樣。我和他唯一的共同點就只是在暗處的性接觸。他喘息，摩擦我，我沒自動給他的任何東西他都不會要求。

我覺得整個人卡住了。有段時間我沒辦法寫論文，我眼睛盯著書，卻沒看進半行字。我躺在床上瞪著天花板，質問自己該怎麼辦。到最後還是放棄，回到街坊。拿到文憑，到中學教書。當中學教授，沒錯，比奧麗維洛老師強，和嘉利亞妮平起平坐。也或許沒有，也或許比她差一點。格瑞柯老師。在街坊，我可能會被當成重要人物，門房的女兒，從小就什麼都懂。我一個人來到比薩，認識了舉足輕重的教授，還有彼耶特洛、梅麗雅羅莎和他們的父親——我會清楚地瞭解，我的成就其實很有限。非常努力，許多希望，美好的時刻。我會懷念和法蘭柯．馬利在一起的時光。那些日子，那些年有多麼美好。當時我還不瞭解那些時間的重要性，如今卻在這裡傷心難過。雨絲，寒冷，雪花，亞諾河與城裡街頭巷尾繁花盛放的春天香味，以及我們給彼此的溫暖。挑選衣服，眼鏡。他的快樂改變了我。還有巴黎，那刺激的國外旅行，咖啡館，政治，文學，即將來臨的革命，就連勞工階級都會團結起來。還有他。他夜裡的房間。他的身體。一切都結束了。我神經兮兮地倒到床上，無法入睡。我在自欺欺人，我想。這真的有這麼美好嗎？我當時也心知肚明，那其實很丟臉。不安，羞愧，厭惡：接受，服從，強迫自己。有沒有可能，就算是歡愉的快樂時刻也無法抵擋嚴酷的試煉？有可能。馬隆尼的黑暗很快就擴展到法蘭柯的身體，皮耶特洛的身體。我奔逃離開我的回憶。

後來我開始越來越少和彼耶特洛碰面，藉口是我進度落後，很可能無法及時完成論文。有天早上，我抱著格線筆記本，用第三人稱開始寫我那夜在巴拉諾海灘附近發生的事。接著，還是用第三人稱，寫我在伊斯基亞發生的事。再來寫了一些那不勒斯和街坊的事情。我改換名字、地點和情況。我想像有一股黑暗的力量潛伏在主角的人生裡，是有能力將她周圍的世界焊接在一起的某種實體，焊槍火焰繽紛：一片藍紫色的蒼穹包圍著她，一切似乎都順心如意，光芒四射，但很快就會崩裂，碎裂成沒有意義的灰色碎片。我花了二十天寫完這篇故事，這段時間沒見任何人，只有吃飯才出門。最後我重讀了幾頁，覺得不喜歡，就丟開了。但我發現自己的心情比之前平靜，彷彿我的羞愧已經轉移到筆記本上。我重回塵世，迅速寫完我的論文。我又開始和彼耶特洛見面。

他的善良與體貼讓我感動。畢業時，他全家到齊，還有很多他爸媽在比薩的朋友也來了。我很意外地發現我不再怨恨等在彼耶特洛面前的一切，他的人生計畫。事實上，我為他的光明前景覺得開心，也很感激他的家人邀我參加畢業典禮之後的慶祝會。梅麗雅羅莎特別照顧我。我們熱烈討論希臘的法西斯政變。

我下一個學年畢業。我沒告訴爸媽，怕我媽會覺得有義務要來為我慶祝。我穿上法蘭柯送我的洋裝，如今看來還勉強可以的一套洋裝，去見教授們。經過這麼長的時間之後，我是真的為自已高興。我還不滿二十三歲，已經以極優異的成績取得文學學位。我爸小學時期的平均分數從來不超過五分，我媽二年級就輟學了，就我所知，我的先祖都沒學會流利的讀與寫。我的努力令人驚嘆。

除了同學之外，我也看到彼耶特洛來恭喜我。我記得那天很熱。在學生行禮如儀的活動之後，我回房間梳洗，放論文。他在樓下等我，準備帶我去吃晚餐。我照鏡子，覺得自己很漂亮。我拿出寫有那篇故事的筆記本，擺進皮包。

這是彼耶特洛第一次帶我到餐廳。法蘭柯常帶我去，教我學會各式餐具、酒杯的擺放。

他問我：「我們算訂婚了嗎？」

我微笑說：「我不知道。」

他從口袋裡掏出一個盒子，交給我，低聲說：「我想這麼做已經想了一整年。但是你如果有不同的想法，就把它當成是畢業禮物吧。」

我打開包裝，是個綠色盒子，裡面是鑲顆小鑽的戒指。

「好漂亮。」我說。

我試試，大小剛好。我想起斯岱方諾送給莉拉的戒指，比這個精巧得多。但這是我的第一件珠寶首飾。法蘭柯送我許多禮物，但從未送我首飾。我唯一的一件首飾是我媽的那條銀手鍊。

「我們訂婚了。」我說，越過桌子親吻他的嘴唇。他臉紅起來說：「我有另一個禮物。」他給我一個信封，是論文著作出版的打樣稿。好快啊，我想，充滿愛意，甚至還有點喜悅。

「我也有個小禮物要給你。」

「是什麼？」

「很蠢的東西，但我還不知道能給你什麼真正屬於我的東西。」

我掏出筆記本，交給他。

「是一篇小說，獨一無二的：僅此一份，是僅此一次的嘗試，僅此一次的屈服。我不會再寫了。」我笑著補上一句：「有些部分甚至有點色喔。」

他似乎很不解，謝謝我，把筆記本擺在桌上。我馬上就後悔給他了。我想：他是個認真的學生，背後有偉大的家族傳統，就快要出版酒神儀式的論文，為他的學術生涯奠定基礎。這是我的錯，我不應該拿這篇甚至沒打字的微不足道東西來讓他難堪。然而就算是這樣，我也沒覺得不安，他是他，我是我。我告訴他我已經申請師資培訓學校，我要回那不勒斯，我笑著說我們的訂婚生活會不太好受，因為我在南方的城市，而他在北方。但彼耶特洛還是很認真地說他心裡很清楚，已經訂出計畫：兩年的時間在大學站穩腳步，然後和我結婚。他甚至連婚期都定了：一九六九年九月。我們離開餐廳時，他把筆記本忘在桌上。我逗趣地提醒他：「我的禮物？」他茫茫然，回去拿。

我們走了好長一段路。我們在河堤邊親吻，擁抱，我半認真半開玩笑地問他要不要溜進我的房間。他搖搖頭，繼續熱情的吻我。他和安東尼奧之間看似天差地別，但其實並沒有什麼不同。

116

我返回那不勒斯，像是一把壞掉的傘頂著風突然在你頭上闔起來。當時正是盛夏，我很想馬上找份工作。但是大學畢業生的身分意味著我不能再找像以前那樣的零工。可是我沒有錢，又不想丟臉地向爸媽開口，因為他們已經為我犧牲很多了。我很緊張。所有的事情都惹我生氣，街道，房子醜陋的立面，通衢大街，花園，雖然以前的一石一花都讓我感動。要是彼耶特洛認識了別的女生，我想，要是我沒能進到師資培訓學校，那我該怎麼辦？我不可能像個囚犯，永遠和這些人一起困在這個地方。

我爸媽和我的弟弟妹妹都很以我為榮，但是，我發現，他們不明所以：我有什麼用，我為什麼回來，他們如何能向街坊證明我是家族之光？認真想想，我其實只有讓他們的生活變得複雜，讓窄仄的公寓變得擁擠，讓夜裡安排床位變得更麻煩，也阻礙了如今不容我插手的日常家務。況且，我向來就整天埋頭看書，站著看，坐在某個角落裡看，是個無用的讀書紀念碑，自以為重要、嚴肅認真的人，他們都知道要儘量不打擾我，但他們不免也懷疑：她到底有什麼盤算？

我媽撐了一段時間才問起我未婚夫的事。她之所以知道他的存在，不是因為我的吐實，而是因為我手上戴的戒指。她想知道他是做什麼的，他靠什麼掙錢，他什麼時候會帶他父母來拜訪，我結婚後要住在哪裡。起初我給她一些資訊：他是大學教授，現在還沒有收入，正要出版一本其他教授都認為很重要的書，我們兩年內會結婚，他爸媽住在熱內亞，我很可能會住在那裡，或任何他建立事業的地方。但是從她急切的目光，從她不斷重複同樣的問題，我知道她有太多先入為主的偏見，所以根本沒在聽。我和某個沒來、也不會來請求允許婚約的人訂婚，他教書但沒薪水，要出版書卻又沒名氣。她變得像以前那樣失望，但不再對我發脾氣。她想壓抑自己的不以為然，或許她根本不覺得自己有能力和我溝通。語言本身已經成為疏離的符號。我表達自己的方式，對她來說太過複雜，雖然我儘量講方言，每回意識到這個問題，我就簡化我講的句子，但這樣的簡化顯得很不自然，而且反倒變得很不容易理解。此外，我這幾年盡力消除自己的那不勒斯口音，雖然沒能讓比薩人相信我不是那不勒斯人，卻讓她、我爸、我弟妹妹和整個街坊的人都相信。在街上，在店裡，在我們這幢公寓的樓梯上，大家對待我的態度既尊敬，卻又帶著嘲弄。他們開始在我背後叫我比薩人。

這段時間我寫長信給彼耶特洛，而他的回信甚至更長。起初我期待他會稍稍提到我的那本筆記，後來連我自己也忘了。我們沒談什麼具體的事，那些信我保留至今：信裡並沒有任何有用的細節可以讓人重建那個時代的日常生活，例如麵包或電影票的價格，例如門房或教授的薪水。我們談的焦點是，比方說，他正在看的一本書，和我們研究主題有關的一篇文章，我或他的一些感想，大學生的焦慮不安，以及新前衛主義。我對新前衛主義一無所知，但很意外的是，他竟知之甚詳，也很有興趣，甚至寫道：「我想用揉掉的紙團寫一本書：你用一個句子開頭，行不通，就把紙揉掉。我收集了一些，想直接印在書上，揉成一團的紙，零亂的皺痕和細心寫下的斷裂句子交織在一起。或許這才是今天唯一有可能存在的文學作品。」最後這句話讓我吃驚。我還記得我當時懷疑，這是他和我溝通的方式，告訴我他已經讀過我的筆記，我送給他的文學禮物，對他來說似乎已是過時的產物。

在暑熱逼人的那幾個星期裡，我覺得自己的身體彷彿被幾年來的疲累所囚禁。一點活力都沒有。我到處打聽奧麗維洛老師的健康狀況，希望她安好，或許可以去見她，從她對我學業成就的讚賞裡得到一些力量。我得知她姊姊來接她回波坦薩去了。我覺得孤單。我甚至想念莉拉，和我們混亂不堪的會面。我渴望找到她，看看我們如今的距離有多遠。但我沒有。我無所事事地探詢街坊對她的看法，打聽街坊流傳的謠言。

我特別想找到安東尼奧。他不在這裡，據說他留在德國，有人還說他娶了個漂亮的德國太太，藍眼睛白金色頭髮的胖女人，現在已經是一對雙胞胎的爸爸了。

所以我去找埃爾范索。我經常到馬提尼廣場的鞋店。他現在變得非常英俊，像個優雅的西班牙貴族，一口極有涵養的義大利文，穿插著愉悅可人的方言。由於他，梭拉朗兄弟鞋店的生意蒸蒸日上。他薪水不錯，在塔皮亞港租了一間房子，一點都不想念街坊、兄姊，以及雜貨店的油膩臭味。「明年我就要結婚。」他宣布，但沒有太興奮。他和瑪麗莎的關係持續至今，很穩定，就只差最後一步。我有時候和他們一起出門，他們很好相處：她失去了往日的活潑和熱情，現在就只戒慎恐懼地不惹他生氣。我從沒向她問起她父親、母親、兄弟和妹妹。我甚至沒問起尼諾，她也沒提到他，彷彿他也永遠離開她的生活了。

我也見帕斯蓋和卡門：他還在那不勒斯各地和鄉下的建築工地工作，而她也還在新雜貨店上班。但他們迫切想要告訴我的是，他們都有了新的對象：帕斯蓋偷偷和日用品店老闆的大女兒約會，但她年紀很輕；卡門和通衢大街加油站的老闆訂了婚，那人四十歲，非常愛她。

我也去找琵露希雅。她簡直變了一個人：邋遢，緊張，非常之瘦，聽天由命，黎諾還是常揍她，她身上傷痕累累。她很怨恨斯岱方諾，在她眼睛和嘴巴周圍深深的皺紋裡，有更明顯的痕跡，是她無法宣洩的不幸福。

最後我鼓起勇氣去探尋艾達的下落。在我想像中，她應該會比小琵更痛苦，因為自己的境遇而飽受羞辱。結果沒有。她住在莉拉的房子裡，漂亮且平靜。她剛生下女兒，取名瑪麗亞。就連懷孕期間，我都沒停止工作，她驕傲地說。我親眼印證，她是兩家雜貨店真正的老闆娘，從一家匆匆趕往另一家，打理所有的事情。

我的這些童年朋友，每個人都告訴我一些關於莉拉的事。而艾達似乎是最佳的情報來源。她提起莉拉的時候，帶著很深的理解，近乎同情的理解。艾達很幸福，因為寶寶，因為舒適的生活，因為工作，因為斯岱方諾。在我看來，正因為她的生活幸福，所以她由衷感激莉拉。

她很欽佩地說：「我的行為像個瘋婆子，我知道。但是莉娜和恩佐的所作所為比我更瘋狂。他們什麼都不在乎，連自己都不在乎，這真的把我嚇壞了，斯岱方諾也是，甚至梭拉朗兄弟那兩個人渣也嚇到了。你知道她什麼東西都沒帶走嗎？你知道她把所有的珠寶首飾都留給我嗎？你知道他們留了一張紙條，寫下他們要去哪裡，完整的地址，幾號幾樓，都清清楚楚的。彷彿在說：『來找我啊，隨便你想怎麼樣，誰甩你啊？』」

我向她問了地址，抄下來。我一面抄的時候，她說：「要是你見到她，告訴她說不是我攔著不讓斯岱方諾去見孩子的。他太忙了，雖然覺得很抱歉，但他實在沒辦法去。也要告訴她，梭拉朗兄弟很會記仇，特別是米凱爾。叫她別相信任何人。」

117

恩佐和莉拉開著一部他剛買的二手飛雅特六〇〇，搬到特杜西歐的聖吉瓦尼。一路上，他們什麼話都沒說，只和孩子講話來打破寂靜。莉拉像對大人講話那樣，而恩佐則都只講單音節的字：噢，呃，好。她對聖吉瓦尼幾乎一無所知。她以前和斯岱方諾來過一次，那天他們在市中心停車買咖啡，她對這個地方印象很好。但常來這裡蓋房子和參加政治活動的帕斯蓋有一回提到這個地方，非常不滿意，不管是從工作或政治活動的角度來看都很不好。他說：「那是個爛地方，像個陰溝，富人越多，窮人也就越多。我們什麼也無法改變，儘管我們很強壯。」但是帕斯蓋向來對什麼都不滿，所以他的話也不太靠得住。坐在車裡駛過蹦蹦跳跳的馬路，經過搖搖欲墜的破房子和新蓋好的大公寓，莉拉寧可對自己說她是帶孩子到靠近海邊的一個美麗小城，而且一心想要對恩佐把話說清楚。

但她只是想，並沒有說。等一下再說，她心想。他們抵達恩佐租下的公寓，在三樓，雖然是新的，但已經顯得破舊。房間差不多是空的，他說他先買了必要的東西，但明天會添購她需要的。莉拉要他放心，說他做的已經太多了。直到看見雙人床，她才決定該把心裡的話說出來。她用溫柔親切的口吻說：「我非常尊敬你，恩佐，打從我們小時候就很尊敬。你完成了不起的事情，我非常欽佩。你自學，拿到證書，我知道這要有多堅定的決心才做得到。我自己就沒有。你也是我所認識最寬宏大量的人，沒有人能像你這樣，為我和小黎諾做這樣的事情。但是我不能和你上床。不是因為我們只單獨見過彼此兩三次。不是因為我不喜歡你。是因為我身上沒有感情，我就和這牆壁，這桌子沒有兩樣。所以如果你可以和我住在同一個屋簷底下而不碰我，很好；要是你做不到，我也可以理解，明天早上我就另外找地方。你要知道，你為我做的一切，我永遠感激。」

恩佐靜靜聽她講，沒有打斷。最後他指著床說：「你睡這裡，我去睡小床。」

「我睡小床。」

「小黎諾呢？」

「我看見還有另一張小床。」

「他自己睡？」

「是的。」

「你想住多久就住多久。」

「你確定？」

「非常確定。」

「我不希望有齷齪的事情毀了我們的友誼。」

「別擔心。」

「對不起。」

「這樣很好。萬一感情又回到你身上，你也知道去哪裡找我。」

118

感情沒回到她身上，相反的，疏離的感覺越來越強烈。屋子裡的沉重空氣。髒衣服。關不緊的浴室門。在我想像裡，聖吉瓦尼對她來說像是我們街坊邊緣的深淵。雖然她安全抵達，卻沒注意自己腳踩的地方，跌入深洞裡。

沒過多久，小黎諾就讓她煩心了。通常很乖的這孩子開始在白天鬧脾氣，吵著要找斯岱方諾，夜裡哭著醒來。媽媽的照顧，媽媽的遊戲是可以安撫他沒錯，但已經不再讓他入迷，反而開始惹他生氣了。莉拉發明新的遊戲，孩子眼睛一亮，親吻她，想把手放在她的胸前，快樂的尖叫。可是一會兒之後，他就推開她，自己玩，或在地板上的毯子打盹。在馬路上，他走十步就煩了，說他膝蓋痛，要她抱，若是她不肯，他就躺在地上哭喊。

起初莉拉不理他，但慢慢就開始屈服。他夜裡哭鬧不休，除非莉拉讓他到她床上，所以她開始讓他睡在身邊。出門買東西的時候，她抱他，雖然他已經是個發育良好、體重很重的孩子了。她一手提袋子，一手抱他，回到家總是筋疲力盡。

她再次發現沒有錢的生活是什麼模樣。沒有書，沒有雜誌和報紙。小黎諾在她眼前長大，她帶來的東西已經不適合他了。她自己也沒有幾件衣服。但她假裝沒問題。恩佐從早到晚工作，給她所需要的錢，但他賺的不多，而且還要給照顧他弟妹的那個親戚錢。所以他們連付房租、電費和瓦斯費都很勉強。可是莉拉似乎不擔心。她以前擁有和花掉的錢，在她的想像裡，都和她童年的貧困一樣，不是具體的存在，忽而在，忽而就不見了。她比較擔心的是她給兒子的教育，以及直到不久之前都還積極努力讓兒子充滿活力、熱情、樂於接納的成果會煙消雲散。但是小黎諾似乎只有在她允許他去和鄰居小孩玩耍的時候才覺得滿足。他打架，搞得渾身髒兮兮，哈哈大笑，吃垃圾食物，顯然很開心。莉拉站在廚房看他，從這裡看去，通往樓梯的門像個畫框框住他和朋友的身影。他很聰明，她想，比鄰居的那個孩子聰明，雖然那孩子年紀比較大。也許我應該接受事實，我不能嬌寵他，我給他必要的東西，但從今之後他要靠自己，他需要打架，需要從其他孩子手裡搶走東西，需要搞得髒兮兮。

有一天，斯岱方諾出現在樓梯平臺上。他離開雜貨店，決定要來看看兒子。小黎諾很快樂地歡迎他，斯岱方諾陪他玩了一下子。但莉拉看得出來，丈夫覺得很無聊，迫不及待想走。過去他好像沒有她和兒子就活不下去，如今他在這裡卻頻頻看錶，打哈欠，幾乎可以肯定是他媽媽或艾達逼他來的。至於愛，嫉妒，全都過去了，他不再激動了。

「我帶孩子去散步。」

「小心，他老是要人家抱。」

「我會抱他。」

「不行，讓他自己走。」

「我想怎麼做就怎麼做。」

他們出門，半個小時之後回來，他說他要趕回雜貨店。他保證說小黎諾沒有抱怨，也沒有要他抱。離開之前，他說：「我發現在這裡大家叫你瑟魯羅太太。」

「我本來就是啊。」

「我過去沒殺你，以後也不會殺你，只因為你是我兒子的媽。但是你和你那個渾蛋朋友是在走鋼索。」

莉拉哈哈大笑，她激他，說：「你只有對不會敲開你腦袋的人凶，你這個渾蛋。」

但她這時突然意會過來，丈夫暗示的其實是梭拉朗，於是站在平臺上對著下樓的他大吼：「告訴米凱爾，要是他敢來，我就對著他的臉吐口水。」

斯岱方諾沒回答，消失在街道上。他後來又來過四、五次，我想。最後一次來的時候，很生氣地對老婆嚷嚷：「你是你們家的恥辱。就連你媽都不想再見到你。」

「他們顯然都不知道我和你過的是什麼日子。」

「我待你像皇后。」

「所以比乞丐好。」

「要是你再懷孩子，最好打掉，因為你還姓我的姓，我不要那個雜種當我的小孩。」

「我不會有其他小孩。」

「為什麼？你決定不要和人上床了？」

「滾。」

「反正我警告過你了。」

「小黎諾不是你的兒子，卻還是冠你的姓。」

「賤貨，你一直講一直講，想必是真的嘍。我再也不要見到你，不要見到他。」

他其實從未相信她的話。但他假裝相信，因為這樣比較方便。他寧可要平靜的生活，抹去她帶給他的情緒混亂。

119

莉拉每次都把丈夫來過的事情，一五一十告訴恩佐。他專心聽，幾乎從不說什麼。他還是非常自我克制，不表露任何心跡。他甚至沒告訴莉拉他在工廠做的是什麼工作，或者適不適合他。他早上六點出門，晚上七點回家。他吃晚飯，和小孩玩一下，聽她講話。只要莉拉提到小黎諾迫切需要什麼，隔天他就帶必要的錢回來。他從沒叫她去找斯岱方諾負擔兒子的生活費，也沒叫她去找工作。他就只是看著她，彷彿活著就只為了度過這些晚間時刻，和她一起坐在廚房裡，聽她講話。到了某個時間他就起身，道晚安，回到臥房裡。

有天下午莉拉碰上了一件事，帶來影響重大的後果。她獨自出門，把小黎諾託給鄰居。她聽見背後有汽車喇叭聲響個不停。是輛拉風的車，有人從車窗裡對她招手。

「莉娜。」

她走近一些看，認出那張狼也似的臉。是布魯諾．蘇卡佛，尼諾的朋友。

「你在這裡幹嘛？」他問。

「我住在這裡。」

她對自身的事情幾乎什麼也沒提，因為當時的情況有點難以解釋。她沒提起尼諾，他也沒有。她只問他是不是畢業了，他說他決定不唸了。

「你結婚了？」

「當然沒有。」

「訂婚了？」

「原本有，但一下就沒了。」

「你在做什麼？」

「什麼都沒做。有很多人為我工作。」

她突然想到問他，近乎開玩笑地說：「你要不要給我一份工作？」

「你？你要工作幹嘛？」

「當然是去做啊。」

「你想做香腸和肉腸？」

「有何不可？」

「你老公呢？」

「我沒有老公了。可是我有個兒子。」

布魯諾仔細端詳她，看她是不是在開玩笑。他好像很困惑，不正面回答。「這不是輕鬆的工作。」他說。接著喋喋不休談起夫妻的種種問題，說他媽媽老是和他爸爸吵架，說他最近對一個有夫之婦的癡狂感情，但是她離開他了。布魯諾異乎尋常的多話，他邀她去喝咖啡，繼續對她談他自己的事。最後，莉拉說她得走了，他問：「你真的離開老公了？你真的有小孩？」

「真的。」

他蹙起眉頭，在紙巾上寫了幾個字。

「去找這個人。他早上八點之後就會在。把這個給他看。」

莉拉尷尬地微笑。

「這紙巾？」

「是的。」

「這樣就夠了？」

他點點頭，突然因為她揶揄的語氣而害羞起來。他喃喃說：「那個夏天很美好。」

她說：「對我來說也是。」

120

這些都是我後來才知道的。我很想馬上就去艾達給我的那個特杜西歐的聖吉瓦尼地址，但我也碰上極其重大的事情了。有天早上我懶洋洋地讀著彼耶特洛寫來的長信，在最後一頁，他告訴我他讓他媽媽讀了我寫的文檔（他就是這樣寫的）。璦黛兒覺得很好，所以打字之後寄給米蘭的出版社。她為這家出版社做翻譯做了好幾年。他們很喜歡，打算出版。

那是夏末的早晨，我還記得當時灰灰沉沉的光線。我坐在廚房的桌子旁，我媽用來熨衣服的那張桌子。舊熨斗生氣蓬勃地滑過衣料，木板在我的手肘底下震動。我看著那幾行字，看了好久好久。我用義大利文輕聲說，只為了讓自己相信這是真的：「媽媽，他們說要出版我寫的小說。」我媽停下動作，把熨斗拿離衣料，直立放著。

「你寫了小說？」她用方言問。

「我想是的。」

「你到底寫了沒有？」

「寫了。」

「他們會給你錢？」

「我不知道。」

我出門，跑到梭拉朗酒館，那裡可以方便地打長途電話。試過幾次之後——姬俐歐拉從吧臺喊著：「快點，講吧。」——彼耶特洛接了電話，但他要去上班，所以很匆忙。他說關於這件事，他知道的都寫在信上了。

「你讀過了嗎？」我激動地問。

「讀過了。」

「可是你什麼都沒說。」

他結結巴巴說什麼沒時間啦，研究、責任之類的。

「你覺得呢？」

「不錯。」

「不錯，就這樣？」

「不錯。你和我媽談吧。我研究的是文獻學，不是文學。」

他把他爸媽家的電話號碼給我。

「我不想打電話，那很尷尬。」

我察覺到他有點生氣，在他來說是很不尋常的，因為他通常都很有禮貌。他說：「小說是你寫的，你要自己負起責任來。」

我和璦黛兒一點都不熟，我們見過四次，但只講過幾句很官樣文章的話。我只知道她是很有教養的富太太與母親——艾羅塔家人從來不講自己的事，他們表現得像全世界都對他們的言行感興趣，所以他們的一言一行每個人都知道——現在才知道原來她有工作，也有權力可用。我很不安地打了電話，女傭接電話，交給她。她親切問候，但用正式的「您」，我也是。她說出版社很興奮，覺得那部小說太好了，就她所知，合約草案已經寄出了。

「合約？」

「當然啦。您和其他出版社往來過嗎？」

「沒有。可是我連自己寫的東西都沒再看一遍耶。」

「您只寫了一份草稿，從頭到尾？」她問，略微帶點諷刺。

「是的。」

「我保證，那文稿已經可以出版了。」

「我還需要修改。」

「相信自己：連標點都不要改。文字非常真誠，非常自然，還帶有點神祕，是只有真正好看的書才會有的特質。」

她再次恭喜我，雖然又加重了諷刺的口吻。她說儘管我的《埃涅阿斯紀》第四冊的論文並沒有寫得很精練，這是我自己也知道的。她以為我長時間練習當作家，問我還有沒有其他的作品，聽到我說這是我寫的第一部小說，不敢置信。「天分加上運氣。」她說。她告訴我說，新書出版計畫意外有了空缺，所以我的小說不只寫得很好，運氣也很好。他們想在春天出版。

「這麼快？」

「你反對？」

我馬上說不是的。

姬俐歐拉站在吧臺後面，一直聽我講電話，最後終於好奇問我：「怎麼回事？」

「我不知道。」我說完就走。

我在街坊走來走去，心中的喜悅難以自抑，太陽穴怦怦跳動。我對姬俐歐拉的回答並不是惡意打斷她的探詢，而是我真的不知道。這是個出乎意料的消息：彼耶特洛的幾行字，從遠方捎來的文字，不會是真的吧？那合約又是什麼，合約代表了錢，代表了權利與義務，我是不是有捲進麻煩的危險呢？再過幾天我就會發現他們改變心意了，我想，那書不會出版了。他們會再讀一遍，原本覺得很好的人會發現其實無足輕重，沒讀過的人會很氣那些想出版的人，他們會把氣都發在瑷黛兒．艾羅塔身上，瑷黛兒．艾羅塔自己也會改變心意，覺得被羞辱了，怪我害了她，會勸兒子離開我。我經過街坊舊圖書館所在的那棟房子：我有多久沒進去了？我走進去，裡面空蕩蕩的，有灰塵和無聊的味道。我心不在焉地沿著書架走，摸著破舊的書，沒看書名或作者，只用手指去感覺。陳舊的紙張，彎曲的棉線，字母，油墨。一本本，令人眩目的文字。我找尋《小婦人》，找到了。這真的可能發生嗎？莉拉和我計畫一起做的事情真的可能在我身上發生嗎？再過幾個月，就會有印刷好的紙頁被縫合，黏好，全是我寫的文字，然後封面會印上：艾琳娜．格瑞柯，就是我，打破文盲、半文盲的家族枷鎖，這黯淡的姓氏會綻放永恆的光芒。再過幾年——三年，五年，十年，二十年——這書會來到這書架上，在我出生的這個街坊的圖書館裡，會被編目，大家會來借，想知道門房的女兒寫了什麼。我聽見廁所的沖水聲，等待費拉洛老師出現，因為我是個認真勤奮的女孩。我等著看見他那張還是瘦得不見肉的臉，或許皺紋更多了，剪得短短的頭髮或許也白了，但還會濃密地蓋在額頭上。發生在我身上的事情，他懂得讚賞，他可以救救我這發燙的腦袋，狂烈跳動的太陽穴。但是從廁所走出來的是個陌生人，年約四十，矮矮胖胖的男人。

「你要借書嗎？快一點，因為我要關門了。」他說。

「我要找費拉洛老師。」

「費拉洛退休了。」

快一點，他要關門了。

我離開。就在我即將成為作家的此時此刻，整個街坊沒有人可以對我說：你完成了多麼卓越不凡的成就啊。

121

我沒想到我能賺錢。但是我收到合約草案，發現出版社打算給我二十萬里拉的預付版稅，這當然要歸功於璦黛兒的支持，簽約時付十萬，上市時再付十萬。我媽說不出話來，她不相信。我爸說：「我得花好多個月才能賺到這麼多錢。」他們開始在街坊內外吹噓：我們女兒發大財了，她是作家，要嫁給大學教授。我又活躍起來了。我不再準備培訓學院的考試。一收到錢，我馬上買了衣服和一些化妝品，這輩子頭一次上美容院，然後啟程赴米蘭，一個我完全陌生的城市。

在車站，我一時搞不清楚方向，後來終於找到正確的地鐵，很緊張地抵達出版社門口。我拚命對門房解釋，雖然他明明沒問我任何問題，在我講話的時候始終盯著報紙看。我搭電梯上樓，敲門，進屋。裡面整潔的程度讓我吃驚。我腦袋裡塞滿了我讀過的書，我想表達的意念，我想讓他們知道，雖然我是個女人，雖然你看得出來我的出身，但我是個二十三歲、取得出書權利的人，如今，我身上的一切都不應當有人質疑。

他們非常有禮貌地接待我，帶我進辦公室，和負責我稿件的編輯談。他是個老人，禿頭，一臉和顏悅色。我們談了兩、三個鐘頭，他稱讚我，不時充滿敬意地引述璦黛兒．艾羅塔的話，他給我看他建議做的部分修改，給我一份稿件和他寫的註記。道別的時候，他用嚴肅的語氣說：「這個故事非常好，是表現得非常好的當代小說，文字經常出人意表，但這不是重點。這書我讀了三遍，每一頁都充滿力量，一種我無法說出來源的力量。」我紅了臉，謝謝他。噢，我真是太強了，這麼快就辦到了，我這麼討人喜歡，這麼可愛，我可以談我的研究，談我在哪裡進行的，談我那篇關於《埃涅阿斯紀》第四冊的論文：我用謙恭有禮的態度精確回答謙恭有禮的問話，完美模仿嘉利亞妮老師、她的子女、梅麗雅羅莎的語氣。一位名叫吉娜，和藹可親的漂亮女人問我需不需要找旅館，我點頭說要，她就幫我在加里波底路找了一家。讓我很詫異的是，所有的費用都由出版社負擔，吃飯和火車票都包括在內。吉娜要我提出消費紀錄，公司會把預支的錢給我。她要我代她向璦黛兒問好。她說：「她打電話給我，她非常喜歡你。」

隔天我到比薩去，想要擁抱彼耶特洛。在火車上，我一一檢閱編輯所做的註記，我知道這位編輯是很欣賞這本書、也想讓這本書變得更好的人，我用他的眼光來看書稿，覺得非常滿意。下車的時候，滿心歡喜。我的未婚夫幫我找到住的地方，是我也認識的一位希臘文學助理教授的家。那天晚上他帶我出去吃飯，很意外地拿出我的書稿。他也有一份，同時也動手做了註記。我們兩人一起逐一檢視。他秉持一貫嚴格的態度，修改的多半是字彙問題。

「我會弄好。」我謝謝他。

晚飯之後，我們走到一片沒人的草地。在寒風裡，我們躲在大衣和圍巾底下彼此擁抱愛撫好長一段時間，他要我仔細修改潤飾主角在海邊失去童貞的那一段。我很不解地說：「那是很重要的一刻。」

「你自己都說那部分稍微有傷風化。」

「出版社沒有意見。」

「他們之後會提出來。」

我很生氣，告訴他說我會想想看，隔天心情不佳地回那不勒斯。要是那個情節讓涉獵廣泛、出版過酒神儀式研究的彼耶特洛都感到不快，那我爸媽、我弟妹、街坊鄰居讀過之後又會怎麼說呢？在火車上我開始看稿，謹記編輯和彼耶特洛的評論，儘量刪改。我希望這本書很好，我不希望有人不喜歡這本書。我很懷疑我還寫得出下一本。

122

一回到家，我就得到壞消息。我媽相信她有權利在我不在家的時候看我的信件，所以打開從波坦薩寄來的包裹。裡面是幾本我小學時代的筆記本，以及奧麗維洛老師姊姊寫的便箋。便箋上說，老師在二十天前安詳過世。她經常惦著我，最近幾次還問起她收著的小學筆記本，準備還給我。我很傷心，比我妹艾莉莎還傷心。她哭了好幾個鐘頭不肯停。這讓我媽很煩，先是罵小女兒，接著又大聲嚷嚷，好讓我這個大女兒也聽得一清二楚：「那個笨蛋老是以為她比我更像媽。」

我一整天想著奧麗維洛老師，想著她若是知道我拿到學位，知道我就要出版一本書，該有多麼驕傲。所有的人都睡覺之後，我一個人躲在寂靜的廚房裡，翻著筆記本，一本接一本。她以前把我教得多好啊，這位老師，教我把字寫得這麼漂亮。我長大之後字越寫越小，因為趕時間而越寫越草，真是太可惜了。我微笑看著那些被用力劃掉的拼字錯誤，看著她每當發現我很好的表達方式，或困難的問題寫出正確解答時，就一絲不苟地在紙頁邊緣寫下的「好」和「很棒」，還有她總是給我打的高分。她真的比我媽更像我媽嗎？我一時無法確定。但她為我設想出一條我媽無法想像的道路。對此，我心存感激。

我擱開包裹，準備上床睡覺的時候，在筆記本裡發現一小疊紙，十張格線紙折起來釘住。我覺得胸口突然一片虛空：我認出那是《藍仙子》，莉拉很多年前寫的故事，多少年了？十三年，十四年。我好愛這粉彩畫的封面，一個個畫得很漂亮的字母拼成書名，我當時覺得這是一本真正的書，非常嫉妒。我翻開中間那一頁。圖釘已經生鏽，在紙上留下褐色的痕跡。我驚詫地發現老師在一個句子旁邊寫著：太美了。所以她讀過？所以她喜歡？我一頁接一頁地翻著，到處都有她的筆跡：妙，好，非常好。我好生氣。老巫婆，我想，你為什麼不說你喜歡，你為什麼不讓莉拉知道你很滿意？是什麼原因讓你為我的教育奮戰，卻不理會她呢？鞋匠不讓女兒去參加入學考試就足以解釋你的作為嗎？你心裡是有多少的不快要轉嫁到她身上？我開始從頭讀《藍仙子》，看著那顏色變淡的鉛筆字，當時對我來說如此熟悉的筆跡。但才看第一頁，我就覺得反胃，渾身冒汗。但是讀到結尾我才承認看了幾行就已經明白的事。莉拉這稚氣的文字是隱藏在我那本書裡的主軸。任何人想知道我那本書為何會散發溫馨，想知道貫穿文句的那條強韌卻隱形的主線從何而來，都應該回溯到這本孩子寫的小書，十張筆記紙，生鏽的圖釘，色彩鮮豔的封面，書名，甚至沒有作者署名的這本小書。

123

我整夜沒睡，等著天亮。長久以來對莉拉的敵意消失了，我突然覺得我從她身上得到的，遠超過她從我身上拿去的。我決定馬上到特杜西歐的聖吉瓦尼去。我想把《藍仙子》還給她，讓她看我的筆記本，一起翻閱，分享老師的評語。但最重要的是，我覺得需要她坐在我旁邊，告訴她說：你明白我倆之間的關係有多緊密，一分為二，二合為一；我要向她證明，她童年所寫的那本書深深在我心裡扎了根，靠著我在師範大學所學到的嚴格精準，以及從彼耶特洛身上所學到的對語言學的堅持，經過漫長歲月，發展出另一本書，全然不同，屬於成年人，我自己的書。然而這書又和她的書分不開，和我們在院子裡玩遊戲一同編織的幻想分不開。我倆不停地編織，拆掉，再編織的夢幻。我想要擁抱她，親吻她，告訴她：莉拉，從今而後，無論我或你發生什麼事，我們都不能再失去彼此。

但這天早上困難重重，我覺得這城市彷彿竭盡一切可能卡在我和她之間。我搭上開往馬里納的擁擠公車，被討人厭的軀體擠得難以忍受。我換搭另一輛甚至更擁擠的公車，結果竟然搭錯方向。我下車，心情沮喪，披頭散髮。我生氣地等了好久才彌補了這個錯誤。穿越那不勒斯的這段小旅程讓我筋疲力竭。花那麼多年唸初中、高中和大學，在這個城市有何用呢？為了到聖吉瓦尼，我必須奮力逆行，彷彿莉拉目前不是住在某條街或某個院落，而是生活在時光的漩渦裡，是遠在我們上學之前，那個沒有規則、沒有任何尊重可言的黑暗歲月。我使出舊街坊最惡狠的方言，我用髒話罵人，也被髒話回罵，我出言威脅，我被嘲諷，也回敬以嘲諷，這是我從小就學會的耍狠技巧。那不勒斯的經驗在比薩很有用，但比薩的經驗在那不勒斯非但沒用，反倒是個障礙。有禮貌的舉止，有教養的聲音與態度，還有我從書上學到、此時在我腦海與舌尖迴盪的字句，馬上就讓我顯得軟弱，讓我成為可以安心欺負的對象，因為我是個不懂得為自己奮戰的人。在前往聖吉瓦尼的公車與街道上，我重拾舊有的能力，在該發火的時候絕不溫馴，同時又增添了因新身分而來的自傲——我有大學學位，我和艾羅塔教授吃過飯，我和他兒子訂了婚，我在郵局裡有存款，在米蘭的時候重要人物對我畢恭畢敬，你們這些爛人竟敢如此待我？我感覺到一股力量油然而生，讓我不再假裝不在意，儘管這是在街坊內外生存的必要之道。在擁擠的公車裡，無論何時總是感覺到有男人的手在我身上，我賦予自己神聖不可侵犯的權利，用輕蔑的喊叫表達忿怒，我嘴裡吐出不容再複述的字彙，也就是我媽和莉拉——尤其是莉拉——都知道該怎麼說的那些詞彙。我做得很過火，所以下車時，我心想一定會有人跟在我後面跳下車來宰了我。沒發生這樣的事，但我一路走還是既生氣又害怕。我出門的時候整齊清爽，這會兒卻凌亂不堪，內外皆是。

我努力讓自己鎮靜下來，對自己說：冷靜一點，你就快到了。我向路人問路，沿著特杜西歐的聖吉瓦尼往前走，冷風迎面撲來，這裡像一條黃黃的隧道，兩旁是面目全非的牆、黑漆漆的門洞和泥土。我走來走去，那些親切提供的訊息有太多的細節，到最後反而變得完全無用，讓我徒增困擾。後來我終於找到那條街，那幢公寓。我爬上髒兮兮的樓梯，跟隨濃烈的大蒜臭味和孩童嗓音往上走。一個身穿綠色毛衣、非常之胖的女人從敞開的門口看見我，大聲喊著：「你要幹嘛？」「我找卡拉西。」我說。但看見她一臉茫然，我馬上改口：「斯坎諾。」恩佐的姓。然後又換：「瑟魯羅。」這女人重複一遍瑟魯羅，舉起一條手臂：「再上去。」我謝謝她，繼續往上爬，而她倚在欄杆上，揚頭對上面喊：「蒂蒂，有人找莉娜，她上去了。」

莉娜。在這裡，在陌生人口中，在這個地方。直到這時我才醒悟，在我心裡的莉拉始終是最後一次在新社區那幢新公寓井井有條的環境裡見到的她，無論當時的生活有多痛苦，如今似乎都已成過往雲煙，那家具，那冰箱，那電視，那妥善照顧的孩子，那雖略有風霜卻依舊養尊處優的女人，都已成為她人生的過去式了。此時我對她如何過活，在做什麼，都一無所知。關於她的八卦只到她拋棄丈夫，離開漂亮的房子和財富，和恩佐．斯坎納遠走高飛為止。我不知道她碰到蘇卡佛。從街坊出發的時候，我很確信會看見她在新房子裡，周圍是翻開的書本和為兒子準備的益智遊戲，或者頂多就只是暫時外出購物。出於懶惰，也為了不感覺到不安，我自動把刻板印象置入地名之中，特杜西歐的聖吉瓦尼，在葛拉尼里再過去，馬里納的盡頭。我懷著這樣的期待爬上樓梯。我想，我辦到了，這裡就是我的目的地。於是我碰到蒂蒂娜。這年輕女子懷裡抱個寶寶，寶寶靜靜的哭，微微抽著鼻子，凍得發紅的鼻孔裡流出兩條黏黏的鼻涕到上唇。另外還有兩個孩子拉著她的裙角，一邊一個。

蒂蒂娜的目光轉到對面緊閉的門。

「莉娜不在。」她用帶著敵意的口吻說。

「恩佐也不在。」

「不在。」

「她帶小孩出門散步了嗎？」

「你是什麼人？」

「我叫艾琳娜．格瑞柯。我是她的朋友。」

「你不認得小黎諾？小黎諾，你沒見過這位女士嗎？」

她摀住身邊一個小孩的耳朵，這時我才認出他來。這孩子對我微笑，用義大利文對我說：

「哈囉，小琳阿姨。媽媽晚上八點會回來。」

我把他抱起來，摟著他，稱讚他好聰明，講話講得真好。

蒂蒂娜承認，「他非常聰明。他天生是個教授。」

這時，她的敵意漸漸消退，邀我進屋。在暗暗的走道上我絆了一下，肯定是孩子的東西。廚房亂七八糟，一切都沉浸在灰沉的光線裡。有部縫紉機，車針下還擺著一塊布料，周圍的地上還有其他五顏六色的布料。蒂蒂娜突然覺得不好意思，想把房子收拾乾淨，但又放棄，去煮咖啡，女兒還是摟在懷裡。我坐下，把小黎諾抱在膝上，問他一些蠢問題，他活潑乖順地回答。蒂蒂娜一面告訴我莉拉和恩佐的事。

「她在蘇卡佛做薩拉米香腸。」她說。

我很意外，這時才想起布魯諾。

「蘇卡佛？做香腸的那個傢伙？」

「蘇卡佛，沒錯。」

「我認識他。」

「他們都不是好人。」

「我認識那個兒子。」

「祖父，父親，兒子，都是爛人。他們賺了錢就忘記自己也是窮光蛋出身。」

我問起恩佐。她說他在火車頭工廠工作，她用的表情讓我知道她以為他和莉拉結婚了。她用歡喜敬愛的語氣叫恩佐是「瑟魯羅先生」。

「莉娜什麼時候會回來？」

「晚上。」

「那孩子呢？」

「他待在我家，吃飯、玩耍，什麼都在這裡做。」

所以我的旅程還沒結束，我走來，莉拉卻離開了。我問：「走路到工廠有多遠？」

「二十分鐘。」

蒂蒂娜告訴我該怎麼走，我寫在小紙條上。這時小黎諾很有禮貌地問：「我可以去玩嗎，阿姨？」他等我說可以，才跑到走廊上去找另一個孩子，但我馬上就聽見他用方言罵髒話。蒂蒂娜尷尬地看我一眼，用義大利文從廚房喊著：「黎諾，不可以講髒話，注意喔，否則我要敲你的指關節。」

我對她微笑，想起我這一路搭巴士的歷程。我也該被打指關節，我想，我和小黎諾的處境一樣。走廊上的吵鬧聲沒停，我們走了出去。兩個男生在打架，互丟東西，大聲叫罵。

124

我走過布滿各式垃圾的泥土路來到蘇卡佛工廠所在地，寒冷的天空一縷黑煙。還沒看見圍牆，我就聞到動物油脂混合柴火，令人作嘔的臭味。警衛嘲弄的說，你不可以在工作時間找你的女朋友。我要求找布魯諾．蘇卡佛。他口氣瞬時改變，結結巴巴說布魯諾先生幾乎從不到工廠來。打電話去他家，我回答說。他很為難，說不能無緣無故打擾他。我說：「你要是不打，我就去找公用電話，自己打。」他惡狠狠地瞪我一眼，不知道該怎麼做。這時有個男的騎腳踏車過來，煞車，用方言對他講了幾句下流的話。警衛看見他鬆了一口氣，開始對他講話，把我當空氣。

院子中央燃著火堆。我走過的時候，火焰劃破寒冷的空氣，但只有幾秒鐘。我走到一棟黃顏色的低矮建築，推開厚重的門，進到裡面。在外面聞起來已經很濃的油脂味，在這裡面簡直令人無法忍受。有個看來顯然很生氣的女孩走來，忿怒地抓起頭髮，低著頭走過我身邊。我說聲不好意思，她繼續走了兩三步，然後停住。

「幹嘛？」她粗魯地問。

「我要找一個姓瑟魯羅的。」

「莉娜？」

「是的。」

「去香腸填充部找。」

我問在哪裡，她沒回答就走開。我推開另一扇門。迎面一股暖意，讓油脂的臭味更令人作嘔。這地方很大，一個個缸子裡有奶白色的液體流淌，黑色的形體浮動，有彎腰的側影緩緩挪移，工人的下半身全浸在裡面。我沒看見莉拉。我問個躺在爛泥般的瓷磚地上修水管的男人：

「你知道哪裡可以找到莉娜嗎？」

「瑟魯羅？」

「對，瑟魯羅。」

「在調配部。」

「他們告訴我說她在填充部。」

「你要是知道，幹嘛問我？」

「調配部在哪裡？」

「直走。」

「填充部呢？」

「右轉。要是在那裡找不到她，就去找剁肉的地方。再不然就是儲藏室。他們老是把她調來調去。」

「為什麼？」

他露出不懷好意的微笑。

「她是你的朋友？」

「是的。」

「當我沒說。」

「告訴我。」

「你不會生氣？」

「不會。」

「她是個難搞的臭婆娘。」

我照著他的指示走，沒有人擋下我。男女工人似乎都包裹在痛苦的無動於衷裡，就算是講笑話、罵髒話的時候，好像也離他們的笑、他們的聲音很遠，離他們手裡的沖洗工作、離這惡臭很遠。我在處理肉品的女人之間穿梭，她們身穿藍色罩袍，頭戴帽子，機器發出哐噹哐噹聲，做出一團團軟軟磨碎混合的東西來。但莉拉不在這裡。把混和著油脂與粉紅色糊狀物體填塞進腸皮的地方，或瘋狂揮舞利刀去皮、掏肚、切塊的地方都找不到她。我在儲藏室找到她。她從冰庫出來，嘴裡哈著白氣。在一個矮小的男人幫忙之下，她把一大塊紅紅的冷凍肉扛在背上，然後擺在推車上，再轉身走回冰庫。我馬上發現她有一手纏著繃帶。

「莉拉。」

她戒慎恐懼地轉身，很不確定地瞪著我看。「你在這裡幹嘛？」她說。她目光熾烈，臉頰比以前更凹陷，然而看起來卻似乎變大，變高了。她身上也穿著藍色罩袍，但外面又罩著某種長外套，腳上穿的是軍靴。我想擁抱她，但不敢：我很害怕，我不知道為什麼，怕她會在我懷裡碎掉。反而是她抱我抱了好久。我感覺到有種散發臭味的液體物質，味道比空氣裡的臭味更難聞。她說：「來吧，我們出去。」她對和她一起工作的男人嚷著：「兩分鐘。」她拉我到一個角落。

「你怎麼找到我的？」

「我就這樣走進來啊。」

「他們沒攔你？」

「我說我要找你，而且我是布魯諾的朋友。」

「很好，這樣他們會以為我給老闆的兒子吹蕭，就不敢惹我了。」

「什麼意思？」

「這裡的情況就是這樣。」

「這裡？」

「到處都是這樣的啦。你拿到學位了？」

「是的。但還有更棒的事情，莉拉。我寫了一本小說，四月就要出版了。」

她的臉灰灰的，一點血色都沒有，但她整個人像有火燃燒似的。我看見血液從她的喉部往上爬，爬上她的臉頰，她的眼角，非常接近眼睛，所以她必須捏住眼角，不讓火焰燒了瞳孔。她抓起我的手親吻，先是手背，再是掌心。

「我好為你高興。」她喃喃說。

但我幾乎完全沒注意這動作裡的親暱喜愛，因為她浮腫的雙手和傷口讓我觸目驚心。傷口有新有舊，左手拇指上的新傷口邊緣發炎，我可以想見右手繃帶底下有著更嚴重的傷口。

「你怎麼搞成這樣？」

她立刻抽回手，插進口袋裡。

「沒事啦。把肉從骨頭剝下來會弄傷手指。」

「你剝肉？」

「他們愛把我丟哪裡就哪裡嘍。」

「去告訴布魯諾。」

「布魯諾是最爛的人渣。他出現只是為了找個可以在熟成室裡幹的人。」

「莉拉。」

「這是真的。」

「你病了嗎？」

「我很好。在這個儲藏室，他們給我一個鐘頭十里拉的冷凍補償。」

那人嚷著：「瑟魯羅，兩分鐘到了。」

「來了。」她說。

我喃喃說：「奧麗維洛老師死了。」

她聳聳肩說：「她病了，這是遲早的事。」

看見推車旁邊的那個男人已經開始不耐煩了，我匆匆補上一句：

「她把《藍仙子》給了我。」

「什麼《藍仙子》？」

我看著她，想知道她是不是真的忘了。她看來是真心的。

「你十歲的時候寫的那本書。」

「書？」

「我覺得那是書。」

莉拉緊抿嘴唇，搖搖頭。她心生警覺，怕在工作上惹出麻煩，但在我面前，還是要表現出為所欲為的那一面。我得離開，我想。

她說：「已經過了很久了。」打個冷顫。

「你發燒了嗎？」

「沒有。」

我從皮包的夾層裡掏出那本書，交給她。她接過去，認出自己的作品，但沒露出絲毫情緒。

「我當時是個自以為是的小孩。」她含糊地說。

我馬上反駁她。

我說：「這個故事到現在看起來還是很美，我又讀了一遍，發現我早就不知不覺記在心裡了。我的故事就是從這裡來的。」

「從這個無聊的東西來的？」她大聲笑起來，緊張兮兮的。「出版的人一定是瘋了。」

那男人又咆哮了：「我在等你，瑟魯羅。」

「你真是難搞的渾球。」她回答說。

她把那包東西放進口袋，挽起我的手臂，一起走向出口。我想起為了來看她，我是如何精心打扮，如何艱難才抵達這個地方。我想像我們淚眼相對，會互吐心聲，聊天，一個早上的坦誠相對與互相安慰。然而我們卻在這裡，手挽手走著，她裹著繃帶，骯髒，受傷，而我假扮成出身良好的千金小姐。我告訴她小黎諾很可愛，而且非常聰明。我稱讚那位鄰居，問起恩佐。她很高興我覺得她兒子很棒，也稱讚那位鄰居。但真正讓她重現活力的是提到恩佐的時候，她整個人開朗起來，變得很多話。

她說：「他人很好。他很好，什麼都不怕。他非常聰明，晚上還唸書。他懂好多東西喔。」我從沒聽過她像這樣談過任何人。我問：「他唸什麼呢？」

「數學。」

「恩佐？」

「是啊。他在唸什麼電子計算機之類的，我不知道，他很興奮。他說計算機不像你在電影裡看見的那樣，一大堆五顏六色的燈，一下亮一下滅，嗶嗶叫。他說那是個語言的問題。」

「語言？」

她又出現我習慣的那個瞇眼動作。

「不是寫小說的那種語言，」她說。講到「小說」兩個字時的不以為意讓我心裡有點騷擾不安，接下來的笑聲更讓我不安。「程式語言。晚上寶寶睡覺之後，恩佐就開始唸書。」

她下唇很乾，因為寒冷而龜裂，美貌也因為疲累而減損，然而提到他的時候，她多麼驕傲啊：他開始唸書了。儘管她用的是第三人稱單數，但我聽得出來，對這個課題感到興奮的不只是恩佐一個人。

「那你怎麼做？」

「我陪他：他很累，要是一個人唸書會很想睡覺。兩個人在一起就很好，一個人講這個問題，另一個談那個問題。你知道什麼叫流程圖嗎？」

我搖搖頭。她瞇起眼睛，瞇成非常細的一條線，放開我的手臂，開始講，把我拉進她的新熱情裡。在飄著火堆柴煙和動物油脂臭味的院子裡，這個面容發亮、緊張焦慮的莉拉，穿著藍色罩袍裹著外套的莉拉，雙手傷痕累累，披頭散髮，臉色慘白，完全素顏的莉拉，重新有了生命與活力。她談起把一切簡化成對與錯的二擇一選項，她引述布爾代數和許多我一無所知的東西。然而她的一字一句，如同既往，讓我心嚮往之。在她講話時，我看見那間破舊的房子，夜裡，孩子睡在另一個房間裡；我看見恩佐坐在床上，在天曉得是什麼的火車工廠裡工作到筋疲力盡；我看見她，在烹煮槽、掏內臟區或零下二十度的儲藏室忙了一整天之後，陪他一起坐在毯子上。我看見他們在微弱的燈光下犧牲睡眠，我聽見他們的聲音：他們用流程圖做習題，練習清除多餘的世界，只依據兩個真實的數值來規劃當今的一切行動：0與1。寒酸的房間裡，晦澀的字彙，輕聲低語，免得吵醒小黎諾。我明白，我帶著滿懷的驕傲來到此地，知道——當然也是帶著善意和感情——我歷盡千辛萬苦前來，只是為了讓她明白她所失去，以及我所得到的。但是在我出現的那一刻她就知道了，此時，冒著惹毛工作伙伴的風險，她向我說明我其實一無所得，在這個世界，沒有任何東西值得去贏得，她的人生和我一樣，充滿各種愚蠢的冒險，時光就這樣溜走，沒有任何意義地溜走，可只要可以看著彼此，不時聽聽彼此腦袋裡迴響的瘋狂聲音就好，這樣就很好。

「你喜歡和他一起生活？」我問。

「喜歡。」

「你們想生小孩嗎？」

她裝出逗趣的表情。

「我們沒在一起。」

「沒有？」

「沒有，我並不想。」

「他呢？」

「他在等。」

「或許他像是你的哥哥。」

「不，我喜歡他。」

「所以呢？」

「我不知道。」

我們停在火堆旁邊，她指著警衛。她說：「小心那個傢伙，你出去的時候，他會說你偷了肉腸，這樣他才可以給你搜身，手在你身上亂摸。」

我們擁抱，親吻彼此。我說我會再來看她，我不想失去她，我是真心的。

她微笑說：「是啊，我也不想失去你。」我也覺得她是真心的。

我帶著騷動不安的心情離去。我內心掙扎，一方面不想離開她，相信沒有她在身邊，不會有任何真正重要的事情降臨到我身上，但另一方面我也覺得需要離開，遠離這油脂的臭味。快走了幾步之後，我不由自主地轉身再次揮手。我看見她站在火堆旁邊，外形完全看不出來是個女人。她翻著《藍仙子》。接著，突然丟進火堆裡。

125

我沒告訴她我的小說寫的是什麼，也沒說什麼時候會上市。我甚至沒告訴她彼耶特洛的事，說我們打算在兩年內結婚。她的生活重重壓在我的心頭，讓我花了好幾天的功夫才重新找回生活的清晰輪廓與深度。最後讓我找回自己的——到底是哪個自己呢？——是那本書的樣稿：一百三十九頁，厚厚的紙張，我親筆寫在筆記本上的文字轉化成印刷字體，變得奇異而陌生。

我花了一個鐘頭又一個鐘頭反覆詳讀，校正內文。屋外天氣寒冷，冷酷的寒風穿透關不嚴的窗框。我坐在廚房的餐桌旁，紀亞尼和艾莉莎在我旁邊唸書。我媽在我們身邊忙進忙出，但意外地小心，免得打擾我。

不久我就再次赴米蘭。這一次我允許自己這輩子頭一次搭出租車。那位禿頭的編輯花一天審酌最後的修訂稿，結束之後對我說：「我幫你叫出租車。」而我不知道如何拒絕。所以我從米蘭到比薩，在車站時環顧四周，心想：有何不可呢，就再扮一次千金小姐吧！回到那不勒斯時，在混亂的加里波底廣場，這個誘惑再次浮現。我很想搭著出租車抵達街坊，舒舒服服坐在後座，有司機幫我服務，抵達大門口時會幫我開門。但沒有，我搭公車，我不覺得自己有資格搭出租車。但是我身上想必還是有些不一樣了，因為我向帶小孩出來散步的艾達打招呼時，她心不在焉地看看我，就走開了。接著她停下腳步，轉身說：「你看起來好漂亮啊，我都不認得你了。你看起來不一樣了。」

當時我很高興，但很快就不開心起來。變得不一樣又有什麼好處？我想繼續當原來的我，和莉拉緊緊相繫，和院落，和遺失的娃娃，和阿基里閣下，和一切的一切緊緊相繫。然而改變很難制止。這段時間，我的改變比在比薩那幾年更大，遠非我所能控制。小說在春天出版，帶給我新的身分，比學位更重要的新身分。我把一本書給媽媽、爸爸、弟弟妹妹看，他們靜靜傳閱，但沒真的看內容。他們瞪著封面，露出不太有把握的微笑，像是警察面對假證件似的。我爸說：「這是我的姓。」但他帶著滿意的口吻，彷彿不是為我感到驕傲，而是突然發現我從他口袋裡偷了錢似的。

過了幾天，第一篇書評刊出。我焦急地看，就算是最隱微的一絲批評都讓我受傷。我把最好的部分唸給全家人聽，我爸很高興。艾莉莎有點嘲諷地說：「你應該用琳諾希亞這個名字，艾琳娜聽起來很討人厭。」

在那段興奮狂亂的日子裡，我媽買了一本相簿，開始收藏寫我好話的報導。有天早上她問：

「你未婚夫叫什麼名字？」

她明明知道。但她心裡有別的盤算，所以用這個問題當開場白。

「彼耶特洛．艾羅塔。」

「所以你以後也姓艾羅塔？」

「是啊。」

「要是你再寫一本書，封面上的名字就會是艾羅塔？」

「不會。」

「為什麼？」

「因為我喜歡艾琳娜．格瑞柯這個名字。」

「我也是。」她說。

但她從來沒看這本書。我爸也沒有。皮普、紀亞尼和艾莉莎都沒有，剛開始的時候街坊也沒人讀。有天早上，來了個攝影師，纏了我兩個鐘頭，先是在花園拍，接著在通衢大街，後來又在隧道入口拍。後來有張照片登在《晨報》上，我期待路上會有行人攔下我，出於好奇讀那本書。結果沒有，埃爾范索、艾達、卡門、姬俐歐拉，甚至比馬歐羅更熟悉文字的米凱爾．梭拉朗都沒有對我說：你的書真是太棒了，或者天曉得，你的書真是太可怕了。但是沒有。他們只親切地恭喜我，然後就走開了。

我第一次到書店和讀者接觸是在米蘭。我不久就發現，這場活動是瓔黛兒．艾羅塔緊急籌劃的，她遙控這本書的進度，特別為了這場活動從熱內亞趕來。她到旅館來陪我一個下午，很有技巧地安撫我的情緒。我手抖得好厲害，怎麼也停不了。我很氣彼耶特洛，他在比薩沒來，因為很忙。住在米蘭的梅麗雅羅莎在開場前匆匆來道賀，然後不得不離開。

我到書店的時候非常驚恐。屋裡坐滿人，我垂下目光。我想我一定會激動得昏倒。瓔黛兒和很多出席的人打招呼，都是她的朋友和熟人。她坐在第一排，給我鼓勵的眼神，偶爾轉頭和坐在她後面、年齡相仿的一個女人講話。在此之前，我只在眾人面前講過兩次話，都是被法蘭柯強迫的，而且當時就只有六、七個人，都是他的朋友，也都面帶理解的微笑。如今的情況完全不同。在我面前的是四十幾個優雅有教養的陌生人，靜靜盯著我看，眼神並不怎麼友善。他們之所以出席，有大半的原因是看在艾羅塔夫婦的面子上。我很想站起來逃走。

但是活動開始了。一位年老的書評家，也是聲望卓著的教授，竭盡所能講了這本書的許多好話。我不瞭解他講話的內容，只想著我要說什麼。我在椅子上坐立難安，胃痛。整個世界變成一團渾沌，我找不到力量去讓世界恢復原狀，讓世界恢復秩序。然而我假裝鎮靜自持。輪到我的時候，我根本不知道自己在說什麼，我只是拚命講，免得陷入沉默，我的手勢太多，賣弄太多文學知識，我賣弄自己的古典文學教養。然後沉默降臨。

我面前這些人在想什麼呢？我身旁的這位教授兼書評家會怎麼評價我的發言呢？還有璦黛兒，表現出支持的親切外貌下，有什麼感覺呢？看著她的時候，我意識到自己的眼神正哀求她點頭支持、給我安慰，我覺得很丟臉。這時，那位教授碰碰我的手臂，彷彿要讓我冷靜下來，請觀眾提問。很多人尷尬地瞪著自己的膝蓋，地板。第一個發言的是位戴著厚厚鏡片眼鏡的老先生，出席者都認識他，我卻不認得。一聽到他的聲音，璦黛兒就露出很煩的表情。這人講了好久，談起出版的衰落，如今不重文學品質，只重錢。然後他開始議論書評與報紙文化版的行銷勾結，最後才談到我的書，起初語帶諷刺，但提到有點色情的部分時，就帶著掩不住的敵意了。我臉紅起來，沒正面回答，只咕咕噥噥給了一些離題的老生常談。我講完之後，筋疲力竭，瞪著桌子。書評家教授露出微笑鼓勵我，那眼神顯然是以為我希望繼續講下去。但他發現我並不想，所以很禮貌地問：「還有問題嗎？」

後排有人舉手。

「請說。」

是位個子很高的年輕人，頭髮亂糟糟，一臉濃密的黑鬍子，用輕蔑挑釁的語氣對前面一位發言的人很不敬，甚至好幾次也對我身邊的這位和善的引言人也頗不以為然。他說我們住在鄉下，把每個活動都當成是宣洩怨言的場合，但卻沒有人捲起袖子重新組織一切，讓一切可以恢復運作。然後他開始讚美我這部小說的現代化力量。我認出他來。大半是因為他的聲音。他是尼諾·薩拉托爾。

國家圖書館出版品預行編目（CIP）資料

那不勒斯故事. 2, 新身分新命運 / 艾琳娜.斐蘭德(Elena Ferrante)著 ; 李靜宜譯. -- 初版. -- 臺北市 : 大塊文化, 2017.05
面 ;　公分. -- (to ; 90)
譯自 : Storia del nuovo cognome
ISBN 978-986-213-792-5(平裝)

877.57　　　　106005225

LOCUS

LOCUS

LOCUS

LOCUS